强强之歌

黄碧功　著

成都时代出版社
CHENGDU TIMES PRESS

图书在版编目（CIP）数据

强强之歌 / 黄碧功著. -- 成都 : 成都时代出版社, 2020.1(2024.2重印)
ISBN 978-7-5464-2430-9

Ⅰ. ①强… Ⅱ. ①黄… Ⅲ. ①报告文学一作品集一中国一当代 Ⅳ. ①I25

中国版本图书馆CIP数据核字(2019)第122659号

强强之歌

QIANGQIANG ZHI GE

黄碧功 著

出品人 达 海
责任编辑 兰晓蓥蓥
责任校对 江 黎
装帧设计 悟阅文化
责任印制 黄鑫 陈淑雨

出版发行 成都时代出版社
电 话 (028) 86742352 (编辑部)
(028) 86615250 (发行部)
印 刷 三河市嵩川印刷有限公司
开 本 880mm×1230mm 1/32
印 张 11
字 数 300千
版 次 2020年1月第1版
印 次 2024年2月第2次印刷
书 号 ISBN 978-7-5464-2430-9
定 价 56.00元

深情系红土（前言）

杨　军

我们热诚地将这五本书呈献给渴望读到文笔纯美，风格各异的优秀文艺作品的读者。

这是五本极富民族色彩的新书，汇集了百色文坛部分优秀作者近期的佳作，具有浓郁的文化内涵和引人入胜的艺术魅力。

这五本书分别是《舞炫歌美右江情》（散文集）；《牵手》（散文集）；《强强之歌》（报告文学集）；《布缝画》（画集）；《靖西民间故事集》。

这五本书的作者不是专业作家，却是各行各业出类拔萃而又热衷文学写作的人物。他们自觉远离世俗浮躁，决然拒绝急功近利，把业余写作当成自己原本的专业来做，既激情满怀又冷静沉着，全神贯注去思考，倾心竭力去耕耘，满腔热血去灌溉，精益求精去雕琢。尽管这些作品还不是完美无缺，却每篇都充满着真挚的情感，洋溢着善良的品德，展现着美好的心灵。

作者们深深地热爱着百色这片红土地，向她倾注了缕缕情愫。拥有这五本书的读者可以真实地看到作者们对历史的深切回顾和对现实的热情关注；看到许多鲜见的生活形态、人物形象和社会课题；感受到许多深切的人文关怀和人间大爱；还可以欣赏到许多奇妙的炫歌美画、自然风光。总之，我们相信读过这五本书的人将会有一种未错过文学佳作的快感和收藏到艺术精品的欣慰。

2016年7月6日

（杨军：中国作家协会会员，副编审。广西百色地区文学艺术界联合会第四届、第五届委员会主席。）

人品文品两相宜

——报告文学集《强强之歌》序

杨　军

顾名思义，报告文学就是由报告与文学两种元素水乳交融、相辅相成的。如果光有报告，缺少文学，作品中的真人真事就会显得苍白无力，枯燥乏味，让人敬而远之；相反，如果只注重文学的渲染、修饰而喧宾夺主，遮盖了特定人物的本来面目，就会造成失真、虚假的后果，同样让人不能接受。因此，在某种意义上讲，要写出一篇优秀的报告文学比写一篇虚构的小说要付出更多的智慧和精力。

老实说，当我刚刚接过黄碧功这部报告文学手稿时，我心中是有些疑虑的。但是，当我翻开稿子阅读时，书中的人物立刻跃然纸上，他们的音容笑貌、喜怒哀乐，伴随着事件的演绎，情节的推进，文采的洋溢，越来越显得真切鲜活、栩栩如生，让我心中不断泛起清爽愉悦的细浪，即时把原来的疑虑冲走。如果作品没有招人喜爱的人物和强烈的艺术感染力，很难引起读者思想上的共鸣。

这就说明，一篇报告文学写得成功与否，关键就是看人物写得真实不真实，出彩不出彩。而要达到这个效果，作者就必须具备较强的观察与审视能力，面对复杂的社会、纷繁的尘世，能够拨开迷雾，去伪存真，看到生活的本质、人间的真善。这样才能发现和捕捉到时代的骄子，美丽的心灵。纵观本书的作品，作者具备了这种能力。

毋庸讳言，当今社会，确实存在贪污腐败、分配不公、贫富悬殊、鱼龙混杂、沉渣浮起等现象。不少人往往一叶障目，对前途失去信心。黄碧功却不然，她记住世界名人罗丹说过的话："美是到处都有的。对于我们的眼睛，不是缺少美，而是缺少发现。"因此，她异常清醒。她坚持用辩证唯物主义的思想方法观察社会，用坚定不移的信仰与信念去发现、挖掘人间的美。就像那首《雾里看花》唱的那样，用一双慧眼把大千世界看得"清清楚楚，明明白白，真真切切"。所以，在她笔下呈现的人物，没有贪官、孬种，没有彷徨退缩。无论是赵唯皓、吴天来、黄必山，还是黄岳飞、蒙耀、梁钢、陶叶廷，无一不是操守清廉、道德高尚、艰苦拼搏、无私奉献、舍小我、为大众，"先天下之忧而忧，后天下之乐而乐"的先进人物、英雄楷模。他们是民族的脊梁，华夏的精英。有了他们，祖国改革建设的大潮滚滚向前，百姓同心同德，昂首挺胸，阔步向前奔小康，实现美好幸福中国梦指日可待。这就是正能量的勃发，真善美的闪光。

当然，报告文学中撰写的先进人物，不能光有标签式的面孔和美丽的躯壳，他们还必须是有血有肉、活灵活现、亲切感人的。就像一个人相亲，光看照片中的相貌是不够的，必须看到鲜活的人才能确定爱与不爱。作品中的人物也一样，光画个像，贴个标签，笼统说他（她）如何好、如何美是没有人相信的。只有通过具体的描绘，把人物置身于事件的漩涡中，让他们奋争，拼搏，踏平艰险，打通坦途，尽显其英雄本色，这样的人物才能立得起，站得住，为人喜爱。黄碧功深谙此道。在描写这些先进人物时，不但用场面烘托、环境描摹、历史钩沉、冲突设置，把人物写得立体化，可触可摸。更可贵的是她特别注重抓住一些凸显人物细节的描写，使之如见其人，如闻其声，光彩照人。例如《用爱的温暖铸造强强》中的主人公赵唯皓，为了研发炉内焚烧法，彻底解决危害百姓健康的黄烟污染问题，“他就是从这梯子上来，自己带一张小板凳，坐在炉台上控制调温和记录的。”这个细节寥寥几笔就把赵唯皓坚忍执着的形象写活了。一个企业老总能够亲力亲为做到这个份上，什么都不用说了，还愁那几缕黄烟不销声匿迹吗？再如《戍边爱民少校情》的主人公黄必山，为了执行公务，知道慈父去世也强忍痛苦，不回家奔丧。完成任务之后，才心情沉重地回到父亲灵前。“他流着泪，用手去摸自己的口袋，掏出一枚军功章，泪流满面地放在父亲的遗像前……”无须千言万语，就这么一个细节，就把一个边防战士忠孝两全的高贵品质写得形神兼备，入木三分。这样的细节描写在其他篇什中比比皆是，可见黄碧功是抓到了文学写作的精髓。

文如其人。作品如人品，文花乃心花。黄碧功之所以能够写出这样亲切感人、正气飞扬的报告文学，这与她的人品是分不开的。

黄碧功曾经是我多年的同事。我对她的为人处世算是比较了解的。从她20世纪70年代末进入靖西文化馆工作，潜心从事民间文学研究；90年代中调进百色地区文联担任领导，后来进入市政协，至今三十多年，初心不改，坚持文学写作，练就了比较深厚的文学功底。更主要的是在多年相处中，她给我留下这么一个深刻的印象：她是一位老成持重又坦诚正直的壮家女子，是一位作风沉稳、思辨清晰的学者型作家。她勤学善思，博采众长；与人为善，成人之美；无私地培养与扶持了不少本地中青年作者。对有才华、有专长的人才，她更是呵护有加，不惜劳心劳力，上下奔走，尽量解决他们的各种困扰，为他们创造良好的创作环境。

她为百色文坛的薪火相传、繁荣兴旺立下了汗马功劳。因此，富有文学积淀又具备这种素质品格的人写出的文学作品势必是美好的，可贵的。黄碧功理所当然地受到广大读者的敬佩，实至名归地成为百色文坛德艺双馨的拔尖人才。

人品文品两相宜。毫无疑问，黄碧功的人品与文品都是值得我们称道的。

是为序。

2016年7月11日

目录

CONTENTS

强强商标

赵唯皓在总经理办公室　王白石/摄

作者采访吴天来　滕少娟/摄

黄必山获奖照　赵虎/摄

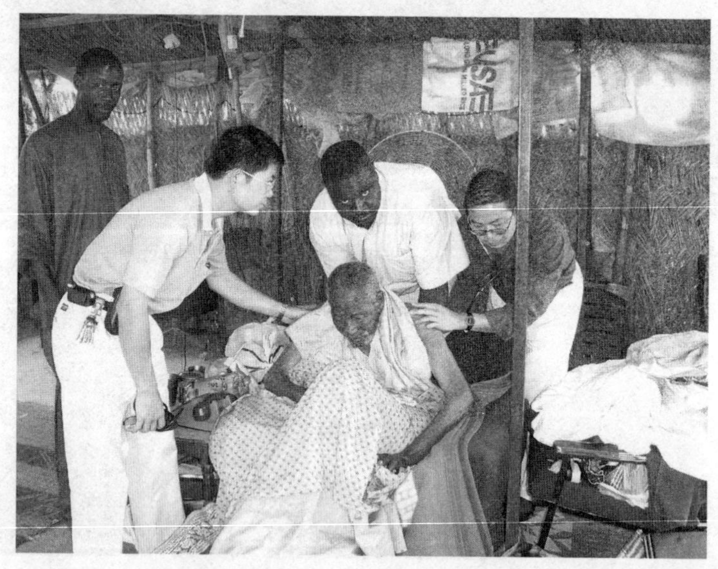

罗忠叁在为老酋长检查身体　罗忠叁提供

用爱的温暖铸造强强

——记广西强强碳素股份有限公司董事长、总经理、公司党委书记赵唯皓

一、一座座奖杯　一面面奖匾

他从苦难中走出来，坚定的步伐展示着刚健、执着、自强；

他从稻花飘香的田野走上来，英俊的笑脸写着人生绚丽的理想；

他从艺术殿堂走下来，身后回响着他浑厚、通透的《我的中国心》的歌声；

他从军营走过来，胸前闪烁着全军全能比赛二等奖的勋功章；

他从检察官的队伍中走出来，肩上挑着法律的尊严；

他从商海飘过来，划开一道从小绘就的人生心路；

他从民营企业走出来，一座座奖杯，一面面奖匾列队相迎：

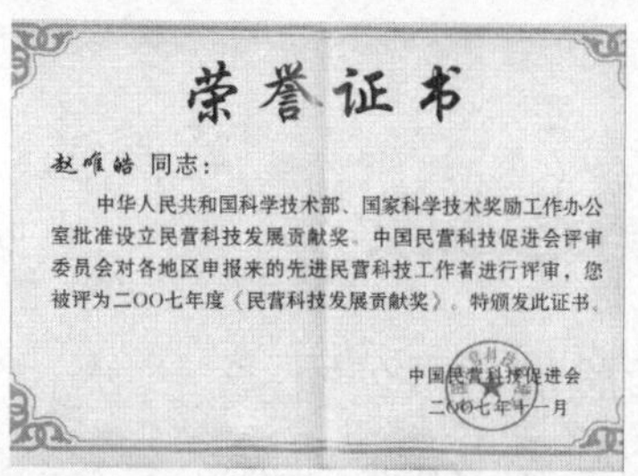

荣誉证书

赵唯皓 同志：

中华人民共和国科学技术部、国家科学技术奖励工作办公室批准设立民营科技发展贡献奖。中国民营科技促进会评审委员会对各地区申报来的先进民营科技工作者进行评审，您被评为二〇〇七年度《民营科技发展贡献奖》。特颁发此证书。

中国民营科技促进会
二〇〇七年十一月

民营科技发展贡献奖

荣誉证书

NO.

授予赵唯皓同志“全国商务系统劳动模范”荣誉称号。

中华人民共和国人事部
中华人民共和国商务部
二〇〇七年

全国商务系统劳动模范

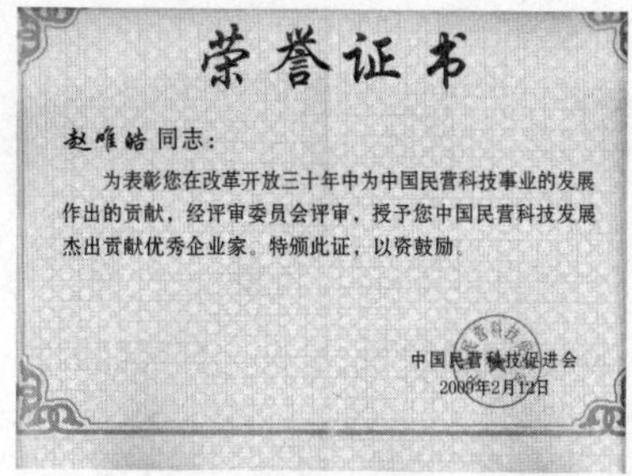

荣誉证书

赵唯皓 同志：

为表彰您在改革开放三十年中为中国民营科技事业的发展作出的贡献，经评审委员会评审，授予您中国民营科技发展杰出贡献优秀企业家。特颁此证，以资鼓励。

中国民营科技促进会
2009年2月12日

改革开放三十年中国民营科技发展优秀企业家

为表彰在促进科学技术进步工作中做出突出贡献者，特颁发此证书，以资鼓励。

奖励日期：

证书号：

奖励类别：

项目名称：

奖励等级：

获奖者：

全国科技进步奖

国家火炬计划项目证书

项目名称：炉内烟气焚烧法焙烧生产的预焙阳极

承担单位：平果县强强碳素制品有限责任公司

项目编号：2006GH051401

批准机关：中华人民共和国科学技术部

颁证机关：科学技术部火炬高技术产业开发中心

颁证日期：二〇〇六年九月

国家火炬计划项目证书

科学技术进步奖

荣誉证书

为表彰广西科学技术进步奖获得者，特颁发此证书。

项目名称：炉内烟气焚烧法焙烧预焙阳极技术

获奖人：赵唯皓

奖励等级：二等奖

证书号：2005-2-019-01

广西科技进步奖二等奖

证 书

赵唯皓同志：

被评为广西优秀中国特色社会主义事业建设者。

二〇〇五年三月十七日

广西优秀中国特色社会主义事业建设者

理事证书

经广西企业与企业家联合会第七届理事会议选举，赵唯皓同志(广西强强碳素股份有限公司总经理)当选为广西企业与企业家联合会第七届理事会理事(任期自2013年1月至2018年1月)。

二〇一三年一月十六日

广西企业与企业家联合会第七届理事会理事

广西壮族自治区总工会

决定授予：赵唯皓同志

广西五一劳动奖章。

广西壮族自治区总工会

二〇〇七年四月

广西五一劳动奖章

自治区优秀共产党员

证 书

授予赵唯皓同志自治区优秀共产党员称号，特颁发此证书。

中共广西壮族自治区委员会

广西优秀共产党员

荣誉证书

赵唯皓 董事长

荣获2010年广西优秀企业家称号，特发此证。

广西企业与企业家联合会

二〇一〇年七月

广西优秀企业家称号（2010年）

荣誉证书

赵唯皓 董事长

荣获2011年广西优秀企业家称号，特发此证。

广西企业与企业家联合会

二〇一一年七月

广西优秀企业家称号（2011年）

荣誉证书

赵唯皓 董事长

荣获2012年度广西优秀企业家称号，特发此证。

广西企业与企业家联合会
二〇一三年八月

广西优秀企业家称号（2012年）

荣誉证书

赵唯皓同志：

在2010年全区“安全生产月”活动中做出了优秀成绩，表现突出，被评为先进个人。

特发此证，以资鼓励。

广西壮族自治区安全生产委员会
二〇一〇年十二月

广西安全生产先进个人

荣誉证书

赵唯皓同志在广西投资集团有限公司创新活动中，成绩显著，被评为2010—2011年度创新活动先进个人，特发此证，以资鼓励。

广西投资集团有限公司
二〇一二年一月

广西2010—2011年度创新活动先进个人

荣誉证书

授予赵唯皓同志：

2009—2011年度百色市非公有制经济优秀社会主义建设者荣誉称号。

中共百色市委 百色市人民政府
2012年12月

百色市非公有制经济优秀社会主义建设者

荣誉证书

赵唯皓同志：

在“十五”期间科技创新工作中成绩显著，被评为百色市科技先进工作者，特发此证，以资鼓励。

百色市人民政府
二〇〇七年九月

百色市科技先进工作者

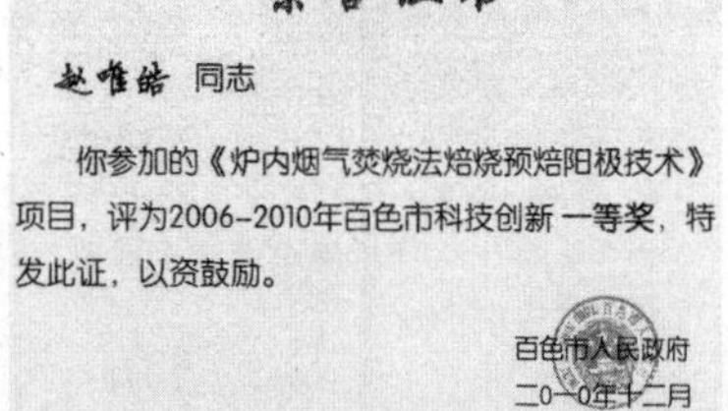

荣誉证书

赵唯皓 同志

你参加的《炉内烟气焚烧法焙烧预焙阳极技术》项目，评为2006-2010年百色市科技创新一等奖，特发此证，以资鼓励。

百色市人民政府
二〇一〇年十二月

2006—2010年百色市科技创新一等奖

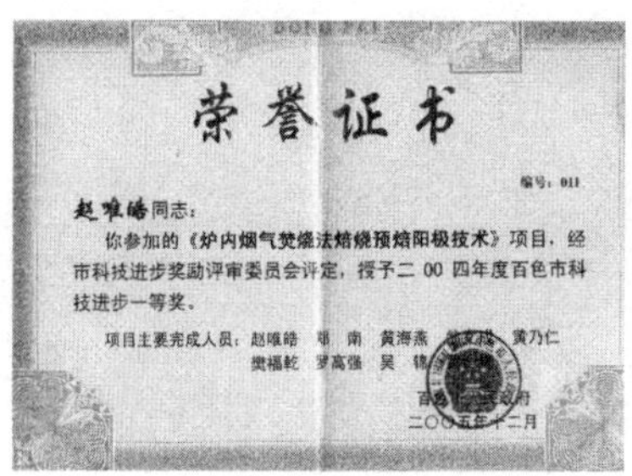

荣誉证书

编号：011

赵唯皓同志：

你参加的《炉内烟气焚烧法焙烧预焙阳极技术》项目，经市科技进步奖励评审委员会评定，授予二00四年度百色市科技进步一等奖。

项目主要完成人员：赵唯皓 邓 南 黄海燕 [illegible] 黄乃仁 樊福乾 罗高强 吴 锦

百色市人民政府

二〇〇五年十二月

百色市二〇〇四年度科技进步一等奖

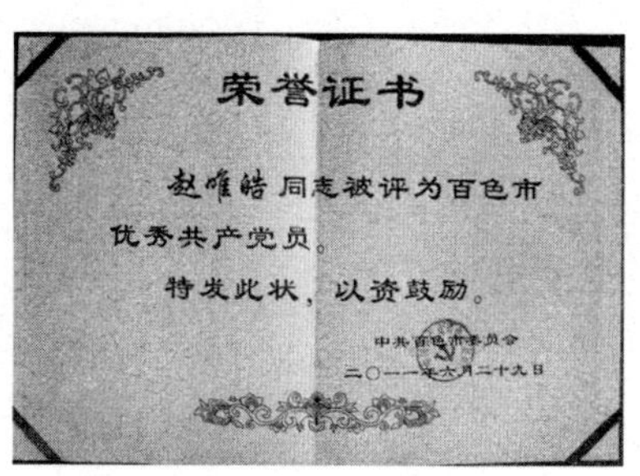

荣誉证书

赵唯皓同志被评为百色市优秀共产党员。

特发此状，以资鼓励。

中共百色市委员会

二〇一一年六月二十九日

百色市优秀共产党员

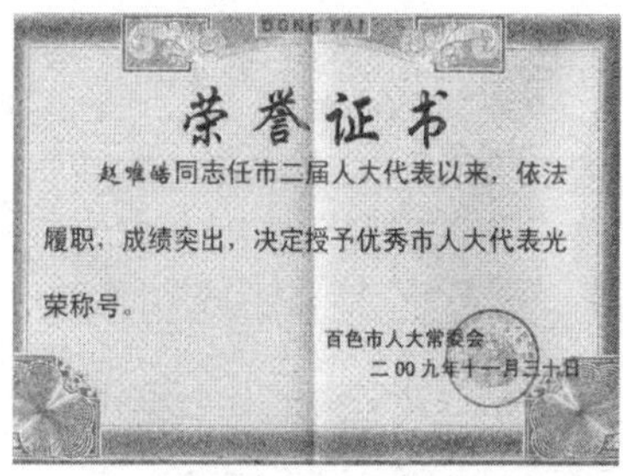

荣誉证书

赵唯皓同志任市二届人大代表以来，依法履职，成绩突出，决定授予优秀市人大代表光荣称号。

百色市人大常委会

二00九年十一月三十日

百色市优秀人大代表

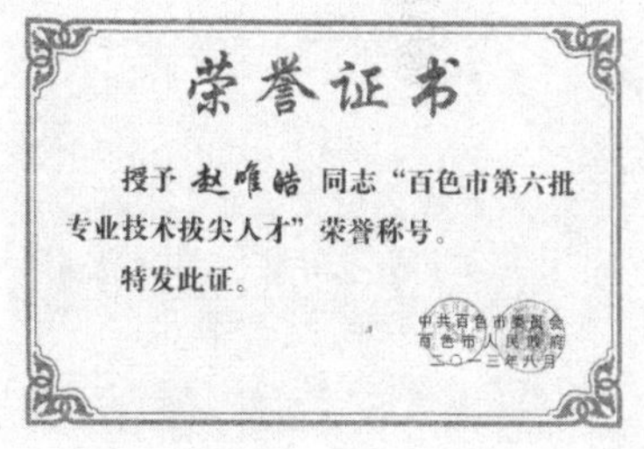

荣誉证书

授予赵唯皓同志“百色市第六批专业技术拔尖人才”荣誉称号。

特发此证。

中共百色市委员会

百色市人民政府

二〇一三年六月

百色市第六批专业技术拔尖人才

荣誉证书

赵唯皓同志被评为百色市践行科学发展观优秀共产党员。

特发此证，以资鼓励。

中共百色市委员会

2010年6月29日

百色市践行科学发展观优秀共产党员

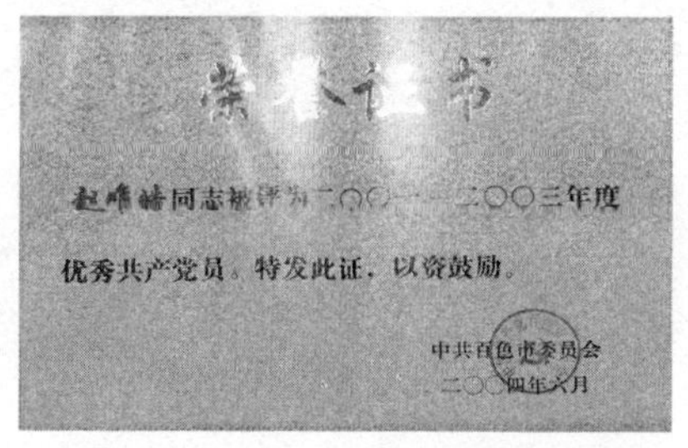

荣誉证书

赵唯皓同志被评为二〇〇一—二〇〇三年度优秀共产党员。特发此证，以资鼓励。

中共百色市委员会

二〇〇四年六月

2001—2003年度优秀共产党员

荣誉证书

赵唯浩 同志被评为二00四至二00五年度全市拥军优属先进个人。

特发此证，以资鼓励

百色市拥军优属拥政爱民工作领导小组

二00六年十月

2004—2005年度全市拥军优属先进个人

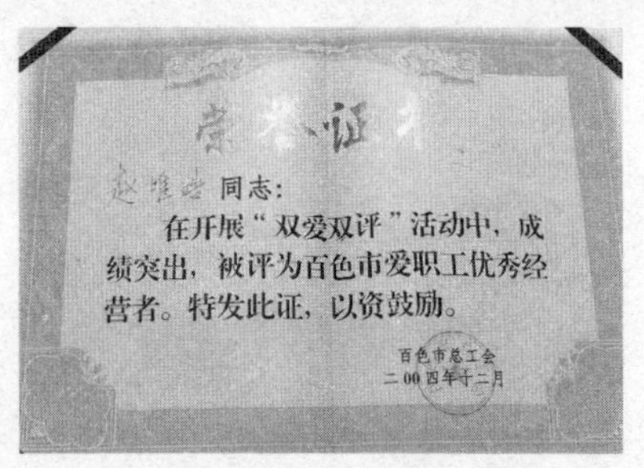

荣誉证书

赵唯皓同志：

在开展“双爱双评”活动中，成绩突出，被评为百色市爱职工优秀经营者。特发此证，以资鼓励。

百色市总工会

二00四年十二月

百色市爱职工优秀经营者

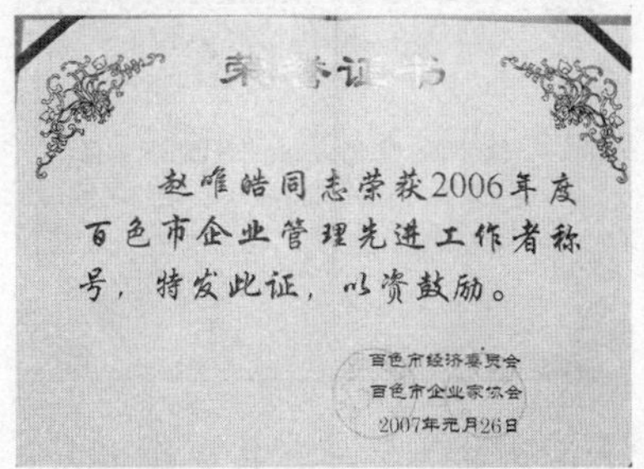

荣誉证书

赵唯皓同志荣获2006年度百色市企业管理先进工作者称号，特发此证，以资鼓励。

百色市经济委员会

百色市企业家协会

2007年元月26日

2006年度百色市企业管理先进工作者

荣誉证书

赵唯皓同志：

在2010年度节能减排工作中，工作积极，成绩突出，被评为节能减排先进个人。

特发此证，以资鼓励。

中共平果县委员会

平果县人民政府

2010年度节能减排先进个人

刚才从他们前面驶过几十辆卡车，前面那30辆拉货往厂里进，后面那三十多辆开往火车站。

他们从一条满布荆棘的路上走来。这里没有金碧辉煌、古香古色的大门，更无平仄对仗工整突现主题的对联，亦无醒目的横批。

他们的身后，绿树成荫，红花绿叶相映成趣。这里清风习习，雀跃树梢；蔚蓝的天空下，群山抱绿；安静的厂房似在绿海中荡漾，令人情不自禁地想起大海中的海市蜃楼，也令人想起陶渊明笔下的世外桃源般的适宜人居。好一幅恬静的写意国画！要不是那几根耸入云天却又无烟冒出的烟囱，你会以为它是一所放假了的学校，或是一个粮食仓库！

他们的前面是丁字路与绿色荆棘带的交汇处，只见左边有一块似乎一半镶嵌在红土中只露出上半截形似大石头的铝土矿，约有2米高，上面镶刻着“明明白白做人，认认真真办事”。

他们当中走着的那个中等个头，身板挺拔，步履坚定，表情坚毅，满面络腮胡而又慈眉善目的，就是广西强强碳素股份有限公司董事长、总裁、公司党委书记赵唯皓！

二、那片乱石山岗

说到广西百色市的平果县，人们会立即把她和伟人邓小平联系起来，因为邓小平说：“广西平果铝要搞！”因此，平果铝红红火火地建成了一个大企业，平果被誉为“铝城”。所以，人们对广西平果县这个县名并不陌生。而要是提起广西强强碳素股份有限公司，世人也不见得陌生，因为她是——广西百强企业之一。但若要是提到强强所在地的地方——广西平果县马头镇雷感村的“弄昂”，人们就很难在中国的地理版图上找到她的位置了。

雷感村有一大片被那沉屯人用壮语称为“弄昂”的乱石山岗。它和周围的那些或高或矮的石山一起，属于喀斯特地貌。这里山不是很高，但荆棘丛丛，杂木树终年不落叶，其间满地杂草。这里夜夜蛙声此起彼伏，夏日蝉声阵阵，演奏着群山起伏的夏曲。夏天雨季时，乱石洼处到处积水，水中蝌蚪游动，但也难免被缠在树根的蛇们虎视眈眈；那些在山里吃饱了草的水牛不时往水坑里打滚，无忧无虑的蝌蚪顿时就被滚得无影无踪；那些水牛在水坑中一泡就是大半天，蝌蚪们又会悄悄地在水牛泡不到的水坑边上移动。谁都知道，这些蝌蚪，尾巴慢慢地磨短，有一天就变成了青蛙。它们会藏在那些树下的阴凉处，但也时刻提防着或蠕动或盘缠在树根的蛇们的突然袭击。遇到这种情况，它们只要往水坑里一跳，便躲过了蛇们的信子。就这样它们渐渐地长大，成为夏夜演奏队伍的成员。因此，在这乱石山岗里，只要听到青蛙的叫声，进入乱石山岗里放牧的人就会感到似乎是身在村子里一样，不会因为这里的荒凉而恐惧。夏日，这里是水牛避暑的胜地。因此，一些青蛙也会跳到水牛的耳根去躲阴。而每年的清明节过后，乱石山岗总会零零星星地飘动着附近的壮人在三月初三祭拜祖宗而插在坟顶上的纸幡。晴天，有风时那些纸幡就随风飘动，发出令人惊慌的响声。乱石山岗的山脚下，有一块块小小的玉米地，那红土上的玉米结的苞子只有松树果一样大，玉米间种着黄豆，而那豆荚又扁又小。

年复一年，人们世世代代就这么耕种着山脚下这一小块的贫瘠的红土地。因此，这乱石山岗也就在春种或收成时，才能看到来这里耕种的人们，然后依然静静地躺在这里。多少代的村人，有时为了放牧偶尔走进其间，若是胆小一点的人，独自走进这乱石山岗，说不定会因为这里的荒凉而害怕得浑身起鸡皮疙瘩。

2000年10月的一天，一部中国当代最时髦的车子——宝马

528开到了这乱石山岗不远的公路边停下来，车上下来了一个壮实的、中等个儿、长着络须、头发往后梳得发亮的、满面红光的老板，一个穿着时兴T恤衫的像篮球运动员一样身材的人，还有一个中等个儿的年轻人。

壮族农村总有个习惯，凡是外边来了人，大家都围上来看热闹，尤其是来了那么崭新漂亮的好车，更是好奇极了。这种气氛，很容易令人想起当时电影队在村里放电影之前的那种场面。众人七嘴八舌，众说纷纭，有的说："这几个看来是找地方吃饭的。"有的则立即否认了："不像，不像。据说他们一个从加拿大来，一个定居在香港，哪有开着宝马车到山弄里来找饭吃的？"

在人们的议论声中，在人们疑惑的目光中，车上下来的人到乱石山岗前转了一圈，上车走了。人们望着在风尘中渐渐消失的宝马，仍站在那儿不舍离去，还在揣摩着"弄昂"可能发生的事。

不出人们所料，平果县当时招商引资进来的第一个项目，就是那个开宝马车的人签的协议。在项目的各种手续办妥之后，他们聘请了在平果铝业公司刚刚退休的党委书记李成业来任总经理。李成业是个非常干练的才子，他说："成立公司需要有字号呀！我看老赵是个强人，我们要办企业就要办一个强盛的企业，我看企业的字号就叫'强强'吧。"与他们的行业一挂钩，于是"强强碳素"诞生了！2001年元月的一天，这片乱石山岗前摆了好几台挂着红绸的就要在一瞬间改变"弄昂"历史的挖掘机，前边20米长的鞭炮正在"噼里啪啦"地响着，震荡着乱石山岗的天空，待燃过鞭炮，就可以开机挖掘了，这时突然涌来好多的村民，开始大家还以为他们是来祝贺的，可他们挤到鞭炮的纸屑中准备开挖的挖掘机前，齐声喊："不准动！"这时，大家才意识到：这就是阻挡开工！

阴冷的毛毛细雨给所有的人和机械抹上了一层湿润，时间一分分地溜走了。是我们的手续没办好吗？疑问在总经理李成业的脑子里足足转了好几圈。没有呀！他才开始和涌来的群众协商，道理说了一遍又一遍，好话说了许许多多，但是村民依然是岿然不动。无奈中，李成业想起了民间历来就有下跪求情的习俗，于是他跪在地上向村民要求，但村民仍无动于衷。李成业见这民间解决问题的杀手锏都无济于事，就要求村民让工程队撤走，可村民仍旧不依不饶，甚至还提出要给他们6000元才能撤走。双方在雨中僵持不下。

傍晚的蒙蒙细雨中，有几部摩托车奔驰而来，近了时，人们才看清楚了，前面那个身材敦实的是马头镇党委书记黄文武，另一个身材高挑戴着一副眼镜白面书生模样的则是马头镇镇长刘贤新。当时已是晚上七点多钟了，他们本来在镇上开会还没顾得上吃晚饭，一接到辖区内发生这事的报告就直奔现场。村民们看到镇领导来了，有部分人就自动退出了现场，只有十几个人还在闹要钱。黄书记、刘镇长又劝了他们好久，他们仍不听。后来书记、镇长只好提高了嗓门：“哪个想要6000块钱，就到我们镇政府去要！”听镇领导这么一说，没有人敢再出声，镇领导这才和李成业他们一起离开了现场。

李成业毕竟是一个退休的老人，实在不愿意接受这样的折腾，悄悄地离开了。一个月以后，公司董事长赵唯皓又聘请黄恒锦为总经理。通过政府与村民们协商，虽然公司已经按照当时国家土地赔偿政策，一次性先预支给予100多万的土地补偿费，可是，村民们仍不同意，提出了很多难以做到的条件。什么工厂建设的工程必须给他们做，提出一亩地必须安排几个村民在工厂上班等要求，一拖又是两个多月。

采访记录，赵唯皓说：“我是项目的董事长，当时我不太管事，我想让总经理李成业做事，他当过平果铝党委书记。当时土地已经征了，准备开工了，还选了钩机，一切都准备好了。没想到开工碰到这么大的问题，总经理李成业给群众下跪，当时马头镇党委书记黄文武，镇长刘贤新他们都到现场去了，很着急。我听了以后，很纳闷，怎么会是这样呢？当时我们已投资200—300万了，我打算不干了，到区医院去疗养两周。我每年都常规要去检查调理一次的。有一天在半夜里我被黄书记、刘镇长叫了起来，和他们一交谈才知道：黄文武和刘贤新因为工作，那一天他们就跑了两次百色，听说我住院不想干了，又连夜赶到南宁广西区人民医院找我。当天找到我时已是夜里三点半钟，他们对我说：'你们不要放弃！你们要坚持！群众工作我们来做。'他们的重视程度、敬业精神和全力的支持，已经使我深深地感动。他们的车子又不好，当时平果到百色和到南宁的路都不好走，他们一听说我不想干了，又住进了医院，就连夜专程赶来找我。"

项目动工受阻后，马头镇领导向县领导汇报，领导说："这个项目算是你们马头镇的乡镇企业，你们努力去做好吧。"既然县里面说这个项目是镇上的乡镇企业，那么黄文武和刘贤新就感到责任重大了，就着急了，老板都跑了还办什么企业？

黄恒锦说："看见他们二人一天之内开着一辆众泰车去百色地区做了两次工作汇报，回来后又不见赵总了，我只好实话告诉他们，赵总到南宁住院去了，这里开不了工他感到很为难，有点不想干了，你们找找他吧！就这样他们连夜又开车去了南宁，撑着破伞，高挽着裤脚，裤子都湿了半截，对赵总说：这个项目，我们乡镇一定管好！"

刘贤新（时任马头镇长，2001年后任书记，现任百色市科技局局长）说："李成业组织第一次开工受阻之后，换了黄恒锦做总经理也动不了工，因为村里有几个人为首的小黑恶势力在煽动群众。我们了解情况以后，找到公安厅反映情况，回来向县委汇报。

许忠实副书记连夜和我们到县公安局开会，部署如何抓这几个人，开完会，我与黄文武书记去南宁找赵总。当时我自己开车，到南宁已是下半夜三点半钟，赵总从楼上下来，穿着医院的病人服，他说：我不想做了，这几百万就算是丢到右江河去了！我们把情况跟他说了，并说县里已决定在这几天整顿社会治安，抓几个带头闹事、有犯罪事实的人。赵总听了很感动，沉思了五分钟就做出决定，这一句铿锵有力的话至今还在我的耳边响起：这辈子我就下定决心在这里做了！我们回到平果已经是凌晨五点多。”

要办一件事，是必须在主观和客观条件都相适应的情况下方能完成的，尤其是办企业。

刘贤新：“这之后，我们组织镇干部到村里去，做各家各户群众的思想工作。群众也都支持我们，因为这几个人在村上危害太多，大家都希望尽快抓他们，以免因此引起社会不安定的问题。抓了这几个人以后，雷感村就没有人再闹事了。”

赵唯皓说：“我既然下了决心，就开始以平果为家了，通过与马头镇政府领导的沟通，以及跟农民代表的交流，在马头镇镇府的协调下很快就达成了一个双方都能接受的协议。”

黄文武（时任马头镇党委书记，现任市人大财政经济委员会主任）说：“赵总协调好，用雷感村的农民来做工，成立雷感村砌石队、采石队、运输队。头几年，雷感村那沉屯，每年收入都在200万元左右。”

刘贤新说：“强强在2001年3月14日动土开工，项目进展很顺利，我们向县领导汇报，他们开始还不相信，直到2002年县里开会时，蒋志农县长才相信，强强碳素制品有限责任公司从建厂到投产，只用了一年时间。2002年3月14日投产，我们去参加投产时的点火，当时生产能力为每年8000吨碳阳极，后来扩大到38000吨。第一期成功后，第二期工程他们跟着马上又动工，二期投资1.2个亿。两期共投资1.8个亿，年产量达到了12.5万吨。固定资产的投资全部是他们几个股东自筹的，他们从开工到投产不用贷款，只在投产后向银行借部分贷款作流动资金。强强从开始到现在已10年，从不拖欠贷款利息，信用等级评定在百色民营企业中是最高的，百色只有两三家信用等级好的民营企业。”

吴锦（广西强强碳素股份有限公司副总经理）说：“第二期时，我跑了32次国土局，领证还跑了三次，工作人员给我列了一张清单，共有38项，什么报建啦，征地啦，立项啦等等，盖了116个公章。我说，来平果办企业，算是完蛋了。刚来时县领导的热情确实是令我受到感动，在办理各种手续时的为难程度又引发了很多的感慨，真正到领证时的窝火使我更多的是无奈！后来我将这件事向县主要领导汇报，县里组织了一次大整顿，从那次以后，平果的气候不一样了！”

“弄昂”这片乱石山岗，自古至今沉睡了多少亿年，无人知晓，而2000年在这里发生的强强碳素公司的人和故事，这里的人记忆犹新，感慨万分，也可以如数家珍，叙说强强的昨天、今天和明天。接下来，讲的是第三期的故事：

杨洪保（广西强强碳素股份有限公司副总经理）：“2007年，广西投资集团在来宾投资建年产25吨的铝厂，想让我们强强去那里办厂配套供碳阳极，给300亩地。地征了，没有指标，办不下来，张少康当市长，他说：‘你们先干，我们再补。’2008年5月，整天为这事奔忙，丢了上百万土地也拿不下来。来宾铝厂一直在轰轰烈烈地建设，我们因为土地问题开不了工，赵总非常着急，这时时任平果县常务副县长的刘贤新又找到赵总说：‘到平果来看看吧！看看我们平果的支持力度。’”

刘贤新：“强强二期后，广西投资集团与他们达成了合作，成了强强的股东，广西投资集团在来宾办铝厂，自然会要求强强一起去来宾办厂。来宾政府答应给300亩土地，杨总说花100多万了征地仍然推进不了。2007年我当时已任平果县副县长，我到区人民医院留医，知道这个信息后，给赵总打电话说'赵总，上次我去医院看你，现在你来看我怎么样？我在区医院。'其实不是叫他来看我，是叫他来说土地的事，因为我已经跟蒋志农书记汇报，决定给500亩土地来支持强强回平果扩大产能。赵总是明白人，不到五分钟，就爽快地答应了：来平果做第三期。第二天我回到平果，我们不到十天征地就马上得到推进，赵总他们也就是一年又建成了第三期，现在在平果的年产能就达到了50万吨。"

杨洪保："我从南宁来新厂，即强强第三期，2007年底征地，2008年2月19日动工。当时新厂占地450亩，雷感屯占30%，江州（那厘村）占70%的地。地下压着铝矿，经和中铝公司协商，中铝公司先采矿，8米深的铝土矿，他们突击开采，使我们的第三期能按时开工。在县里的支持和协调下，在平果连央企对我们都是大力支持的。"

土地是人们祖祖辈辈赖以生存的基本条件，是他们的命根子，是他们的祖先长年累月开垦出来的。赵总很清楚土地对农民意味着什么，因此强强的征地都是以尚未开发的荒山地为主，强强第一期开工经历了一波三折，群众知道强强的到来并没有给他们带来什么伤害，反而给他们带来更多的好处之后，对政府征地有了新的认识。因此，在县政府、乡镇政府和群众的支持下，强强第二、第三期征地工作都能顺利地进行了，但是事物的发展，总不能完全以人们的意志为转移，否则生活就不会有矛盾，"弄昂"也就没有故事了。

故事之一：强强一期征地时，马头镇政府当时是在旧车站附近那里办公的，干部职工都是骑着自己的摩托车来回跑上十多公里到雷感村去征地的，县里也没有这方面的开支。赵总很感动，对黄文武书记和刘贤新镇长说："你们很辛苦，拿4万块钱给大家作油费吧！"镇领导说不能要，后来赵总又再次说了，他们也还是不要，第三次赵总又说："你们太辛苦了，这4万块钱我还是要给。"镇领导只好收下来。因为当时镇里还有20个人的工作队，就给他们每人2000元作油费。镇上有个副书记跟征地人员酒席间说到此事。不久即有人说，赵总给黄文武和刘贤新镇长每人2万元，就此告到县纪委，县纪委跟镇长说："镇上有人告你们。"黄书记和刘镇长分析之后，决定冷处理。

刘贤新："我们开镇领导班子会议，我说，我们镇为强强的用地大家很辛苦，赵总跟书记和我说过几次，给4万块钱给大家作燃油费，我们不同意要，后来他又第三次说，考虑到大家的确很辛苦，就收下了给20个征地工作队队员每人2000元，这个责任在我。经过研究，现在把这4万块钱退回去，请副书记把这4万块钱带给赵总。后来，镇政府搬到新办公楼，赵总给五万块买办公用品，我们也不收。"

故事之二：在县政府的支持下，强强第三期的500亩用地很快就落实了。在马头镇征地和其他手续都办完了，赵总他们都希望尽快开工，但是这500亩地上有一个养鸡场和养猪场，马头镇政府已经努力做了很多工作，但还是办不妥，因为他们不要补偿费。马头镇把补偿方案打成一份报告，送给时任县政府常务副县长的刘贤新。采访时，刘贤新说："报告我看了，签字把补偿费打到养鸡户、养猪户的账户，马头镇还是拿不下来。我去了，我坐在那里，对他们说：'县里原来一直支持你们发展养鸡、养猪，你们也努力了，但到现在你们的效益也一直不好。现在县里的重点工程要开工了，我们实际上也是在帮助你们，给你们合理的补偿款，既为你们解套，又能够支持县里的重点项目顺利开工，短短的几句话就让群众想通了，他们就把鸡场、猪场拆了，使强强第三期能按时开工。”

故事之三：强强三期按时开工挖土后，到了验槽时，吴锦副总经理跟平果县质监站站长说定是周四去验槽，到了周四站长说有事不能来了，把约定时间推到周六早上八点三十分。那几天天天都下着毛毛雨，如不及时验槽就会积水，吴副总在向刘贤新常务副县长汇报工作进展时说到了这件事，有心的刘常务在周六早上七点半就穿着水鞋，戴着雨帽来了。站长说八点半来，可到了时间还没有见他来，吴副总经理说已经约定了的，但质监站长还不见到场，吴副总打电话催他，他说：“今天没有时间，下周一吧！”

刘贤新说：“我一听就火了，当即用我的手机打电话给他：‘我就在槽边，我七点半就来了，如果你不来，九点钟你会收到免职的通知！（因为副县长是有权罢免质监站长的职务的）他知道厉害后马上赶过来，我和吴副总经理在毛毛细雨中站着抽烟等他，这时公司的梁荣龙副总经理也来了。”

从这些催人泪下的故事中，我们看到了当地党委政府对企业创办的大力支持，他们耐心细致地做好群众工作，为企业解决一系列的困难，使之能生产、发展、壮大，能成为民营企业中的佼佼者；我们也看到了赵总和强强企业坚持在这片红土地上艰苦创业的决心、信心和奋发的精神。他们的确是可爱、可敬的新时代建设者。青山作笔，江河为墨，也写不尽强强的昨天、今天和明天更精彩的故事。

刘贤新说：“对强强的了解，懂得最多的是我，我对这个企业，就像看我们的小孩一样，看着他出生、成长的。”

黄文武说：“为了这个企业，我们在一起可以说，如果没有我们，就没有这个企业。”

赵唯皓说："如果没有刘书记（刘贤新），就没有我们强强的今天。"

如今，在强强一期的产品仓库边上，还有乱石山岗"弄昂"留下的痕迹。人们可以看到有一处从半山上挂下来的一片粉红色的花岗岩石，宽约十多米，高约8米。它身上的棕红色泥土，被十年来的风风雨雨冲刷得干干净净了，竟连半根草也不长，被右江河谷的太阳暴晒了，但没有崩塌，依然挺立着，与连体的石山一起，用自己头顶上那些浅薄贫瘠的土层，支撑着自己头顶上那些绿色的生命，让它们郁郁葱葱，与连体山共同拥戴成绿色的海洋。它也在告示强强的人们：创业的艰辛从这里开始。它也在目视着强强的一期、二期和三期的产品，从它的脚下源源不断地运往世界各地！

三、电影《沙漠追匪记》

一个人的成长，总离不开他生活的环境，这当中有社会和家庭环境。这里先说赵唯皓的父亲，他叫赵九琳，河北省唐山市玉田县人。1944年参军，在第四野战部队，参加解放广西的战斗，后留在河池南丹县工作。他的命运也是随着国家不断的运动而几起几落。后来官至计委副主任，享受副厅级待遇。他76岁时谢世，没有看到他长子赵唯皓为之奉献最多的强强碳素的生长和发展，带着他对长子创业的疑问走了。

"好好的工作你不干，到底你要干什么？钱就那么重要吗？"

"钱不重要，但我和您不一样，您是扛枪打天下，我也是当兵保家园。难道我们家的人一生只会舞枪弄棒吗？人如何创造人生的价值很重要，我一定要去创造自己的人生价值。这是我从小就有的志气，您不知道吗？"

赵唯皓从小就有自己的志气，作为父亲，赵九琳心知肚明。而且，儿子也跟自己受了不少的苦。父亲怎么能不知道：那一年的运动一开始，自己从领导的岗位上一夜间如掉下万丈深渊，被带走了。这一走就是一年！妻子文丽芬也从团委书记的位子上被拉了下来，被赶出了乡政府的大门。她带着年幼的唯皓兄弟，在山边搭了一个草棚，儿子们饿了就沿街去讨饭。妻儿们在一年的365天里度日如年，苦不堪言。这一切，自己是在恢复工作之后才得知的。作为男子汉，作为一个为祖国的解放而血战沙场的老革命，他觉得自己愧对妻儿！伤心的泪水使他模糊了眼前的视线，他紧紧地抱住妻儿哭成一团！在这悲欢离合的时刻，他纵然让泪水流尽，也找不到半句安慰他们的话语，因为他的心中，还深深地藏着自己这一年来在外面受的那些难以启齿的——跪黄豆、跪玉米、跪单凳、跪石头的痛楚和整夜写“检讨”——非人生活的遭遇。他不愿意给他们伤口上撒盐！尤其是不忍让年幼的唯皓他们在心灵上留下太多不利于他们健康成长的阴影！这就是一个革命者父亲心中的“秘密”，为了下一代的成长。

父亲怎么不知道，在唯皓成长的少年时代，自己曾三次执杖吊打过他。打得他遍体鳞伤，三天都下不了床。第一次是因为他上学的第一学期，第一次考试只得了百分制的五分，能不打人吗？“子不教，父之过”啊！虽然文化水平不是很高，他对自己从小就受到的古训时刻铭记。唯皓也就因为父亲的“杖打和责备使人有智慧”。从此他便害怕再次被打，学习也认真了，一次又一次地把三好学生的奖状带回家中，让父母亲笑逐颜开。看到唯皓拿着奖状回家时，说不定，父亲还真的为自己的杖打教子而内疚了呢！只见他把儿子每一次拿回的奖状小心翼翼地贴在窄小的房间显眼的地方，这之后，工作累了回到家时，常到那些奖状面前站着，一张张地抚摸过一遍，就像摸着长子唯皓的头那样。

父亲怎么不知道，在特殊年代，大江大河吹什么风，社会上就会涌起什么浪。一时间，“狗崽子”等骂名满天飞，很快就传到了南丹这个山区县。正在上小学的赵唯皓，不论是在上学的路上，还是在放学回家的路上，有时甚至在教室里，都会被同学团团围住，骂他是“狗崽子”，有的还往他身上吐口水；有时还用纸条写了“狗崽子”三个字贴在他背上。这种恶劣的环境，令他不能安心学习，在忍无可忍的情况下，怒火终于在胆边生。有一天一放学，赵唯皓挣脱了那些同学的围攻，猛地跑到骂自己最凶的那个同学家，划了火柴，要把那个同学的家烧掉！少年哪知什么叫纵火犯？只为出一口气解心头的恨罢了。他被学校抓了起来，父亲把他领了回来，在家中吊起来杖打得半死。母亲心痛唯皓，每一杖似乎都像打在自己身上一般地痛！她哭着喊着，叫丈夫手下留情。但丈夫正气在头上，火烧在心中，如何停得下来？她也束手无策了。唯有在唯皓被打得遍体鳞伤躺在床上的那几天，她才能给儿子以一份母爱，希望儿子能早日治好伤下床去上学，以不耽误他的学习。父亲怎么不记得，这是他第二次杖打自己的儿子啊！

父亲怎么不知道，那个不堪回首的岁月过去了，祖国大地又是阳光明媚的春天了。他和一些在运动中被开除公职的干部都陆续从五·七干校回到了原来单位。他自己重新恢复了工作，回到单位上班了。而妻子却一直还在靠边站，得不到安排。她埋怨丈夫不帮她的忙。作为丈夫，赵九琳没有能理解在多次运动中为自己受株连而担惊受怕、为自己呵护养育儿子的忠厚老实的妻子。面对妻子的埋怨，起初是轻声细语，如春雨润万物。可说着说着各人都声如雷鸣了。于是二人吵了起来。作为儿子的唯皓，先是保持中立，到后来见父母亲矛盾升级，不得不帮母亲说几句话，谁知父亲正好迁怒于他，把他又痛打了一场，唯皓也是三天以后才能下床。尽管如此被痛打，他并没有因此而痛恨父亲，而是从中懂得了社会和人际间的复杂，开始了自己凡事动脑筋的习惯。而母亲，又为唯皓因自己而被打，心痛如刀割，没有多少文化的她，为这事常常在夜里暗暗为儿流泪，而在之后的日子里，她常常以对唯皓的关爱来减轻自己心灵的痛苦。作为妻子，文丽芬宽大为怀，仍然深深地爱着自己这个几分几合的家；仍然深情地爱着自己患难与共的丈夫；作为母亲，她加倍地疼爱自己的从小就能为她分忧的儿子唯皓。这是一种传统的爱，是一种真情，是打断骨头连着筋的亲情！

父亲怎么不知道，那一年，乡里晚上放那部片名叫《沙漠追匪记》的电影。当过兵参加过无数战斗也立过战功的他，知道这部影片通过我军在沙漠中剿匪的惊险故事，反映了解放初期依然艰苦的敌我斗争，充分显示了我军的英勇善战和牺牲精神。他自己在县里开会时看过，而且是每一次看过这电影之后，总是激动得睡不着觉，在回想着影片的一个个场面。当长子唯皓缠着他要去看这部电影时，他却苦于囊中羞涩，只好一次又一次地给唯皓讲了故事梗概。因为水平有限，即便看后激动不已，但他也无法把影片中的解放军如何在荒凉浩瀚的大沙漠追踪土匪的情景讲给唯皓听。但唯皓却一次又一次地缠着要他讲，他反复地回忆，每次都满足了唯皓的求知欲望。后来一想，这部电影对于唯皓的成长教育是非常有意义的，于是对他说：“去问你妈，要是她有钱给你，你就自己去看！”

赵唯皓乐颠颠地在伙房里找到正在烧火做饭的母亲。见母亲因被火烟熏得两眼都在流泪，不时地用衣袖抹着泪水，他不管三七二十一，拽住母亲的被泪水浸湿了的衣袖；“妈，给我一毛钱去看电影。”母亲摸着儿子的头轻声地说：“妈现在没有钱，你看我们今天都没有钱买菜了，只好去挖点雷公根来当菜。等你爸发工资了，妈一定给钱给你去看电影。”唯皓说：“等发工资，电影队就到别个乡去放，我就看不到了。”看着一会儿扯着衣袖，一会儿扯着衣角不放手的儿子。她忍不住含着泪花说：“那你自己去隔壁黄叔家，问他借，说借的钱以后由妈妈来还。”

赵唯皓满怀希望高兴地跑到黄叔家，彬彬有礼地小声说：“黄叔，您借一毛钱给我买票看电影吧！”谁知黄叔把手中的报纸往椅子一搁，倒竖着眉毛盯了唯皓一眼，恶狠狠地说：“十岁的孩子，真不懂事，为看电影要借钱！”唯皓只好快快不乐地回到家中，号啕大哭，哭得好伤心！哭得父母亲的心都碎了，却都束手无策。只好把他关进了他和老二住的房间，无知的二弟用手轻轻地为他抹着眼泪：“哥，你莫哭了，你莫哭了。”说着说着他自己也禁不住眼泪流下来，也和哥哥一起伤心地哭了。兄弟俩的泪水和鼻涕一起沾湿了他们的衣袖。

母亲听着他兄弟俩的哭声，自己也流着泪水与丈夫一起去敲房门，可两个孩子就是不开，夫妇俩只好站在门外叹气。那煮熟的稀饭和雷公根都凉了，他们谁都没有心思去吃！

辛酸的泪水冲走了赵唯皓看《沙漠追匪记》的美梦，磨灭了他要看一眼西北大沙漠增长知识扩大眼界的向往，给他留下了像童年因肚子饿而去沿街讨饭一样的伤痛。但却使他萌生了：要是我有钱，一定要看十次《沙漠追匪记》的幻想；催生了他要创造和拥有财富的理想！

童年的事往往是最刻骨铭心的，是挥之不去的记忆，是人生的最初信念形成的基础，是始于足下最坚实的第一步！

童年的泪，是伤心的泪，还是幸福的泪？这都与各人各自的经历分不开。也许，赵唯皓童年贫穷的苦泪，一串串地滴在他成长的路上，从不干涸，而成为他前进的一种动力！泪水，写就了他的人生！

父亲虽然无法理解赵唯皓从小就因为自己的反复多次的遭遇而形成了他不屈的性格，但他始终没有忘记唯皓那次撕心裂肺的痛哭声，也没有忘记后来唯皓在自己有能力时连续花了十个晚上去看十场电影《沙漠追匪记》的事。但是父亲怎么也想不到，唯皓每看完一场电影，就会辗转反侧，夜不成眠地回放着借一毛钱的画面。因为大沙漠的风沙，令他恨不得和影片中的战士一样，去战胜摆在自己面前的困难，并把它作为自己前进的原动力！

父亲怎么不知道，由于自己的第一次杖打，把长子的脾气抽倔了。他从小就坚强过人，要不，他就不会在部队刻苦训练，俯卧撑可做2000多个，引体向上160多个，他就不可能成为全军性质比赛个人全能第二名。父亲想不通，这是不是在自己的皮鞭下成长？被骂“狗崽子”而去想纵火报复时，是自己把所经历的命运和随之产生的怒气抽到了他身上？他也很后悔，自己不该呀！因为儿子再皮，也是自己的亲骨肉啊。但长子唯皓的倔强确实是被自己打出来的。在后来离休的日子里，唯皓从他身边走到国外去了，那叫旅游吧！后来干脆到国外去定居，把儿媳宋锡芳和孙女赵晶也一起带到国外去了。他这时能常常看到的只是唯皓那张镶在镜框中2寸的军人半身照：那张英俊的脸庞，那双如悬月般明亮的眼睛。这是他英俊的长子！那张双手紧紧握着冲锋枪的照片，显出军人的无比威严！而自己这个虽然当不成将军的长子，就这么的不听劝，自己要求从野战部队转到地方部队，又要求转业到广西河池市检察分院，再后来又调到广西壮族自治区检察院工作。

父亲怎么也想不到，赵唯皓有了个副处级的检察官待遇，正是仕途火红前程似锦的时候，为什么尽去做一些冒险的、一时很难预料到成功的概率有多少的事情？因此，当他劝唯皓说：“钱就那么重要吗？”他已经是享受副厅级待遇的离休干部，他不缺钱，他自然不能理解赵唯皓有了钱为什么还要去办企业的大志！带着对长子唯皓的深情，带着一连串的疑问，他只看到了强强碳素的一、二期工程，就在河池那一片他奋斗了一辈子，养育了五个儿女的第二故乡，走完了他的人生路，永远地合上了双眼。

令赵九琳作为父亲引以为自豪的，是长子赵唯皓不是那种躺在父亲功劳簿上贪图享受的干部子弟，他的经历，都是他自己努力的结果。

采访中，当我问到赵唯皓的家事，他除了沉重地叙说已故父亲外，说得更多的是母亲文丽芬。他说："他的人生目标定位是：为个人的理想，为家庭的幸福，为民族的强大而奋斗终生。"还说："只有对家人负责，才能对员工负责。"因此，他在《强强碳素员工手册》中写道："忌家庭不和，虐待老人。"他要求员工这么做的同时，他首先就这么做了。因为他知道，企业领导的人品和人格，往往是凝聚员工精神的动力和榜样。

因为在社会主义的建设事业中，榜样的力量是无穷的，这似乎已成为人们奋进的标尺，尤其在新生的民营企业中。

4月11日上午，我们一行在总裁助理罗高强的带领下参观了强强碳素三期的产品车间，弄懂了那些写在预焙阳极炭块上的符号，如"40407081303"。这些符号就像人的身份证号码一样重要。接着去看当年赵唯皓他们租住的民房，然后回到一期所在地看了强强碳素研发中心。然后采访赵唯皓母亲。

在总裁秘书胡蝶珍的引导下，我们来到赵唯皓的家。门一开，从里间的通道上走出一位身体微胖圆形脸剪着短发的老人家，她精神状态很好，和蔼可亲。当我们说明来意后，她笑逐颜开地和我们交谈。她说："我是桂林那边的人，父母亲因为贫病交加而先后离开人世。家中只有哥、姐和我三个人。我小时候很苦，被人拐来大厂当丫头。这个地主家丫头、长工多，田地多，牛马多。

那些大的长工、丫头等地主睡了，就打饭给我们几个小的吃。好不容易等到了解放。那一年，那些大的长工、丫头他们认得铁路上的工人，就都跟着他们跑了。出门之前，他们也都叫我：阿妹起来了，走啰！等我醒来，人都不见了。1949年，我十五岁，别家的丫头教我去找工作队，我才出得地主家。工作队问我叫什么名，我说我不懂，别的贫农老人告诉我，你姓文。斗地主时，他们说：‘地主把来找你的哥哥打死了，丢到山洞里……’我后来参加工作，当团委书记……”

共产党来了，人民得解放，穷苦的人翻身了，当家做主人。文丽芬也就是这个队伍的一员。

赵唯皓从小跟着父母亲，一时是令人羡慕的干部子弟，一时又是受人憎恶的“狗崽子”。在父亲不知去向的那一年，他能得到的只是母亲在小草棚中给他的无私的爱，她带他和弟弟去讨饭，也带他们去山上开荒种地。诚然，他一家的遭遇也得到过好心人的帮助，他们这家给他们几斤米，那家给他们几棒玉米，才使他们能够度过艰难的一年。群众纯真的爱和友好，也给唯皓留下了深刻的印象，而母亲在父亲落难中给予的爱，使他更是终生不能忘怀。

文丽芬说：“粮食困难时期，每人每天才有几两米。煮得一点点饭，唯皓兄弟俩总是第一碗打少一点，吃完了又打第二碗。锅里的饭没有几多，说留一点给爸爸。谁知他们总守在锅边，守着守着还守出笑话来，老二就因为守得太专注了，把尿都尿到锅里去了，当我看见被小孩尿过的饭时也舍不得丢掉，把饭用水洗一洗、炒一炒就拿来给他们吃。当看见他们吃得那么香，我只能泪水往肚子里流啊。好在群众也好心。经常送十斤八斤米给我们，才能使他们活到今天。当年我只好上山开荒种地，也是他们给的种子，有时去挖蕨草根来洗干净了磨水做糍粑吃，有时也煮生木薯吃，个个脸都肿肿的……”

人是铁，饭是钢。如今60岁左右的人，大多经历过这场饥饿。

对赵唯皓母亲的采访，令我似乎也回到了那个不堪启齿的年代，也理解了赵唯皓为什么在创业的艰辛中，总有使不完的劲，总在不断地挑战自我，总要求自己把事情的结果做好，把过程做精彩！也总不忘感恩自己的父母，同时也要求员工们在感恩父母的同时，感恩社会，感恩公司。

感恩是人之常情，是中华传统美德。如果不学会感恩，人的事业就不会发展了。赵唯皓说：“我对我妈这么好，不是说我小时她没有打过我。因为母亲打我是对我的爱，是亲情的打，现在也还常打。母亲离不开我，她前几年跟老二在河池，后来她得了一场大病，在河池患上严重的肺积水，我就把她接到南宁区人民医院治疗，在南宁有几次都接到病危通知，看到这样的情况，好转后我就把她接来工厂和我一起住。到了百色，她是长期患有心脏病的老人，人老了还伴随着脑萎缩，刚来的时候都是坐着轮椅的，几乎每个月都要去住十来天的医院，经常出现病危。当母亲病危的时候，她只能认得我，其他弟妹她都不认得了。抢救过来以后，我就留她在我身边，今年春节以来又住了两次医院。现在好多了，她喜欢喝两口红酒，我就买2000多元一瓶的法国红葡萄酒给她喝，尽量地对她好一些。”

“我母亲没有文化，她当过童养媳。她一直到现在都想不通我要做什么。我只有对她表示感激，只要一有空，我就多在家陪陪她，还经常给她做饭菜，她很喜欢吃我做的菜。”我问道：“您这么忙，一年能给您母亲做多少次菜呀？”赵唯皓毫不掩饰对母亲关爱的情怀。他自豪地说：“一年起码做一百次吧！只要是我做的，不管是什么菜，她都喜欢！”

赵唯皓秘书胡蝶珍：“赵总母亲今年79岁了，赵总工作做得好，家庭比较和谐。他随身带有袖珍本《弟子规》，一有空就读，他对父母要感恩。他们家兄妹五个，她母亲最喜欢老大。赵总每天的生活工作很有规律，每天晚上9点半就休息，早上6点就起床，亲自煮早餐给他母亲，有时还亲自去市场买些猪肝、粉肠等来煮粥或煮粉给母亲吃。他母亲说：‘只要是老大做的我都喜欢吃。’赵总为了让母亲过得好一些，一有空就带她母亲去理疗泡脚，平果县城只有一个壮医理疗店，店员见了都说：‘这么多老板来，像这样带母亲来的只见你一个，别人都是带年轻的女人来的。只有你带着母亲一起来。’赵总母亲听到了很高兴。”

赵唯皓从小就从心地善良的母亲那里受到耳濡目染，学到了诚实做人、与人友善，因此也就从小养成了助人为乐的习惯。对于母亲的教诲，赵唯皓是非常感激的，为了感恩母亲，赵唯皓因母亲记不得自己的生日，他就把母亲节当作自己母亲的生日来庆贺。每一年到了母亲节这一天，他都为母亲做生日，邀来弟妹们一起为母亲祝寿。

人们常说："父母亲是孩子的第一个老师。"这是千真万确的！

1973年8月的一天中午，河池中学锣鼓喧天，来了很多的大卡车，赵唯皓和很多的应届毕业生在学校的大操场分别上了这些大卡车，响应毛主席的“知识青年上山下乡去，接受贫下中农的再教育”的号召，轰轰烈烈地出了学校。经过两个多小时的颠簸，来到了河池县九圩公社院内，这里同样是锣鼓喧天，人声沸腾。在公社简易的会议室，墙上挂着红底白字的“热烈欢迎知识青年上山下乡大会”的横幅，知识青年们都坐在台下空地各自的行李包上，聆听着公社党委书记的欢迎词。应届高中毕业生赵唯皓也是这批知青之一。他全神贯注地望着台上的书记，专心地听他讲的每一句话。听到鼓励的话语时，他那双明亮的眼睛就会激动得流下几行泪滴，而笑意此时就会挂在他那俊俏的脸上，似乎全身的热血都在沸腾。一阵阵热烈的掌声打断了他在奔驰的思绪……

散会后，知青们吃了公社食堂为他们准备的在当时是非常丰盛的中餐之后，就坐上开往各大队的拖拉机，赵唯皓他们组是到河池县九圩乡那朝大队的。8公里的路程，随着拖拉机的轰鸣和颠簸，机耕路上的灰尘，也毫不客气地亲吻着赵唯皓他们，弄得他们满头满面的灰尘。尽管如此，他们仍是把欢声笑语洒在沿途的山野上……

当拖拉机“哐铛”地停下来时，“大队部到了！”机手说了这么一声，大家才你望我，我望你，然后从拖拉机上卸下行李，拍打着各自身上的灰尘。这时，那朝大队党支书及几位生产队队长早就在大队部等他们了，赵唯皓分在那朝生产2队，队长吴通信就给了几根扁担，让大家把行李各自挑到各自的生产队去了。

“知识青年到农村去，接受贫下中农的再教育”是当时的社会现实，除了个别毕业生有特殊情况外，其他毕业生都要到农村去，接受贫下中农的再教育。

秋天的太阳都在赶冬了。插青们还未来得及看清他们将要在这里生活、生产、锻炼的那朝屯的模样，天很快就黑下来。大家走进了没有电灯一片漆黑的干栏房，干栏下面的牛屎臭气从木板缝吹上来，立即把知青们熏得气都透不过来。一天的奔波，先是汽车，再是拖拉机，最后是挑着行李徒步，对从来没有单独出过远门的知青来说真是有点累了，他们放好行李之后，感到饿了才想起要吃晚饭。这时他们又发现自己不但没有柴米油盐，也没有锅瓢碗筷，晚饭在哪里吃呀？有几个人在漆黑中抽泣起来。赵唯皓说：“哭有什么用？”就拉上几个知青一起去找生产队指导员。这时他们早就吃过晚饭了。指导员说：“你们下来是来接受贫下中农再教育，不是来享福的。你们自己想办法吧！”

这就是知青们走上社会的第一步，往后该怎么走？

人生地不熟，看到这似乎要吞噬人的黑夜，不说是要想办法找饭吃，就是这时出到门外多走一步，他们都会感到胆战心惊的。赵唯皓从小就有过挨饿的经历，在眼前的情况下，他就大胆地说：“指导员，你就把我们当成自己的孩子吧，让我们到这里的第一天就能得到关心，让我们看到和懂得贫下中农是怎样关心后一代的。”这番话也许让指导员动了一下心，这才找来几个队干部商量，把知青们分到几个队干部和条件好一些的群众家里。赵唯皓被分到保管员家去和保管员一家暂时同吃。他把母亲原来为他买的新电筒装上电池，送那几个同学到了住户去，这才来到保管员家。他们一家都吃过晚饭了，保管员的妻子为赵唯皓端出的是玉米粥和一碟辣椒盐。这就是他来插队的第一个晚餐！这一碗稀饭之恩，让赵唯皓感触很多，因为从小受过苦，知道挨饿是什么滋味。他感激保管员面善的妻子，想起临行前母亲的叮咛：要尊重村里的老人和大人们。从此，他就将保管员的妻子叫大娘，把他们的孩子叫弟妹，很快他和他们一家就熟悉了。

当时对知青的要求是和贫下中农三同：同劳动、同吃饭、同住在农民家。后来，赵唯皓把自己作为插青每个月应得的40斤大米的指标和那用来补贴的10元菜金中的五元六角钱买回来统统交到保管员家，保管员一家也能吃上几顿干饭了，双方都渐渐地融洽了。人非草木，日子一长，赵唯皓从日常生活和劳动中，看到保管员为人踏实，从不贪公家的半颗玉米，农活干得很好，尤其是犁田，他的技术是全生产队最好的，他养的牛也是全村最棒的。采访中，赵唯皓深有感触地说：“我看到了农民的心灵美。感到我们应好好去做，以挽回插青在群众中的不良影响。”

原来，赵唯皓他们来到那朝村插队之前，有几个从大城市来的“插青”，不怎么尊重群众，也不用心学农活，放任自流。有一次，生产队的一头黄牛跌山死了。分牛肉的指标是每个社员四两，但其中有个“插青”非要求给他们分一斤。队干说不能给，他突然就耍起横来，拿起分牛肉的刀凶巴巴地说：“你说，是割这里一斤，还是割你身上的两斤？”事后，村里人都害怕了。“插青”和群众的关系就这样闹僵了。难怪赵唯皓他们头一天到村里来就坐了冷板凳。了解到这些情况以后，赵唯皓下决心“要为知识青年争一口气！挽回‘插青’的影响！”有理想、有志向的知识青年，在农村广阔天地里逐步锻炼成长。

于是，在那朝的田野上，人们看到了那个晴天不戴帽遮阳，雨天不戴帽挡雨，体重只有100斤的插青赵唯皓，光着脚挑着200斤重的肥料，奔走在山间的近三千米的沙路上，趟在齐膝深的小河中，健步奔走在如蛇背般的田埂上，按要求把肥料均匀地分到农田里，堆放在一块块的烂泥田中。像这样劳动强度很大的重农活，一天就可争得40多个工分，村里的群众都自叹不如他！人们看傻了眼，大家交口相赞！当时的生产队搞了13亩的青年突击队实验田，赵唯皓主动请求当上了试验田青年突击队的队长，他带领十几个青年精心种植，获得前所未有的好收成。于是公社在这里召开水稻高产试验田现场会，那朝屯第一次迎来了这么多的参观者，田野上到处都是人，公社又指定突击队长赵唯皓作经验介绍。一时，那朝成了人们饭后在村头榕树下闲谈的热点，赵唯皓成了全公社出了名的知青！

半年下来，那朝当时是10个工分算一个工，而一个工只有一毛六分的分值。赵唯皓竟得到了176元的年终分红。他想用这个钱买属于自己劳动收入换来的自行车。在步入社会的头一年，他从分不清春夏秋冬到精通了各种农活，获得了全大队工分最高、分红最多的人，成了全村的第一。

知识青年到农村接受贫下中农教育，不仅要成为农村劳动的好能手，更重要的是成为科学种田的劳动人。

春节快到了，插青们都回到各自的家去。赵唯皓带着他半年的劳动收获，回到家中并把176块钱交给母亲。第一次看到儿子能挣得这么多钱，母亲乐坏了。问儿子要买什么，赵唯皓说要买自行车。母亲说："那得等你爸去商业局挂号排队才能买到。"赵唯皓相信父母亲一定能帮他买到，也就把悬着的心放下了。在和母亲的交谈中，他说开春农活一定很忙，农民家家户户都有牛用，我们插青是没有牛来犁地耙田的，他想在开春时学学驯牛，好用来耕田。就想着在家过完初二就回农村，趁着大家还在过节就先熟悉熟悉牛性，同时也能跟着保管员学习学习。母亲知道儿子从小就形成了说干就干的性格，就悄悄地为他准备下乡的东西。

青年人血气方刚，是说干就干，而且是一干就非要干好的。

有一次，赵唯皓在粮所买到两斤面条，保管员一家非常高兴，根本舍不得一次煮完，每次做菜时才放一点点，既是大人的菜又是小孩的饭，赵唯皓看在眼里就记在心里，让母亲每月给他准备一点面条。正月初三早饭后，赵唯皓挑着母亲几个月来拿自家的粮食供应本，通过每个月买到的20—30斤面条，硬是舍不得吃攒下了的160斤，下车后走了8公里的山路。当他把面条挑到那朝时，已是汗流浃背，满面通红。趁着大家还在过节，他把面条按照每家两把（4斤）的标准送到每一家，乡亲们都非常高兴，他们的距离又一次拉近了。回到保管员家，他就开始缠着保管员，让他讲牛的特性、驯牛的一些基本要领，同时保管员还跟他讲了很多的注意事项。赵唯皓住的房下面就养有一头没有干活的牛，保管员就带他一起到牛栏去，亲手为这头生牛套上了鼻圈。抓牛时通过鼻圈抓住，要驯牛这是第一步。保管员耐心地教赵唯皓如何靠近生牛、如何抓住生牛、如何给这头生牛的鼻圈绑上牵牛绳、如何把牛牵出去，又如何从后面赶牛控制它的方向。当别人还沉浸在春节的气氛时，赵唯皓把这一切都摸索熟练了。给生牛套上耙开始教牛耙田前，还要在没有犁过的地里试耙，牛走快了把耙把向后拉一点让牛感觉到重一些它自然就慢了下来，当牛拉不动时又把耙把往前推一点，让牛又能顺畅地走起来。村民们看着赵唯皓放弃了在城里过春节，独自一个人来到村里驯牛，朴实的村民都你一家我一家地把赵唯皓轮流请到家中做客，也让赵唯皓过了一个非常难忘的春节。当采访赵唯皓时，他似乎还沉浸在幸福中，回忆说："没想到能过上这么有意义的春节，既驯了牛又拉近了我与村民的感情，还能到那么多的村民家去做客，长这么大是头一次有这么多人请吃饭，也是头一次在春节能够吃到这么多的肉。吃到肉不算，凡是杀了年猪的都做了腊肉，有腊肉的村民每家都会送一两挂腊肉给我。开始我真不好意思要，不要村民可就不依了，他们说你一个城里的孩子能在春节期间来到我们农村就很不容易了，还给我们带来了那么多的面条，尤其是你不是来玩的，为了春耕你是来驯牛的，我们农村长大的孩子都做不到你做到了，你不要就是看不起我们了。"

就这样你家一挂他家两挂，加起来赵唯皓就收到了近百斤的腊肉，真是一个丰富的年景。

在那朝村，就是因为有乡亲们这样纯朴的爱，让赵唯皓体会到人际间的关系，是那么的亲密无间，是那么的无私，让他理解到了，要别人尊重自己，自己必须首先尊重别人的道理，要想得到别人的帮助，你首先要去帮助别人。

一年之计在于春，一天之气在于晨。春节过后，是村里的农忙时节。人们开始犁田耙田春种了。当时，小队里是牛少人多，男的乡亲们都有自己的牛，干着工分高的犁田耙田的活，赵唯皓春节的工余时间驯好了能参加劳动的牛，也能参加男人们一起去犁田耙田了，而大多数插青们都没有牛，只好跟着妇女去拔秧和插秧了。

赵唯皓在保管员的帮助下，学会了驯牛。驯服一头生水牛，自己有了牛来耙田并没有满足，他又利用工余的时间开始驯起了第二头牛，把已经驯好的牛给另一个插青拿去用来耙田，然后根据自己的驯牛经验，开始边驯边用另外一头生水牛，一年当中连驯好了两头生牛。

驯了两头生水牛以后，知青们也有牛参加春耕耙田的强劳动了，乡亲们一提起驯牛的事，个个都赞不绝口，说是一春之内能驯服两头生水牛的人不简单，还学会了种田的全套技术。就这样，赵唯皓在1974年4月光荣地加入了中国共产党，成为全公社最年轻的共产党员，也成为插队青年中的第一个党员。到5月份，全屯的干部群众又推选他当那朝屯的生产队长。两个“最年轻”的桂冠一时间在全公社和知青中的影响力是不可估量的。

农村的广阔天地是知青成长的沃土，只要他们肯付出，就会有收获，就会得到回报。

采访中，赵唯皓说：“入党时，我把驯牛的事写到了入党志愿书上，因为我体会到，有志者事竟成，要立志，磨炼我的意志。使牛用力的角度很关键，人和牛要合一，要和谐。现在想起来，不管人也好，牲口也好，一种沟通，一种交流很重要。”

在那朝屯，有一位孤寡的阿婆住在赵唯皓的隔壁，她的小孩都在外地工作，她一个人生活。由于年老体弱，无依无靠，她每天挑两只竹筒去小河边挑水，每次只能挑一二十斤水。而从河边挑水回到家，途中要休息两三次，因为她的腰已支撑不起重压。赵唯皓到那朝插队后，曾看见过阿婆艰难地挑水，他把这事记在心上。从此后，他每天早起，给阿婆挑水，阿婆的水缸时时都是满满的。阿婆每天看到赵唯皓挑水回来汗流满面的样子，都会重复着那么一句话：“孩子，你这么好心，天天积阴德，日后会有好日子。”阿婆要是有文化，她定会用当时社会上仍流行的“你是活着的雷锋”来表达她的情感。

就在赵唯皓被招工要离开那朝之前，阿婆病倒了，赵唯皓叫上屯里的青年一起把她送到县医院治疗，并和青年一起轮流照顾，直到阿婆病愈出院。事后，乡亲们才告诉赵唯皓，阿婆生病，是为感谢他这一年多来对她的关爱做一桌饭菜而累倒的。赵唯皓感动得热泪盈眶，良久才说：“以后我会常来看阿婆和乡亲们！”

在那朝插队的生活，是赵唯皓健康成长，思想渐渐成熟的岁月，是他迈向生活的一个坚定的第一步，是他终生励志和挥之不去的记忆。那朝人的热情和关爱让他终生不能忘怀！他深情地说：“农民的爱心，不图回报。毛主席说：‘知识青年到农村去，接受贫下中农再教育。’我在生产队入党，当队长管理生产队，与我后来的发挥也有很大的关系。因为不同的场合处境，看你怎么去体验。”

四、烟囱为什么不冒烟

在生活当中，每个人都有自己不同的习惯，而赵唯皓在人生长河中，形成的习惯是不轻易改变的。正如他在《自我鼓励篇》中说到的：“习惯改变性格，性格影响观念，观念决定成败，我每时每刻都在养成好习惯。勤劳是一种习惯，懒惰也是一种习惯，人在出生之初除了脾气有所不同之外，其他的东西基本都是后天形成的，我的一言一语都是日积月累养成的习惯，我每时每刻都要把优秀变成一种习惯，使我的优秀行为习以为常，变成我的天性，让我习惯性地去创造性思考，习惯性地去认真做事情，习惯性地对人友好、宽容，习惯性地敏于聆听，习惯性地去帮助别人，习惯性地勤奋工作，习惯性地遵纪守法，习惯性地学习深造，养成我的坚忍执着的性格，对自己认准的事业决不放弃、永不放弃。”

正因这样，采访中好几位同志都说到，赵唯皓在作息方面从来都是按照自己几十年来形成的习惯：晚上9:30休息，次日6时起床，在公共场合也是这样。哪怕每年的年终表彰会，大家在唱得高兴，舞得未尽兴时，他就悄悄离开了现场。

胡蝶珍秘书说：“赵总做事非常守时，他上班总是提前10分钟到办公室。他说，一个人迟到一分钟，加起来就是很多时间可以做得好多事了。我作为秘书应该先到并泡好茶，但赵总总是先到，这是他的习惯。”

对于赵唯皓的习惯，我也是从观察中得到取证。在百色市撤地设市十周年的庆典活动中，赵唯皓是市工商界的五位代表之一。当晚八点是庆典的文艺晚会，演出正是极精彩的节目时，坐在我后面一排有人走出去，也不知是谁，待那人走到通道出口拐出去时，我才看到了那人的背影：他穿着白衬衣，外套着一件马夹，右手拎着电脑包，仔细一看，才知道是走出去的是赵唯皓。看手机此时正是晚上九点十分。

真是百闻不如一见，这使我想到了采访中赵唯皓的习惯作息。赵唯皓爱唱歌，而且声音通透动听，对这么一场精彩的晚会，尤其是饰演邓小平的演员卢奇在他离开后的下一个节目就登台演出了，对这个著名演员的表演艺术，赵唯皓难道就不想欣赏？让自己陶醉在高雅的艺术氛围中得到美好的享受？说不定还会萌生一种在自己内心中要歌唱的冲动！可他就是这样坚持着自己的习惯，不轻易改变！

2002年的冬天，平果特别冷。经过全体员工的共同努力，公司在2002年3月14日正式投产了，焙烧车间自从点火以来还算正常。可是头一天下午那一条从烟囱冒出来直冲蓝天的黄龙似的浓烟，真有如我国在西部原子弹氢弹爆炸之后的浓烟似的。赵唯皓虽然按时就寝，但却辗转反侧，夜不成眠，思索着如何处理。

突然，一阵手机铃声打断了他的思路，他以为是在异国他乡的妻子宋锡芳或者女儿赵晶有什么紧急情况连夜来电，心中不禁一惊。仔细看了手机号码，他的心情才平静了下来：这是一个中层干部还是股东的电话号码。接听了，才知道对方要求退职退股！这是赵唯皓昨天白天看到黄龙似的浓烟之后就预料到了的。

赵唯皓静静地听着对方的话，他知道，这时他说什么挽回的话都等于白说，对方是不会听得进去的，于是他干脆同意了对方的要求：退职退股！

人各有志，尤其是遇到前进道路上的困难，谁能预料到困难解决的结果是什么？是成功？是失败？二者必居其一。这是事物发展的客观规律。

次日，因这浓烟而彻夜难眠的赵唯皓和员工们，一大早就聚在车间前面的空地上，都望着这条向着蔚蓝明朗的天空吞云吐雾的浓烟。它像一条黄色的巨龙在绿海中滚动，不时在晨风中改变着前进的方向，最后向着北面的方向飘去，渐渐地变淡了。

建厂之初，赵唯皓不是没有想到排污是企业生存发展的重要问题，但没有预料到问题会这么严重。

那些既是朋友又是股东的人要求退股；

那些在公司任职的股东要求退职退股；

一百多员工疑惑的双眼在盯着他；

一千个大大的问号在缠绕着他；

赵总，这个厂还能办下去吗？

赵总，我们的出路在哪儿？

赵总，公司还能继续办下去吗？

面对这条恶龙，赵唯皓也是在拷问自己。

整治征服这条恶龙，不同于在农村插队的驯水牛！

整治这条恶龙，不同于在军营中的全军个人全能比武！

征服这条恶龙，更不同于在商海，是个人性质的行为和自己能决定的：见好就收。而当下是一百多人的出路的重担压在自己的肩上！沉甸甸而路茫茫！出路在哪里？赵唯皓再一次拷问自己：

向政府求助？向社会求助？这些都是企业家的下策！

不，靠自己！只有靠自己才是唯一的出路！因为解铃还需系铃人！

困难和挫折，是考验人的最紧要的关头！

赵唯皓从来不服输的性格，令他咬紧牙关：

要根治这条恶龙！

赵唯皓之所以能下这个决心，是建厂之初就有这个思想准备并且也已经有了一定的“本钱”。这本钱不是物质，而是他对碳素专业知识的学习。

在4月24日上午的采访中，我从他诚实的目光中，似乎看到了他的双眼还带着当时的疲倦，于是一字不落地记下了他的这段话：“刘贤新（现任市科技局局长，时任平果县马头镇镇长）跑前跑后，把我拉回来，把我喜欢的业余爱好打网球都丢了。住民房，又热又闷，火车又吵，8个人一起住，我每天学一个题目，我整整学了两年，把碳阳极生产的专业基础知识很认真地学了一遍。不管多忙，每天我必须认真学习一个题目。我始终坚持，别人打牌玩拖拉机，我用心地学题。第一题：无烟煤→发热量→强度→产地→品质；原料，研究石油焦是怎么从石油中提炼出来，中国在哪个地方生产的石油焦最好，历年的价格等等，逐一的学习。”

人的知识不是先天就有的，而是通过不懈地努力学习，人才能增长知识，“学而知之”是孔子名言。

但从烟囱冒黄龙烟之后，员工们发现赵唯皓每天不只是上班时间，傍晚依然在员工食堂吃饭。坐在他那个既是办公室又是休息室的20多平方米的房间里，本来不吸烟的他，就为整治这黄龙浓烟，拼命地抽烟，把这20多平方米的空间弄得烟雾萦绕，桌面上的烟灰缸被一个个的烟蒂挤得满当当的，有的干脆跳到桌面上，落下了一层厚厚的烟灰。赵唯皓每往那烟缸灭掉一个烟蒂，就似乎觉得这些烟蒂变成了一个个问号：怎么治理好这恶龙？怎么才能在公司营造一个良好的生产生活环境？才能激发员工的生产热情？才能给周边村屯的群众有良好的生产生活环境？才能赢得政府和周边广大群众的支持？每吸一口烟，他都全神贯注地望着窗外能目及的烟囱。

这间办公室是赵唯皓学习碳素知识的主要场所，也是他在公司的唯一去处。当时他家在南宁，他很少去应酬，跟大家一起在员工食堂吃饭。他说：“见烟囱冒那么大的烟，整天想的是怎么才能灭掉它？上班时间认真看，晚饭后坐在房里，还是看着烟囱发愁。”他知道，这观察烟囱、治理浓烟，可不能像当年看过十次的电影《沙漠追匪记》那么容易有收获：解放军战士在那浩瀚无边的大沙漠抓住土匪，他们有目标，有枪，还有一股坚持团结战斗、勇往直前的精神！而自己要用这种精神来治理黄龙浓烟，办法是什么？要探索它，但总得有一个发现它的规律的地方呀！观察已经有一段时间了，这条“黄龙”时浓时淡，就像在故意戏弄着赵唯皓，其实这时浓时淡的现象已经引起了赵唯皓的注意。这一天傍晚，赵唯皓抽完一支烟沉思着，捻掉了烟蒂抬头一看：奇怪！那烟囱有一段时间没有黄烟冒出来了。他就跑到炉面上，看到炉子是满负荷生产的状态，并没有停下来，再仔细地观察，看到炉子这时燃烧得很好，很充分，原来浓浓的挥发物这时被烧得干干净净，整个火道都烧得明明亮亮的，烟囱自然就没有烟冒出来！证明沥青烟在火道内是完全可以彻底燃烧的！

找到了问题的症结所在，接下来就是要下决心找到解决的办法了。

采访时，赵唯皓说着这番话时，似乎还沉浸在当时发现烟囱无烟冒出时的兴奋之中，那双皓月般的明眸似乎还停留在那焙烧炉台上，令我从他激情洋溢的表情中，从他快速的语速中得到场景气氛的感染。感到自己仿佛身临其境，也成为当时挤在炉台上观看的员工中的一员，分享他观察成功的喜悦，并为他鼓励。

从赵唯皓讲述时余兴未尽的面部表情上，我看到了他对事业的执着，读懂了他的人生追求！

赵唯皓观察烟囱的发现，拉开了公司上下环保大会战的序幕。股东们和领导班子从开始建厂时有的人认为在环保上投资太大，会增加企业的负担，很难得到经济效益，到这次观察后的结果，终于取得了统一的认识。于是，公司成立了以董事长为组长、聘请两位碳素专家为顾问的12人组成的沥青烟治理攻关小组，致力于沥青烟治理新方法的研究。

统一的思想认识，往往就是事情成功的重要前提。鲁迅先生说：“其实地上本没有路，走的人多了，也便成了路。”这探索碳素的路别人走了几十年，而我们还是零，要开辟通往理想的路，也还要在别人走成了的路上去探索。千里之遥，始于足下。探索沥青烟治理的办法，就是要在别人成功的路上去寻找，求师拜访的事就刻不容缓。于是，董事长、总经理、攻关组组长赵唯皓带攻关组员到苏州、到河南、到贵阳等地考察学习。他们无暇游览扬名天下的苏州寒山寺和别具风格的园林；无暇观赏河南开封再现的有名的清明上河图景观，领略古代航运的风姿；也无暇顾及贵州有名的花溪，而是到这几个地方的好几家预焙阳极碳素厂去学习、取经。他们向贵阳铝镁设计院碳素专家、总工程师翁文成请教烟气治理的方法。德高望重的翁总热情地欢迎来自唇齿相依的广西的同行，并详细地介绍了我国及美国、日本、法国等国家目前普遍采用的电捕法、吸附法、炉外焚烧法等各种方法的利弊。

在这次请教的咨询中，赵唯皓了解到沥青烟气大都是氢类、碳尘之类的可燃物时，得到了启示：沥青烟是可以完全燃烧的！于是在脑海中产生了炉内焚烧的念头。但是，如何控制烟气，创造燃烧环境？又如何使炉内烟气燃烧充分，使之符合焙烧阳极升温曲线“两头快中间慢”的要求。赵唯皓和攻关组把这两个难题作为关键和重点问题，贯穿在炉内焚烧法的整个研制过程当中。

赵唯皓组织攻关组成员，认真分析国内外碳素同行在生产预焙阳极所用的湿法净化和干法净化的利弊之后，分析确定攻关组要研究的课题内容有：沥青烟处理技术——炉内焚烧法；如何在炉内制造沥青烟充分燃烧的环境；需要采取的措施；充分燃烧与制品升温速率的关系；缩短火焰移动周期等。研究课题及内容确定之后，就把要解决的问题诸如：炉内各升温炉室加热的控制；挥发物排放的管理；火道温度与阳极温度变化的规律；阳极温度与挥发物排出规律；挥发物在火道内分布的状况；挥发物在火道内的燃烧环境；挥发物燃烧与火道温度的变化，阳极升温速率和阳极质量的关系等。

这一系列的研究内容，都必须通过数据来掌握事物的各种规律。因此，做好测试记录是工作的关键。

事物的客观规律，是实现主观愿望的重要基础。要了解赵唯皓如何带领攻关组攻关的故事，只靠采访还不行，我必须到现场看一看，才能有个感性的认识。于是，我趁着6月3日从南宁开会回来路过平果的机会，到强强碳素公司再次采访刚从冰岛出差回来的总裁助理罗高强。经总裁秘书胡蝶珍联系，罗高强助理用公司安排他休息的宝贵时间，带我到强强碳素三期工程的焙烧车间参观。罗助理曾担任主管生产的副总经理，现在是公司研究中心主任。他熟练地向我介绍了焙烧工艺的各个流程，让我认识了在那高大、宽敞、明亮的敞开式焙烧炉厂房里的部分机械名称及它们的功能，如天车、火道、排烟总管、燃烧架、排烟架、冷却架、调温器等。我仔细地看着这些我从不认识的家伙。

有道是：隔行如隔山。一点也不假。

罗助理接着带我看了正在装生阳极的料箱，有80厘米宽的料箱都埋在七米深的地下呢！罗助理说这三期的焙烧炉是赵总根据一期的地面焙烧炉和他设计的二期的地面地下的焙烧炉之后，重新设计的焙烧设备。“是在地下焙烧的。”我往前走了半步。罗助理赶紧站到料箱质检的过道呈丁字形的地方，示意我不要再往前走了。我只好探头望了一下深槽里的生阳极，然后走到调温器旁边的小桌子旁。看到调温员工正在记录的《焙烧厂加热系统运行记录表》，这之后，又参观了另一焙烧车间，我疑惑了：这里怎么没有赵唯皓告诉我的：“焙烧炉面有20多米宽，有4米高”的焙烧炉呢？

我赶紧问罗助理。他说：“哦，那是强强一期的一号焙烧炉。”原来，4月11日上午，公司总裁助理罗高强只带我们一行参观了料场、三期焙烧炉车间、成品库，但没有去中成车间。我对焙烧车间不远的三个冷却塔也没有仔细看，就上车往一期工程建设时，赵唯皓他们租住的民房去。这间民房的左边那间已建了三层楼，这是当时吹风蛇常“惠顾”的地方；右边那间也建了三层楼，第一层用作烟酒小卖部。而赵唯皓住的那一间，还是十年前的老样子：仍是一层楼。水泥天面的门上遮着的那张帆布积满了厚厚的灰尘，还有那同样是布满灰尘的蓝色铁门告诉人们：这儿已经好久没有人出入了。也许，主人在把里面的楼层建起来之后，就把这个原先出入的门口改为后门了。因为踮脚往里望，可以看到已建好的四层楼房。这三间房子正面对着200米水泥路之外的强强碳素那个没有厂名的大门。

往回走进一期大厅时，虽然这里已没有飞扬的尘土，没有了工地上工人忙碌的身影，但我的心情却不能平静：大门左边（出厂为右边）的那栋四层的楼房上那四个暗红色的“强强碳素”，让我读到了她的岁月！因为她是强强碳素衍生、成长的地方，是强强发展壮大的基石！

从厂门进去，有楼房被掩映在绿树丛中，我们在树下的宣传栏驻足，拍了好些强强碳素板报的图片，就在罗助理的引领下，走进了强强碳素研发中心大楼。参观了一会，看到的大多是好多黑板上画着的我看不懂的大幅表格，亦拍了些材料，然后再到罗高强助理的办公室聊了一会，这才回到公司三期办公室会议室继续采访。

真可谓是走马观花：强强一期工程就这样在我的第一次采访中被疏忽了。

因此，6月3日的补充采访，罗助理带我们驱车往强强一期参观一号焙烧炉。一期员工们叫它“老厂”。

老厂是用煤气焙烧预焙阳极的。走进去大约5米的地方，有一座烧煤用的炉，它的右边有一根大约直径为30厘米的粗铁管直通到炉台边上，煤气焙烧的燃料从这里送去，炉的左边有一个比它高大的冷却塔，青灰色。整个厂房挨着山边，右边开挖后的半边石壁成了它的依靠。地上摆满了许多方的、圆的各种碳素产品，左边是焙烧炉。

我们绕过地上那些产品堆成的墙往左边的焙烧炉走去。炉台左边有柱子，铁板制成的铁梯高4米，宽约80厘米，铁梯斜靠在柱子边上，我们拾级而上，到了强强一期的焙烧炉面。这里有煤气发生炉、18室焙烧炉、燃烧架等。罗助理说："现在这个炉因为设备老化，我们正在准备大修改造，当时是贵阳铝镁帮我们设计的。"说着他用一根一头有钩的铁枝，提起三个一模一样的炉子盖，让我看看十年前的焙烧炉子。料箱从地面砌上来4米多高。料箱此时已不再装产品了，火道也停止燃烧，炉面的两边搁着燃烧架子，大修的准备工作已经基本就绪。炉台外边的绿树在风中摇曳，不时有树枝打到炉面边上的窗棂和檐边，像是拂起焙烧炉已封存的记忆。

罗助理告诉我："研发炉内焚烧法，赵总就是从这梯子上来，自己带一张小板凳，坐在炉台上控制调温和记录的。一开始我们去做，做得不对时赵总马上就指出来，他只要一点，我们就通了。我们都曾经向他学习，但数据的统计和分析大部分是他做的。建厂之初我们虽然去外地学习过，赵总在家边组织工作边自学，他没有去外地学习过，他也没有什么正规的书，都是根据我们的学习笔记和收集的书籍，一点一点地自己学习和琢磨。解决焙烧烟气虽说是世界难题，但是他还是大胆地尝试，几个月的研究下来，真的就给他解决了。"

我认真地听着，并仔细地看那焙烧料箱。它和炉面的边沿的距离大约只有80厘米，而炉内的温度高达1200℃，炉面上也有40℃—50℃，人坐在这上边，那热浪是会不客气地把你熏得发烫的。我望着这被时光淹没但却在强强人创业史上留下光辉一页的炉台，心中不免有些惆怅，似乎那滚滚的热浪也在向自己袭来！

古言道："水火无情。"我想这炉上的热浪也是无情的。

记得赵唯皓说过，有一次他爱人宋锡芳随他走上炉台，亲临其境，担忧地说："你可不要拿员工们的性命开玩笑啊！"赵唯皓听了之后，望着她那皱着的眉头，说："你放心吧！这里是安全的。”

啊，一期焙烧台，你是赵唯皓和他的攻关组成员们获得炉内焚烧法成功的重要基石，是强强一张永不消失的名片！

在炉台上看了之后，我们走下这仅80厘米宽的铁梯，我才注意到刚才上铁梯往炉台时，就已经看见并且绕过的地面上到处都摆着的方的、圆的碳素成品，就问罗助理。他说：“这是新产品，叫石墨电极、组合阴极、阻流块。是2011年研制投产推广铺开的产品。”这时，我才又想起，罗高强他既是总裁助理又是强强研发部的主任呢。

看了这满地的产品，我又发现自己刚才没有看那根煤气输送管，为了了解得更细一些，我又转身回到炉台下看那根粗大的煤气输送管，再次登上铁梯，问罗助理当时的调温器置放的地方，以便寻找在这里发生的故事。

4月24日下午采访过的皓海碳素厂副总经理谭廷克说：“赵总拿凳子到焙烧车间去，坐在那里看调温好几个月。”

赵唯皓说：“有6个月的时间，每天用16个小时观察。调温的记录表都有一尺多高。回想当时，那种渴望求知的心理，在支撑着我。当时有个工程师叫阮书春，见到我们每天这样不停地观察，就说：‘这个是世界难题，这么多的科学家都搞不通，你去研究干吗？’我想，既然是难题，为什么不去研究？看到了现象，找到了方向，我管它是什么世界难题？”还说：“研究一是坚持，二是善于发现。沥青烟的成分可以燃烧；而且已经知道沥青烟的氢类多种可燃物质和它所需要的燃烧条件；温度条件；空气条件；氢类气体排出条件；火源条件；燃烧的时机等。研究已经透了，就得出一个技术来，研究的方法对了，我觉得有味道。”

列宁说：“只有那些不畏崎岖艰险的人，才有可能达到光辉的顶峰。”这是千真万确的真理。

赵唯皓说："对于学习，一是坚持认真，二是善于思考。当时我的家在南宁，只有我一个人在平果，我很少去应酬，跟大家一样在饭堂吃饭，作息非常有规律，能空出很多的时间，这些时间我大部分用于学习碳素生产的知识，慢慢地就养成了一空下来就学一点的习惯。一个人的习惯很重要，坚持了，习惯了，就有收获。"

赵唯皓就是用这种坚持的精神掌握了钻研碳素的钥匙。

在他主编的《强强碳素科技》一书的封底，有这样一幅照片：在平果县2005年召开的表彰大会上，平果县人民政府县长曹凌代表政府赠给他一把金钥匙，赵唯皓左手捧着获奖证书，右手高举着那把金钥匙，而曹县长高兴地拍手表示祝贺。看到这个画面，看到这把金钥匙，我浮想联翩，也想起了美国作家斯塞•约翰逊博士在他的《谁动了我的奶酪？》一书的序中说的：

……

生活是一座迷宫
我们必须从中找到自己的出路
我们时常会陷入迷茫
在死胡同中搜寻
但如果我们始终深信不疑
有扇门就会向我们打开
它也许不是我们曾经想到的那一扇门
但我们最终将会发现
它是一扇有益之门
……

赵唯皓丰富的生活阅历，让他从一扇扇有益的门中走过来。

碳素的门对于他来说是一扇深邃而又陌生的门，怎么找到打开这扇门的钥匙，赵唯皓和他的团队没有徘徊在这座门之外，而是在碳素这个浩如烟海的知识海洋中去探索。

“天道酬勤”自古至今都是颠扑不破的哲理。

终于，赵唯皓看到了那烟囱不冒烟的那一刻，从中又悟出了那黄龙般的烟气中，绝大部分都是沥青烟没有完全燃烧而排出的镁氢化合物，于是他执着地带领他的团队终于找到了这把红土地上的金钥匙，用他们超人的智慧，打开并进入了世界碳素科学研究殿堂的大门！

这小小的焙烧炉台，就是因为有赵唯皓这样的科技带头人，用辛勤的汗水，用坚强的毅力，在这里攻克下沥青烟治理的这个世界堡垒，使这个炉台成为强强人向科技进军的一块宝地，一片沃土，成为攀登科技高峰的第一个坚实的台阶！第一个起跑点！

困难是不会因为解决了一个就不会再出现的，否则人们的智慧就不能很好地得到发挥。

预焙阳极的焙烧又向赵唯皓他们抛出了所有的难题。总裁助理黄海燕说：“当时刚投产，大家都没有经验，出现了大量的废品，只有少数的产品合格，赵唯皓就在其中挑了一块外表漂亮内在质量也达到一级品的碳块，连续摆在生产现场好几个月，作为标本。赵总经常鼓励大家说：‘这是我们生产的最好的产品，我们已经做出了一块，没有理由做不出第二块，我更相信我们一定能做出百分之百的好产品！’通过不懈地努力，几个月之后，我们的产品都做合格了，到现在我们还保存着那块炭块呢！”

赵唯皓他们成功研发了烟气治理炉内焚烧法。在带产品进行试验生产时，他们一次一次地试验，在焙烧好的成品中，不断地探索和研究。从一块合格产品到成批的一级品，都是在实践中一步一步取得成功的。古言道：“失败是成功之母。”赵唯皓和他的攻关研发团队，就是用拼命三郎的精神，朝自己的目标奋发！成功从来都惠顾敢于和勇于创新的人，而不会光顾那些怨天尤人，成日喝茶看报的人，那些面对困难未想办法就想打退堂鼓的人，更不会光顾那些整日灯红酒绿的人！

来到强强碳素一期办公楼的资料室，我们找到了赵唯皓所说的那一尺多厚的调温记录表。看到这沓观察记录表，我仿佛看到赵唯皓他们在那20多平方米的炉面上，正在汗流浃背地工作的情景：他背上衣服湿了又干，干了又湿。据说，那背上的汗渍有时竟像一张中国地图！

有那么像吗？不过也难说，赵唯皓和强强碳素所在的平果县，不也是喀斯特地貌吗？百色的自然景观中确有两个地方的图形酷像中国地图：一个是乐业县大石围天坑观景台可直视的岩壁上；另一个是靖西县古龙山漂流中穿过第二个岩洞时右边的那块立在水中而露出水面的石头。说赵唯皓背上的衣服汗渍也有像中国地图的时候，也许真的有，但这也不足为怪。因为赵唯皓想做的事，是为中国争光，为民族争气。这炉内焚烧法成功并获得专利，这不正是赵唯皓等中国人在填补世界碳素研究难题的空白吗？也许，赵唯皓身上穿的工作服被这汗渍浸成的中国地图正是他心理的显照呢？我相信这个说法。

我仔细看一看那沓记录表。有的黑字被浸得花花点点。是汗水？是饮用水？要是饮用水，纸早就被浸烂了；而只有汗水，才不会把纸浸烂掉，因为汗中有盐分。汗渍？哪来的汗渍？那就是赵唯皓脸上的汗水滴落浸湿而干后的痕迹。再往下翻，几乎每一张都有这样花花点点的汗渍。是呀！这焙烧炉炉内的温度高达1200℃，而炉面的温度竟达40℃—50℃！超过人体正常体温10℃左右。赵唯皓在这种高温的环境中，戴着安全帽，穿着工作服，自然周身的衣服都被汗水渗湿！头上的汗水往下流，他又正在记录着数据，来不及用挂在脖子上的毛巾擦一擦，汗水自然就滴在记录表上；有时写字时手上的汗水也会把那一张张记录表浸湿了。

顿时，我感觉到我手中拿着的调温表，似乎也是湿漉漉的。

因为这一滴滴的汗水，这一份炽热的对强强事业的执着而挚诚的爱，这一沓记录表和那登上炉台的铁梯，变成了一个个通向炉内焚烧专利顶峰的台阶！真正的聪明是三分聪明加七分汗水！赵唯皓在他的演讲稿《我的苦愁与悲乐》中说："我没有天才，只有百分之一的灵感和百分之九十九的血汗。白云奉献给蓝天，春风奉献给大地，我的艰辛将一直奉献给强强碳素。"

这一沓调温记录表在我手上，虽有一尺多厚，却是那么轻，又是那么沉重。它让我们触摸到了强强碳素的心脏：这就是赵唯皓等人用这种来自自身和团队的温暖，铸造了他支撑着强强发展的动力。他是旗手，他亦是号手，他用科技把强强人的心凝聚，用这一张张记录表，不，用这一层层的台阶，让强强有了心脏，有了健全的肢体，有了竞走的耐力，有了奔跑的动力，有了腾飞的张力！获得了一张张工业环保的通行证，不，是一张张响亮的名片！

社会的发展，需要无数勇于和乐于奉献的人。而一个企业的发展，亦离不开全体人员的奉献精神。《炉内烟气焚烧法焙烧预焙阳极技术提高生产效率报告》中说："焙烧烟气治理新技术——炉内焚烧法，经平果县强强碳素制品有限责任公司努力开发成功，是预焙阳极生产行业在阳极焙烧炉不设专用烟气净化装置，利用沥青烟可燃特性，控制在炉内充分燃烧后达标排放。改善了环境，节约了投资和运行费用。炉内焚烧法是结合焙烧工艺技术改进的，把热煤气发生炉生产的热煤气为燃料的焙烧火焰移动周期从36—40小时缩短至28小时，提高工序产能28%—40%，煤耗降至220—

240千克/吨·阳极，与一般炉子相比，降低煤耗25%左右。因此研究课题研发的成功，为强强年产10万吨预焙阳极节约基建投资2000万元以上（其中净化部分500—600万元），每年能耗降低可节约运行费用350万元以上。”

在3月29日上午采访时，赵唯皓说：“强强碳素现在是90倍的发展。建厂初为年产8000吨；现在为年产72万吨。我们用十年时间把生产提高90倍。产品价格高时4000多元一吨，低时3000元一吨，平均每吨3800元，年产值达20亿元……技术、产能、质量市场为强强的发展奠定了基础，我们的客户遍及全世界，今早我刚刚送走的就是来自美国的两位企业家。”

在总经理的办公室里有一张赵唯皓坐在办公桌前面的半身工作照。只见他着米黄色的低领上衣，外加铁青色的马夹，这穿着正好映衬出他神采奕奕，饱满的天庭下慈眉善目，稍夹着银霜的络须衬托出他慈祥的笑脸，好一副无忧无虑的神态！看着这风光的脸谱，谁能体验到他在经济形势风起云涌、潮起潮落中，几次经济形势的变化，尤其是全球经济危机的突如其来，令人措手不及的刹那，他还能这么稳坐钓鱼台吗？

赵唯皓告诉我：“2008年的金融危机，很艰难。市场一夜之间让我们损失1.2个亿！石油焦从每吨2800元跌到800元。存越多，亏越多！我当时把头发都愁白了，用一周时间来反思市场，找出我们的办法。是市场的问题吗？不是；是我们的质量问题吗？不是；是我们的员工问题吗？——都不是。既然都不是，我们就不能退却，我要用保持产量来化解原材料跌价的损失，当时外出的返乡农民工很多，如何稳定员工队伍、优化和壮大我的员工队伍，我毅然采取了‘三不原则’，即不减产、不减员、不减薪，这三个不减不仅化解了当年的危机局面，保持了连续盈利的记录，也保留和壮大了我们的员工队伍。”

看着赵唯皓似乎轻松地微笑着娓娓道来的样子，我却感到心沉沉的：1.2个亿！这在百色这片土地上，个别县年财政收入还达不到1个亿！对于强强来说是个很大损失了。对于这一切，赵唯皓按照他以往的习惯，做了几个解决困难的方案，然后一个个推翻，又认真分析当时国际国内的经济形势。不减员，这在当时非常不容易。民工返乡，意味着外省的企业受金融危机冲击，不得不倒闭！金融危机犹如出山的猛虎，又似摧枯拉朽的山洪，出人意料，恶势汹汹！作为企业，一旦没有了产品市场，还怎么生存下去？赵唯皓咬紧牙关，绞尽脑汁得出了这三个“不减”的决策！

总裁助理黄海燕说：“2008年的金融危机，赵总提出‘不减员、不减薪、不减产’的总体要求。要求领导干部借此机会对员工进行全面培训，迎接新的挑战。这次共利用了3个月的时间通过岗位上及集中方式进行培训，还组织开展多姿多彩的文化活动，比如组织了专题演出比赛，丰富员工的文化生活，使员工看得到企业的希望，安心上班。”

公司党委副书记、办公室主任梁荣龙说：“2008年金融危机，为了使企业渡过这个难关，赵总组织开研讨会专门研究，当时参加的人员有班长以上的管理人员，主题是本公司如何渡过金融危机难关。研讨的结果就是按赵总提出的三个不，即不减员、不减薪、不减产的决策。”

4月11日下午采访雷感村梁天明、梁瑞宏、郭明时，他们都说：“那年金融危机，我们也担惊受怕了。强强公司的碳素要是运不出去，我们的车子整天空放着，去哪里找钱？谁知强强那时经常搞什么演讲比赛、歌咏比赛，群众都争着去公司看演出，回来还说，那个赵总上台指挥唱歌，够精彩的了。我们村在强强公司上班的100多人，也不见哪个停工回家，我们这才放心了。”

听村干部这么说，在回程的车上，我找来《和谐心声》那本书，上面确实有赵唯皓指挥唱歌的图片。

作为企业家，赵唯皓也真的非常不容易，这企业的海洋，一旦脑子反应不快，决策不正确，那么企业的发展就如履薄冰，什么时候下陷也不知道。

赵唯皓说："我从来没有把困难推给大家，更没有找政府去诉苦，始终按时发放员工工资，始终按时照章纳税。即使是企业特别困难的时候，我还是毅然提出'不减员、不减薪、不减产'，主动为社会、为国家分忧。"

黄文武说："他是守法的老板，包括个人所得税他都按时交。我认为，中国的企业应该这样做才行。"

是的，做到这个程度也非常不容易，因为企业的海洋到处都有恶浪，有漩涡，有暗礁，有预料不到的风起云涌。作为强强碳素企业这艘航船，要在这海洋中一帆风顺，胜利到达理想的彼岸，这个舵手是最为关键的。正如梁荣龙所说的："掌舵人是公司发展的关键。"

赵唯皓以他丰富的人生经历，使他始终遵循法律的航线，让强强这艘船不偏不离地沿着正确的航线行驶。这艘船上的领导班子、股东、管理人员、广大员工，都是各司其职的助手，大家齐心协力，赵唯皓这个舵手才能力挽狂澜，在这场金融危机的风暴中乘风破浪前进。赵唯皓深有感触地说："我们用4个月的时间扭亏为盈，当年还有利润，因为别人不做我们做，我们趁机开拓了市场。"

杨洪保说："2008年金融危机，有危机也有机会。2009年到2010年，我们的产品不够卖，2011年在国内难卖，我们就卖出国去了。"

办企业，环保这个大问题解决了，产品质量上去了，销路通畅了，就是最大的成功！赵唯皓和公司的领导们和他们的团队，终于用辛勤和汗水打开了科技的大门，绽开了理想之花：强强碳素走进了中华人民共和国知识产权局的大门，捧回了多项国家专利！

五、人生坐标

人生，总会有自己的理想和信仰，并不断为之而奋斗。

赵唯皓把信仰中国共产党作为他人生的坐标。

在20世纪70年代的插队知识青年中，能在十八岁就加入中国共产党成为一名光荣的党员，是令人羡慕的，因此，他成了知识青年的标兵，当了中国最小的官——生产队长。在当时的人们意识中："嘴上没毛，办事不牢。"但赵唯皓却以他的实际行动在农村这个广阔天地中发挥了他应有的作用，使村人看到了党员的光辉形象：

他碰到重活脏活走在前。

他把一些群众不再用了的箩筐放到小河里，铲鹅卵石放到里边，让冬天挑水的妇女们不再淌水打水，站到这些用破箩筐做成的"桥墩"上，就可以打水了。

他一插队到那朝屯就一直为五保户挑水。

他组织开展文化活动，使山村的夜半歌声不绝。传播文明，也是他作为党员的一个亮点！

他在"哪一块黄土都长草"的思想指导下，不挑肥拣瘦，服从党的召唤，从农村回到县里工作，他不挑不拣，党员的光环照在每个岗位上，但是他知道，自己从小就想成为一个解放军战士，年年征兵他都去报名应征，终于他实现了自己的愿望，加入到了部队这座革命的大熔炉里。在那里，党员的作用得到任意发挥：

他用业余时间到炊事班帮厨；

他主动要求去养猪；

他说："当时我的心意，什么事都要去实践，体验人生最重要。"

没有共产党员的模范带头作用，他不可能代表所在军区参加全军性质的全能比赛并获得二等奖的好成绩；不可能在入伍不到三年就提了干；不可能成为带好兵的连长……

党员的带头作用，使他一点点走向成功！强强碳素公司的创建、发展，哪一个环节不是共产党员的坚强毅力和勇往直前的精神在支撑着他？

在长期的实践中，他深深地体会到：创业也好，守业也好，不但要靠项目、资金、技术，还需要精神支柱。他意识到，搞经济建设需要党的领导，而企业的生存和发展，也得靠党组织的保证和共产党员作用的发挥。因此，他始终认定：民营企业作为社会主义市场经济的重要组成部分的载体，在发展过程中必须坚持社会主义的发展方向，坚持党的领导。在保证和促进非公经济组织的发展中，除了必要的法律、行政和经济方面的保障措施外，就是要通过加强非公经济组织中党组织的建设，保证党的路线、方针、政策在非公经济组织中得到贯彻和落实，使之成为强强碳素健康发展的保证。

因此，在建厂之初的2002年7月，赵唯皓就组织成立了公司党支部，属当地马头镇党委管。党支部只有赵唯皓、梁荣龙、周顺忠三位党员。赵唯皓为党支部书记。

建厂之初，如果没有坚持党的领导，发挥党员的中坚力量作用，也是难坚持的。

梁荣龙（公司办公室主任，公司党委副书记）："建厂之初的情况，当时住民房，共有12个人；赵唯皓、罗高强、梁荣龙、黄恒锦（第二任总经理，一个月后赵唯皓任）、罗广苏（已不在公司）、黄雍（煅烧车间主任）、赵唯实（现仓库保管）、吴胜忠（已不在公司）、周顺忠（已不在公司）、宋锡华（公司人力资源部经理）、段金武（已不在公司）、陈朝永（皓海公司）。第一次开工我不在；第二次群众认识不到办厂对他们有什么利益没有开成；第三次赵总来了，和群众打成一片，还依靠当地镇党委、政府一起做好群众的工作，群众才同意和支持我们开工。”

“2010年3月成立厂党委。现有党员119人。皓海有45人。公司党委班子是公推直选的。做法是由党员和群众参与，在公开推选出来的候选人中直接选举。参加的党员人数占90%以上，有部分选举时不当班的员工代表都到场参加。公推直选中赵唯皓当选为中共广西强强碳素股份有限公司第一任党委书记。”

在不断地采访中，我了解到以赵唯皓为党委书记的公司党委成立以后的重大活动情况：

2010年3月公司党委成立以后，按照中共百色市委的要求，在公司开展创先争优活动，以“争创转型发展先锋，打造全球碳素强企业”为主题，以“提升团队精神，争创学习型组织、村企联建”为载体，有效激发党组织和党员的积极性，使生产经营和党建工作协调发展。

在公司党委成立之后不久，加强基层党组织建设。在后勤机关、煅烧厂和皓海公司等成立了五个党支部，发展壮大党员队伍。充分发展党员在生产经营中的模范带头作用，把11名党员培养成经营管理的能手；把5名经营管理能手培养成党员；把13名优秀员工培养为入党积极分子；把3名优秀党员培养成党务工作者。建立健全党员管理机制，落实办公地点，并开展党组织生活会、民主评议党员等制度性活动。

加强公司党委和各党支部与董事会、监事会、工会等部门的互动，积极指导公司生产经营、决策发展等重大活动，充分发挥非公有制经济党组织引领企业的政治核心作用。

开展村企联动，公司党委在原党支部与驻地马头镇雷感社区支部等开展结对共建活动的基础上，实施“就业援助”、基础设施援建和党内关爱等工程，吸纳当地劳动力450人进公司务工，带动群众致富。全村每年收入都在300万元以上。同时通过党员之间的交流，对企业和地方的持续发展起到了良好的作用，这是公司党委党建工作的一个亮点。

公司党委充分发挥党员的先锋模范作用。在党委委员中，有3人兼任工会、共青团等群团领导。更好地开展群团活动，真正使群团的力量在公司的生产经营中起到模范作用。强化了党组织在公司的政治核心作用。目前，公司中层以上的党员领导干部占70%；主要生产车间负责人和重要岗位都是党员在岗。党员成了公司的中心力量。党委号召全体共产党员员工与公司同呼吸，共命运，凝聚公司上下力量推动公司科学发展、谐发展、跨越发展。

同时公司党委设立“党员示范岗”和“党员责任岗”等，让党员员工通过“党员示范岗”充分发挥自己作为一名共产党员的先锋带头作用。同时，党委也把这项活动当作是培养公司管理人员的重要途径。2010年公司党委将调温岗位作为党员示范岗，让党员员工来上岗。从中提拔组长，或班长，或车间主任。因此，这样的活动也激发员工入党的积极性。因为员工看到别人入党，不仅是进步的一种表现，也是能有比较好地发挥自己才华的机会，感到自己应该要求加入党组织。设立这两种岗位，对发展员工入党起到一定的促进作用。

公司广大员工没有忘记，赵唯皓在当选为党委书记以后说的那番话：“公司党委的建立，是公司不断向前迈进的标志，同时也为我们公司今后更好地开展生产经营和科研起着重要的作用。

充分发挥公司党组织在员工中的政治核心作用，坚持围绕我公司的产品生产经营和思想道德及企业文化建设开展活动，在适应市场竞争、人力资源开发、创新产品和科研使企业更快发展和凝聚员工等方面，以共产党员的先锋模范作用，带动和激发广大员工的工作热情和政治热情，培养和造就一支符合社会主义职业道德要求，充满活力的强强碳素员工队伍，增强民营企业组织内部的发展动力。”

公司党委成立以后（含党支部时期），已全面实现了全员劳动合同制，为员工统一缴纳社会保险（即五险一金）。在党委的组织下，开展丰富多彩的企业文化活动。还组织广大党员到百色起义纪念馆和东兰县革命根据地进行党员教育活动，并为两地各捐款20万人民币，使党员受到一次深刻的革命传统教育，激发了更好地为企业发展和地方的经济发展做出更大贡献的热情。

赵唯皓从一个普通的党员到公司的党委书记。38年党龄的他，感慨地说：“我始终坚持我的信仰，这是我的人生坐标！”

六、那一本《道德经》

俗话说：“隔行如隔山。”这话是千真万确的。我曾和同行小梁探讨过企业文化，但是什么是企业文化？我们和许多人一样，知其然，不知其所以然。我认为企业文化，就是和群众文化一样，以娱乐为其主要功能。每逢节日，组织文艺演出等公益活动。其实不然，企业文化是一门深奥的学科，自成体系。

在我国现行的市场经济中，支撑着它的有国营企业，亦有诸如雨后春笋般发展起来的民营企业。强强作为民营企业，在市场经济这个社会历史条件下，在生产经营和管理中创造了具有强强企业特色的文化观念、价值观念、企业精神，道德规范、企业制度、文化环境、企业产品等。而其中的价值观“明明白白做人，认认真真办事”就是强强企业文化的核心。

从某种意义上来说，企业文化首先应该是企业家文化。因为企业的经营理念是由企业家提出来的，而企业的一切活动都是围绕着经营理念去进行的。在强强碳素，赵唯皓在企业文化的创建方面，有着他独特的思维方式和措施。在培养强强人追求卓越、追求成效、追求创新之中，将重点放在培养员工的价值观，用“明明白白做人，认认真真办事”这个强强的企业文化去鼓励员工，让全体员工都能以明白做人、认真做事的方式去实现个人的人生价值。只有员工的人生价值观与企业的核心文化统一了，才能实现企业的目标，员工的价值才能从中得到体现。

正如赵唯皓在他的《自我激励篇》中所说：“要办企业就必须懂得做人。我头脑清醒，朴实大方，胸怀博大，刚健自强，坚韧不拔，务实敬业，勤俭持家，勇于担当，体贴下属，关爱他人，勤奋能吃苦，直率又执着，准时不拖拉，守法讲道理，诚信而有责任感……始终保持着善良、宽容、无畏、执着的行径。只有会做人别人才会喜欢我，愿意和我合作。”

这就是赵唯皓的人生定位！

赵唯皓这番肺腑之言，说出了一个心胸开阔、目标定位准确的企业家的心里话，也是他对人生、对事业、对社会的深刻体验。而要负起这个沉甸甸的社会责任，他才会把无数的艰难和困苦，当作人生的起点，才会去冥思苦想，才会下定决心去实现自己的目标。

说实话，作为一个已经拥有一定物质财富，有着幸福的家庭，又有优秀能干的女儿的赵唯皓，何苦去为创建一个企业而奔波劳碌呢？对这个问题，采访时我问过赵唯皓。他说：“人生的追求，人活着不能只享受。”当下，能有这样的思想，说这样的话的革命后代已为数不多了。

作为革命后代的赵唯皓，经历了五个不同的工作岗位，有着丰富的人生阅历，尤其在经济建设方面，积累了一定的成功经验，因此，对中国经济发展大潮有着敏锐的嗅觉，学会抓住机遇。因此，他才能与吴锦等人，带着什么是碳素的特大问号，带着对碳素知识的空白，走进了平果县的那片乱石岗。

在市场经济条件下，面对这片乱石岗，赵唯皓和罗高强、梁荣龙等十多名拓荒者，当时都感到非常的困难。当时想一起投资的还有另外的几个人。有一人在看地时，被一头刚从荒山中泡了半天水坑的大水牛甩了一身的烂泥浆，他当即就打了退堂鼓。而赵唯皓觉得自己选择的道路是充满机遇的，是充满希望的。但是，困难与机遇同在，这是事物的客观规律，只要能勇往直前，就一定会成功。不甘平庸的观念鼓舞着赵唯皓下决心开拓这片荒山。

罗高强说："我们当时租用这间民房，还有现在已建成的三层楼的左边那间，吃住都在这里。冬天，我们入睡时，常有老鼠事先为我们'暖被子'；夏天，也常有蛇爬到我们的席子上盘睡。就在左边那间房，我们把它当作工程筹备办公的地方。有一天，他们还抓得一条两斤多重的吹风蛇，拿来做了'龙凤汤'。赵总当时就是在那张木板床上铺开一期工程的建设图纸的……"

这风餐露宿的水利民工般的生活，记录着强强创业的艰苦。

赵唯皓他们用一年的心血和汗水浇灌的强强碳素出生了！投产了！成长了！因为赵唯皓说"艰苦的童年，激发我拼搏，饱受挫折促使我努力学习，贫困的生活改变了我的思维方式，困难的包围提高了我的心智，创业的艰难决定我必须勤奋，企业的使命告诉我必须承担责任，团队的领头要求我必须宽容，社会的责任激励我奋进。"

强强碳素在百色这片红土地上崛起了，但要担当责任就要把她建设成为一个现代化的企业，成为一个高科技的企业，并使她发展壮大，还需要建设她的二期、三期甚至四期。这都是没有前人成功的经验可借鉴的，更无国营企业和新企业相符合的管理办法、经营理念和使它独具自身特色的企业文化。这就得探索。这探索，就像海洋探险，像考古工作者踏遍大地，更像古代人类之初对生存方式的探索。这当中，有成功的喜悦，有失败的忧伤，更有前进和后退的激烈碰撞！坚持就能向前大踏步，而后退半步，就可能被突如其来的市场经济汹涌澎湃的大浪掀翻，甚至被淹没。

在赵唯皓的办公室，人们有时能看到他坐在办公桌前，双眼偶尔也流露出成功的喜悦，但更多的时候从他的双眼里看到的多是忧虑的神态。正像他所说的："大家叫我董事长、总经理，其实我是股东，更是打工仔，不是吗？员工领不到工资，可以向总经理索取，取不到还可以对簿公堂，而企业亏损、倒闭，我向谁去诉说呢？这就是我的忧虑与愁苦。"

因为现代新企业是在激烈的竞争中产生和发展的，那么她的立业之基是什么？是科技研发的观点，是以人为本的管理较量。员工是企业创造物质价值的根本，如何让他们进得来，学得会，学得精，掌握一门或一专多能的技术，不断地在强强这个大家庭中，以自己过硬而精湛的技术，创造人生的价值，为他们的家人幸福，为国家做出更大的贡献，这就是赵唯皓这个董事长、总经理每一天都在思考的问题。

4月11日下午在强强碳素办公楼会议室的采访座谈会上，赵唯皓说："我和我们公司各位老总们做事，都坚持这几个原则：一是在遵纪守法的前提下搞好经营，通过依法纳税和多创造税收争取地方政府的支持；二是如何提高产品质量和科研创新的问题；三是如何提高员工福利问题；四是尊重市场经济规律，尊重和把握好客商的价值和需求。”

在4月24日的采访中，赵唯皓说：“有了正确的决策，选对了好的项目，又有了好的合作者，我必须精心策划，并架构起各种关系。首先我要架构企业内部的关系，通过制度化、组织化的管理来获得持续的保证，并架构起人与人、群体与群体、企业与客户、企业与企业、企业与政府之间的互动关系，以诚实求得信任，以信誉打开市场，以对客户、员工价值的尊重和把握来获得发展的动力，不断挑战自我，战胜自我。我不仅要把结果做好，还要把过程做精彩，以人为本，以和为贵，把股东的投资信心和增强员工的工作信心视为己任，力争天人合一，把企业做强做大。我要把我领导的企业每年向国家纳税一个亿定为我的目标，我以完成这个目标来争取政府的信任和支持。”

为实现这个企业的目标而奋斗，于是人们常看到，赵唯皓在凡事必躬亲的行动和风尘仆仆的同时，不论是在首都或别的机场的候机室里，还是在飞往上海的航班上，在往云南昆明曲靖回访客户的火车上，或是在等待客人的会见室里，都会从随身带的手提电脑包里，拿出《道德经》《弟子规》或《宋词》等袖珍书，看得那么入神，读得那么认真。对《弟子规》那本只有1080个字的书，他不知读过多少遍，甚至都能熟练地背下来了，而对《道德经》，他亦融会贯通。因为儒家思想对企业文化的影响他是心知肚明的：那就是以人为本，以和为贵，知人善用，中庸之道。他从书中找到了中国传统文化的精华。因此，他把“明明白白做人，认认真真办事”作为自己和强强碳素的核心价值。因而学好法律法规不做错事，熟知优良传统道德不做傻事，钻研技术做好带头人，承担责任做好每一件事。

赵唯皓说：“很多人笑话我们中国的企业很短命，平均寿命不到四岁。这种状况的确令人尴尬和困惑。我很仔细地分析了原因，要做成一件事情是很难的，能在遵纪守法的前提下去做成一件事情就更难上加难。但我深知不守规矩去做事情只是冒险偶然碰巧得来的结果，绝不是成功。我是学法律的，深知学好法律的重要意义是知道自己不能做什么，我更知道遵纪守法、坚持原则的重要性。我的人生目标是要做一个成功的民族企业家，所以我坚守着自己的操守：必须守规矩地去做好每一件事情。只有遵纪守法地去做成的事情才是成功。因此我在强强人面前提出‘明明白白做人，认认真真办事’，遵纪守法做企业，我们不仅照章纳税，还为全体员工办了‘五险一金’。虽然，正正规规地办企业成本要高得多，盈利空间也变小了，但我的心里很踏实。我非常尊重我们中国的优良传统道德观念，它使我知道我不该做什么。我深知人这一辈子千万不要做下什么错事，因为不是每一件错事都能够得到原谅的。大家这么信任我，跟随我，我绝不能带着大家去冒险，我带领的是一支走向成功的团队。”

一个企业的成功，企业家的思想是重要前提。

当我问赵唯皓企业管理的理念时，他说：“企业管理，重在两个方面：一是希望大家都成为专家。企业的发展、起步、壮大、发展需要专家。我只凭一股热情、敬业搞起来，但企业要搞好，仅凭敬业还不够，还必须专业，只有专业才能在行业中去竞争。二是你要领导一个行业，你必须是这个行业的专家，这个专家靠谁，就得靠你自己。企业做大了不一定就是真大，因为只有做强了大才是真的大，持续的赢利是需要时间的考验的。我把所有的工艺都编成顺口溜，编在《强强工艺手册》上，把所有复杂的工艺，变成一个简单的顺口溜，如焙烧装炉岗位工艺：

装炉出炉很重要，上岗之前培训好；
装炉一定要及时，保证备用两炉室；

操作工具勤检查，多看一秒不误事；
爱护设备勤保养，问题工具勿勉强；
棒孔填料很讲究，料位深度占七成；
板车码块齐紧平，纸壳填充保到位；
推车碳块装和出，前后左右要眼明；
装炉之前看炉温，炉温偏高不急装；
……

让大家一看就能记住。这是专业管理。一个企业的核心竞争力，不是产品和技术，而是一种组织能力。你把你的团队组织起来，使你的产品赢得市场。组织一个团队，更是千变万化的事。企业靠的是凝聚人心，赢得利润来发展。”

当我问到在管理中对那些因工作失误而给我们公司造成重大损失时怎么处理时，赵唯皓说：“企业靠的是凝聚人心，赢得利润来发展，而不是靠处罚，处罚是迫不得已的。我们只注重处罚那些故意的，对过失的处罚是很轻很轻的。如果你开除了他，来一个新的，照样会出现这些问题。出事了，你给他指出来，以后他就不会再犯了。对事故的处理，处罚不是唯一的办法。教育使之吸取教训才是重要的。你处罚他，罚多少钱都不是企业发展的动力。任何一个地方，处罚最多的就是最穷的。因为他没有发展，就靠处罚来营生，用处罚来当发展的动力，所以他才去处罚。”

当我问到这种企业管理模式是怎样形成的时，赵唯皓坦然地说：“当时河池地委下文‘双十条’，要求党政干部下海经商，搞活经济。我1987年自己要求转业回来，在地区检察院工作了两年。既然地委有文件，我也想展示我的经营能力。那时我就知道：创造财富是非常兴奋的事情。河池矿多，湖南的老板来，我收购矿卖给他们，钱拿回来单位分给大家做福利。在那时，我已形成了自己的经营理念：当时我就认为利润最大化会伤害客户；利润最大化会伤害供应商；利润最大化会伤害员工；利润最大化会伤害国家（也就是偷税漏税）。我求的是盈利能力。这就是企业家和商人的最大区别。为人在世，守法为先。”

正因为有自己形成的经营理念，赵唯皓在建厂以来，一直按照自己的人生观、价值观来领导企业。他把自己的战略思想和目标“分成几个主题，让大家讨论，时间是用周五下午”。赵唯皓和公司的领导们一起摸索着新企业管理的办法。

赵唯皓勤奋读书。作为企业家，他善于学习和利用世界文学名作家的励志文学。除学习美国作家约翰逊的励志小说《礼物》外，还组织员工阅读中外营销书籍，如《世界上最伟大的推销员》《谁动了我的奶酪？》等。

公司结合学习的内容，分别举办了“唤醒良知，知恩图报”等几个主题的演讲活动。

赵唯皓作了题为《礼物——无穷的智慧和动力》的演讲；吴锦、黄乃仁、梁荣龙、黄海燕、梅钧、罗高强、覃建华等领导及黄雍、黄永超、黄学群、覃志华、岑龙、韦成、黄向学、农增宏、陆宣宁、韦联生、宋锡华、农文杰、蒙炳隆、黄大雄、胡蝶珍、黄秋花、黄华、黄芳、农宴、周艳束、韦革、许洁、黄金美、吴金华、杨铭、卢高营、梁兆莲、黄凤梅等，都通过读书演讲的形式结合自己的工作谈学习体会，使人们从中对企业的另一种形式的思想教育略见一斑。梁荣龙还对这个专题的演讲进行评述。并希望通过这样的学习活动平台，激发员工们的比、学、赶、超精神，提高员工们的整体素质，从而提高公司的形象，提高工作效率。

由于员工们都很忙，工作时间都是三班倒，我没有更多的时间获得采访材料，这里只好从赵唯皓主编的《和谐心声》一书中，摘录一些员工的演讲材料：

梁荣龙（公司办公室主任，公司党委副书记）：“我在国营铝厂工作过十年，1987年参加工作以后去学企业管理，体会最深的是：民营企业的管理和国营企业不一样，国企有国企的做法，民营企业对企业管理更灵活一些。把国企和民企的管理的长处相结合，强强才能发展得比较快。”

黄乃仁（董事会秘书长、法律顾问）：“党的十七大提出了‘毫不动摇地鼓励、支持、引导非公有经济发展，建设和谐文化，培育文明风俗’，这是构建社会主义和谐社会的科学理念。作为民营企业，努力创建和谐企业，对于促进社会主义市场经济的发展具有十分重大的意义，也是企业自身健康发展的需要，更是从根本上维护员工自身利益的需要……创建和谐企业，自然少不了将与客户形成和谐关系作为支持。只有诚心回报客户，企业才能拥有更进一步发展的动力源泉。目前市场竞争激烈，客户选择合作伙伴的形势十分严峻，随时都有被抛弃的危险。因此，把客户尊为自己的衣食父母，这是永远不能改变的宗旨。近年赵董事长和国外客户洽谈时，外商朋友都为我方的诚信而折服。”

黄福生（皓海碳素焙烧厂厂长）：“良知是人的思想主宰者，品格的培养者，社会地位、环境以及命运的创造者和塑造者，是一种力量、智慧与爱的化身，也是自己思想的主人。它掌管着应对任何境况的钥匙，也是自身内在的一个蜕变和再生装置。2005年12月与2006年的1月，我负责煤气炉的工作，由于我思想上放任自流，又固执，听不进别人的意见，在行为上随波逐流，加上管理上的错误，给公司造成了几十万的重大经济损失，赵总和吴总及公司的各位领导没有责备我，而是对我进行思想上的教育和工作上的引导。他们语重心长的教育，使我认真地反省自己的行为，感到十分的愧悔。从此后，我吸取教训，调整自己的心态，主动纠正自己品格上的缺陷，重新设定目标，把这次跌倒的痛苦当作工作的起点，领悟为人处世的真理，用良心和无私的爱，去设法克服和解决所遇到的困难。只有把所有的欲望转化为纯洁的爱，才能挖掘人内心深处的宝藏，领悟到为人处世的真理。我们公司的人性化管理制度，正因为如此，才使我在思想上得到了洗礼与提升，从一位普通的职员变成车间管理者。”

关于这一点，我除了从资料上得到之外，还从在田东往百色的客车上邻座的皓海铸造厂员工汤美英那里得到证实。她说：“听说有个青年电工烧坏了一个煤气炉，损失了几十万，他父亲都害怕了，这么多钱两父子怎么赔呀！他父亲不敢去找赵总。他儿子自己去找了赵总，他就没挨赔钱了。要是别的老板，你就得赔一辈子了。我说，这个赵老板真好！”

冉秀（皓海碳素中心实验室副主任）：“2003年12月20日起，‘明明白白做人，认认真真办事’便成了我的座右铭。强强是一个多元化的集体，她有着自己丰富的企业文化，她提倡德、智、体、美全面发展，德、能、勤、绩共同进步。同时她也有着海纳百川，有容乃大的胸怀。记得2005年3月14日，由于我一时的糊涂，计算数据时没有用计算器，而是用口算，导致口算失误，造成进厂的无烟煤的硫成分过高。因为这件事，公司与煤老板发生了纠纷，给公司带来了声誉上的不良影响。事后，我带着深深的歉意及深刻的检讨走进赵总的办公室，心里想都不敢想它的结局。可是，谈话的结果与我想象的恰恰相反。赵总并没有像我想象的那样严厉地指责我，而是语重心长地对我说了一些话，让我明白数据工作是来不得半点马虎的，工作中要规范化、制度化。我从这件事中也得到了启示，生活与工作中学会了在坚持原则的情况下宽容别人。”

梁然章（强强碳素煅烧厂厂长）：“我们公司是平果县乃至

百色市数一数二的民营企业。先进的管理理念，完善的规章制度，为我们提供了良好的工作环境及发展空间。对此，我们应当心怀感激。而这种感激，应当化作一种工作动力，一种工作责任。在工作中，努力学习各种专业技术知识，有强烈的工作责任心，真正做到：'爱厂如爱家'。"

覃晖（皓海碳素焙烧厂）："我们都明白，职业就是社会给我们的责任，认真说来，我们也可以把它看作一种崇高的精神境界，这样的话，我们对敬业一词就更容易理解。敬业，就是说，要尊重自己的工作，工作时要投入自己的全部心身，甚至把它当成自己的私事，无论怎样付出都心甘情愿，并且能善始善终。如果一个人能这样对待工作，那一定是有一种神奇的力量在支持他的内心。这就是我们现在所说的职业道德。"

陆雅彬（强强碳素财务部）："我们公司组织大家学习《世界上最伟大的推销员》和《礼物》，就是送给我们最好的礼物。前面好多同事都对《礼物》这篇文章谈了自己的感受，下面我谈谈本人对《世界上最伟大的推销员》的心得体会。书中以感人肺腑的传奇故事，引申出哲理箴言并融入到故事中，以十张羊皮卷引导读者阅读。书中作者论述了羊皮卷所记载的十个原则：习惯、爱、坚持、自尊、时间、情绪、幽默、进行、行动和祈祷。引导我们养成良好的习惯，要埋头苦干，而不是仅仅瞻望前景；教我们怎样避免失败，而不仅仅是获得成功；教导我们善待别人，要富有爱心和同情心；告诉我们如何对待财富和幸福；使我们觉得生活更充实，目标更明确，人生更有意义。"

梅钧（强强碳素副总经理）："……我刚来的时候，也是对碳素一无所知，还真以为像吴总说的那样，是做什么碳素墨水的。但是现在不一样了，我知道碳素使用的领域很多，包括航天飞机、火箭、武器……说了这么多，相信大家对我们企业的未来会更有信心了。我相信我们强强的未来是不可估量的。我将用我的青春来见证强强成为一个高科技企业的明天。”

黄海燕（强强碳素总裁助理）：“来这里工作之前，我对ISO的工作体系只是有一些了解，但在这里，我却经历过了整个体系从零到策划、实施、检查、持续改进的过程，每个步骤都是那么关键。在整个推行过程中我能感受到对别人工作的支持与信任的重要，更有向上的力量，让我在工作、生活、人际沟通上得到很大的提升。公司能够顺利地通过ISO认证，我最大的感受是团队的精神。在同一个公司上班，大家都是一个团体，缺少其中的任何一个都不行，我们应该齐心协力为公司的发展、未来一起努力，一起成长。”

林荣鹏（强强碳素煅烧车间主任）：“在强强工作的四年多日子里，我是伴‘荣’和‘辱’度过的。‘荣’是因为有幸参加4台煅烧炉的烘炉工作，经受住火与热的考验，掌握扎实的烘炉技术；‘辱’是因为技术、经验欠缺，没有维护好炉子，导致5台煅烧炉都出现严重破损，为此公司对炉子进行大修，这给公司带来无法估量的经济损失。这可是血的教训呀！针对炉子破损事故，公司领导却以一颗宽容的心处理，没给我们任何处罚。难道我不说感恩吗？在工作中我感受到了团队的重要。在煅烧车间不管是烘炉还是平常的工作都离不开团队的协作。在烘炉的高温阶段往往因一个人的松懈而影响一两个班的升温。由于高温，每次疏通煤渣脸都被烫得令人跳脚。面对高温，顶住了，疏通煤渣彻底了，别的人就轻松一些，少吃点苦。一个班松懈的后果是整体炉温下降，升温任务难以完成，排料时间还会被推迟。可见，团队是多么重要。”

覃建华（皓海碳素副总经理）：“……我和罗副总及质检站的几位同志到某碳素厂学习……那里的员工工资一个月四百多块

钱，而且已有半年没有发了。见到这样的情景，我对‘厂兴我荣，厂衰我耻’这种感觉特别强烈。8月27日到9月10日，我们一线生产的出口块，因为我们细节管理不到位，生产的745块碳块有459块因棒孔间距不符合要求，给公司造成了经济损失，也影响了公司的声誉，而自己又负不起那么大的责任，对此我感到非常愧疚。如果我管理得细一点，我们工作责任心再强一点，也许就不会有这样的后果了。”

班兆春（强强碳素保卫部）：“进入强强碳素工作后，我感恩于公司给予我这样好的工作条件和工作环境。公司严格的规章制度使我没有像有些战友一样，到社会上工作一段时间后就把从部队学到的强调纪律抛掉了，而纪律性是一个优秀团队应当具备的。”

赵唯皓在演讲中说：“……我经常给大家说，你们做工挣钱很辛苦，在我们公司内不要考虑请客送礼，把工作干好就行啦，谁给你们穿小鞋你们就找我，我来为你们做主；我也经常告诫我们的干部，员工无缘无故地请客送礼，你首先考虑你什么地方做不好，让他为难了，他没有办法才请客送礼的，你吃了人家的，拿了人家的你心安理得吗？你不感到羞耻吗？被上级发现你还要承担下岗的责任你值得吗？”

听了这样的演讲，员工们谁能不为之动容？谁能不入心入脑？有了这样的上梁，下梁能歪到哪儿去？在企业管理中，企业家的严于律己，有明确的目标，有英明的决策，有自身的文化力和影响力，又有亲和力是非常重要的。因此，以培养员工“明明白白做人，认认真真办事”为目标，赵唯皓主编了《强强碳素知识问答手册》。这是一本强强碳素企业内部员工学习手册。让员工了解相关的知识，以便提高自身的整体素质。这之后又组织编写了《强强碳素员工手册》，进一步完善了生产管理和企业管理的规章制度。

赵唯皓既然规范了企业的规章制度，进行以人为本的管理措施，那么，他的自觉行为就更为重要了。这里讲几个小故事：

“建厂时，我下车间比较多，提高施工质量问题，提高安全生产意识问题，尤其是安装，我做示范动作，整天穿着工作服，手长满了老茧。”

“我到车间，看见有个员工他穿着拖鞋开叉车，我叫他回去换鞋，谁知他跳上车去，要开车回去换鞋。我制止住了，批评他穿拖鞋上班就不对了，还穿着拖鞋开特种车辆就更不对了，他才走路回去。我注意安全生产问题。”

刘贤新：“……生活上，赵总时间观念很强，晚上常到车间去巡查，我陪他去过几次，查看安全情况，还跟工人聊天，了解生产情况。”

谭廷克：“他（赵总）作为一个老板，对家人严格要求。他定的制度对家人一样地执行。他三弟负责仓管工作，工资与员工一样。老三进库出错，赵总处罚他，处分降级。如果工资是2000元，就降到1500元，一年以后看工作表现。他的一个亲戚负责商务采购工作，这个商务采购相当于副经理职务。这个亲戚出事了，被赵总降职下来做一般员工，工资待遇都和普通员工一样。”

我在补充采访中问到这件事，赵唯皓说：“我当时给他两条路选择：一是开除；二是辞职。后来他选择辞职走了。我作为老总，对谁都一样地办，否则制度就坚持不下去了。”

对这件事，谭廷克还说：“这就是他（赵总）做人的原则，能做到这样很了不起了。企业为什么越做越大？从2001年的年产8000吨，到现在的年产70万吨，目标是年产100万吨，上税每年争取实现1个亿。没有企业管理上的一套，是拿不下的。”

赵唯皓在采访座谈会上说：“我们有我们自己的做法，哪怕是吃了亏。按照国家的有关政策规定，建厂时，要是购买国内生产的设备，是有增值税款返还的。在强强的子公司皓海碳素建厂时，购买了国产的生产设备，按政策是可以得到返还的，但由于基建工作忙，没有能及时办理有关手续，已经快超过规定的办理时间了，超过了这部分的返还款就无法办到了。当时，就有人找到我们公司分管的黄小帆副总经理，说只要二五分成，他就可以通过特殊手段办好提款。黄副总经理汇报给我，我说这钱我不要了，还是留给国家好，我要了就说不清楚。我们公司就这样吃亏了，但是吃亏也是心安理得的。”

在当前这个物欲横流的时代，能坚持原则、维护党和国家利益，不随波逐流，很少人能做到，但赵唯皓做到了。这个故事，让我想起了赵唯皓说过的那句话：“我必须做好表率，以身作则，我站着是一座山，倒下是一座碑。”赵唯皓的这句话，令我感慨万分，在当今的中国，这样的企业家实在太少了！正如黄文武在7月15日的采访中说的：“他是守法的老板，在我接触的所有企业家中，他是最正直最守法的老板了。”

在企业管理中，正像赵唯皓说的，你要领导一个行业，你必须是这个行业的专家，那么，赵唯皓如何在领导企业发展壮大时，向着专家的目标迈进，带领他的团队钻研技术，在获得专利之后向新的产品研发和技术创新不断前进的呢？刘贤新在采访时说：“从一期到现在，每条生产线的布局都是他自己设计的。生产技术和工艺流程他都很熟悉……研究余热发电（第三期），强强用不完就给兰总（百合）一部分。他是市人大代表，广西优秀共产党员，党委书记是公推直选出来的。”

带着对刘贤新说的工艺流程设计我还不很了解的技术问题，在7月17日采访梁荣龙中我问了这个问题。他说：“第一期是贵阳铝镁设计，二、三期赵总自己设计。他在原基础上改革，一期深6米，二、三期为7米多……三期为2008年建厂。”

因为看过了一期，我没有能再次到厂里看二期，于是我又请教了黄海燕，才弄清楚了什么是地面炉，而赵总改革设计的又是另两种不同设置的炉。这些都是底下浇灌混凝土再砌耐火砖，往地下散热慢，含炉窑有7米深左右。“是赵总亲自设计。通过实践，没有专门去学，只拜访过专家，学业务。一期时，是贵阳铝镁设计。赵总在使用中去摸索。他以数据为依据，主要是通过实践学习，靠自己。他曾把以前的笔记本给我看：如市场调查、商务，看人家怎么做技术，摸索和总结等等。当时工作环境很艰苦，最敏感的问题是环保问题：黄龙似的浓烟污染环境。他说过，有的股东因环境问题而退股；有的是股东又是在厂任职，但都是退股退职走了。开初时，有压力就走。2002年特别严峻，建厂时就考虑到这个问题。别的公司，用电捕净化法，投资很大。赵总完全不用电捕等办法。现在不用增加设备，就能做到。这就是炉内焚烧法专利。

“当时我是班长，当时的情况，不仅是赵总，员工也对此产生顾虑：能不能做下去？研究是一个突破！三期：80个室的焙烧炉。设备基本一样。炉型及体型，产品的能耗减少。地下升温，升温慢，散热慢。这样的焙烧工艺设计都是赵总研究出来的。焙烧炉的厂房高度20米，长度200多米，为多功能设备。”

赵唯皓除了自己努力刻苦钻研技术、组织技术创新、研发生产新产品外，非常注意技术人才的培养。罗高强说：“2001年，赵总让我和陈朝勇、黄福生去山西侯马碳素厂学习一个月。其他人去河南巩义碳素厂学习，也是一个月。我们感受：其实在赵总指导下，才学得东西最多，包括技术、工作、生活。赵总的专利，他在平常生产中发现，看不到冒烟的情况，就把所有的数据拿来分析，尽量做到百分百的准确。”

黄海燕："学习和培训，2010年4月至6月，公司让杨副总、我、谭副总、宋明辉（中层领导），去湖南大学学习两个月，是中直公司来办的碳素培训班。"

杨洪保："现在厂里在民族大学办一个大专班，一个本科班60多人，入学也要参加成人考试。每年学院都派老师过来给我们上课，白天或晚上分别授课，然后考试。社会人不是独立的，公司人受到社会的约束。员工怎么成为一个好员工，要培训，作为企业就要花时间和精力。员工要遵守纪律劳动，合法收入，企业要让员工感受到是公司提供条件，员工创造价值。"

吴锦："全国很多大学都没有这种碳素专业。只有东北大学、湖南大学有。赵总来了就去拜访。2005年起，广西民大办班，2009年办一个本科班。我现在还是民大的学生。赵总去民大讲过课，200多名学生来听。他讲创业、讲科技创新，学校反响很大：'从来没有见过这样的企业家教授……'"

在工作中学习，演讲交流，不断提高员工的自身素质，刻苦研究技术，使之蔚然成风，这是赵唯皓企业管理中的重要一笔。部分员工的演讲阐明了这一措施的效果。

梁然章（皓海碳素煅烧厂厂长）在讲述35台煅烧炉的破损教训之后说："在工作中，既要有对工作的信心和热情，又要有强烈的工作责任心。……要努力学习各种专业技能和知识，提高自身素质；刻苦钻研碳素生产技术，提高公司产品的质量及技术含量，增加公司的市场竞争能力；做好节能降耗工作，降低生产成本。在工作中，我们应当保持良好的心态，加强团结协作，树立团队精神。"

覃志华（中成车间）："……公司每个星期的思想教育活动……让我懂得了如何做人如何做事。就像我们公司赵董事长所说的：'明明白白做人，认认真真办事。'这一句话让我受益匪浅，所以直到现在我一直都在庆幸自己能够进入强强公司做事……因为强强公司不仅为我提供了工作，还为我创造了展示自我的平台，更重要的是强强公司有一个管理素质过硬的领导班子和一帮技术过硬的员工。”

廖颖英（强强碳素财务部）：“……大家都知道，知恩图报是我们中华民族的传统美德。我是从国企出来的，却在强强碳素公司里得到新生。在这里我摒弃了在国有企业时的那种消沉习气和迷茫的心态。在煅烧车间，我认真学习排料操作，很快掌握了整套操作流程；在财务部，我认真学习财务管理知识，也很快就胜任了目前所从事的出纳工作。同样，我以感恩的思想来指导，在工作中讲究实效，尊重他人，注重创新，为强强公司的美好明天倾注我的一片真情。”

陈圣文（强强碳素煅烧车间）：“2005年5月赵董给我们分析焙烧炉煤气站事件时说：‘不要把困难推给别人。’同时还说：‘煤气站的兄弟，你们当时如果多打几根钎，那是不是就不会偏炉了？不偏炉那你们现在不是在煤气站工作得好好的吗？所以啊，我们对自己的兄弟要多一点真诚，自己多做点是不会吃亏的。’说到善意，我想我们所接触的人中，目前只有赵董善忘。接二连三的设备事故，面对越积越高的成品，他好像是视而不见。2004年4月17日办公楼二楼会议室：课题《煤气发生炉原理》；主讲：赵唯皓。这节课是我听过的数万节课里最精彩的而且是最难忘的一节课。这节课给我的感受就像是卡拉杨指挥着爱乐乐团在演奏《蓝色多瑙河》《天鹅湖》《拉德斯基进行曲》以及《拿破仑进行曲》一样，真是绕梁余音，两年多而不绝于耳。至今每当夜深人静无聊之时，尚能回味。他用一种极为自然安详的语言和神情为我们演绎着：

$C+O_2=CO_2+97660K \rightarrow CO_2+C=$

$2CO - 38790K \rightarrow H_2O+C=H_2+CO - 282800K$

$\rightarrow 2H_2O+C=CO_2+2H_2 - 19970K$

这是煤气形成的过程。我觉得自己就像是煤块，经过一系列的化学反应后形成可燃的煤气。那时那种投入让人忘却了一切，只知道顺着他的思维进行着这一系列的化学反应。我事后想，他可能当时也记不起他曾经投入上千万元的炉子已经废了。没有埋怨，没有指责，没有一丝一毫的压力甚至给人以解脱压力的感觉。这节课他不时地插入几句激励、鼓舞的话语。课后让人感到轻松地就学得了煤气发生炉的原理而且整个人精神饱满意气风发的。”

这么说来，企业家应是演讲家，就像歌唱家在歌唱中的煽情，给观众的精神都集中在他的演唱中，引起共鸣而掌声此起彼伏，听过之后仍久久地沉浸在他歌声的热烈的氛围中。

陈圣文还说：“赵董也许曾经很‘无知’所以他现在对预焙阳极炭块生产的50多道工艺流程了如指掌。”又说：“当年我们那种把粉末比电阻拉下来把真比重搞上去的，探索求知的精神哪里去了？面对现在的质量挑战，我们该如何应对？该用何种心态去应对？……”

这些来自强强员工的肺腑之言，我读着时，脑子里自然而然地出现了另一个画面：赵唯皓在广西民族大学的讲坛上，那种胸有成竹的神态，那演讲者般的语言，那一招一式，谁能想到他是一个民营企业家的董事长、总经理？谁不以为他是那些高楼深院里走出来的高层科研人员？或以为他是广西民族大学有着丰富教学经验的资深教师呢？难怪校生们感慨万千：“从来没有见过这样的企业家教授。”

员工的这番话，也令我想起在补充采访时赵唯皓说过的那番心里话：“2006年春节放七天假，我一个人蹲在家里写第三期的可行性研究报告，共200多页。从初三写到初四，分不清白天晚上，到了初五还以为是初四。整整写了一个白天一个通宵。我共写了三本可行性研究报告，其中包含初步设计，第一本是强强二期，第二本是皓海碳素厂，第三本是强强三期。这些报告，有准确的数据，有图纸要画，专业性很强。这几个可行性报告，为公司节省了一千万元的设计费。”

赵唯皓娓娓道来，似乎还沉浸在刚刚写完可行性报告的那种兴奋中，而他的话，让我听得耳朵都竖起来，情不自禁地用惊奇和敬慕的目光盯着他！我感慨万分：从门外汉，到撰写专业性很强的可行性报告，这之间相距十万八千里！要缩短它的距离，需要有高深的、扎实的文化水平，尤其是文字功底，更需要有信心、恒心、毅力、责任心以及负重的心理。因此，这种辛勤，不是一般人个个都能做得到的。做一个成功的企业家的目标在召唤着赵唯皓。

毛泽东主席说过：“要当先生，首先要当学生。”赵唯皓从什么是碳素都不知的零基础，一步一个脚印地走出来。此时，我想起了采访他妻子宋锡芳时，她说：“……他读书读得很好，脑子灵，对技术，他看过一次就能记住了……”天道酬勤，从来就是颠扑不破的真理。有赵唯皓这样的企业家，真是强将手下无弱兵。因此，他在对员工对领导人员的培养，是具有他独特的思路和做法的。

一个人的成长，不是在一个岗位上就能培养出来的。赵唯皓说：“重视人才和培养领导是企业将目标转化为行为并最终实现的关键，选人一是精力充沛，有精神、有气派的人可以走长途，可以感染人，适应变动；二是要正直，考虑个人利益的同时能够充分考虑公司的利益；三是有智慧，有胆识，有进行思考的能力和魄力。我注重文凭更看重水平；注重职称更看重称职；注重品德更看重风格。选准了人还要有目标地将他有选择地培养为领导者。”

赵唯皓还说：“管理方面，平果人黄海燕，入厂时为员工，后来说太累，不想坚持。我从人格魅力来感动她。一个人的理想是什么？我们就想办法去实现它。要有善心，善于对待别人，善于对待环境。怎么才能做到？用有良心的好思想，用诚实和善良，用行动影响别人。她现在是股东（今年第三年），成为高级管理人员，年薪20万，有车子，有房子，有家有孩子。”

如黄海燕，就经过了多个岗位的工作：

清理工 →焙烧（班长）→调温工→煤气站→天车工（带出几个天车徒弟）→焙烧车间（质检）→技术员→车间主任→副总工程师（管理全厂生产工艺调度）→厂生产助理→总裁助理（今年1月起，总管工艺技术）。

对谭廷克的培养亦如此：员工→设计→施工管理（一期、二期）→质检→焙烧（代理班长）→皓海碳素建厂→皓海碳素厂副总经理（分管行政、人事、质量）。

在4月24日采访时，谭廷克说：“当时即2001年招工200人，有1000多人来报名，后来招进的200人中，多数为大学本科、大专和中专。赵总把我们放到车间锻炼，没到两个月跑了一半。有的说：‘我是学专业的，怎么到车间去？’一年后，只有6—7个人留下来，我是其中之一。留下来的，现在基本上都当了领导。”

赵唯皓的用人思路和人才培养，在公司员工的演讲中无处不在。而且他的用人方法不是一岗到底，而是让员工在多个岗位上轮岗，充分发挥聪明才智。同时采用竞聘的办法，让员工有能更好发挥自己一技之长、一专多能的岗位。如对化验员岗位，公司经常举行技术理论操作等考试，让员工不断提高技术水平，同时使他们在考试中找到自己的不足之处，从而努力奋发。因此，如黄凤梅，就是在化验室的岗位上被公司评为一级技工，然后又将她调到行政部资料室工作，让她努力熟悉这一行工作。她又通过努力，通过了全国专业技术人员计算机应用能力考试，获取资格证书，对档案管理、人力资源管理也有了较为成熟的管理经验。2006年12月18日，她又通过参加公司技术理论考试，竞聘到了公司全质办管理员的岗位。像这样的员工还有很多，这里亦摘一些员工的演讲稿片段。

周艳東（强强碳素财务部）：“2002年金秋十月，我成为强强的一分子。在新员工大会上，赵董事长的‘愿每一位员工都成为金子’的精彩演说，让我至今记忆犹新，虽然那时我初来乍到，但对强强的一种亲切感也油然而生。我的人生从此有了转变。我从一名普通的调温工，到全质办的内审员、财务部的统计员以及现在的会计。在每个岗位，几乎都从零开始。我曾担心自己不会做或者做不好就不能继续在公司干下去了。但是公司领导注重培养人才和挖掘人才。相信每个人经过培养都应可以发挥其潜能。我便是在公司的培养下渐渐地适应过来的，对工作由陌生变为熟悉，以至于得到公司的信任，让我从事与自己所学专业相关的会计工作。在这里，我感谢公司培养人才之恩。”

韦成勇（强强碳素煅烧车间）：“公司对每位员工进行安全生产和岗位操作培训，还请老师在公司举办碳素专业大专班。可想而知，公司重视培养人才。我们应该知道公司对我们的良苦用心，作为公司的一员，做个强强人，我感到自豪。从开始不知道什么是碳素，还以为碳素厂是生产墨水，到如今知道碳素厂生产预焙阳极碳素制品。公司如此良苦用心，难道我们不应该共同努力，相互学习，相互监督，不断提高产品质量吗？”

从以上的情况可以看出，赵唯皓实施的是以人为本、以和谐为贵、知人善用的儒家传统文化。这是强强独特的企业文化，它把“明明白白做人、认认真真办事”作为企业的灵魂，充分体现了赵唯皓作为企业家的精神，管理的理念和方针，以及价值取向和风格。而在强强的企业价值观还充分地表现在环境中的现实文化之中。

在强强采访，不论是在一期、二期或三期，我随地都可以看到那些静静地立在高大的绿树之下的宣传板报，既有新的，亦有些旧的。

这些不是整齐地集中摆在一个地方的板报宣传栏，都是通过图文并茂的版面，丰富多彩的强强特有的内容，发挥着无比的威力。它是企业文化中最具魅力的一部分。那些员工获奖光荣榜，那些回报社会的专版，那些反腐倡廉专版，打造执行力专版以及强强建厂十周年专版等，记载着强强碳素的历史，发展的足迹，增强自豪感，增强信心，增强责任感。尤其是“广西强强碳素股份有限公司的愿景”专栏，让广大员工通过阅览、浏览，更进一步明白公司的经营理念，明确奋斗的目标：以不懈的努力、毅力和追求使强强碳素成为碳素行业最有营利性的企业之一；进一步明白公司的文化精髓：“明明白白做人，认认真真办事”及创业的勇气，企业的智慧，敬人的道德和敬业的精神；进一步明白员工的任务：为民族的振兴，为家人的幸福和个人的理想而终生努力。体会到作为一个强强员工的荣耀。而那些获奖证书专版，书写着昨天的历史，昭示着未来；回报社会的专版，充分体现了公司领导和员工们时刻关注社会，关注民生的爱心。

强强的网络文化，是强强面向社会宣传自身这个高科技企业的重要平台，让新老顾客进一步了解强强企业和她的产品，尤其是新研发的：石墨电极、组合式阴极、阻流块等新产品；了解公司的企业文化经营理念，公司的更进一步发展，尤其是为建成上市公司而奋进的目标。它是强强十年奋斗的一个缩影，也是强强碳素产品继续畅销海外的一个重要窗口。

在强强一期办公大楼的资料室，我看到了强强员工参加平果县文化活动所获得的奖旗、奖匾、奖杯上百件，琳琅满目，令人目不暇接。室内墙上的宣传栏上，还有赵唯皓指挥唱歌和做篮球裁判的图片，它们是充分展示强强企业文化的一个平台。

节日文化，是赵唯皓企业文化的重要部分。在三期的室内篮球场，是一个综合文化活动重要场地，它是继一期综合文化室之后所建的一个更大的文化活动场地。而在皓海碳素厂也有一个同样规模的文化活动场地。

梁正（皓海碳素厂总经理助理）："皓海建有灯光篮球场，文化设施有舞台、羽毛球、排球……员工的业余文娱活动有男子篮球赛、女子排球赛和训练等。皓海足球队经常与农行、中行、银海铝等部门赛球。我喜欢打篮球、踢足球。"

谭廷克："每一个月都有篮球、排球、羽毛球、歌咏、书画、拔河等文化活动。我是强强党委委员，担任皓海党支书，还有工会主席，文化活动少不了做组织工作。"

文化设施建设，是一个明智的企业家不可忽视不可或缺的重要举措。因为作为企业家，除了做好企业的规划愿景之外，必须依靠全体员工去完成目标。而员工的凝聚力是必须通过经常地开展文化体育活动来达到的。这些文化设施，既是体育运动的场所，又是文艺活动、节庆活动的重要场所。企业为员工们提供了丰富多彩的文化生活，使他们的团队精神、团队意识更强，执行力也在其中得到培养，从而奋发出无穷无尽的力量，为强强的明天更强发光发热。

在强强三期的室内篮球场，也就是综合活动场所，是一个占地1000多平方米的大场地。它正中是舞台，两旁有对联：

风风雨雨创业路岁月悠悠强强情；
十年真诚凭心鉴同享丰盛共此时。

横批是：

辉煌十年　强强更强（舞台）

室内两旁高悬着（台左）：

成就，眺望新起点——我们以成就见证强强十年辉煌！
感恩，胸怀新世界——我们以感恩的心多谢同路客户伙伴！
梦想，共创新未来——我们以梦想描绘未来继续同行！

（台右）：

感谢，我们强强员工十年如一日的无私奉献！
感谢，各位合作伙伴与强强的一路相伴！
感谢，政府各级领导对强强一如既往的支持！

这是强强公司3月份的建厂十周年庆典场地给我的印象。虽然眼前的大厂空无一人，但我却仿佛看到这里人头攒动，看到了强强人在这个庆典会上那些洋溢着幸福的笑脸；似乎听到了那沸沸扬扬的欢呼声和高昂激情万分的歌声！这欢呼声来自肺腑；这歌声来自心里！十年，人生中宝贵的十年，见证着强强的出生、成长、发展、壮大。作为她的建设者，谁能不为她的辉煌而喝彩，而引吭高歌？

我看着，记着，生怕漏掉了什么。当我转身走出大厂时，视线恰好对着大厅不远的强强办公大楼。走上大门前的台阶，只见门左边的上方挂着“中国共产党广西强强碳素股份有限公司委员会”的金色牌子，它的下方则悬着“广西强强碳素股份有限公司”的牌子。大门右边不远的地方是一张董事长赵唯皓坐着的全身像。像的左上方是强强碳素的商标，“强强碳素”四个字在商标下面。像的下面是横着写的“明明白白做人，认认真真办事”，之下是：强强碳素总裁赵唯皓。这张名人名录已变成灰白色（当初应该是深蓝色）。红土地的阳光摄走了图片的色彩，也摄走了董事长、总经理赵唯皓的黑发和黑色的络须，使它掺杂了银白的颜色！图片上不变的是“明明白白做人，认认真真办事”的企业宗旨，不变的是广西强强碳素股份有限公司的企业标志。

企业的标志呈现了企业的文化。标志整体以一个圆与四块预焙阳极组成，中冠以强强二字和QQTS字母，属企业简称——强强碳素。

金色圆代表金太阳，她体现强强碳素在党的政策光辉下诞生，简明地注释了广西强强碳素股份有限公司企业名称之含义，给人以大气、骨气、强健和如日中天的感受。

标志由四块预焙阳极组成。其颜色按逆时钟方向由黑色渐变为淡灰，艺术地反映了预焙阳极的工艺流程，体现阳极是企业的龙头产品。垂直阳极意味着树立企业的产品品牌，四块阳极标志着优质产品向四方市场营销。

标志由四块预焙阳极扇形展开，但却汇聚在一个点上，体现了企业资本的多元性，体现了董事长、总经理、全体员工凝成一体，劲往一处使，为一个共同目标而奋斗。即为企业的凝聚力。

四块预焙阳极在金黄色的圆之中，黄色意味精（金）明、成熟、祥和、丰收，表示企业的信誉是夯实在可靠的产品质量和优质的服务之上，也表现了企业的雄厚实力。

这个文化内涵非常丰富的强强企业商标，是赵唯皓和公司的各位领导经过反复讨论论证之后确定的。当时任马头镇党委书记的黄文武说：“为什么叫强强？强强联合，也就是说强者与强者联合。强强碳素商标，我也参加讨论，为什么用五种不同的颜色？为什么这样设计？赵总解释，我记不清了……他出自己企业的书好几本，我因搬家，也不知放到哪个箱子里了。”

如今，强强的商标不仅在国内铝厂能看到，在国外也能看到了。这是企业家赵唯皓创建的企业文化的重要一笔。十年来，她已经深深地印在强强人的心里了。而在强强宣传图片的左边，分别悬挂着世界著名企业家和作家的名言。赵唯皓称之为名人名言。这些名人名言条幅第一则是著名作家罗曼·罗兰：“没有伟大的品格，就没有伟大的人，也就没有伟大的行动者。”这是赵唯皓做企业、做人的一种准则，一杆标尺，他希望员工们都能这样要求自己。罗曼·罗兰是十八世纪法国思想家、文学家、批判现实主义作家、音乐评论家和社会活动家。

读着这张条幅，看到罗曼·罗兰这个名字，我不禁想起了我们百色解放街上人梁宗岱，他是著名的诗人、作家、翻译家，他1924年留学西欧，在法国留学时，就多次拜访罗曼·罗兰，并成为好朋友。后来他将我国王维的诗歌翻译成法文，在《欧洲》杂志上发表，使中国的古典文学在欧洲有一席之地，同时也将《莎士比亚十四行诗》翻译成中文，使中国人对欧洲文学有一定的了解。

紧挨着罗曼·罗兰条幅的是卡耐基的条幅。卡耐基是美国“成人教育之父”，所著的《人性的弱点》汇集了卡耐基的思想精华和最激动人心的内容，是作者最成功的励志经典。强强悬挂的卡耐基的条幅是：“对别人的意见要表示尊重，千万别说，你错了！”

接着是松下幸之助的条幅。松下幸之助是横跨明治、大正及昭和三代的日本企业家，是松下电器、松下政经塾研究所的创办者，他奠定了日本商业的精神，在日本被称为“经营之父”。他的名人条幅上写着：“企业管理：过去是沟通，现在是沟通，将来还是沟通！”

这些世界名人名言，充分体现了他们的处世哲学，对企业的经营理念、管理办法。赵唯皓选择这些名人名言，是借鉴这些世界有名的企业家在管理方面的办法，并把它当作强强企业发展壮大不可或缺的重要视觉文化，让员工们从中得到启迪，从而潜移默化到日常的工作中。

在宽敞的办公楼会议室，雪白的墙上亦挂有名人名言，最令人瞩目的是雷锋日记中的一段话：“一滴水只有放进大海里才能永远不干，一个人只有当他把自己和集体事业融合在一起的时候才最力量。”

赵唯皓以雷锋的精神激励自己，鼓舞自己去团结股东，团结领导者和员工，组成了一个强大的企业阵容。发挥集团的力量，才能使强强企业不断发展。俗话说“一个篱笆三个桩，一个好汉三个帮”。赵唯皓充分发挥大家的才智，注重人才和团队精神的培养，这在采访中大家都很有感触。

梁正：“我原在南宁，在区外经贸局做出口业务，强强招出口方面的人员，我应聘过来，在强强工作一年，在皓海三年，主要负责出口方面的业务。”

黄海燕：“我进厂时，见到有一句话：‘明明白白做人，认认真真办事’，至今一直影响我，我比较要强，做的事情一定要做好。初建厂时，赵董带我们上山种树，他说‘我带去种的都成活，为什么？’他常以‘杀回马枪’的做法去进行检查，所以树长得好。而我们只布置下去，没有去检查。……我做事也是向赵总学习，以自己的行动去影响局部，靠我们去影响大家，只靠赵总一个人是不够的，要靠团队。赵总喜欢闲谈，他最喜欢听基层员工的意见。赵总注意影响力。他每天早上都在早读，所以带动大家早读，早读都在上班前15分钟进行。员工轮流领读。每半个月换一个早读内容。有时还组织军训，培养员工的执行力。”

当我问及炉内焚烧预焙阳极的攻关时，黄海燕说：“员工剩下的只有我和另一个人，参加的人有的把专利违法拿去卖，受法律制裁。剩下的那个人离开工厂两年之后又回来。这就是企业魅力所在。”说到人才培养，黄海燕说：“赵总在我们工作遇到困难，想不通，有不想干的念头时。他找我们谈话，分析困难在哪里。我当时也想过退缩，因为自己是女子，要以身作则以自己的行为去管理他人，有难处，想换岗换职。赵总说‘你要是退缩，别人会更看不起你，你只能选择迎难而上，有时有人干扰你，说这说那的，不要太在意别人的评价，你只要做好自己的工作就行了！’”

黄炳强（强强碳素中成车间主任）：“强强是一本内容丰富的书，要想从中吸取营养，在企业里有所发展，必须以实干的精神，勤奋地翻开书本的每一页细细品读。我们员工只能通过这个学习的过程，做到手勤、脑勤，不断提高自身素质，从实际出发，以务实的精神拿出情感投入到工作中，才能以最短的时间融入企业，才能在强强实现自身的价值。我记得我进厂后的第10天，我们车间投产的第一天，赵董曾跟我说过一句话：‘做人要有原则，要坚持自己的原则’。就这么一句简单的话，转变了我的人生观，使我更深一步地理解人生。于是我常在心中提醒自己：虽然不能在工作中样样做得完美，但我至少每做一件工作，都要做到问心无愧。”

韦德斌（强强碳素中成厂厂长）：“由赵总提出进行知恩图报的教育活动，也是提倡了一个企业的价值取向，更多体现了企业的社会价值。企业要负担起社会责任来打造企业的强势文化，进而做大、做强、做长久，做出强势品牌和社会价值。我们企业营造的感恩文化也就是提高企业的凝聚力。为此我们只要把自己为企业效力看成是一种幸福和自愿的行动，那么，每一天我们的工作都是最快乐的。”

冉国芳（皓海碳素仓库员工）：“学会感恩、报恩是中华民族的优良传统，也是中国源远流长的思想教育从未忽视的教育方式之一，是社会上每个人都应该有的基本道德准则，是一切良好非智力因素的精神底色，是做人的起码支点。所以公司大力弘扬传统文化。公司领导在百忙中抽出宝贵的时间为我们开展教育活动。……黄乃仁主任讲的《弘扬知恩图报理念，提高和谐企业水平》，深深地唤醒了我们的良知；赵总讲的《人在顺境中要知道感恩，在逆境中心存乐观》，升华了我们的智慧，让我们思想成熟了很多……更深地体会到：这是一种以人性唤醒人性的教育。”

黄日统（强强碳素商务部员工）：“……进入强强工作，可以说是我人生中的一个转折点。因为在强强企业文化的熏陶下，在强强先进的管理下，我自身的综合素质得到了提高。在公司领导和同事们的支持帮助下，我从一个不知碳素为啥玩意的门外汉变成了熟悉碳素生产操作的老员工。”

黄警保：“‘每天要求自己进步一点点，一年下来你自己就会有很大的进步。’赵董事长和吴总对我们员工说过的话，我们都要时刻记在心里。……这段时间，我们每周的星期五都在这里一起学习，聆听公司领导和各部门领导的讲课，特别是赵董事长给我们讲的‘人在逆境中要心存乐观，在顺境中要知道感恩’和吴总讲的‘人要懂得知耻知愧知恩’这两节课。使我体会很深的是公司领导对我们每一位员工，不管是老员工还是新员工，都寄予希望。公司以科学的理论，以正确的舆论来引导我们，以高尚的精神来塑造我们，以优秀的演讲来鼓舞我们，使我们树立起正确的世界观、人生观、大局观和群众观，也提高了我们每位员工的政治思想水平。”

一个优秀的企业家的品格，应该是一杆标尺，它既是指企业家的方向，又标识涵养和道德的高度。优秀企业家的品格在于内修人格，外树德行，有独立的精神，有自由的思想，博爱宽容，真诚豁达，令人高山仰止，因此，要成为一个优秀企业家，就必须有一流的人格操守和高尚的人格魅力。

一个成功的男士，总会在人生历程上有着属于他的无数光环，照耀着他，让他像金鸡独立于社会的舞台上，光芒四射。成功是他们奋斗而获得，是值得赞美和歌颂的。因为他们是成功人士的一道亮丽的风景线。他们通过自己的聪明才智，在国家政策允许的情况下，在沉浮的商海中，在激烈的市场竞争中，创办了成功的企业，拥有了丰裕的物质生活。

作为一个成功的优秀企业家，拥有丰富物质条件的赵唯皓，能否像传统文化中《弟子规》所说的那样“勿厌旧，勿喜新”呢？采访中我说：“因为报告文学必须是以真实事实为主的。如果不真实，就是对读者对社会不负责任，同时也会玷污了自己干净的笔。影视给人们的印象（含现实生活）是企业家发财必然是‘家中红旗不倒，外面拈花惹草’，你对这个问题有什么看法？因为我要描写的是事业成功、品德高尚的企业家形象。”说完我将《强强科技》一书中赵唯皓的演讲稿《我的苦与悲》中圈了红笔的这段“……我深爱我自己，希望每一位员工都懂得爱自己……”“我绝不放纵肉体的需求，我要用清洁与节制来珍惜我的身体，我绝不让头脑受到邪恶与欲望的引诱，我要用智慧和知识使之升华，我绝不让灵魂陷入自满的状态，我要用沉思与祝福来滋润它。我绝不让心怀狭窄，我要与他人分享，使它成长，温暖整个强强碳素。有一句话我想告诉大家，人这一辈子千万别做下什么错事，因为不是每一件错事都能够得到谅解的。”递给他。

待他读完，我就问：“赵总，你是成功的优秀企业家，你在生活中能和你读的这段话一样，言行一致吗？”赵唯皓继续看着我递过去的他的演讲稿，一边轻声地说：“我就是我，人家怎么看，怎么说，那是人家的事，我从来不把我当作大款。做人，每个人都有自己的理想。法律很重要，贵在自觉，我学法律主要是使自己懂得法律能做守法人，我学习中国的优良传统主要是使自己熟知优良传统道德，能做明白人，很多人是因为无知丧失了良心。社会上的诱惑很多，我没有接纳，能否接纳很重要。我一年到头都在员工食堂吃饭，很少去应酬吃饭，晚饭后和司机小农去散步，有时他也跟我去看电影。”

看得出，赵唯皓这个成功的企业家，他的回答是诚实的，就如同他对待人生的几个历程一样，他不仅是有着丰富的人生经历，有着耀眼的业绩。事业让他放弃了温哥华舒适的家庭生活，在事业上孜孜不倦地追求，一旦客观的现实与主观发生矛盾时，我相信他会选择事业，否则，他就不可能在竞争激烈的时代里，引领企业从无到有，从小到大，从弱到强，向着自己的计划目标进发。我相信他深受中国传统文化的熏陶并为之传承而付出自己的毕生精神。因此，他带在身边的不是时髦女郎，而是袖珍本的《道德经》《弟子规》等等。这些传统的道德准绳，时刻在引领着他的思想，不轻易让思想改道而行。同时，他是38年党龄的中国共产党党员，从宣誓的那一刻起，他就把自己的身心交给他信仰的伟大的中国共产党。因此，他才能在现实中保持洁身自好，保持高尚的思想情操。使家庭和睦，事业蒸蒸日上，才能像他在演讲中所说的那样：“人这一辈子千万别做什么错事，因为不是每一件错事都可以弥补的”。

有道是：火车跑得快，全靠车头带。而作为企业的法人代表，就犹如火车的车头，又如航船的舵手。因此，法人代表个人的作用是非常重要的，因为他起着决定性的作用。这就需要企业的法定代表人，必须有良好的人格魅力。

赵唯皓说：“在我的信念里，没有放弃、不可能、办不到、没法子、成问题、失败、行不通、没希望、退缩等愚蠢的字眼。我要辛苦耕耘，忍受苦楚，我要尽量避免绝望，一旦受到它的威胁，立即想方设法向它挑战。不瞒大家说，自从我步入社会起，没有哪个月过过真正舒服的生活。插队农村当农民时，我是全大队工分挣得最多的社员；入伍当兵时，是连里流汗最多的战士；提干当军官时，我是思考问题最多的连长；当检察官时，我是铁肩道义的公诉人；办企业时，我是和大家奋战在一线的实干家。这些成果的取得，全离不开奋斗，我没有天才，只是有百分之一的灵感和百分之九十九的血汗。”

从这番话可以看出，作为强强碳素公司的董事长、总裁，能像赵唯皓这样在企业中既是运筹帷幄的指挥者，又是一个普通劳动者的老板，我还从未听说过。

在3月29日上午采访中，恰好有位女员工来访，只见她用一种恳求的目光在门口：“赵总。”赵唯皓说：“你等一下再来吧！”我说，让她说吧。赵唯皓这才让女员工进办公室来。女员工说，她叫简珍艳，是负责搞厂区卫生的，丈夫姓张，在煅烧车间工作。接着，她欲言又止地把左手扶在旁边的坐椅上，抬头望了一眼赵唯皓，只见他座椅转向女工，目光柔和地望着眼前这位剪着短发，肩膀有些平的女员工，鼓励她往下说。“我是搞卫生的，孩子8岁了，冬天到厂上班时，天还没亮，常有车子突然开到身边，好害怕。赵总能不能给一套房子。”赵唯皓轻声而亲切地说：“你写一个报告，我今天在厂里，回头我找经理来，看有房子就给你一套。”女员工高兴地连声说：“谢谢赵总！”然后退出门去。

赵唯皓的这番和女员工的对话，让我看到了他和员工之间的亲和力，让我看到他独特的人格魅力，如今仍深深地印在我的脑海里。

5月28日，我乘坐田东至百色的客车，恰好邻座女乘客也往百色。我们聊了起来，原来她是皓海铸造厂的女员工，叫汤美英。她说：“我们厂里建有员工宿舍楼，每套两房一厅，不收租金，每套押金一千元，谁损坏了房子，就从押金开支维修费，要是不住了，公司就退回押金。我原来在田东做铸造工，后来皓海招工我就来了。我每个月交100多块钱的养老保险金，其他是厂里出。五险一金都有，我过几年不做工了，也有养老金了。我老公姓黄，在皓海科研中心工作，儿子在厂里开车。”

从汤美英那张清瘦但却精神矍铄的脸上，我似乎看到了这位来自靖西县录峒山区的女工对工厂的那份真情，那份真爱。是啊，一个山村的壮族女子，能在皓海碳素厂里上班，每月能拿到2600多元工资收入，是心满意足了。更令她快意的是，她铸造的模型，有些是皓海碳素厂产品出口用的。她能不自豪吗？能不感恩吗？

汤美英还说：“我们铸造车间有30个员工，不统一开饭，每天早上7点半上班，中午12点下班；下午2点半上班，5点下班。煅烧和焙烧车间他们三班倒，也是八个小时，上白天班厂里给安排一顿中餐，上夜班的就给一包方便面，天热时，白天班还有绿豆粥等饮料。赵总经常到我们车间来，跟员工问这问那，男员工都围着跟他说话呢。不过我忙做工，也没有跟他打过招呼。但是见赵总跟他们说得那么多，我就知道他是个好老板。”

在3月29日上午的采访中，我不仅见到女员工因为住房问题而找赵唯皓，分厂厂长陈勇也在10点7分来访。赵唯皓跟我说他出去一会儿。果然10分钟左右他就回到了自己的座位上。赵唯皓的办事效率非常高。

在4月24日的采访中，赵唯皓的值班员告诉我，他和李经理在谈工作。大约十点，李经理从总经理办公室下来，值班员告诉我们：可以到总经理办公室了。我知道赵唯皓工作日程很满，就把事先准备好的采访线索一一说了。正说到企业家与商人的区别时，赵唯皓以"为人在世，守法为先"结束了这仅一小时的采访，说有个办公会要开，并邀我列席。这时是11点22分。

参加董事会的有皓海碳素厂的总经理吕保华、分管行政的副总经理谭廷克、分管生产的副总经理覃建华、分管财务的副总经理胡仁玄、人资部的葛娟等。赵唯皓以打快板式的速度提出了会议要解决的问题：关于员工的养老保险和员工队伍的稳定问题；关于干部的审计和事故的审理问题。讲清稳定员工队伍的重要性和工作方法；讲明审计是爱护干部的道理。做人一定要实在，错了就得承认是错了；启发大家做事要有法律依据，要认真充分去研究政策，掌握政策敬畏法律，掌握维护企业利益的政策，尊重经济法律的尊严；职工的福利问题，我们要保证做到遵纪守法，别人不遵纪守法是别人的事，但我们要遵守。因为企业要发展，没有未来的眼光，就没有未来的安全……会议开到12点整，立即散会。

在采访中，赵唯皓说："只有对家人负责，才能对员工负责。"为人子，为人夫，为人兄，为人友，这是人在生活中自然形成的人际关系，也就是人们常说的亲情、爱情和友情。采访中大家都说赵唯皓很重友情。企业所在地的党政领导黄文武、刘贤新就是这样，他们可以到赵家去吃他爱人包的饺子；有时也和他一起，选择在那些阴冷、寒风凛冽的冬夜，到厂房检查工作，观察是否有员工趁夜排放不符合环境要求的废气；也可聚在一起喝茶，推心置腹地畅谈人生经历、人生的理想和目标。

常言道，多一个朋友多一条路，多一个朋友多一条信息。罗高强说："赵总的朋友多数是经济界的。"吴锦副总经理说："在平果铝工作的外甥黄恒锦给我提供了一个碳素方面的信息。我打了一千块钱的电话，也弄不清楚碳素是个什么东西。赵唯皓从加拿大回到香港，我们三人在深圳才开始探讨什么是碳素，怎么做碳素。在深圳商品交易会之后不久的2000年10月，我们一起回到南宁，赵唯皓就和吴锦一起去平果铝看一看。这次同去的还有另外一个朋友。我们认识了平果县领导。我们三个人就这样成了创办强强碳素的发起人。恰好这时，百色地委、行署在北京开招商会。高雄书记、马飚专员和他们签了协议：计划项目投资1.6个亿。这之后，赵唯皓就找他经济界的好朋友杨洪保等商量。"

杨洪保（强强碳素副总经理）："1995年，我在房地产公司工作，把开发的房子卖给赵总，我们同住一个小区成了好朋友。2000年，他问我：'干不干？碳素厂！'这之前，我知道他在区检察院做劳动服务公司总经理做矿产。觉得他做事比较严谨，他做的事都是成功的。我现在还后悔，当初投资少了一点。我那里还有一位住户，和我及赵总三家很要好，起初赵总也问过他，我还带他到平果来看过，他来看过后决定不干。后来强强碳素发展了，他看了说'现在进来行不行？'他叫杨晓明，在香港做塑料包装产品。"

友情和自身的人格魅力，使赵唯皓和他的朋友共同走上了创业之路。

赵唯皓为人低调，这正是他个人智慧的体现。他从农民、演员、军人、检察官、商人到企业家，无论在任何岗位上，对如何做人做事，都有他成功的秘诀。他以自己不同寻常的几个形象，构成了他不同于常人的多棱镜式的人格魅力。他在强强碳素的人格魅力充分体现于他的文化力、敏锐力、凝聚力、亲和力、影响力和约束力。因此，采访中，好多同志都谈到赵唯皓的人格魅力，这里如实摘录：

在6月11日采访时，刘贤新说："赵总他不张扬，他开业很简单，不像有的企业，叫政府买单做龙门，铺地毯等等。开工他也不邀请县领导，强强三期动工时，县领导只有我去，还有一些干部和不上班的公司员工参加开工仪式，赵总说：'我宣布开工。'他叫我点炮。到第三期投产时，蒋志农书记一般不在室外讲话的，但我建议他去讲，我主持。对于赵总这点，黄远征主任最佩服他了。"

黄卫琴（平果县政协办公室副主任）："赵总有一年回家提着两盒月饼上火车，有人看见了就说：'他有三部车，为什么要去挤火车？'赵总是个低调的人，生活化，无高高在上，对谁都一视同仁，是很难得的老总，低调的企业家。"

黄文武："他也不去拜访什么人。他说：'你们是国家公务员，也应该为企业做工作，这是你们应该做好的工作。我们作为企业要向国家提供税收。'在我接触的所有企业家中，他是最正直最守法的好老板了。最有人格魅力的、有高远的理想的企业家。所以他有他的战略眼光，产品满足百色，做全球最大的碳素企业，下一步是争取公司上市。"

梁正（皓海碳素厂总经理助理）："我对赵总的印象，一是他的领导力，他的专业技术，他喜欢研究这些世界难题。"

黄海燕："我还不认识赵总时，有人说，那个穿唐装衣服、穿布鞋的就是。赵总这个人，他个人的工作作风最能打动人。初建厂时，他经常穿工作服，戴手套，下到4米深71厘米宽的焙烧炉料箱里，对装炉前如何对炉子进行检查和补炉，以保证质量方面，进行现场指导。说实话，当时我们的员工还怕脏呢。2003年，一号炉正对面的二号炉投产后，赵总有时打着吊针，还到炉边指导员工焙烧。在和我们员工聊天时，赵总强调：领导在不在厂都一样做工，是用魂魄良心来做事。赵总严肃又幽默，他以行为带动我们，用他的话说这是‘魂魄精神’。”

罗高强：“为什么会没有隔阂呢？赵总他像自己的长辈一样对待我们。”

胡蝶珍：“2002年，我刚来不认识赵总。后来见了，只见他满脸的络腮胡子，头发往后梳，脚上穿老北京布鞋。他到工地都是走路。大食堂2.5元一碗饭，2元一碗米粉，他和员工一起吃。2010年赵总出差昆明，与供应商和客户洽谈业务，赵总说‘不用安排飞机，坐飞机贵；坐火车去。还可节约时间，下午五点四十分上火车，第二天一早六点就到昆明。’我们第二天早上六点到昆明火车站，昆明供应商开车到站接我们去曲靖。早餐时，供应商计划安排我们去市内好一点的餐馆用早餐。赵总说：‘不用不用，随便吃就行了。’我们就在路边的小店用早餐。七点准时前往曲靖。”

谭廷克：“皓海2006年在这块地，就是四塘镇社马村社马屯建厂。当时我结婚才第二天，我带4个人过来管理施工。土地一批下来，甘蔗还未砍。我们一户一户地去访问，动员群众砍甘蔗。赵总下任务：一年建厂和投产。任务很艰巨。厂区地268亩落实了，但生活区未落实，这都要与当地协调，尤其是水，要跟百色市工业园区协调。遇到解决不了的事赵总就过来。让我印象最深的是，我们这地方是膨胀土，一下雨就沾成团，走路都很困难。有一次市人大石卫武主任来视察，车子都开不进来，我们只好用推土机把人拉到他们停车的地方去汇报工作。

这里每下一场雨，天晴之后有五六天才能工作。我们只好做绿化和开挖水沟，一直等到天晴地干了才能三班倒来搞基建。厂区一期按时建好，于2007年7月投产，工人暂时住在工棚。我们几个就是吕保华（吕总在强强是负责安装的）、我、覃建华等都住工棚。那时气温高达30℃—40℃。当时加班搞基建到深夜。因天太热了，晚上睡不好，我们要求到四塘去住。一天晚上，我们因天热睡不得，坐在工棚门口，赵总突然来了，就问我：‘小谭，你的床在哪？’我告诉他。没几分钟他睡着了。醒来后说‘睡着了，挺好的。’我们几个听了，你望我，我望你，谁都不敢再提到四塘去住了。

赵总有时从香港到北京谈业务，回到南宁又直接到百色四塘。看到他一天跑几个地方工作，到市里办手续时，又碰到很多问题，都是他到有关部门去协调的。我们看着他这么奔忙，还能说什么呢？只好努力工作。皓海的员工比较稳定。只是离城比较远，交通不方便，男工怕找不到女朋友。企业为员工办理五险之后，月工资有2800元左右。

强强碳素建厂时，我刚从广西大学毕业，学的是土建专业，毕业后在南宁搞装修。后来吕总（保华）跟我说‘强强招工’。我进强强之后总管设计，施工管理，做完了强强二期工程，我做质检，到焙烧车间代理班长一年。

当初我从南宁来，看到强强一期这个地方，像在山村一样，我不想做了。后来我和赵总第一次见面，是在饭堂。我说：‘赵总，你也在这里吃？’他说：‘是呀，我天天都在这里吃。’听到他这么说，我心里想的事突然冒上来：本来，在这山里我是待不久的。但是跟赵总在一起，就有信心跟定了。一年多之后，哪个车间我都去。后来，我看到赵总在管理方面，做人方面，和他的勤奋精神，尤其看到他拿凳子到焙烧车间去调温，一去就那么几个月，我被他的人格魅力感动了。所以他叫我来皓海施工，我绝对服从了。”

中国的民营企业，有的是股份制，有的则是家族制。这两种企业的管理，有着不同的方式。广西强强碳素股份有限公司，有着严格的规章制度。作为企业的董事长、总经理，他的身体力行和榜样的力量往往就是公司价值观和目标实现的关键。在这方面，赵唯皓严于律己，在员工中是有口碑的。

谭廷克：“员工们都说：‘要是人家的话，放老三（即赵唯皓三弟）上去做一个副总什么的，年薪就不一样了。但赵总没有这样做。’赵总有他的人格魅力，跟他在一起，做工有动力。所以他一过来皓海，我就觉得有一种可以依靠的感觉，他来了开会，很鼓舞人。赵总全家移居加拿大，每年休假都是到加拿大住一两个月，但他休假都不到两个月就提前回来。在那边也都在搞业务。”

在对赵唯皓的最后一次采访时，我向他提出了一个问题：“强强公司正按你愿景中提出的战略目标奋进：将广西强强碳素打造成为全球铝用阳极制造的领航者，为铝工业做出最大贡献。而你个人要成为一个有正义感、民族感、为中华民族振兴做出自己最大贡献的企业家。如今，公司正在蒸蒸日上，向着既定目标进发，但你在愿景中提出要在2016年建设好一个和谐的班子，培养出一批能支撑企业的核心人物之后转交经营管理权，只保留专职董事长职位。那么，在你退下来之后，强强能否继续发展，你思考过吗？”

赵唯皓微笑着说：“这是我在十年来的创业、管理、科技创新、获得六个发明专利和多个新产品问世之后，不能不考虑的问题。我想，好多企业能百年不倒，关键是有一套成熟的管理机制。我曾反复看电影《亮剑》，它反映的是军魂，对我的思路开阔也十分有益。因为商场和战场有相同，亦不相同。战场要消灭敌人，而商场只有超越对手，它不是谁战胜谁，而是战胜自己，是新技术的竞争。因此，我认为商场是拼搏，是勇于创新，艰苦奋斗，自己要强大，必须创新，提高科技含量。

这在我的个人愿景和强强公司的愿景中已表现出来，但要做好这个工作，还得好好思考不断探索。我今年开始对高层管理人员和员工的内部管理有了更新的思考：我想，一个企业的成长，也跟人的成长是一样的，有绝对和相对的两个方面。一是一个企业的成长更重要的是绝对成长，即内在的成长，即企业的规模、技术、产品质量、成本控制、安全管理、团队协同、服务客户、盈利能力等；二是相对成长的过程，比如：公司的荣誉、市场的好坏、形成的利润、财物的积累等，靠市场、靠别人也靠政府支持的结果。如何在这个当中做到内在成长，才是最重要的。这个提升了，企业就好办了。我在分析我们强强企业内部的情况：我从3个亿到22个亿，要做好，就必须找到一个目标，实现30个亿不一定让人给支持。我利用现有的资源，根据我们的实际情况，实现我们的目标。每个发展中总有个机遇问题，这是我反思的结果。为此，高层管理人员和员工的观念是发展的关键，从员工内部自我提升。从外部看，那是客观条件。而从内部看，是节能降耗的问题。我们多年来参加全国星火计划评比都获得殊荣。企业的发展，到对社会做贡献，对铝的降耗是关键的。因此，创新成果的获得是我们企业的乐趣，这中间的两个问题不可忽视。也就是说，要是银行贷款利息超过一个亿，就带动银行发展；员工工资超过一个亿，就推动企业发展；出口创汇超过一个亿，就是为国增光。

企业要发展下去，怎么带团队，是个关键性问题。我整理一个管理模式，采用排球队教练员式的带团队方法：主攻手也要做到能一传、二传。董事会的老总、生产团队的中、高层人员作为教练员。今年已试行组织一次气排球比赛，让他们从中悟出一个教练员作用的道理。这些中层人员都有很高的悟性。我想只要坚持下去，这会是一个培养人才的好办法。

一是，下半年将加强优化企业管理。提高员工六个方面的能力。我用兔子和乌龟赛跑的内容编了六则寓言，让它们在不同的客观条件下在比赛中发挥自己的特长，实现自己目标。我宣讲的龟兔赛跑故事共六段，让员工从中明白对公司只有确定目标才能取胜。员工必须明确：一个人光有能力是不够的，还要保持良好的心态才能取胜；一个人有了能力，保持好了心态，还要建立起目标，才能发挥优势；还要不断地提高自己的综合素质做到多面手，提高自己的综合能力，才能取胜；要有毅力才能取胜；要经得起打击；同时还要学会利用工具，把不是自己的特长的事外包出去，只做自己最擅长的事，取胜就是自然的了。这是我的宣导方式，这样使员工队伍思想更加稳定，不为人为干扰，做好我们的工作。所以，我们每一年都用时间来优化我们的流程，修改我们的制度，这是我思考并实行的第一问题，也是我思想教育的重点。其次是数字化的考核，也就是量化管理，通过数字化的考核，使员工认识统一到我们的目标上来。

那么，工作流程、量化管理、管理制度等，有了一套完整的管理工作的制度，就可一任接一任地传下去，做到持之以恒。那么，这个企业要倒就不是那么容易了。

目前，我们要争取强强第四期开工投产，同时做好上市的各项准备工作，力争公司上市。以实现我们公司愿景中提出的30个亿的目标。我相信：我们强强会有美好的未来。”

七、彩铃环绕，心系祖国

3月29日上午，在皓海碳素厂采访时，一阵悦耳的“五星红旗迎风飘扬”在总经理办公室回荡，令我顿时一头雾水，竟一时弄不清自己是在会场开会还是在哪儿，稍静定下来，才发现是赵唯皓放在桌子上他面前的手机传来的彩铃声。

赵唯皓接了电话，不一会，走进来一个叫陈勇的分厂厂长。赵唯皓说他出去一下，果然很快就回到他的座位上，采访又进行了约30分钟，他的手机又一次响起《歌唱祖国》彩铃声。

我问：“赵总为什么用《歌唱祖国》作手机彩铃呢？”

他说：“我爱人和女儿2005年移居加拿大以后，我每次出去，就设置这个彩铃，只要手机一响，我就可以听到熟悉而高昂的旋律，就想起我是中国人，祖国永远在我心中。”

赵唯皓这么一说，我才想起在胡秘书给的《赵唯皓个人战略规划》中“需要放弃的资源：享受温哥华舒适的家庭生活。”这个内容。

常言道：人往高处走，水往低处流。

温哥华是加拿大第三大城市，那里自然环境优美，空气非常新鲜，夏季的温度在20℃左右，更令人流连忘返的是覆盖冰川的山脚下众岛点缀的海湾。

随着时令的变化，温哥华会有多姿多彩的不同景色，令人遐想万般，不忍离去，尤其是夏季，那里绿树成荫，风景如画，给人一种置身于富裕的绿色城市的舒畅恬静的感受，那里是世界著名的旅游城市，人们沿着海岸线建筑的街道漫步，可欣赏她不同的景色；市内的设计集中，令人走在那街上，感到心情舒畅而放松；而那些迷人的湖边小路，要是漫步其间，更是“无声胜有声。”

这么一座依山傍海，风景秀丽，把现代文明与自然风景和谐汇聚于一身的美丽城市，是世界最佳宜居城市，如果说是享受，那是世间多少人梦寐以求的地方！而赵唯皓却说要放弃这舒适优越的生活环境，但又因自己的家人都在那里，每年不得不去和家人团聚，小住一两个月，去年就因公司工作繁忙，连一个月的假都不能休，真是令人不可思议，而且，他每一次出国休假，其实也都是在忙于工作。

胡蝶珍秘书说："赵总2011年没有休假，今年打算6月休假，这期间，我们有事总打他的手机。他这也等于把工作地点移到那边，为什么他这么敬业？他为了承担一种责任，这跟他的经历有关系。"

一种责任，一种追求，一种民族自信心，会令人将自己的精力投入其中，以求得自身的人生价值。

是啊！赵唯皓的每一次出国休假，其实他也不是不想去，但是心中的责任在驱使着他，他呕心沥血创建的强强每时每刻都在牵动着他的中枢神经，可不是吗，有时妻子做好了饭菜，反复招呼用餐，叫多了，他还真的一站起来就去拿起碗出门，要去员工食堂吃饭，这时，总是妻子轻声地娇嗔一声："你以为这里是你的强强呀？这是你的家！"他这才意识到了是在家里，于是赶忙给妻子道歉。

每一次当他出门去加拿大国际机场时，他才想起与家人的团聚时间是那么的短暂！仿佛是昨天刚回到家，今天就要离开了！其实他也是想留，留下来陪着妻子的每个春夏秋冬！人生苦短，这几十年的夫妻生活，应该说是最甜蜜的日子，但他们却各自一方，各自做着长长的相思梦：他在部队，而妻子宋锡芳却在地方医院的化验室工作。一年到头，两个人的探亲假不过两个月，其余都是孤灯伴影。这夫妻的生活，就像电影《高山下的花环》中的那个山东籍排长说的："俺们这当兵的家庭生活，旱的旱，涝的涝！"而赵唯皓要求转业回地方工作，当了两年的检察官之后，又下海经商了。他想的是为人在世，遵法为先，如何在商海中展示自己的经营能力，如何提高盈利能力，为单位干部职工谋取更大的利益，就像他说的："想到创造财富是非常兴奋的事情。"这种时刻，他心中的家能占有多少位置？他能有多少时间陪着妻子和女儿？而这之后又在强强拼搏十年，赵唯皓把对家庭的爱的大部分倾注在强强上，他在演讲中说："有了丰富的工作经验和良好的习惯，我才敢离开机关下海。创业才是最艰难的，项目考察，股东构成，资金筹措，架构关系，工艺配置，设备选定，组织生产，安全环保，市场经营，资金回笼等等，这一切都需要好好地策划……"

待赵唯皓从文中的情绪渐渐地走出来之后，我说："人们都说，家庭是幸福的港湾。一个成功的男人，背后总有一个支撑着他的女人，你辛勤地工作，主动为社会，为国家的经济建设，为企业的发展而承担责任，你心中的苦，身体的累，你不对任何人说，可是在家里也不对爱人说吗？"

赵唯皓深思片刻，说："我觉得说给别人听，会增加别人的负担，也会让别人为我担忧，所以，我从小到大，遇到事情总是一个人扛着。"

也许正是因为如此，赵唯皓在温哥华的休假，人虽在家中，但仍思考着他在公司每天必须思考的四个问题：在遵纪守法的前提下经营服务；对产品的质量问题的思考；员工工作报酬及福利待遇问题；尊重市场规律，把握客商的心理和需求。赵唯皓名为休假，实为换一个工作的地点罢了。

有时是公司有事情打来电话，《歌唱祖国》的手机铃响了，他就仔细听，把如何办事的方法交代着；有时是客商的电话，他也在很短的时间内回复。当然有时也会是外孙打来，因为他女儿赵晶住的地方离他家只有十分钟的车程，但必须经过狮门大桥。外孙们的到来，自然给姥爷带来无穷无尽的欢乐，夫妻俩带着孙子在斯坦利公园那红红的枫林嬉闹，那更是乐趣无穷，那样的生活，似乎就能弥补他少年时失去的欢乐，拾回童年失去的最宝贵的时光；又或许跟着孙子们去水族馆，以尽他们的兴；或者在宁静的海湾岸上的高尔夫球场上显露一手，以不断赢得亲人们阵阵的喝彩！尽情地享受大自然的恩赐，那也是世人所梦寐以求的憩静而舒适的生活呀！何苦让妻子和自己过着飞来飞去，相聚又相分的日子？赵唯皓有时也曾有过这个念头，但是，只要听到手机《歌唱祖国》的彩铃声，这念头就像电波一样消失了。

那一次休假，赵唯皓携着娇妻，漫步在太平洋海岸温哥华城市的海边，让太平洋的海浪翻飞童年苦难的画面；让海鸥剪点海面剪掉农民的重担；让长长的海岸线永远回荡着他当年甜润的歌声；让海港万吨轮码头的繁忙掀去那一页页发黄了的军旅日历和难舍的故事；让海浪一次又一次地掀开商海的层层巨浪；企业的行程，就宛如眼前海面的海燕，它们时而低飞亲吻着湛蓝的海面，时而点剪着，时而又噙着浪花，飞向远方，让人眼花缭乱，目不暇接。这时赵唯皓想起强强企业的航船，她不正像这眼前翻飞的海燕吗？

蓝天摄走了他们形影不离的倩影，
大海掀开了他们舒畅开怀的心胸，
他们沉浸在无限的温馨和幸福之中。

突然，赵唯皓手机的彩铃响起了《歌唱祖国》，他的思绪潮水似乎把他推到了生他养他的祖国的一个个升国旗的场面。待他接完电话，妻也轻轻拉住他的手，悄悄地说："行了，你也够累的了，为国家的事，你也尽了责任了，就住下来吧！你应该和我和女儿一家享天伦之乐了！"赵唯皓望着那柔情万般的妻子恳求的目光，点点头，之后又摇摇头……

那一天，吃过晚饭后，他携着娇妻，在自己家门前，大约30

米之外的小湖边的小道上散步，大地把此刻的美丽带给了人间，带给了他们，让他们沉浸在无限的轻松和惬意之中，可没走多久，赵唯皓的手机又传来雄壮浑厚的《歌唱祖国》歌声，那歌声掠过湖面，被晚风叼去好远好远，轻轻地飞过树梢，渐渐地消失在远处的枫林中……

赵唯皓接过电话，不得不中止了这休闲的漫步，赶紧回到家中，打开他的手提电脑，又忙他的工作了，妻子也只好怏怏不乐地回到家中。她知道，这个时候她再说什么也是等于白说了，因为夫君已经全力以赴地忙他的工作，她只好默默地给他沏上一杯铁观音茶放在茶几上，忙她的事去了。

赵唯皓原打算2011年到加拿大休假，好好陪伴与他情感深厚的妻子，但因公司的事忙一直走不开，一年365天的思念，只能通过打电话，话短情长，隔着海洋，尽管电波时刻都为他们架通感情的桥梁，但是，要是电波能代替人的情感，那么人就变成机器了。

4月24日上午的采访，赵唯皓说："前天是她的生日，我打电话给女儿为她庆祝生日，女儿平时也挺孝敬我们的。到了晚上，她来电话说她吃到了女儿女婿为她祝贺生日而准备的好多好吃的菜，她很高兴！"

赵唯皓与家人感情的纽带，虽然这么维系着，但他们心中的苦涩却深深地藏在那满面笑容的背后，不轻易被人觉察。

在赵唯皓的《2012年个人战略规划》中有项内容："需要放弃的资源：享受温哥华舒适的家庭生活。"放弃，并不等于不思念，因为赵唯皓在《自我鼓励篇》中写道："我注重家庭，经营健康，着手未来，管好当下；让我练就短跑的速度，又具马拉松的耐力，不断超越自我，以健康的心态、健壮的身体、温馨的家庭、充沛的精力、顽强的精神、果断的魄力、聪明的智慧去体验、去享受、去实践人生的价值！”

在事业与家庭之间，赵唯皓为实践他的人生价值，而暂时放弃享受温哥华舒适的家庭生活，但家永远在他心中，他每天晚上9点半休息，次日6点起床，洗漱之后就给妻子宋锡芳打电话，因为这时正是温哥华下午的3点。总裁秘书胡蝶珍告诉我：“赵总从来不在上班时间打电话，也从不用办公电话打私人电话。”

赵唯皓也偶尔会改变打电话的时间：那就是中秋节月儿圆的时刻，他会给妻子打电话，尽管因时间差，他们拜月赏月的时段不一样，但毕竟是“千里共婵娟”啊。

赵唯皓女儿叫赵晶，学的是艺术专业，现在温哥华是搞服装设计的，已是两个孩子的妈妈。赵晶很有孝心，每次父亲休假，她都恳求父亲在温哥华长久居住，共享天伦之乐，她也要好好孝敬父亲，但视事业如生命的父亲，总是在回到家里一片热闹时，就满口答应了女儿，领下了女儿的心意，而又不能不在机场安检门外，吻别了妻子和女儿，然后拉着他的手提行李，头也不回地往前走，因为他也害怕看见她们母女俩晶莹的泪眼。

家庭的情感就让他这么匆匆来客般地扯断了，也真令人伤感。然而，《歌唱祖国》在激励着他，祖国的建设大业需要他！他不能忘记：“是我们的民族强大了，是我们的祖国安定繁荣了，我们才有这样的平台去实现我们的价值。回想我们祖国的历史，帝国主义列强用鸦片摧毁了中华大门，中华民族处于水深火热之中；日本鬼子用铁蹄践踏中国土地，华夏大地民不聊生。那是因为我们的国家不富强，民族不强大才遭受的欺压。祖国的强大，民族的兴旺为我们创业人能施展才华打下坚定的基础，为我们的发展提供广阔的天地，也就是说有了祖国的强大和民族的兴旺才有我赵唯皓的今天，才有我们强强碳素的今天，我们要做到祖国因为有我们而更加强大，民族也因为有我们而更加兴旺。……我们的奋斗目标：为个人的理想，为家庭的幸福，为民族的强大奋斗终生。我们所做的一切，不仅仅是为了我们自己，也不仅仅只为自己的家庭着想，我们还要为我们的国家，为我们的民族更强大去努力。如果说，这是一种决心，这是一种行动，那么这种决心和行动就源于我们的社会良知，源于我们的社会使命感和民族责任感！”

赵唯皓将这些写在《良知与凌云志》自我励志文中。阐明了他继续朝着优秀的成功企业家奋力前进，他将驾驭着强强碳素这艘航船身处高科技的海洋继续奋力前进，他不仅要向着大西洋，而且要向着四大洋驶去，他要使他领导的强强碳素成为全球铝用阳极制造的领航者，为铝工业做出最大贡献。

八、红土情深

十年，在人生的长河中，只是白驹过隙的瞬间。

采访之前，我并不认识赵唯皓。但在2003年12月在平果县召开的全市政协工作会议期间，曾参观过平果县强强碳素制品有限责任公司。这次采访之后不久，我才在清理文件材料时，看到当时参观时得到的介绍平果县强强碳素制品有限责任公司的材料。第一页的左上角有吴锦（强强股份有限公司副总经理，时为市政协第一届委员会委员）写的手机号：139××××××××；而另一份只有一页纸的平果县强强碳素制品有限责任公司简介，材料末段之后写着“赵唯皓”三个字。我记得当时跟吴锦记下他的手机号时曾对他说：“以后我会来采访你们厂的。”一晃十年过去，我从领导岗位上退下来之后，想写那些时时在我脑海中浮现的基层党支书，那个70岁了还要继续为村民服务的边防梁支书；那个为守边御敌而付出太多太多的潘振廷支书；那个因修路还修不通而被群众用石灰写在岩崖上:"公路不通,打倒李明清"的李支书;还有吴天来支书,莫文珍支书和援外医生等等。我要了却这些我因工作忙而不能完成的写作计划。百色市委统战部罗永曼副部长得知我在写报告文学之后,叫我去写民营企业家赵唯皓。

写老板?我有点胆怯。因为我印象中的企业家、老板,总是那种西服革履,大腹便便的形象,他们的面部或多或少地带着铜气,洋溢着成功者的傲气。有时似乎目中无人,很少正视说着话的对方;有时与人握手,也是应付式的,目光向着不同的方向,令人感觉这种画面极不协调;有时则用不易被人察觉的目光揣摩着来访者的目的。总之,我有点怯场。

接罗副部长电话时,恰好文艺界的梁家斯同志正在我的办公室与我探讨企业文化的事。他似乎看出了我的顾虑,鼓励说:"我认得赵总,他人很随和,他的歌唱得好,去年在市委统战部组织举办的文艺晚会上,我听过他唱歌,如今,耳际仍回荡着他激昂的:黄山黄河,在我心中重千斤……的歌声。"之后,罗副部长和小梁把赵唯皓的电话号码给了我。一经联系,赵唯皓回复说他正在皓海碳素厂接待两个美国来的企业家,叫我次日再去。

3月29日上午9时许,待赵唯皓送走了美国企业家,我们来到了百色市区的皓海碳素厂,办公楼外值班员告知我们:赵总在三楼。我下车后往楼上望去,只见有一位穿着马夹的男子在三楼那一米多高的栏墙内打电话,并向着我们招手。他在楼口迎了我们,到总经理会客室分宾主坐下。虽然看到的赵唯皓没有像我印象中的企业家那样,尽管赵唯皓面善谦和,既无傲气,更无铜气,以礼待人,似乎有一种一见如故的感觉,他热情、随和,但仍使我不得不说:"本来罗部长要和我们一起来的,但他到深圳出差了。"以弹压自己心中的惊慌。赵唯皓说:"他给我来过电话了。"于是,采访顺利进行。

俗话说："隔行如隔山。"

对企业家，我是非常陌生的。尽管我事先准备了采访线索：简历、信仰、爱好、处世；强强碳素创建的经历，诸如征地、环境、思路、目标、融资、困难、矛盾、产品、市场、利润、产值、管理、人才、税金、意见等等。

我说明了来意之后，赵唯皓说："市委统战部罗永曼副部长来电话，说他叫你来采访我，我就准备了这份材料。"于是，他情不自禁地给我念起了《自我激励篇》来。渐渐地，他的声音沙哑了，哽咽了。声音带着抽泣，两眼含着泪花。我不忍心望他婆娑的泪眼，低着头写着。一会儿，他停止住了抽泣，声音沙哑地说："对不起，请原谅我的失态。"我这才从沉思中回过神来，说："没事的。你能把心中的酸甜苦辣向我倾诉，是对我的信任！"他接着往下念："我站着是一座山，倒下也是一座碑！"听到这儿，我也流下了敬佩的泪水。啊，十年的泪水，赵唯皓把它全汇集在他这份《自我激励篇》的材料中。他是否让这泪水第一次流淌在百色这块红土地上？我不敢多问，唯有静静地听着，思考着并扪心自问：这么优秀的企业家，我们百色能有多少个？我的笔力能写得到位吗？

有道是："男儿有泪不轻弹。"

我知道，作家尤其是报告文学作家，往往是以他们柔弱的笔抚摸着一个个负重的心灵，让被采访者尽情地倾诉心中的酸甜苦辣，然后从这些自然的感情流露的情节和细节中，选取最能体现人物性格的有血有肉的素材，为完成人物形象的描写打下基础。

说到办厂之初，赵唯皓说："当时对办厂是否合法问题，信心不足，因为涉及土地环保等重大问题。办企业得做科研报告，也就是可行性报告，还有规划许可证、土地许可证、立项报告等等。况且对碳素我真的不懂，我1998年不再任机关劳动服务公司老总了，去英国旅游，到处玩了一年。后来吴锦告诉我做碳素的信息。2000年我们在香港开始探讨，什么叫碳素，怎么做。回到南宁，我和吴锦，还有他的外甥黄恒锦，和我的另外一个朋友一起到平果县看看，后来又到贵阳铝厂去看。我的另外一个朋友不干了，只有吴锦、我和他的外甥黄恒锦，我们三个算是发起人了，认识了平果县的领导。当时百色地区在北京开招商会，我们和高雄书记、马飚专员签约，计划投资1.6个亿。后来，土地问题一波三折，当时很苦，总经理李成业给群众下跪了，还开不了工。后来蒋志农县长说：'来平果，我们不谈工作。'于是刘贤新跑前跑后，把我拉回来，我只好把业余爱好都丢了。住民房，又闷又热，而且是八个人住，火车又吵……"

赵唯皓用最新的理念，用创新的思维，用他对事业的执着追求，用他几十年形成的人生价值观来实现他的人生目标：为社会、为民族、为国家奉献一生的情和爱。他早就把妻子宋锡芳当初来平果弄昂时说过的话："你真是狗胆包天，把那么多钱拿来丢在这个山窝窝里？"抛到九霄云外，用他对红土地的挚诚，用这么深情的爱，用十年时间打造强强，引领着强强。让她从一片乱石山岗变成一个现代化的企业，一个高科技的企业。

人们没有忘记，在这片红土地上，在那个简陋的租用民房中，赵唯皓和公司的创始人一起，把那张公司的图纸铺展在那张凹凸不平的木床上，认真地研究着、探索着。于是高科技含量的强强牌预焙阳极等产品研发成功了，捧回一个个由中华人民共和国国家知识产权局颁发的发明专利证书；成为国家科学技术部火炬技术开发中心的国家火炬计划项目；成为一个现代化的企业；成为广西高新技术企业！

红土地的这片情，赵唯皓是不会轻易让它在记忆的海洋中消失的。

项目签订了以后，红土地上的领导，尤其是厂区所在地平果县马头镇党委书记黄文武，追到北京的招商会，得知赵唯皓要回老家河北省唐山市玉田县麦坡屯乡探望亲友时，就缠着要跟赵唯皓一同去他家乡。白天，他们一同去当地的乡镇学习交流工作，还一起去到苹果林中，穿过密密麻麻的树枝去拜祭他那个打过日本鬼子的爷爷的坟墓……夜晚他们同睡在他老家土坑上。黄文武和他无话不说，像亲密的兄弟，像久别的战友。当问到乡亲们都希望赵唯皓回来家乡办企业，他为什么不在家乡办时，赵唯皓说："我考察过我家乡和全国的好多地方，都没有那么多的铝土矿资源……"

资源的潜力，对创业者的成功是个重要的前提。

赵唯皓没有忘记：在这片红土地上，那天在工地上，黄文武在处理排水管这种涉及群众利益棘手的问题时，赵唯皓刚想走过去，黄文武马上制止："赵总，你不要过来。"采访时，黄文武还说："我不想给老板有负担。可惜，这个厂基建搞好之后，我就调到田阳县做副县长了！"

红土地上的领导的呵护、支持，是企业赖以生存的根基。

赵唯皓的浓浓红土情，使他成功了不忘感恩，不忘这片土地上还在脱贫的道路上艰难跋涉的那些人们。

在3月29日上午采访时，赵唯皓说："2004年，我当时还是很艰难的。平果县时任副县长伍奕蓉对办公室主任说，叫赵总一定要陪我下一次乡。当时是去海城乡的一个瑶族村，群众住得很差，都是茅草屋，当时我就想：'我想我应该做点什么。'我就捐20万给他们改造茅草房。

因为我曾在区检察院工作过，2011年区检察院领导要到百色走一走，就叫我一起去。百漏是区检察院的扶贫点，我看到小孩子上学没有地方吃住，教室也是百孔千疮的。我捐给乐业县百漏小学24万改造教室，他们改造成砖混结构的两层楼校舍后就将校名改为百楼小学……

吉秋风（百色八一希望小学校长）找到我，说午托没有地方，我又捐了50万建午托楼（现未完工）。2010年起成立‘百色爱心者协会’，我和我爱人，前年、去年捐给考上大学而又因困难不能上学的学生，已投200万元，还奖励乡村的老师。我每年都捐，但这些人都不知道是我捐的，我让教育局先摸底公示，我再给钱。每年100名，以每人2000、3000、5000不等发放。”

本文写作期间，我受平果县教育局的邀请，为他们在第28个教师节举行的“感念师恩，与爱同行，平果县2012年庆祝第28个教师节文艺晚会”写反映赵唯皓捐助平果教育事业的专题片脚本。我将这专题片的脚本作为本文的一个内容。

红土情深

【配音】

这是大山对大海的博爱，

这是绿叶对根的情怀，

这是种子对大地母亲的回报，

这是企业家对红土地的厚爱！

亲爱的同学们，这里给大家介绍的是广西强强碳素股份有限公司董事长、总经理，公司党委书记赵唯皓先生为教育捐资助学的事迹。

2000年底，赵唯皓先生来到我们平果县这块红土地，在马头镇雷感村创建强强碳素公司，历时十一年，目前年产碳素72万吨。公司每年给地方上税一个亿。赵先生交纳的个人所得税已达几千万。他被评为广西优秀企业家，广西优秀共产党员；多次评为平果县优秀共产党员，平果县优秀民营企业家，环境保护先进个人，节能减排先进个人，中共马头镇优秀共产党员。被我县人民政府授予“平果县荣誉市民”称号和第一把金钥匙。

赵唯皓先生没有忘记地方党委，政府和广大人民群众的支持，没有忘记我县那些长期在山区条件很差的学校辛勤教书育人的园丁们。他把热情的爱撒向校园，关心我们的老师，关爱我县的贫困学子。并在2010年和他的爱人宋锡芳女士成立“百色爱心者协会”，注资200万元。

十年来，赵先生个人为百色、为平果捐资助学累计近千万元。

【画面】

2006年6月9日为凌云县特殊教育小学捐资5000元；

2010年11月26日为东兰县五一劳动学校捐建资金20万元；

2011年12月26日为乐业县逻西乡村停村百楼小学捐24万元；

2011年12月为百色市逸夫小学午托楼捐建50多万元；

2010年起：奖励平果县乡村教师；

平果县100名高考贫困学生

捐助金额为每人2000元，或3000元，或5000元。

【配音】

亲爱的同学们，让我们以热烈的掌声对赵唯皓先生表示衷心的感谢！下面请赵先生到我们晚会现场。（赵总上台，采访赵总）下面请赵先生和同学们一起唱《老师，老师我想你》。（剧终）

4月11日下午，我在平果县政协副主席赵素勤和办公室副主任黄卫琴的陪同下，初步完成了在广西强强碳素股份有限公司的采访之后，前往厂区所在地平果县马头镇雷感社区采访。

社区办公楼离厂区直线只有一公里。我们的车子很快进入社区办公楼所在地。面向路的左边是一座现代化建筑的三层社区办公楼，它的前面是一个篮球场，它左边的路旁停着几部黑色的轿车。社区副主任梁天明、副书记梁瑞宏、团委书记郭明力在办公楼大门口等候我们。

在宽敞明亮的村民委办公室里，我们静静地听着梁天明他们的娓娓而侃："强强老厂一期的地名壮话叫'弄昂'，到处是荒山和树木、水牛打滚坑、坟场，一片荒凉。约有400—500亩，这当中也有一小块一小块的旱地，过去种玉米，玉米棒只有松树仔那么大，也种黄豆，豆荚也不饱满，还种一些本地木薯。强强建厂以后，我们社区初中文化以上年龄35岁以下的青年都进工厂当员工，有100多人。有的现在当车间主任了，如梁然章等。没有进厂的村民，强强赵总他们就给我们组织运输队，建厂初拉石头、石灰、河沙、耐火砖等。建好厂以后拉工厂的原料，石油焦、沥青等等，几十部车子，一个月就运一万吨以上的石油焦。后来还运碳块到火车站和水运码头上船。一年的运输，每部车子一年约有八九万的收入。勤快的人有时还多得几万元。群众还说，坐在家门口就可以做生意了，卖我们自己种的菜呀，豆腐、豆芽等等，增收的门路多了，生活也过得好得多了。大家都说是强强带动了我们雷感这地方的经济发展。

强强公司赵总他们援建我们社区这栋办公楼，占地300多平方米。总投资275万元。每年还给社区办公经费1—2万元。出资援建我们雷感村周围5公里的水泥路；援建从公路到含笑屯的2公里的水泥路和水泥篮球场和篮球架；援建屯级文化室，又叫老年文化室；每逢重大节日，还出资举办篮球比赛等活动，丰富了厂区附近群众的节日文化生活。

我们雷感社区1000多户人家，4000多人口，在人均只有一分左右的田地的情况下，靠强强企业的带动，生活逐年好起来。大家没有忘记强强，没有忘记赵总他们。每年都送几头大肥猪到厂里杀了一起吃年饭。"

走出雷感社区办公楼，上车时，我在村干们停的几辆车旁边上车，这时抬头才看见“强强援建项目”几个字。

车子启动了，我望着刚才因太阳光的缘故没有拍下的“强强援建项目”，想起了在3月29日采访时，赵唯皓说的：“我跟村民达成了一个协议，他们屯里的农民在我厂工作，屯里不来做工的，也搞运输等工作，一年就有上千万元的工钱。从开工到现在他们每年都送来年猪。村里还选我当村委会委员。当了两届，我给他们捐助建设办公设备，捐160万元建村委会。他们说：‘比我们乡里的办公楼都不差。比我们家都好多了。’”

别看村委村民送年猪的事是个吃的小事情，但从红土地上的壮族习俗来看，这是一个了不起的行动，它这不是一两年的事，而是十年来从不间断地这样做！毛泽东主席说过：“世界上怕就怕认真二字。”要是企业与群众的感情不深，村民们就不会有年年送年猪的行动了。

在6月11日上午采访刘贤新时，他说：“赵总曾经一次性上交1247万个人所得税（2007年），当时我陪他去交的，一同去的还有百色市地税局的领导。到现在他已交近5000万元了。这些税金县里可以直接支配，不用分成。赵总说：‘钱对我已经不是很重要了，实现人生的理想才是我的目标，我要实现在平果县每年交税款一个亿的目标。’赵总赞助社会也很多。他亲自向我开口的就有1300多万。邓小平铜像150万元；马头镇雷感村村部200多万，是他自己设计的村部楼；赞助平果县十佳教师、十佳班主任、十佳校长20万；百色市成立教育基金他赞助了200多万；雷感小学搬迁他答应给800万（未开工）；海城乡瑶寨茅改20万；乐业县逻沙百楼小学他捐24万。”

刘贤新娓娓道来，如数家珍。接着他还讲了一个故事：“2004年，市委组织部段春桃副部长去考核我。我刚到马头镇时，财政收入是470多万。我要离开时是2400万。考核之后，段副部长打三次电话，反复问我这个数。我说：马头镇有个强强碳素厂在这里。引进这个项目时县领导说，强强碳素上缴的税收每一分钱都归马头。后来产值高，曹县长一分都不给。我找到曹县长说：‘我们马头镇干部职工从旧马头镇政府坐自己的摩托车去征地三个月，县里没有给我们一分油钱……’后来才将强强碳素厂的税收的30%归马头镇。钱我们不得用，但是数字是有的。”

地方党政领导对企业的大力支持和呵护，赵唯皓是点点滴滴记在心，永远不会忘怀的。刘贤新还说：“办这个企业，不容易。我到这里（即市科技局）不到一年，他（赵总）到我这里五次，喝茶之后就回去，有时也两个人到外面吃个快餐。我们算是知己了，他们厂出一本16开的书叫《强强碳素知识问答手册》，其中的‘党群篇’是我写的。”

这次采访之后，我叫胡秘书给我寄来了这本书，仔细地阅读。其中有赵唯皓写的前言；有赵唯皓、郑南编写的管理质量篇；有宋锡华编写的环境保护篇；有罗高强编写的碳素技术篇；有刘贤新（时任平果县马头镇党委书记）编写的党群篇；有吴锦编写的法律法规篇。

我在4月11日到强强碳素厂采访之后，感到自己的构思对赵唯皓的了解还不够细。于是，4月24日在皓海碳素厂再访赵唯皓，这次采访记录我32开的笔记就写了40多页，其中他说的那句“人生的追求，人活着不能只是享受”令我感触颇深。当天还采访了皓海碳素总经理助理梁正，皓海行政副总经理谭廷克，收获累累。

当我在25日晚阅读完我的记录本之后，一种创作的冲动令我马上执笔。但是，赵唯皓在红土地上那么动人的事迹从何处着手，我还没有认真构思呢。于是，决定先为强强写一首歌，以抒发自己对强强、对赵唯皓创业精神的赞颂。歌名叫《飞翔吧，强强》：

生长在红色的土地上，
沐浴着明媚的阳光；
人生的理想在这里追求，
青春的旋律在这里跳荡；
为民族的振兴，
为祖国的富强；
飞翔吧，强强，
汗水伴你创造新辉煌！

继承着先辈的壮志，
十年磨砺终于成长；
远大的目标在这里实现，
智慧的花朵在这里绽放；
用感恩的情怀，
用攀登的力量；
飞翔吧，强强
愿景携你领航四大洋！

第二天一早，我情不自禁地给赵唯皓打电话并朗读给他听。他说："蛮好的。"到了7月份当我在修改本文的第四部分时，赵唯皓来电说需改歌词的二段末句和加歌名一个副标题，叫《强强之歌》，我反复思考，还是用赵唯皓提的这个副标题为歌名，即《强强之歌》。刘长安（歌曲《我爱五指山》的曲作家）在作曲时在第一段的第一句加上了一个"上"字，并很快地完成了歌曲创作。赵唯皓提的二段末句改为"强强明天一定会更强"，恰好是我本文最后部分的标题。赵唯皓、吴锦他们创建的强强碳素公司，自从建厂以来，就一直在抓好生产、管理、销售、质量的同时，积极向社会倾注他们的爱心。我在得到的2002年至2011年上半年公司对外捐赠资料中，看到了公司捐赠社会资金为1176.7万元，而赵唯皓个人的捐助就占了12份，共计821万元人民币，主要用于社区的办公条件和教育设施建设方面。

这一份份的记录，记叙着强强对红土地上人们的回报，展现着他们拳拳的爱心，也同样记录着赵唯皓对社会尤其是对红土地上教育事业的真知灼见：革命老区要发展，需要培养大量人才！正因为如此，在百色市人民政府举办的由市教育局等单位承办的“百色市爱心捐资助学文艺晚会”上，在捐资时，赵唯皓没有在现场，是广西强强碳素股份有限公司的一位领导代表公司捐的一百万。这之后，应是现场采访赵唯皓，可他没有到现场，直播的晚会现场屏幕上只出现他在车间，在办公室，在捐助学校的现场的资料，然后播放事先录制的、赵唯皓接受记者采访时说的一番话：“其实每一个人把自己的钱拿出来捐献给社会，都会碰到一些问题的。我爱人开始就有些意见，我就对她说，我们现在有钱啦，光顾自己是不行的，如果只爱自己的家人是不行的，那只是小爱，我们不能只看重金钱，要多做一些好事，让大家都好起来，我们才能得到更多的快乐。心中充满爱才是大爱，有了大爱才会宽容，有了大爱才会找到宽恕的理由，有了宽恕的理由才会有真正的快乐，有了快乐容光才会焕发，有了快乐才会幸福，有了幸福才会健康，有了健康才会有未来。这就是我理解的大爱无疆吧！”

听到这里，我忽然想起3月29日采访时，见到赵唯皓的那张坐在办公桌前容光焕发的照片！直到这时，才对赵唯皓为什么这么热衷于社会公益事业，尤其是对采访中他说的那句话“黄主席，百色我要看的地方还很多呢！”有了深刻的理解。这就是赵唯皓的红土情结！

赵唯皓作为平果县的荣誉市民，他热爱红土地上的平果，对平果的感情特别深。他在平果县工业园区举行的文艺晚会上深情地歌唱的那首歌叫《我的平果情》：

马头萦绕我心里
独石滩我十年来亲近
尽管踏遍九州也刀割不断
我的平果情
洋装虽然穿在身
我心依然是平果心
我和强强早已把我的一切
烙上红土地
右江　　红土
铝城　　平果
在我心中重千斤
无论何时无论何地
心中一样亲
镌刻壮乡的梦
回荡着哈嘹的声音
就算身在国外也刀割不断
我的平果情

这是赵唯皓红土情怀的又一次释放！

赵唯皓个人对外捐赠资金明细

年度	摘　要	金额（元）
2004	捐赠社区办公用品	3,000.00
2006	捐赠凌云县特殊教育学校	5,000.00
2007	捐赠给平果县党内互助金	5,000.00
2008	捐赠给平果广场邓小平像	1,500,000.00
	捐赠给汶川灾区	12,000.00
	捐赠给凌云县德圩小学	15,000.00
2009	捐赠给平果县雷感小学建教学楼计划	3,500,000.00
2010	出资成立百色市爱心者协会	2,000,000.00
	捐赠东兰县五一劳动学校	200,000.00
2011	爱心者协会援建百色市逸夫小学午托教学楼	510,000.00
	表彰百色市优秀教师、资助贫困大学生	260,000.00
	赵总个人援建乐业县百楼小学	200,000.00

九、强强明天一定会更强

十年，在人生的长河中，只是短暂的一瞬间；

十年，广西强强碳素股份有限公司，却成就了一部可歌可泣的宏伟篇章；

十年，对于赵唯皓来说，是呕心沥血的3650天！

被吴锦称为“你是船老大，是船舵手”的他，

被梁荣龙称为“掌舵人是企业发展的关键”的他，把自己炽热的爱倾注给强强。他把强者联合起来，使强强从无到有，从小到大，从弱到强，而赵唯皓和他的合作者吴锦、杨洪保、梁荣龙、梅钧、罗高强等和股东们以及他的团队，从门外汉变成了碳素行业的专家。他把“明明白白做人，认认真真办事”作为企业的核

心价值观，把创新作为强强继续发展的灵魂，以创新的理念，引导着强强创新的思路。创新的内容，创新的方式，创新的路，使强强，使赵唯皓从在获得炉内焚烧的专利之后，又一次次地走进国家专利的大门，走进了中国碳素行业的新的风景线，成为国内行业内万众瞩目的企业，成为百色民营企业的排头兵，撑起百色市民营经济的一片蓝天。

黄文武说："赵总是守法守纪的老板，公司和他的个人所得税，他都按时交，我认为中国的企业应该这样做。百色现在还没有上市公司，所以我前年去学习，考试中有股份企业的题目，我们百色几个都不会做。赵总他引进外资。在我接触的所有的企业家中，他是最正直，最守法的老板，最有人格魅力的、有高远理想的企业家。他的战略是产品满足百色，做全国最大，下步为上市公司。"

刘贤新说："赵总做业务，做人，都很扎实。他有发展的战略眼光，研发成果转化为生产力，是目前百色技术走向市场的第一家，去年技术转让就达140万元，去年有一项就得一千多万元，也是唯一的一家。强强是广西创新型企业之一，广西只有五家。区人民政府奖励50万元。他去年在百合附近搞四期，年产20万吨，占地300亩。我在马头镇当书记4年，我2006年任常务副县长，2009年任副书记，分管经济，对强强的建设投产和再建，都很支持，我也代县委政府做自己责任范围内的工作。前天吴锦副总经理跟我说，'第四期的材料已批下来了。'像强强这样的企业，我们百色太少了！办这个企业，真不容易。赵总做人做事，是这个企业发展的关键。有信息说：他要做到70万吨。"

本文写作期间，我有机会到钦州、防城港保税区港口参观学习，进入保税区码头时，我看到大幅的宣传栏有胡锦涛总书记的题词："努力把广西建设成为中国——东盟区域性物流基地，商贸基地，加工制造基地和信息交流中心。”胡总书记的题词，让我们一行人大开眼界。另一吸引我的眼球的是：“钦州国际集装箱码头广西北部湾港钦州港区。”据说，钦州、防城、北海的货联合在这里出口。也许，以后云南，贵州的货物也要从这里出口，因为北海的合浦古时就是我国出海贸易的重要港口之一。

到了集装箱码头，我看见那停泊在保税区码头边上的远洋海轮，随着黄色的高高的吊车不停地移动，吃水越来越深。虽然我无法看清集装箱上写着的是什么字，但吊车将集装箱高高举起在海轮上的时候，它令我情不自禁地想起在广西强强碳素股份有限公司出口的强强牌预焙阳极的产品车间，不论是一期、二期还是三期的焙烧车间附近的空地上，都整齐地堆放着一根根一样规格的木条，大约一米长短。走近了，我才看清，这些四方形木条的头上，都写有数字。4月24日下午采访百色皓海碳素总经理助理梁正时，他说：“出口的产品包装，要求在第2—3块碳块下垫木托，便于海运。商标打在包装用的挤压钢带上。”

这时，我虽然不能看到强强碳素的商标，更看不到碳块的木托垫，更不知正吊运着的集装箱里是否装着强强的产品，但它让我想起了罗高强在成品仓库里指着预焙阳极产品上的阿拉伯字（如：40407081303）对我们说过的，这些数字写到碳素产品上，就像人的身份证一样，独一无二。

此时，我特别想看到强强在她的舵手赵唯皓和公司班子的领导下，用心血和汗水，浇灌出来的一流产品，特别想看强强的商标和那些阿拉伯数字，因为这些产品不仅在国内畅销，还出口国外。在我的深思中，巨轮起锚渐渐离开码头，向深海驶去，鲜艳的五星红旗在我的视线中渐渐模糊了，但是我想，尽管我不知道远航的海轮上哪一艘装着我们强强的产品，但我深信，装有强强产品的海运巨轮也将这样在钦州港保税区码头起航，那是强强人的骄傲，是广西人的骄傲，是中华人民共和国的骄傲！因为这海运巨轮在一个月左右的海上航行中，所经过的国家的人民都会看到巨轮上迎风招展的中华人民共和国国旗！那是中华人民共和国的荣耀，是中国强大的象征，是中华民族的振兴，是一个永远屹立于世界民族之林的伟大国家！

远洋巨轮已消失在我目所不能及的海面，海风把我的头发吹乱了，但是，却吹不去我对赵唯皓、对强强人的深刻印象和美好的祝福。我想，强强碳素也仿佛像一艘远洋巨轮一样，在碳素的海洋中乘风破浪，因为它要“成为全球铝用阳极制造的领航者，为铝工业做出最大贡献”。而作为强强这艘碳素巨轮的舵手的赵唯皓，他的愿景是将广西强强碳素打造成为：“全球铝用阳极制造的领航者，为铝工业做出最大贡献。个人成为一个有正义感、民族感的企业家，为中华民族振兴做出自己的最大贡献。”“在五年内，将我领导的强强碳素公司打造成为全球最大的铝用碳素基地，争取公司上市，销售收入30个亿，利税三个亿；个人向社会公益事业捐1千万元。”

从采访到写作，我反复看着赵唯皓的愿景。从他的个人价值观，从他的奋斗目标，从他的奋发的精神，从他的管理理念，从他成功的经营理念，从他组织架构的团队精神，从他的技术创新思维，从他的信用建设，从他别具特色的企业文化，从他高尚的人格，我感受到了一个成功的优秀企业家的综合素质是企业发展的原动力；读懂了他的人生价值观；感受到他高尚的人品；读懂了他在个人愿景中需要放弃的资源“享受温哥华舒适的家庭生活”的真谛；探索到了成功的优秀企业家的奥秘——执着与责任。这一切，令我想起了伟大革命导师列宁说过的：“只有那些不畏艰险的人，才能达到光辉的顶点”的教导，我想借此献给赵唯皓和强强所有的领导和员工。

在4月24日采访时，我曾对赵唯皓说：“你的业绩像你的名字‘皓’字一样光辉；你的心灵似皓月一样洁白；你的情操集中体现出中国传统道德的高尚。真担忧自己的水平达不到你的思想境界，无法完整地表现你的气质。要写好你就必须在你的心灵中遨游，否则会把你写走样了。”其实我的担忧是多余的，正如刘贤新所说的那样：“赵总说，钱对我个人不是很重要，要实现人生的理想，要实现在平果每年交税款一个亿以上。”

为了实现人生的理想，赵唯皓在强强一、二、三期取得成功，产品畅销国内外的基础上，力争尽快开工强强第四期，目前土地300亩征用已落实，等时机成熟就可以开工了。赵唯皓在操办第四期的同时，着手公司上市的各项工作，多次组织股东们商讨，做出决策。他还亲自为上市的事多次跑北京。他说：“跑北京跑得我腿都酸了！”因为上市前期工作，诸如公司上市要改制，即从平果强强碳素制品有限公司改为“广西强强碳素股份有限公司”，聘请中介机构整理三年来的业绩，请银监局的辅导，证券局的考试验收，向中国证券会申报材料并被受理，初步审检，开见面会，预审并对申报材料提出反馈意见，补充材料等，这一切都办完了，目前只等上评审会，询价和挂牌发行等。

这是强强的一束希望之光，它将激励着强强人更奋发图强，它是实现广西强强碳素和赵唯皓个人的愿景的希望之光，也是赵唯皓实现他人生理想的希望之光。赵唯皓这番令人振奋的话语，深深地感动着我，从心里为强强高兴。我相信，赵唯皓的理想一定会实现。于是我说：“赵总，强强将会有更美好的明天。”来结束这次采访。

在我国现行的经济中，有国有型企业和如雨后春笋一样建立起来的民营企业，民营经济已经成为龙头经济，而在我们百色，像强强碳素这样的专业企业，像赵唯皓这样的优秀的成功企业家少之又少。

“在当代中国，新兴起的新产品造就了新企业，新企业产生了新技能，具复合知识结构和企业素养的新劳动者，正在成为支持转型中的有生力量，转型之中始终不变的是劳动者最光荣。为个人梦想，为公众利益，为社会进步，为国家发展而劳动，永远值得尊重和赞美。”赵唯皓和他的强强员工都是中国社会主义建设者，为此，我谨以此段报道献给强强；谨以此文献给强强的掌舵人：广西强强碳素股份有限公司董事长、总裁、公司党委书记赵唯皓。我深信和祝福强强的明天一定会更强！

2012年采访

2014年元月完稿

支书的密码

——记凌云县泗城镇陇雅村党支部书记吴天来

一、青冈树

要致富，先修路。这是我国实施八·七攻坚以来人们的共识。

祖祖辈辈出入全靠人挑马驮的大石山区，路通了，这是扶贫工作的功劳。每当看到这些山里弯弯曲曲的山区公路，就会自然地想起我那个扶贫点上的老太婆：她们背着孙子，一边摸着光滑油亮的黑色轿车，一边喃喃自语说："看看，这个是公的还是母的？"众人听到了，惊愕中突然捧腹大笑。我笑出的泪水却似乎在往肚子里流：大山，大山啊，你把山里人和外面的世界隔绝了。没有公路，哪来的车子？没有电，哪能忘记数着天星的夜晚？没有水，大石山上生命力很强的古树枯死了！难怪山里人也变得愚钝麻木了。陇雅村是一片和现代文明有着天壤之别的人类处女地！

然而，在这些大石山里，无数个中国最小的官——村党支书、村民委主任都在承担着时代的使命——扶贫攻坚！广西百色市凌云县泗城镇陇雅村党支部书记吴天来，就是这个队伍中的一员。

吴天来，是谁给他安了这么个神仙一样气贯长虹的名字呢？吴与吾不同义而近音，可以这么解析：我从天上下来！可人们不禁要问：你从天上下来干什么啊？这名字太高雅高远了，太神秘神仙神话了，也太让人难以解释、不可思议了。也许这里的环境需要这么个神仙一样气贯长虹、所有艰难险阻都要让路的名字：吴天来，我从天上下来！

吴天来居住的凌云县是一个这样的地形：地势自西北向东南倾斜，中山地貌类型。全县群山起伏，地貌由土山和石灰岩喀斯特山地两大类型构成。土山地区占全县总面积的60%，居住全县40%的人口，而40%的石山地区却居住着全县人口的60%。吴天来所居住的陇雅村正属凌云县40%的石山地区，他住的陇堆屯是由西北面的象鼻山，南面的狮子山和东面的陇雅坳包围着，压迫着，紧扣着，看下去就像一个倒扣着的锅底，曾有地质专家说：这个地方不适合人类生活。于是，20世纪80年代末90年初，当时政府动员他们搬迁。要大家搬离这个无路、无水、无电的恶劣环境。当时，陇堆本来都想搬，但带不走人们对大山的情感，带不走大山赐给人们的绿意与氧气，更带不走父母前辈大山一样的精气神！难道去留都无前途？难道全村人都贫困潦倒在这里？

在去留两难的情况下，吴天来他们无数次仰望着山上生长了几百年，如今还是枝繁叶茂、挺拔向上的青冈树，居然都没有搬迁，都留在了这片大石山中，还做出了惊天动地的事情来。作家的使命驱使我邀侄女于2011年12月23日到陇雅村采访，留下了终生难忘的印象：

1959年出生的吴天来，是一个大约只有1米6高的壮墩高山汉子，用在电视上看过吴天来指导群众养蚕画面的朋友的话来说：吴天来像个举重运动员，把山里人的生活高高地举起来了。然而他的母亲朱福枝却说：他从小到21岁，都是个病秧子，人家说他是个“痨肺子”，吃不得，做不了重活。

那年端午节，这是山里人过惯了的节日，怎么穷也得设法让家里的锅头有点油。别个家里都准备了“卡”(本地汉话，即猪肉)。吴天来家没有。这个“病秧子”，过惯了穷苦生活的他，脑子却反应特别快。听说寨子里有个五保户，包卖一蔸李果，只要五块钱。吴天来去摘了挑到十公里外的县城卖，得了17.5元钱，除了给五保户五块钱外，他还能给家里买了“卡”。这件事，让他尝到了买卖的甜头，萌生了做生意的念头。

于是，在陇雅坳口，从1982年起，人们一直看到那块写着“陇雅自营店”的牌子。这里往西北去是东和村，往南去是加尤镇，往东南去是玉洪乡，离县城都很远。人们生活的必需品：百货、日杂、种子、化肥等在这自营店里得到了解决；大山中的中草药可以在这里换成钱；山中稀有的矿石也在这里找到了销路。有时吴天来还在自营店里一天杀一两头猪卖。这里自然而然地成了大山中的物资交易场，或者说交换站，集散地。

吴天来收购的中草药材，有几十种，如十大功劳、绞股蓝、沾草子、糯蚂蟥、金银花、五倍花、金刚头脑壳、决老、麦冬、天青葵、白芷、松柏叶、杜仲、金钱草等。这些中草药材远的销往汕头、贵州，近的销到南宁药厂及玉林中药市场。

这事在大石山，是个了不起的事，用吴天来的话说：“胆子要大，要敢闯敢干”，“天不怕，地不怕，看准了的就干”。当吴天来的生意红红火火时，他也有最大的烦恼：从陇雅到县城的公路是1977年用村里田七款来修的，但有的路段已坏，车子无法通行。尽管1982年吴天来为了运出中草药和矿石，复修了一次，并修到了县城的官仓(接了县道，三级路)，但是为了维护这条路，保证山货外运，他每年都得花5—6万块钱来修。

致富没有路的苦头，使吴天来又一次开窍了。他先出资修了从陇雅坳口到陇堆屯两公里的灰沙路，他还想为乡亲们的出入方便再修路，想为陇雅村面貌的改变做点事。可是，他不是中共党员。

在农村，只有村干、党员、组干说话才会有人听。而他，只是一个平民百姓，一个发了点财的老板。

现实生活中，这种现象是普遍存在的，是不以人们的意志为转移的。

吴天来左思右想，他想起了父亲吴顺豪。父亲是土改时期陇雅村的两个党员之一，他严格按照汉族人传统的教子方法教育子女："勤不富也饱，懒不死也饿。"车桂林（曾任凌云县委办公室主任）说："我们汉族人从小就这样教育儿子，我父亲也是这样教我。找对象，都要看你勤不勤。"吴顺豪教育子女做诚实的人，他还当了多年的生产队长，可惜他61岁就辞世了，没有看到他的儿子老六当了老板。

吴天来想到了父亲，于是他向党支部递交了入党申请书。经过党支部的多方反复的考验，他于1995年成为一名光荣的中国共产党党员。1997年他被选为党支部副支书。1999年党支部改选，吴天来打破了党组织选举规章，先让群众来选，当时有683个村民参选，吴天来得了全票。后来，全村18个党员来选，吴天来得了13票，过了参选人数的半票以上，于是他当选为陇雅村的党支部书记。

天高任鸟飞，海阔凭鱼游。在农村基层党组织党支部的岗位上，吴天来有了他改变陇雅村贫穷落后的平台，进而有了蓝图。

他把入党的誓词铭记在心中，他把全村路、电、水的建设印在心中，他把为群众做事，让他们共同富起来记在心中！采访中，他在我的笔记本上画了陇雅村和陇堆屯的地图，陇雅村十五个小组的通路图，陇堆屯的寨门、养猪楼、"长城"，及全屯占地只有800多亩的地形分布图。

那天，车子过了凌云县城，一直在山路上行驶。到了往东和乡的路口，车子一直下坡，远远看见一个村庄坐落在四面围着大石山的小盆地上。司机小彭告知：那就是吴天来支书的寨子了。一眨眼，一个寨门映入眼帘，往下不远，一排漂亮的楼房相挨在路的左边，一样高的楼房家家关着门，户户的门口都悬挂着灯笼。

车子在吴天来家门前停住。司机小彭说：这就是吴支书家。说完他赶到东和乡老家去了。这时，一位高大壮实的盘着头帕的大妈迎了出来说："老六出去了。"趁着天色还早，我们赶去看那排漂亮的楼房，山里的风不客气地欢迎我们，让穿着棉衣的我不禁寒战。正欲敲门，传来了吴支书的招呼声。我说："吴支书，吴妈妈说你下屯去了，我正想找这户人家聊聊。"吴天来朗声笑着说："这屋里没人，这是我们陇堆的养猪楼，有42栋。"我惊奇地打量这排相挨着的养猪楼。

吴天来开了门："这是我家的养猪楼。"我们上了楼，这是三楼了，布局整齐划一，右边栏里一头母猪在喂仔；左边那栏两头中猪在吃食，其中一头往正面墙边的管子一撞，我以为猪要挠痒，谁知它用嘴一拱吸了，一边咂着嘴走出来，另一头又走过去，动作依旧。我好奇着。吴天来说："这是感应水龙头，猪吃饱了，会自己找水喝。"这猪楼一"逛"，让我感受到了吴天来支书养猪的密码：吴天来说他家2003年养了30多头猪，母猪6头，那时他家已建了楼房，有专门养猪的地方，他知道，要带领群众致富，改变生产生活条件，自己得先发财，有成功的经验，群众才信得过你。做什么事，村干要先做，村干要样样作表率。当村官，"当党支部书记要有密码"，群众才信服，才能有远见，没有远见的人做不好村干部。吴天来说："这个社会当村干很难，但你把你的密码告诉他们，得到大家的认可，那就好当了。"

村官，中国最小的官，一头顶着天，一头连着地，要把上级的精神贯彻好并落到实处，得依靠广大人民群众的智慧和力量。

往寨门走去，这寨门在2005年之前吴天来出资修的公路上。2007年全国搞试点，百色试点放在凌云，而凌云又把陇雅村当作新农村建设试点。要搞寨门，县里分配了20吨水泥，群众说："这点水泥打瞎眼都不够。"吴天来在群众大会上说："上级关心我们，我们集资来做，我们一定要在50年至100年后都不落后于别村，要把公路开进各家各户的门口，要搞一个宽大的寨门。"于是群众下定决心，要搞出自己漂亮的寨门。

"人是三节草，不知哪节好。"大家充分讨论之后，建的寨门高4.18米，门两侧高2.38米，正中写有"陇堆"二字，刻上"为了生存，永不放弃。"群众为感谢上级党委政府的关心和支持，就在门两侧柱上刻上"有福同享，有难同当"八个大字。

高大的寨门，虽然不像大都市中一些大企业的大门那样金碧辉煌，但它却有一种不同的气派，令人震撼，因为它张扬了陇雅人的"为了生存，永不放弃"的精神境界。

望着这个普通而令人肃然起敬的寨门，我感慨万千。当往寨门右边的小山包上望时，只见那些三层叠着的石板上，长着一种树，树干挺直直指蓝天。后来吴天来告诉我，他1997年任副支书时就提出：就地安置。让老百姓住得好，生活得好，当时还画了陇雅村规划图，提出："为了生存，永不放弃。"他说："我们祖上为了活命，逃来这里，他们能生存，我们为什么不能？现在政策好了，我们的头、手、脑可以创造幸福，要有志气，有智力，有信心，才能找到大家企盼的幸福。青冈树，在石头上没有土也能生长，还那么坚硬，在石层上，我们陇堆人，要像青冈树一样，有顽强的生命力。"

我往吴天来手指着的路右边山上看去，有好多树皮花白，但不很高的树干，时值隆冬，但长在三层叠石上的树叶子依然那么深绿，显示出顽强的生命力。我想，吴天来和陇雅人不正是像这些青冈树一样，有着坚强的意志吗？它们没有土层也能生活，而吴天来他们，还有那么多大石山包围着的有800多亩的陇场，有人均0.6亩的耕地面积，有几十年来人们为了生活而破坏了的祖上留下来的自然环境，他们还愁走不出一条活路来吗？因此，“为了生存，永不放弃”就是陇雅人像青冈树一样的性格！

车桂林说：“我去过几次吴天来寨子，走在村里看见小山堡大石块上长有树，树根无土，村上的这种树，叫不出树名，我每次看到这种树就想到吴天来。他们村上无一块平地，我去看到村上的人没有一个是闲着的，不是养猪，就是种香菇。”

这青同冈树，正是陇堆人顽强生命力的象征，它给吴天来和陇堆人“为了生存，永不放弃”予无穷的精神力量！

就是因为有了“为了生存，永不放弃”的精神，吴天来和村民们才在2005年建起了42栋养猪楼，还在路右边挨着山脚处建了一个称猪的地磅，使陇堆成为凌云县泗城镇陇雅村生猪养殖示范点。

在人类养猪的历史上，人们只见过猪养在干栏下层或另建的猪圈，而这里的养猪楼被吴天来的密码破解了，将被写进新时代的人类文明史，因为它是史无前例的。

也是因为有了“为了生存，永不放弃”的精神，才使“长城”落户陇堆。这里说的“长城”，并非是象征祖国的万里长城。它是一道为了安全而砌的200多米长的“长城”。

原来，进村左边的小山堡和右边水泥路边上的大山包之间，有四个洞，宽30—40米，长40—50米，深不可测，人们从边上过往都非常小心。这四个洞坑占地1.5亩。吴天来带领群众，当时从陇雅坳口修往东和乡的公路，是从村北面的象鼻山的大半山腰经过的。修路挖出石头，吴天来一怕石头滚到村上人畜和村舍不安全，二则为了国家节省开支，他请来汽车，不停地把修东和公路开挖出来的石头用车子拉来填到这些坑里，共拉了28000多立方的石头。石头是不用钱的，上车卸车也都是群众务工，而运费却要支付每立方石头3元钱，这近十万元的钱，自然又是来自吴天来的腰包。为了安全，他们又把坑边的地方砌了1.2米高的200多米长的围墙，于是后来被人们称为“长城”。陇堆“长城”成了陇堆人的代名词，方圆几百里，无人不知，无人不晓。

从“长城”走到村中间，有一个椭圆形的水池，栏杆高2米，池水深一米多。别看这水池小，它却是大山中村子的一处风景。在云南省的一些县城，人们总以办公楼前有一汪或两汪水池水柱为美，能增强人与自然的和谐，因为水是生命之源。次日清晨，我走到了水池边细看，虽池中无荷花鱼游其间，形成鱼动荷叶晃那样诗情画意的艺术效果，但在太阳初升时，池中也可看到倒映其间的狮子山（又叫锄箕山）的影子，时虽不长，但它毕竟是陇堆屯中一道短暂的风景，令人心旷神怡，尤其是那写在围栏上的“法律是保护神，和谐是凝聚星”，给人一种无形的尊严。

这个小水池在水源丰富的平地，微不足道，但在缺水的大石山中，它不仅是一道永恒的风景，还是一个昭示人们道德规范的警示台。

也许外人不一定知道，在陇堆有限的土地中，能有这么个水池是吴天来等几家人的无偿献地才能建成的。在这寸土寸金的大石山区，无疑等于割了他们的心头肉。该用心头肉也要割，这就是陇堆人的博大胸怀！

“长城”和水池会在暮色中消隐。这长城虽然没有像万里长城那样留下孟姜女哭长城的悲壮故事，但却留下了陇堆人像青冈树一样坚拔、顶天立地的建设业绩，也塑造了吴天来等一批青冈树一样需要的极少极少，奉献的却很多很多的陇堆人！

二、急民之所急

夜困老鹰嘴

地名叫老鹰嘴的，全国有好几十个。

凌云境内的老鹰嘴，是在陇雅村往东和乡的陇大，人们习惯叫它“陇大壁崖”。这崖壁从石山顶挂下来直至山脚，足有400米，而宽度也是400米，它真是个崖壁崖屏，阻隔了人们的生活出路。

吃透了行路难苦头的吴天来和陇雅人决心修通往东和乡这14.14公里的路，修通往加尤村的路，修通往逻楼乡的路，要改变这三角地带自古以来不通公路的历史。吴天来花了一万五千元请县交通局测量设计，这公路必须经过老鹰嘴的中间，上、下各200米左右。

开工那天，工头开玩笑说：“六叔，你下得陇大壁崖，我们少要你五万块！”

真是说者无意，听者有心。吴天来舍得买头牛，就不在乎这五万块的牛绳钱了。只是路得有人去修呀，得有人去牵这个头呀。

那天，吴天来叫吴长高、杨昌礼等6个人在山顶上系稳了绳子，他就站在那块只有40厘米宽的木板上，木板的两头绑紧绳子，中间那根和木块呈丁字形的木头也系紧了绳子，他腰间也系牢了绳子，让他们在山顶放绳子，他自己手脚并用慢慢地整个人吊下去。

这往崖壁下吊的过程，可不是像乐业大石围天坑的飞猫探险队，有安全的护身防滑措施，人可以面向山体，用脚轻点着山体缓缓而下。吴天来是背向山体面朝着400米的空间，若是没有胆量，往下一望人就会晕倒了。村民杨长兴说：“从山上面吊绳下去，那两百米都是90度，是直角的！”

傍晚有山风拂来，把吴天来甩向崖壁上的小树边，他低头看见一块石头稍平，就扯住小树停住了，恰好这里正是公路要经过的地方。他像山鹰一样停泊下来了，但怎么弄也上不去了！

这时天色麻黑了，吴长高、杨昌礼他们6个想拉拉不上，喊半天才有回音，无可奈何中就回家去了。有人对吴天来爱人说："六娘，你这辈子也许见不到六叔了，六叔在壁崖下上不来，也下不去了"。

六娘一听，泪水在眼眶里打转了，但她也很快镇定下来。她是一个过惯了苦日子的人，她和六叔（吴天来）自从养了第二个孩子吴长洪以后，就一直起早贪黑地经营自营店，养肉猪，养母猪找钱。吴天来把自家的钱拿出来修路，她没有半点含糊，可她不能没有吴天来这个家里的顶梁柱，群众的主心骨呀！

她把泪水往肚子里咽，跟家婆说了一声，就拎着畬饭（即剩饭），打着火把往陇大壁崖走去，她要走三公里的路。

这三公里路，不是平地，是山谷的崎岖小路，是壁崖下的乱石窟，是无人烟的荒凉地带。一个女人，她左手拎着畬饭，右手举着火把，一脚高一脚低地在寒冷的冬夜中行进。夜黑得像一只倒扣着的黑锅，只有那火把在黑夜中被冷风吹得时明时暗。冷风吹得她的两只手发麻了，脸上被寒风吹着，有时竟像被抽裂了一道道口似的，直痛到胸口。难道她就不害怕吗？要是换成别的女人，有的连夜晚都不敢出门了，更何况她要去的是老鹰嘴壁崖下，那个听来都令人胆战心惊的地方，那个连猴子都上不去的地方。而她的丈夫吴天来就在那个壁崖上，她心如刀绞。走在这人烟稀少的地方，难道她也不怕鬼？不怕猛兽？这三公里，她就这么踉踉跄跄地向前走着。快到崖壁时，她大声地呼喊："金玲她叔！"夜黑沉沉，风冷飕飕，寒风把她的声音拽去，断断续续地在大山间回响着，她喊呀喊，嗓子都喊哑了，最后竟带着哭腔："你在哪里？”声音越传越远，她不禁打了个寒战，手上的寮剑杆扎的火把烧尽了她也没觉察，直到手被烫着了才回过神来。

吴天来在崖壁上终于听到了六娘的呼叫声，他也回了话：“我在半梁上。”“你在那高头冷了，饭也没得吃呀，唧个办？”崖壁上又传来了吴天来的声音：“怎么讲你也上来不得，你回去吧。”第二次听到了丈夫的声音，六娘悬着的心终于落地了。她在崖壁下的乱石窟烧起了火。火燃得好大，可是吴天来看到的火光只有煤油灯芯那么一点点，但感到有六娘和火在山脚下陪着他，他觉得心头也暖了，饥饿和疲劳顿时也不知哪儿去了。

吴天来坐在崖壁山上的石头小平台上，说是个小平台，其实只有40厘米宽，70厘米长，只能曲着双腿坐着。六娘怕吴天来在崖壁上困了，每隔十几分钟就叫他一次，一是给自己壮胆，二是怕吴天来在上面困了、冷了、饿了从山上滚下来。这个漫长寒冷的冬夜，吴天来就这样在六娘烧着的看得见的微弱的火光中取暖，因为长长的冬夜，有六娘在200米深的壁崖下陪着，他也壮了胆子，咬紧牙关，终于挨到了天亮。

在寒冷的冬夜，一个在半山上，一个在200米下的山脚，就这样相互呼唤着，让声音送去给对方的安慰，这在人类夫妻的生活，也绝对是史无前例的了。因为他们深信：明天一定会到来！

第二天，吴长高他们和民工施工队来了，把风钻机、炸药、钢钎先吊下来。然后他们七个人也和吴天来一样腰拴着绳子下到吴天来蹲了一夜的地方。没有地方站立，他们就用风钻机在壁崖上钻风眼，把钢钎插进风眼里，人踩在钢钎上，打了一两个，站稳了又往前打，每隔50—60厘米又打一个炮眼，又插一把钢钎，然后把三根钢钎绑了架在另一根已插进炮眼的钢钎上，这三根钢钎就成了他们安全站立的工作面，也就是工作平台。

吴天来他们就是在这极度危险的情况下，靠着崖壁站稳了操作风钻机，每隔30厘米就打一个炮眼，每个打50—60厘米深。打了100多米宽，到20—30米就往风眼洞装炸药，然后拆了那横着的三根一捆的钢钎，往后退到安全的地方才点炸药，一天炸一点，第二天又去炸。到了第9天，吴天来他们炸石头开出了一条小小的路基，才暂时结束了这吃喝都从山顶吊下来的艰难的日日夜夜，才从这小小的路基上走了出来。

村民吴长举说："修东和公路有十多年了，我是打风钻和放炮的。我和陇酸的杨胜学，专门打风钻，有20多年了。老鹰嘴就是陇大壁崖。当时六叔先下，第二天我们也都吊绳子跟下，找一点石墩站脚，放了一点点小炮，有了石墩，打一两米放炮，一个个吊下去。公路刚好过老鹰嘴中间，嘴的下面还有点凹到里边，炸了石头滚下满半洞，洞凹看不到山脚，从洞垒石上来20米高才到公路路基，从山梁顶下来有100多米才到炸路的地方。腰绑绳子，扛炸药，有时站不稳，炸药甩下坡，人被绳子扯住了。修有80厘米宽的小路基，领导来看，走过刚开的路基，只能光脚丫走，要是穿鞋碰着石头就不得了了。当时六叔付给工钱一天几十块。我们陇雅村打风钻有几个，都去过老鹰嘴：杨胜腾、杨胜深；外村有刘稳、刘广等等。"

村民吴长兴说："当时参加老鹰嘴这段公路时，我刚20岁。当时六叔快40岁了。吴长高40多岁了。还有杨通发、吴长远、吴长球、吴山堂、吴长举。吴长举打炮眼，他胆子大最熟悉炸石。我们从山顶吊绳下来，当时先放小炮，每隔20米打小炮眼，炸了有洞洞，几个人躲在里头。炸出石头垮下去，鹰嘴下面是凹的。当时年轻，有时一手扛炸药，一手扶崖壁，腰上都绑着绳子。六叔他们做几天之后我才去。那段最危险的路有200多米长，当时开5米宽，先开一两个风眼放小炮，能站得住才又打钻放大炮。搬5米宽路面的石头，一天要搬好多石头才做得一段，200多米路做了半年。”

吴天来他们就这样用顽强的意志，用勤劳的双手，硬是在这90度的老鹰嘴上开通了路面有5米宽的公路。他们不是古代移山的愚公，他们是现代的修路英雄！

人们没有忘记，在那老鹰嘴震耳欲聋的炸石开路的炮声中，也常常会出现哑炮，每当这个时候，大家都相争着去排哑炮。但是，采访时吴天来对我说：“我是领队，我是党支部书记，别人去我也不放心，那是很危险的！”

拉号村民李天元在吴天来先进事迹主题情景报告发言中也说：“在石山上打炮眼，正是腊月寒冬，可吴支书总是满头大汗，抡大捶，握钢钎的手裂开道道口子，裂口旧伤添新伤，从没见愈合过。有一次为了赶工期，一下子连放15炮，有个炮一直未响，点炮民工要去看，吴天来一把抓住他的手，用力把他往后一拽：‘不成，还是我去’。”

这就是住山、爱山、治山、爱民的共产党员吴天来，难怪人们称他为大山的脊梁！

龙宗福（曾任凌云县交通局局长）说：“一个月以后，我们七个人：分管扶贫副县长、交通局局长、县扶贫办领导及乡镇领导，从这几十厘米已炸了石头的路基走过去，光脚丫，几乎是手脚并用，基本上是爬过去的，这是400多米宽的崖壁路。”

后来好多记者争着去拍摄这个艰难的修路场面，感慨地说：“红旗渠还没有这么险！”“要是把吴天来和他老婆做的事拍成电视剧，够精彩的了。”

吴天来说他“做事急”。这应是他的“急”之一吧。急人之所急，做急需做的事，解多年解不开的难题，这是吴天来支书的密码之一。

男儿有泪不轻弹

车桂林说："扶贫，是怎么叫人勤起来，振奋起来，这是扶贫的关键。扶贫的第一是修路，吴天来修的路多在壁崖上。往县城，往逻楼镇，往东和乡，车子不用转（调）头。大石山有陇雅这样的路，吴天来他们修的水泥路、柏油路，修的环村路，小小村庄，车子不用调头。我在网上看到《牛拉车》的报道：'在凌云乐业做得很好，把路搞好，群众说：两点之间直线最短。'在大石山区走不通，因为拐弯多。吴天来他有句口头禅：'大家都是人呀，为什么人家做得到，你做不到？'很多村干不敢这样干，吴天来他敢。他找乡里，不得就找县里，为人民着想。当年吴天来有一天一早到县委来，我一向起得早去锻炼，一开门见到他，他哭了，哇哇地哭着说：'我修的路，昨晚下雨垮了。'我马上喊他到办公室，请分管扶贫的滕副县长过来，后来给了好像是一些钱，给几多我记不清了。给了钱后，吴天来又在壁崖上往上修路了。我走过的地方多了，也记不得叫什么，反正上面是壁崖，下面也是，再下面是一片乱石窝，我们叫作壁崖。"

真是男儿有泪不轻弹，一个堂堂男子汉，为了为群众修路，竟流泪大哭，这是他心里装的是人民群众的事，心痛之极，才会在父母官面前流泪啊。

黄五同说："我1997年5月到凌云县任县委书记。报到的当天晚上，我正在洗澡，突然听到一阵急促的拍门声，我赶紧穿上衣服去开门，只见一个壮汉子，站在微弱的路灯光中向我笑着，自我介绍说：'我叫吴天来，是陇雅村支书。希望书记你抽空去我们陇雅看一下。'我说：'我马上去东和，过来时带各单位领导到陇雅村。'"

原来，黄书记到任后，车桂林主任已把吴天来那早来找他的事跟书记说了。没几天，黄书记带各单位领导到陇堆来调研了。看过陇雅桑园、沙石公路，后来到陇大崖壁附近，看了那段往下垮了30多米宽的公路，他感到心沉沉的：在这老鹰嘴的半山腰，垂直下来的崖壁像老鹰嘴一样突出来。在这么危险的壁崖上修路，不但需要经费，也需要勇气和胆量，而且更需要有敢想敢干的有勇有谋的指挥者。难怪车主任说吴天来哭了！经过多少艰难困苦才修成这5米宽的老鹰嘴路段，就这样被冲垮下去30多米！这个深坑能不像一座大山一样压在吴天来的身上吗？他能不伤心吗？见到县领导，他能不像孩子见到母亲一样痛哭流涕吗？他能不夜拍书记的门吗？

后来，黄五同书记叫吴天来和他去拉号下村，走过几个山梁，一天只走20多千米，大石山，没有修路。黄书记就是这样亲自体验和了解在大石山修公路的艰辛。

经过县委县政府领导研究拨给37万修路经费，加上原来已给的8万，吴天来自己出资40多万，总共80多万，有了经费吴天来就组织群众把从陇雅到敏村到东和这14.14公里的公路修好了。这当中，最艰难的还是塌方30多米的老鹰嘴路段。

吴天来按照交通局的重新测量。因为过老鹰嘴的公路往下塌去30米深，塌去30米左右宽的路面，因此只能往上20米的地方再打炮眼，依然是从山顶吊人和风钻机、炸药等再操作。

村民吴长举说："老鹰嘴公路第一次筑5米宽，当时修路全部是六叔垫支的，工钱也是他支付，一天几十块。当时是人工砌的石头，没有水泥和砂，只是干砌，下大雨了，垮下去。过了几年第二次修8米宽时，用水泥和砂砌。上级给一点，六叔的功劳。修路的事，陇雅村人人都知道了。六叔请挖掘机做工，陇阳一台，六叔原来也有一台，后来卖了。"

吴长兴说："老鹰嘴第二次修路我也去做。往上面20米又打炮炸石修路，也和第一次一样，从山顶吊下来。当时年轻，有时像狗爬一样，背上背炸药，双手扶住崖壁石头过去。这次修8米宽的路面，这40米长的公路，修了两个多月才完工。六叔又多投资了45万经费。这14.14公里从陇雅往东和乡的公路终于修完了。后来，我开车拉货，过老鹰嘴这200多米最危险的路段时，心里都发毛，一直到现在开车过去也还怕。因为当时修路太苦，太危险了，忘不了。”

大石山公路，特别是老鹰嘴公路，吴天来和陇雅人付出太多太多了。说到村民委主任杨正会，吴天来说：“他家住得远，每天4点就起床走去公路工地，天刚亮，大约6点，他一定到。”

吴长举说：“杨正会村主任，家住大力洞，他和六叔修路、拉电，有十几年了，他40多岁。在陇雅去东和、加尤、逻楼的路边，六叔开一个小店，是为搞东和路，米、盐等等都是去他店里要，他垫支的。他还收购药材、收购矿石。”

为了修路，大山的儿子吴天来夜拍书记的门，这又是他“办事急”之一，是他急中生智，寻求帮助的黑夜呐喊，这又是支书的密码之一。

夜走坎下

那年，自治区开扶贫工作会议，主题是公路大会战，区党委曹伯纯书记在大会上作重要讲话，广西要建设百屯公路，打公路到屯，去接通乡、县公路。当时每个屯级公路经费是一公里给8000元。从陇雅村到东和8个村10条公路，陇雅村多得3条的指标，全村42个屯，44公里，才得2.4万经费。

巧妇难为无米之炊呀，吴天来听了，头脑直发胀。任务领来，可是经费严重不足，吴天来一路想着如何修这42条屯级公路，42

条啊！他心情太沉重，从南宁开会回到百色，宣传部苏祖纯副部长叫他吃了晚饭再回凌云，可是吴天来想着屯级公路才得2.4万，实在无心思吃饭。苏副部长只好买了八宝粥等送给他，让他在路上吃。他就这样坐车回到凌云，又从县城搭过路车到马王，天色已经晚了，他还要走7公里的山路，才能回到家。

天全黑下来，漆黑的夜，像要吞噬所有的生灵似的。吴天来没有带电筒，凭着自己熟悉路况，他走呀走，步子短而快。他一边走，一边想着这42条屯级公路，只有2.4万元钱，剩下的自己该去哪里找？拿出自己做生意得的那点积累？还是去向乡里，向县里争取？他快步走在弯弯曲曲的简易公路上。忽然间，迷迷糊糊中看见坎下像公路一样平坦，他加快了速度往前走去，谁知脚一踩空，掉到了十几米深的坎下去了。碰着了树，才清醒过来。自己爬起来，想找到一个地方爬出去，谁知被山藤绊脚，一个踉跄重重地跌坐在地上，右边大腿内侧被人家砍过的尖树根刺着，怎么扯也扯不脱，血沾湿了手，伤口刺心的痛，他只好这样坐着，呻吟了一夜。第二天一早，刘老人去割草打柴，听到呻吟声，他发现是吴天来，他喊村人来救了。送去医院做手术，才把插进大腿内侧的十二厘米长的树根取出来。做完手术，吴天来想走，但伤口痛得他无法了，只好住院。

吴天来被树根刺伤出血，时间又过了一夜，幸好没弄成破伤风。他真算是命大福大了。难怪村上的人都说他“是你老祖宗葬得好了。”

常言道：“一心不能两用。”这是千真万确的。

吴天来常说：“当村干太自私了，什么事都做不成。”吴天来把治伤当作自私了，所以他未等到伤口痊愈，就要求出院了，带着未痊愈的伤口到各屯去开修公路动员会。他先找组长们开会，把自己的密码（想法）告诉大家。他说：“你当村干部带头是一定的，以身作则，要求各组长出力，他们干好了事，就是我们做事的密码（工作方法）。”吴天来还说：“一个地方的发展，党员、组长都在其中发挥作用，陇雅15个小组长，他们都大公无私，都起带头作用。修路开会，户户都来参加，关键是他们在起作用。”

吴天来每天早上4点至5点就起床，6点钟走去修路工地，晚上8点至9点才回到家。但他从来不在组长家或群众家吃饭，他叫母亲每晚多煮饭，早上起来后就用冷水泡饭吃，吃两碗。

车桂林说：“汉族人吃饭，又快又好，男人吃饭像老虎，女人吃饭颗颗数。吴天来一点都不休息，除了晚上睡觉，其他时间都在干活。”汉族习惯是出门干活都会在人家家吃饭。但是吴天来却违反了这个习俗。我问他：“长长的一天，你不饿吗？”他说：“我下队去，也会肚饿。当初我已发财了，到这家吃，不到那家吃，他们不高兴，使他们之间产生矛盾。”所以他即使在村上开会，组长或群众叫他吃饭，他总叫他们不要煮。后来，他干脆在山上或公路工地上开会，开完就做工或回家。

“难道长长的一天，吃了剩饭又不放盐油炒你不感到肚子饿吗？”吴天来说：“如果放了油盐炒饭，一天都会口渴难受，而用冷水或山泉水泡饭，一天都不会口渴，我从来不吃热开水，只喝冷水。”

这样严于律己的基层干部，确实应是这个时代的楷模。

为了修路，吴天来和村两委的领导，都是这么拼命地工作。吴天来说：“村民委主任杨正会，他住在山里，每天三四点钟就走路了，要走4公里才到打沙场，分给他的任务是带人去开新的公路。他是大力洞人，40多岁，从不叫苦，因为都是急着修公路。”吴天来不但自己带领班子做好全村各项工作，在修路、拉电、建设水柜等方面，他发动组织群众参加，同时也还依靠家人的大力支持。起初，他杀猪，得点钱，回来村上做事。修路或垫支或投资捐资，他也是得到家人的理解和支持。他夜晚下屯宣传发动群众到各屯去时，他的妻子杜美荣（人称六娘）都陪他去。吴天来也希望六娘给他搭伴。去拉杀、陇步、陇麻等寨子，一路都是爬山过坳，有时过山脚。有时他一个人去，一天开几个小组的会，夜了才回来，要是他一个人走，他会把随身带去的收录机开大声了给自己壮胆。但他总想着有六娘在身边一起去，就什么也不怕了。但是那次去陇浩，他是中午去的，六娘还在做活路没有陪他去。

吴天来在陇浩开了动员拉电的群众会。夜里走回来时，走过一个很深的垌子，远远看见一堆火，他很高兴，因为黑夜行走见到火光，就像人在海上行船看到了海岸一样兴奋，又像人在寒风中得到了温暖，走路的步子就迈得更快了。这一带群众常常在夜里把树叶杂草朽木烧成木灰拿去做肥料。当时是冬天，又下着毛毛雨，衣服打湿了，他就加快步子往前走。火光越来越近了。谁知烧火的地方是一座新坟！可能是下午6—7点左右堆的坟。吴天来不禁打了个冷战，右手习惯地往身边一掼：往时六娘总是走在他的右边。可是右手没掼着六娘，这才想起：自己是下午出来的，六娘她在家做活路呢！但一想到六娘，仿佛她这时也在身边一样，他立即壮了胆，硬着头皮走过去。这一带群众有个习惯，把坟墓堆起来之后，要把抬棺材的架子等木头烧了，还找来附近的杂草堆在旁边，等木架烧光了，已被烤干的柴草又燃起来，火堆就这样烧着，往时还会有亲人守在坟墓附近，可能天太冷，他们早早回家去了，只留这火堆给死者取暖。

吴天来做事急，除了利用晚上去村屯开会之外，修路、水池用的沙告急时，吴天来也经常加班打沙，还叫父亲吴顺豪在城里帮助打沙运来。

而吴妈妈，每一次看到儿子老六急匆匆地赶回到家时，总是递给他一张干毛巾，让他擦一擦因赶路而满头满脸的汗水。儿子再大，在母亲面前，他永远是孩子。吴天来来不及跟母亲说什么，接过毛巾，投以母亲一道感激的目光，然后直入伙房，匆匆地用餐，接着又快步出门赶到工地去。母亲给的毛巾就这样挂在脖子上，给他抹汗水，给他一种无形的力量！

吴妈妈和六娘，就这样为"做事急"的儿子和丈夫的"急"助一臂之力！

上级党委政府对吴天来也非常关心，黄五同书记来电话："那点钱太少了，做不得那么多条路，先修一部分吧。"但是吴天来认为，15个小组，个个屯都要修路，如不做，群众说看不起他。于是40多条屯级公路一下开挖，全村有人住的屯都要开通！

吴天来说："我们要当好一个村干部不容易。群众不干事的，干部好当。而群众踊跃做的事，干部都要做。支持一个不支持一个不行，所以必须个个支持。"

吴天来生活在基层，工作在群众中间，他了解群众的心理，如同了解自己一样。对群众要求办的事，他都千方百计去做，哪怕把家里有限的积蓄用光，哪怕是砸锅卖铁，都要把群众的事情办好！这又是吴天来的"密码"之一。

那道"人墙"

在现实生活中，有城墙，有院墙，有竹围墙，也有四合院的泥墙。但是，要说有人墙，也许会有人认为那是天方夜谭，哪有用人来筑的围墙？可生活中却偏偏有这么一道史无前例的"人墙"。

在广西凌云县泗城镇确有一道"人墙"。这是一道在全国扶贫工作基础设施建设中解决路、水、电的一道可歌可泣的、令人难忘的“人墙”。吴天来他们为了陇雅村拉电，请了几台车子从县城装电杆拉往陇雅村。

几台车子爬行在弯弯曲曲的县城往陇雅村公路上。这十公里的公路，是1997年用大队的田七款修筑的，原来的路面是5米宽，可是经过十多年的雨水冲刷，路面上塌下滑，留下的只有3米宽左右了。

当五部拉电杆的车子开到陇标路段时，第一辆车子刚缓缓地开过山边，由于车子太重，路面突然下陷大约有20厘米，约有3米长。这时，第二部车子开到了已下陷路面约80厘米！吴天来看到这个情景，他急得冷汗冒湿了衣服，立即叫司机把车子停下来，并叫司机把钢丝绳绑在山根岩上，让车子暂时不往前和往外倾。

吴天来叫来党员和群众几十个，部分人到村上去扛檀条，部分人就近找来石头，大家齐力用檀条撬起第二部已斜在路面下陷处的车头，搬来石头和泥土，并从这里起堆放石头，填上泥土，使路面平整了。经过几个小时的紧张抢修，下陷的路面平整了，可是司机仍心有余悸，不敢把车子开过去。几个司机在刚修好的路面上来回走动，又不时往路左边探望，仍不肯上车启动。

吴天来揣摩到了司机们的心理，他看着这几十个因抢修路面而汗水湿透了冬衣的党员和群众：要是司机就这样因路面刚修不安全而叫他们把电杆卸下来，这么长的路，这么重的电杆，得用多少时间和人力？吴天来急得又冒了一身汗！他想做一件非常大胆的事：他毫不犹豫“刷”地站到了刚修好的路面的边沿上，党员们明白了吴支书的用意，便都一齐从他的左右边排排站过去，在场的几十个村民也跟着站了过去，形成了一道“人墙”，这是无声的召唤！这是榜样的力量！

司机们看到了这道威严的“人墙”，心中的恐惧被慑住了！

感觉有那么多人为自己保驾护航，顿时壮了胆子，随手将手中未抽完的烟往地上一丢，跳上了驾驶室，把车子发动了，沿着这段刚抢修好的路，将车子尽量贴靠着山边开过去：一部，两部，三部，四部！

几辆拉电杆的车子稳稳当当地开过去了，当“人墙”的党员及村民和吴天来在汽车留下的尾气中相互拥抱着，互相捶打着对方身上湿透了的衣服！待灰尘渐渐消除之后，作“人墙”来挡住司机左视线的人们，这才记得往路下方看去：路下方的深谷仍是那么祥地宁静！他们感到自己又为家乡的拉电做出了一次无私的奉献！他们又抬头望了望山顶上的天：是苍天保佑了他们和司机？是，又不是！因为大家都是为了使家乡早日挂上夜里的明珠而克服了这天大的困难！他们是胜利者！

吴天来和这些筑“人墙”的陇雅人，他们正是山乡播撒光明的摘星者！

靠机智，靠勇敢，靠党员，靠先锋队的“人墙”，这是吴天来拉电中的“密码”之一。

失踪的病人

吴天来入党，是为了更好地为群众服务。他在入党的志愿书上写着：我愿意成为带领群众脱贫的共产党员。1997年他担任副支书之后，就提出全村要封山育林。因为几十年来，人们为了生活所迫，把老祖宗留下的原始森林毁尽了，若不封山，没有树木，哪来的水？没有水，人们又怎么生活？

封山育林不是一两天能吹糠见米的事。但天长日久，大自然会给人们以丰厚的馈赠。

过了几年，陇雅的山变绿了，片片绿意给陇雅人增添了生活的信心，给了人们新的希望。这时，那些以前搬迁去田林八渡笋场的，去广东珠海种甘蔗的村民，包括从陇堆搬出去三分之二户共228户陇雅人都逐步搬回来了。他们要跟着吴天来发展家乡的种养产业，过上好日子。几年后，百色地委的扶贫攻坚的重点是解决贫困山区群众的人畜饮水的大问题：在山区修建地头水柜。黄五同说：“当时上级不给做大水池，要做小水柜。但是吴天来说：‘我们要用自来水，要用热水器。’大水池水位高，有压力，成功了的大水池，像水塔一样。”吴天来既然下决心在陇雅村修建大水池，那么，他仍是那么倾心组织群众建筑大水池。采点、测量、选择水池位置，找钱找项目，奔波在陇雅和乡、县城之间。恨不得让广大群众立即就能喝到干净的水！这样敢于创新、超前思维地为群众着想的基层干部，在现实工作中没有人敢这么做，但是吴天来他就敢冒这个风险。

可是当全村228个水池开工时，他却不幸患上了马蜂肿瘤。腋窝长着这个累赘，让他不能全心全意地投入到大水池燃眉之急的备料等重要工作中，他只好住进了医院。第三天医生为他做了几个小时的内外肿瘤的手术，用的是全麻醉药。手术之后，他一点也不觉得伤口痛，就让妻子杜美荣扶着他去停车场找车子拉水泥回村里。大货车装完10吨水泥后，他跟车回村里，当车子开到茶园坡时，他感到伤口有点痛，待上到半山坡时，伤口痛多了，他忍着上到坡顶，伤口痛得他全身冷汗湿透了，几乎不省人事，妻子六娘哭了。待车子卸完了水泥，六娘扶他要跟车回县医院时，县医院的救护车赶到了，医生护士赶忙给他施救。原来他的主管医生梁医生到病房看他手术后的情况，找不见吴天来，知道他“溜”了，就叫救护车赶来。因为吴天来的手术是从4条肋骨间将这个重有四两八的肿瘤切除的，是个大手术了，要是别的病人，就连下床的力气都没有，静躺在床上不能动弹了，而吴天来却溜了，梁医生能不着急么？

看着经过紧急抢救后苏醒过来的吴天来，梁医生又是心痛又是愠气地说："你这个人，你不把命看大呀！你还想找死呀！"吴天来感动了，两行热泪从腮边流下来。他就这样被梁医生"抓"回了医院。

在医生的精心治疗下，吴天来经过20多天的住院治疗，终于治愈出院了，但这20多天的住院期间，他牵挂的仍是全村正在开工的228个大水池：水泥有没有，砂场的砂供应得上否？施工的安全搞好没有？他不断地联系，人在医院，心在水池建设工地上。吴天来还是多次不遵守医院的"纪律"，偷溜回陇雅看正在修建的大水池。出院后，他又没日没夜地在地头水柜，在大水池周围奔忙。经过吴天来和村委干部和全村群众的共同努力，陇雅村228个大水池按时完工了，仅在陇堆屯、在象鼻山上、在山堡上、在陇花坳口上就建成了4个大水池，容量2480立方米。

"陇花坳的大水池，曹伯纯书记第二次去看过，我陪同他去。我1997年5月去凌云，2002年10月调回任县级百色市委书记。曹书记来看路，看大水池。曹书记有一次陪同中央领导李长春来，是'全国扶贫工作现场会'，'百色地区扶贫工作现场会'也去参观过。没有修路之前去东和乡是经过凤山县，去东和之后又回到县城，去吴天来的陇堆村看大水池，吴天来当时修的路是村级公路。曹书记看过路，又看地头水池，大水池有2000多立方的容量。2010年天旱时，中央电视台就报道过凌云县大水池的事。当时搞地头水柜建设，凌云都建有很多大水池，大水池建在半山腰上，是高水位水池，山上的水流到大水池，直接接到群众屋里。在缺水的大石山区，本来水池建在地上是灌溉用的，但是连水还没有喝的地方，怎么灌溉？所以大旱那年，好些地方缺水，就开手扶拖拉机等到陇雅村大水池来取水。"黄五同告诉我们说。

森林是水的源泉，水是人们的生命之泉。只有封山，才有水流到大水池。才能解决人们旱年饮水的大问题。吴天来到处召开群众会议，强调要封山育林，强调建设沼气池，强调做饭炒菜少用柴火乃至不用柴火。

作为陇雅村建设大水池总指挥的吴天来，做了一次失踪的病人，为解决大石山区缺水又高瞻远瞩地拿出了自己的“密码”。

三、想民之所想

晚餐来客

在大石山区，人们的夜饭都是在七、八点左右。到陇堆采访的晚饭，有我和侄女、吴天来和六娘，还有三个男青年。落座火锅旁时，吴天来介绍说：“他们三个来帮做工，都是帮陇照和陇浩村，做几十公里的路。”青年人自我介绍说：他们来自玉林的陆川，一个叫林军球，一个叫严路；另一个说他来自玉林的博白，叫庞家卡。都是开挖掘机的，工资都是吴支书付的，他们吃住在吴家。我问他们：“近过年了，你们有什么打算？”他们说：“腊月20就回家去过年了，到正月十六又回来。”

我们正说着话，吴天来的儿媳邓凤珍左手拿着一沓白纸条递到吴天来面前，刚要跟吴天来说什么，吴天来放下碗筷和儿媳走到一边去，只听见吴天来小声地对她说话。当时我未听到他们说什么，吴天来回到火锅边，还未坐定，这时门口又走进来一老一小，吴妈妈招呼他们坐下，吴天来匆忙地把饭吃完，就走到吴妈妈前边的房间。我抽空和他们说话，老者说他叫杨胜均，是陇酸的小组长，儿子叫杨秀党，他们是来找吴支书盖公章的。盖完公章之后，杨秀党一边用嘴吹着印泥未干的公章，一边说：“吴支书这些年你出炸药、风钻、石沙，群众出工投劳修路，包括伟八村的那6公里，支书你都出钱给了，我想我也要求支书帮忙，我们陇酸还有一截路，支书你……”下面是他们的对话：

吴天来：我们只出炸药和风钻机。

杨秀党：用炸药的钱支书给我们多少？

吴天来：300块。

杨秀党：房子做得好，路不到……

吴天来：（未等杨秀党说完）路还通不到各户，不光是我们这辈人，到时你们要买面包车，这个和摩托车一样，每户2个摩托，现在一人一车发展下去是多少？你别看小穷，我们不要讲高话，人穷志不穷，你也要自己想办法呀。

杨秀党：杨秀户，全家六人五个病，支书你支持他们先要砖，先拉砖去建好房子之后才还，8000多元，支书去民政帮找得钱来再还。

吴天来：全村每户每一个人我都清楚的。

杨秀党：换届，我们不给换，找不到这么好的支书，在某个村，支书只做半届，不得人心，贪官，群众反映不好。你做官先做正，帮助、盖公章、写证明不收钱，都是爽快的。

吴天来：支书、村长、文书都要受群众的监督。

杨胜均：(杨秀党父亲，陇酸屯小组长)别个骂我，我从不记过，我63年当生产队长，吴支书支持我做工作。

吴天来：村干的人做得做不得事我都懂的。你们回去跟群众说：300块我出，叫他们一起把那段路修好了。

杨家父子告辞出门时，已是晚上近10时了。这时，儿媳邓凤珍又来到火盆边，还是拿出那些欠款单。吴天来说话了：“凤珍，这些民工都要回家过年了，工钱是要给他们的，这事你去和你妈商量吧。那时做生意，她应该还有点钱。”儿媳只好怏怏地回里屋去了。

吴天来组织群众修路起初大部分的资金都是他和妻子六娘开小店、养猪的积攒资金。

从村部陇花坳到陇堆屯的2公里，修全村的环村公路44.8公里，修进户路80多公里，共130多公里，贯穿周边乡镇村公路200多公里，其中陇雅至关仓10公里，至陇照10多公里，至敏村10多公里，至陇浩村10多公里，至仰村10公里，至什福村6公里，至伟八村3公里，至牙洞屯……这些村屯公路，都是吴天来指挥开工的线路。可以说相当于一个乡镇的公路了。

当我问到这修路的具体实施过程时，吴天来说："群众意识到我所做的事都是符合社会发展，也是群众必需的，所以他们都要做。炸药、物资等都是找我解决。我垫支的有40多万，无偿的也是40多万，不可预计的有20多万。"当我问到资金来源时，吴天来说："我的收入来源：开小卖部，经营百货、日杂、种子、化肥等；二是收购中草药；三是收购矿石；四是养猪，有时还杀猪，一天杀7到8头也有。"

吴天来20多年如一日，确实没有想过要为自己争得什么，时刻为着群众做事，好让他们快点致富。车桂林说："吴天来除了得到当地政府的支持外，他干劲大，非常勤快，他常说：'我们不干谁干？'他有种精神：为了生存，永不放弃。所以他们村上，家家都有豆腐、有肉吃……生活过得有滋有味。"

正因为有了吴天来这个扶贫致富的领头雁，群众在他的带领下，才能修通了通往三个乡镇的公路，才能修通了每个村的环村路，每个屯的屯路。刘奇葆书记来看了说："小小山村搞了环村路，我们南宁还没有环城路呢！"

采访中，吴天来也感慨地说："如果我只为自己，到现在可能有上千万元的资产了。"一个村15个小组通屯公路，42条公路同时开挖，全村凡有人住的地方都要开通公路。这样的事本来是件大好事，群众热情高，事情容易办到，可是这些屯级公路，要不就是路过人家的屋檐，瓦片掉了吴天来要赔，要不就是路过山间人们唯一可种玉米养命的山地，最棘手的是路过别人的祖坟，他得苦口婆心地耐心做工作，其中有一个老祖坟，他就赔了16200元。你说，这几十条的公路得有多少问题需要吴天来来解决！工地上民工要是一时没有饭菜，吴天来可以依靠母亲和妻子的支持，为那几十号民工解决饭餐。但是那开路需要的炸药、水泥、砂子，还有施工安全问题，都集中在他身上，真是逼得他恨自己没有三头六臂，忙得他没有喘气的机会，尤其是那些来家要求帮助修路帮助资金的像杨胜均父子这样的来访者，随时在晚上来敲他的家门。吴天来白天忙干活，晚上还要去屯上开动员会，还要接待解决来家要求修路的人，确实是废寝忘食了。

可是，事物总是一分为二的，这是唯物辩证法。就像六娘所说："难得做一个好人，哪个做得好，都有人讲坏话的。"吴天来说："还有人告我：威胁领导要钱。有人说想办法收拾他。我说，他不懂，我们懂。一个人没有坚定立场和信心，也办不成事。这个社会很多人经不起这个考验。人都要讲良心，每个人都要有思想信念，没有的话做事都是失败的。"

村官，农村现代化建设大厦的基石，大厦的建设者。

村官，党和国家政策的忠实执行者，落实者。

村官，人民群众的主心骨，大山的脊梁骨！

枇杷熟了

吴天来组织群众修的公路，大多是上级还没有立项的项目，可是吴天来本来就以"办事急"出了名，因此，只要群众要求修的路，他哪怕是自己掏钱，也要去办。当然，他也会实事求是地要求上级给立项来修。就如陇拉上村修的公路，自治区发改委就拨给了467万元经费。

陇阳的路有十几公里，群众强烈要求修路，但一直没有立得项。那次，吴天来带扶贫办的领导去调查。当时刚好是枇杷成熟的时节。吴天来事先告诉群众收了枇杷果摆在路边，一筐筐的枇杷果摆了一地。当领导们过来时，群众递上黄澄澄的大石山里的枇杷果，请领导们吃。群众一边请领导吃枇杷果，一边说："领导呀，枇杷果熟了挑不出去卖，唧个办呀，我们要求修公路。"大家都知道那个戴草帽的是县扶贫办领导。于是张三未说完，李四又抬着枇杷箩子过来，弄得那个戴草帽的领导接谁手中的枇杷也不是，只好望了望吴天来说："你们放心，只要吴天来同意修的地方，我们政府都会支持修的。"

明白人谁都知道，这是吴天来为帮助群众申请修公路而导演的一出"枇杷戏"。就这样，十条公路的项目定下来了，群众齐心协力去修。2006年百色市扶贫工作现场会，各县都来参观。

"行长看你来了"

吴天来说过，村中的每一户每一个人他都懂，懂就是了解，就是熟悉。他要为村民服务，要让他们进出有好的道路，在家有好的房子住，发展经济生产有好的产业，过上好生活。因此他能对每一家每一户不了如指掌吗？他说："我只是一个村民，回家来是家长，出门了，我又是党支书，能看到群众有困难不管吗？"陇雅村寨上小组有个叫罗正满的老人，家里的房子是大雨小雨都漏水，地板无一处是干的。吴天来把情况跟包村工作队黄主任反映了。黄主任带他去建设银行找黄瑞财行长。听了情况汇报之后不久，黄行长就准备了油、猪肉、100斤大米、50斤面条，跟着吴天来到罗正满老人的家。那是一间摇摇欲倒的瓦房。

一进门，吴天来就亲切地喊："满伯爷，行长看你来了，你出来。"一个病歪歪的老人走了出来，声音颤悠悠地："感谢你们共产党，给我送来这么多东西。"他哭了，泪水流在他满是皱纹的脸上。一个80多岁的老人，住无居室，吃无米下锅，一时得到这样的关心，他能不感动？他能不哭吗？他越哭越伤心，似乎要把这一辈子的辛酸泪水全部倒出来，才能松一口气啊！

吴天来拉着罗正满的手，像儿子一样的亲昵，轻声地劝他："满伯爷莫哭了，银行给你送钱来了。"看着罗正满家的这一切，黄行长也眼眶转着泪花问吴天来："你要好多钱？"吴天来说："你给好多我也给好多！你扶多少我跟着。""给四千吧！"吴天来说："好啊，行长你给四千，那我也给四千！"

接着，吴天来又动员党员和群众给罗正满家捐横条等十多根，并协助罗正满建房，一个月就建好了。此外，吴天来还资助寨上小组的李启秀，陇安屯的韦户安，陇央小组的韦世高建房，也花了两万多元。非亲非故，吴天来资助这些特困户，为的是让他们能有个地方安居。

一个村民，一个基层党支部书记，就这样用自己的砝码，把上级党委、政府的关怀送给群众，让党旗在山村中熠熠生辉，使党支部成为联系群众的桥头堡！

山堡·水池

陇雅村陇堆屯，农户房有一半是挨着村中的山堡建的。这山堡上有些稀拉的杂木。山堡不高，我们走上去几米，发现地上都长着植物，或攀爬在地上，或挺立向上生长，但都不高，仔细看时，只见每几厘米就有一个节节，双叶向上，叫不上名字。

后来采访村民吴长兴时，才知道：那些植物叫铁皮石斛，满山堡都长的有。吴长兴说：“六叔说过：‘到2012年，我们全村种桑养蚕就有3000多亩，产值有280万元。还养猪200多头，全村年收入有200多万元。’我们陇雅村党支部、村委就是这样组织发展农业经济，以种植为多。发展药材生产，已有好多年了。就是这个小山堡和村旁的象鼻山，我们种的铁皮石斛就有228亩。土地不够用，好多人还出去租别个的地种。我在村里没得好多地，就到油（尤）洞租地种中草药材。牛大力，租了100亩地种铁皮石斛，是六叔指导的。每户都种一亩铁皮石斛，用野生果育苗。我现在还开车拉货，主要是在种药材。我们陇雅还有好多个也是去租地种药材十大功劳的。”

在大石山区，如何使人民群众在通路以后能更好地发展生产，早日脱贫致富？在人多地少的陇雅村，动员村民外出租地发展种植业，是吴天来的又一个创业密码。

陇雅村陇堆屯四面环山，可就是没有水。吴天来在组织群众修路、拉电、建人饮大水池的同时，也没有忘记给村人以山水共存协调发展这个大事，他组织群众在陇堆屯中建了一个水池。建水池，得占用土地。在这个人均只有0.6亩山地的寨子，哪来的土地？吴天来在建陇堆猪楼时，已拿两亩多土地换给本屯群众。在陇堆这个人均只有6分地的山寨，两亩多地已是非常珍贵的财产。人以土地而生活，这是古来如此。而吴天来为求全屯的发展，舍小家，顾大家，换这土地，这在任何一个人身上，都如剜腿肉之痛！

寨子里有了路，有了“长城”，但吴天来还尽可能地让寨子里周围的山上有饮水池，解决了人们的饮水困难，还必须有一汪水，使山水相互共存。于是他又让出自己的土地，并动员吴长刚、吴长勇、吴长书一起，让出自己的土地，在寨子中间挖了一个水池，让人们在劳动之余，能感受到人与山水共存，这才是最好的人居之地。

四、爱民心所向

半个月亮爬上山

吴天来和杜美荣结婚以后，夫妻齐心协力改变自己的生活。除了在家养肉猪、养母猪之外，吴天来没有忘记那年端午节包卖五保户李果得点盈利的启示，开窍了脑子，学会了做生意。他们起早贪黑做生意，在陇花坳口开自营店，经营起小百货，一年下来也有两三万的收入，但他们不满足于现状，同时收购中草药和收购矿石。

平时，只要天气晴朗，他们就走村串寨去收购，尤其是到那些离陇花坳口很远的偏僻山村。有一次，吴天来在敏村赶芒屯收购金银花，这时天色已晚，原来他和妻子约定在月亮初升时，在牙洞坳口会合，一起挑货回家。当吴天来正挑起重担要赶路时，他刚挑起的担子有一头被一只大手抓住了。他抬头一看：是一个背着一背篓的老大爷。老大爷赶忙放下背筐，要求吴天来等他烘干了金银花再走。吴天来看到人汗湿透了满头白发的老大爷，良心在驱使着他，爱怜之情油然而生，他放下了担子："好，我等你！"老大爷急忙背起筐子回家去烘金银花。

这烘干金银花是很讲究火候的。它不能像人们在火边烘烤嫩玉米那样，而是用慢火，边烘边搅动。时间一分分地过去了。夜幕中半个月亮已升上了山坳，这是吴天来与妻子约定回家的时间，吴天来望着月亮，但他仍耐心地等待着老大爷的金银花。

两个小时过去了，老大爷终于烘干了金银花，来到了吴天来面前。吴天来给他称过金银花，付了钱，这才挑起担子起步。老大爷说：“幸亏你好心等了我，要不我不知几时才能走这几公里的山路拿到你的自营店去卖呢！”吴天来说：“大爷，我应该等你的。”当他挑着担子爬上了出村的山路，老大爷仍一手揣着手中的钱，一手拎着空筐子站在那儿，直到看不见了吴天来的身影，才移步回家。

吴天来挑着重担，走在崎岖的山路上，前面的箩筐不时撞在路边的石头上，人被迫后退半步才能往前走，过了一个多钟头，他才听见在牙洞坳口上的六娘喊他：“我早就到坳口了，你在哪里？”喊声在山中回响，吴天来也听到了，他那“我已来到山根了”的回声，被山风拽到了山坳口。六娘她听到了，心里得到一丝安定：因为她不懂得夜里回家该走哪条路下山呢！待吴天来上到牙洞坳口，月亮已升得好高了，银色月光洒在山路上，照着吴天来夫妻挑着重担下山了。

这做生意的苦行经，就像那人们常说的“分钱三丈深，谁懂挖就得”那样。谁也没想到，多年以后，吴天来就把这些辛辛苦苦从1982年到1999年经营“陇雅自营店”每年大约得的两三万块钱和收山货的积攒，用在为民修公路的公益事业上！

每当看到半个月亮又爬上山的时候，陇雅人就会自然而然地想起吴天来的这段充满爱心的故事。

逻楼圩日

吴天来勤劳致富。他养过多年的猪，也当过一两年屠夫。在交通不方便的大石山陇花坳经营“陇雅自营店”经营小百货，每年也有两到三万的收入。他还收购矿石，走村串寨收购中草药。

他凭良心经商，从不欺人、坑人。可是，有一件事，令他至今想起来，还感到胸口隐隐作痛，还在鞭挞着他！使他事事处处凭良心来做。

从凌云往逻楼镇的爬山公路上，有一处写着“天下第一险路”的路牌，足见这大石山中的交通是十分险要了。这方圆几十里的逻楼圩日，历来就是周边居住的人们，包括凤山县的亭泗乡部分群众，来这里交易农产品和山货，换回日用品的山区物资集散地。

有一次逻楼圩日，吴天来走了几十里的山路赶到圩上来收购中草药，来这里赶圩的人们大多早早就从大石山的羊肠小道中赶来，有的背着猪仔、鸡等，有的背着从大石山中采到的中草药。到了中午，是人们卖中草药最多最繁忙的时段。吴天来忙着称中草药，忙着算钱支付，可说是忙得不亦乐乎。

到了下午，有一个大约80岁的老人家，他卖的绞股蓝是用火烤过的，不能收购，吴天来把药筐从称台上拿下来，他走到后面去又排队，排到他时，吴天来一看又是这筐烤过的绞股蓝，他把药筐放到地上，老人家又把药筐放上称台，吴天来干脆用两腿把箩夹住，老人家又去取，吴天来以为他不卖了，就把箩给了他，谁知他又去排队，一连两次。吴天来看天色已近晚，还有好多人在排长队，他一时恼火了，因为误了他给别人称药的时间，就一手把药筐用力甩出去好几米远，这时老人哭了，吴天来心里不好过，赶紧扶起老人，难过地说：“老人家对不起你。”然后去把他的药筐提过来，称也不称就倒在另一个地方，给了他100块钱。老人双手打抖，捧着这100块钱，“扑”地给吴天来下跪说：“你长命富贵，多子多福。”吴天来良心受到很大震动，他放下手中的活，再一次扶起老人：“大爷，天快晚了，你赶紧回家吧！”

在场的人们无不为吴天来的举动惊呆了，逻楼工商所的工作人员和赶圩准备回家的人们也赶来看了这难忘的一幕。

吴天来这个中国历史上第五次大迁徙的部分汉民族的后裔之一，就是这样秉承着汉族先人的勤劳和善良。吴天来说过："做人要讲美德，讲良心。"

床上办公

吴天来作为一个共产党员，他始终把为群众服务，引领群众走自力更生的道路，逐步改善陇雅人的生产、生活条件为己任。他关心群众的疾苦，帮助他们克服生活中的困难，就是在自己病痛的时刻，也忘不了为群众办事。

在陇堆屯采访的第二天早上，我和几个妇女在聊天。这时，六娘也刚好在猪楼忙完了活路，大家聚在一起，准备一起去一户人家吃入新居的酒席，当我问到吴天来时，六娘说："他一早没到6点钟就走出去了，今早10点有条路开工。"我说："吴支书天天都这么早出去吗？"六娘说："是的。但也有天把走不得。""为什么？"坐在她旁边的吴妈妈说："那是他屁股上长疮的那时。"另一个年长的妇女抢着说："别看他走不得出门，但管（还）在床上办公哩！"我问："怎么会在床上办公呢？"吴妈妈说："那年子是1998年吧？刚好修那条寨子里到陇花坳口的路。老六忙了几天，没想到屁股上长了个大疮，起先他还走得去，等到疮子泡浓了，痛得他走不得了，侄子吴长高用嘴把他臀部上脓包的脓给吸出来，给他找草药，要他躺在床上敷。"那个年长的妇女说："陇凤坳的贫困户杨么伯过世了，六叔走不得下床，就叫我们到他家去，他趴在床上写了张纸，叫我们去他自营店要200斤米，要香火，要油和盐巴，还要柴火这些，还叫党员找大伙来安葬杨么伯，我们大伙都去了，就六叔他去不了，但是个个都晓得六叔那是在床上办公了。"

本来七嘴八舌的妇女们，听到这里顿时鸦雀无声了，她们是为逝者悲伤？还是为六叔的床上办公为民办事所感动？

在人情日渐淡薄的现时生活中，人与人之间的关系大多已被金钱所维系，而这件事看起来虽然很小，却蕴藏着一个共产党员无私的爱。

陇蛮之行

都说“寡妇门前是非多”，吴天来的爱心行动，在陇雅群众中流传最广的是在陇蛮帮扶寡妇陈氏的故事。为了脱离世俗偏见，他这样去扶贫：

2009年，百色市委组织部定点帮扶伟八村，在修伟八公路时，吴天来陪同组织部领导到那里蹲点。本来，协助动员群众上工修路，做好安全施工就完事了，但在驻村工作时，吴天来却走村串户了解村民生活情况。他看到村里有个姓陈的寡妇，她家的水泥柜子，半边装着碗筷，半边是鸡窝，柜子上满是鸡屎。一只找窝下蛋的母鸡东跳西跳，一下就窜到装碗的那半边的水泥柜子上，看着不是自己的窝，跳下来时在碗里屙了泡屎。吴天来看到了，拿碗到伙房找水洗碗。她家的伙房也快要倒了。一进伙房门，只见火灶旁边坐着一个90多岁的老妇人，她是陈氏的家婆。她满脸满头满身都是火灰，细看才知道她因为天太冷，烧玉米壳来烤火，烧光了接着又添玉米壳，有时火灭了她又吹，全身都是火灰。吴天来看在眼里，痛在心上。晚上回家他把这事跟母亲朱福枝说了。第二天一早，吴天来挑着母亲给那个陈氏家婆的两袋木炭刚出门，没想到母亲也跟着出来了，她说她要去看望这位受冷受冻的姐妹。

当晚吴妈妈回到家，把这件事和家人说了之后，第二天吴妻六娘拿衣服和被子去，就连来自广东潮州的儿媳妇邓凤珍也一起多次去看望这个困难户。这个陈氏家在建筑两层的楼房，第二层未建完她老公不幸去世了。吴天来一家人去看过之后，都决心帮她渡过难关。吴天来帮她续建她家那半层楼，儿子吴长洪帮打地板，最后连伙房、鸡房都帮她建好了。

陈氏的儿子在百色读书，因为父亲去世而停学了，吴天来亲自找到从北京来百色工作的范力副市长，找到祈福高中领导，让陈氏的老二复学。又买了一台挖掘机给她的大儿子学开，每个月给工资1500元，并帮他找媳妇，帮扶她小儿子读祈福高中，共花去了十多万元。村上的人们都说："得六叔来帮你，比你老公好几多倍。"

吴天来和全家人，都看不得别人穷苦，都愿为别人付出自己的爱心。可以说，吴天来和他一家人一辈子都在做好事，像这样的帮扶，拿自己的血汗钱去帮别人渡过难关，在全国的农村范围内都不多见，因为吴天来不是一个拥有亿万家产的富翁，而只是一个发了小财的农民党员。

吴天来的女儿吴金玲说："我奶奶是个坚强的女人，她心地善良，但性子急。生下我爸，我爸性子也急，好在也接上了个菩萨心。我爸和大伯、四伯、五伯的性格都像我奶奶，受我奶奶的教育都看不得别人穷，一见就帮。"

吴天来抓住家人的这个特点，巧妙地去给寡妇帮扶了一把。

五、爱神之力助

两斤碎布

有人说过，每个成功的男人，背后总有一个支持他的女人。

吴天来生意场的成功，资助陇雅及周边群众修路、拉电、建水池的经费和身心的投入，都少不了家庭的支持，尤其是他生命中重要的那一半。吴天来妻子叫杜美荣，是大石山中陇阳村坡紧屯人。

采访中，吴妈妈说："老六长得又矮又小，又瘦又黑，人家看不起，21岁了，他当时还是病怏怏的样子，没得精神，也不好讨亲，也没得钱。"到了22岁，他病稍好了一些，吴妈妈才托人给他做媒。这地方的婚俗是先烧小香：即男方到女家见面，由媒人带去，要带的礼物有：给女方做衣服的布料、猪肉、糍粑、米酒。男方买两摆白布给女方做白底布鞋。如果女方同意，男方就去讨八字，也叫讨庚。由媒人带去，男方要邀一两个朋友陪同去。女方给去的人每人一双布鞋。这个讨庚礼和烧大香一样：男方得抬猪或买猪肉，几百个糍粑，红、白砂糖各10斤，还有女方的衣、裤布料。待到烧大香也就是结婚时，除了送和讨庚一样的聘礼之外，男方还得给女方置婚服：长两摆（即一丈）的圆圈头帕、黑衣服、黑伞、青布花鞋、小花巾、包手、黑头盖。这头盖是在出嫁快到男家时，伴娘帮新娘盖脸用的。订婚之后，未结婚之前男方每年春节必备礼品前去女方家拜年，少不了备五斤猪肉、糖果饼，还有枕头粑两双。

相亲，是人生中最难忘的幸福时光。但是，吴天来去相亲，却是被迫显出了他"手长袖子短"的贫穷窘态。本来去相亲，男方要给女方带去几摆白布，让女方做鞋给讨庚时的男方和他同去的朋友。可是吴天来他没有钱，只能在凌云街上做车缝的师傅那里买到两斤碎布！这还不算苦，更甚的是六娘所说："那时他去我们家相亲，无好衣服，借一件北京蓝穿去。"采访时吴天来也对我说："是借堂侄儿的衣服穿去相亲的。"六娘还说："我妈讲：他坐的那个样子，到哪里都打瞌睡，神经兮兮的。"

要嫁一个男人，他连买做鞋底的白布的钱都没有，以后的日子该怎么过？加上吴天来一副病态，女方家决定退婚了。

消息传来，吴天来一时也晕头转向了。过了一些日子，他突然想起头一次去走亲时，媒人本来是给他介绍幺妹的，那天他走到离女方家大约有400米的地方时，就听到村上老人说：“探九妹就得慢，探六姐就得快。”原来六姐杜美荣已有好几个男的来相过亲了，有的都快接亲了，又都不娶了。因此她的妹妹即七妹、八妹都嫁出去养有几个娃仔了。别人都嫌她没有文化。她当时已26岁了，而吴天来也25岁了。她是六姐，吴天来是家中老六，该是六弟了。“女大一，找得吃”，这是老观念了，吴天来他不信这些，只是又一次去她家找她，二人当面谈，相互了解之后，二人感情加深了，女家也不再退婚了，就这样，六弟与六姐结婚了。

吴天来不信什么“六六大顺”的观念，但俩人结婚后，做什么事总是很合拍。做生意也是这样。吴天来开玩笑说：“她怕要烧上几车的香，才碰上我。我们配合得好，做事总是商量去做，做事顺利得很，不求钱多，只求办事多，还拿出自己的钱去做。一个农村女人，从她手上拿出来几十万，她都没有怨言。她没有文化，九个姐妹都不得读书，住在高山上，她从苦中过来，她愿意帮人，看不得别个穷，看不得可怜，她能帮的都去帮，可以说是掏心掏脑了。”吴天来自豪地说着。

吴天来组织、指挥群众修公路、拉电、建水池，每天一早四点钟起床，五点钟吃完冷水泡剩饭就出门走山路。我问六娘：“六叔天天走路去修路工地，穿烂了好多双鞋，是你给他做的鞋吗？”她说：“我没得空做鞋了，再说那个布鞋也经不起走山路的，我是去凌云县城帮他买解放鞋的，一年都穿烂五六双。”

吴天来说：“我30多年来，都是她去买衣服、鞋子。我没有时间去管这个事，我没有时间和精力。六娘不容易，在广西，她的心是伟大的，很美丽的。我想不到的事情，她想到，她想象力好。

她看不得那些女人的苦，一个农村女人，大心、大量。有些女人怕老公有钱拿给别的女人，她不怕，她没得这种想法，半点点都没得过，很多女人很难比倒她。”

六娘说：“伟八陇蛮屯有个寡妇，老公死了，两个仔，我帮送她二仔上高中毕业，他不读了。”我说：“六娘，你好辛苦啊！”她说：“辛苦没得办法，看不得别人造孽，难得做好人。哪个做好都有人讲坏话的。”

是的，在农村，你穷找不得吃，别人说你；你勤俭持家富了，别人依然会讲你，因为嘴巴是长在别人身上的。这也是事物发展的必然规律。

在陇雅村拉电的日子里，吴天来要完成拉电杆、13公里长的两条高压线、80多公里的低压线，要完成陇雅和周边8个行政村的拉电任务。吴天来白天带人做工，晚上自己下队开会动员群众。每当吴天来晚上去开会，六娘都陪他一起去，两个人走夜路。陇堆山顶上，他们走过多少次？为修公路、拉电开动员会，六娘陪他去过拉杀、陇布、陇麻等村寨，一路上不是过山坳就是过山脚，他们有时打电筒，有时候用寮剑杆打火把，火把燃尽了，他们就摸黑往前走。杜美荣这个羸弱的女子，就是这样支持和陪伴着吴天来走过艰难的拉电发动工作的无数个黑夜！而吴妈妈这个勤劳善良的老人，每当老六和六娘出去走村发动群众时，独自坐在火盆边烤火，累了就上床躺一会，但似乎又听到门外的风在吹响，以为是老六和六娘回来，就去开门，但哪有老六和六娘的影子？只好又回到火盆旁等待。

常言道：孩子再大，在母亲的眼里，总是孩子。

吴天来有六娘和母亲的支持，在上级领导的重视和支持下，组织陇雅群众集资41万，仅用41天就完成了拉电任务，使1万多群众用上了电灯。吴天来说：“我很难忘六娘陪我去动员群众的情景，也很难忘那些几十个人拉抬电机上山，血渗透了肩膀的动人场面。”

六娘，陪伴六叔走过了艰难的发家致富和修路、拉电、建水池的艰苦日子，也陪伴他走进了广西区党委书记彭清华在“吴天来先进事迹主题报告会”结束后上台与吴天来一家亲切握手的画面。

六、陇雅民俗博物馆

博物馆，顾名思义，它是搜集、保管、研究、陈列、展览有关历史、文化、艺术、自然科学、技术等方面的文物或标本的机构。国外的博物馆琳琅满目，国内亦是国家级、省级、市地级、县级博物馆比比皆是，而作为村屯级的博物馆却为数不多。吴天来在他所工作、生产、生活的地方建设了一个村级的博物馆，称之为陇雅民俗博物馆。它被车桂林称为“中国最小的博物馆”，“非常富有农耕文化的特点。后来国家补助给钱建起了大楼。”

陇雅民俗博物馆，它是中国农耕文化的一个缩影，它向人们展示该地域内的开垦、生活的历史，也许它填写了村级博物馆的空白。

我没有机会参观吴天来后来在区政府支持下建成的博物馆大楼，只于2011年12月24日参观了原来在2008年1月建的高山汉族民俗博物馆。它是2005年全区新农村建设中，按照陇堆屯民居的房屋建设格式建成的一个三开间式的建筑，除柱子外，房屋四周都是用木条斜排用竹篾结绑而成的木墙，也就是木架房。中堂是祖宗神龛，写有祖宗神位。房子右边有火堂，火堂的火灰和未燃尽的柴头，以及四周的生活用具：石磨、石臼、碗架、犁耙、牛轭、蓑衣、竹箩等等生产生活用具，让人感到这屋里的主人刚刚离去似的。四周的木墙上，挂着中央、广西、百色各级有关领导到陇雅村视察指导工作的彩色图片。

由于本文篇幅有限，这里只摘录了关于陇雅村陇堆屯展版的一些内容：

“陇堆屯民居（2004年）”

“陇堆屯内400多年的古树”

“陇堆屯人物志”

“陇堆屯历史大事记”

“新旧陇堆屯”（主要记录2007—2008年陇堆屯在新农村建设过程中，得到帮扶的单位名称。本文略）

博物馆的正门两侧刻有对联，上联：艰苦创业精神铭千古，下联：勤俭持家功德记千秋，门楣上的横批：陇堆民俗博物馆。右门上联：五好人家春早到，下联：勤劳门第春常在。左门上联：和睦人家富有余，下联：文明之花香满庭。门上挂有“陇雅村青少年教育基地”，紧挨着悬挂的是“百色市党员干部执政为民教育示范点”，落款是“中共百色市委纪律检查委员会、中共百色市委组织部”，另一牌子是“凌云县‘三看’教育基地民情体察点”。

当我问到为什么想到建博物馆时，吴天来说：“我要把过去祖先从四川盘水迁来开发这里的生产工具、生活用具留给后一代，给后人不忘本，所以就做这个陇堆民俗博物馆。”后来，上级领导多次到陇堆屯，也看了这个博物馆，马飚主席、郭声琨书记等多次来看过。吴天来就按照领导的意图，先是自己出资10万元，买了两亩多的地皮，趁着出席自治区第八、九、十届党代会之机，将他原来写的报告《陇雅村艰苦奋斗基地》呈给马主席，马主席看后改为《关于建设陇雅村艰苦奋斗教育基地的报告》，并批拨建设经费100万，要求建3000平方米。吴天来按照自己原来的设想，建成三层的陇雅民俗博物馆大楼，第一层保持原来陇堆民俗博物馆原貌，大楼的第一层把它围在里面；第二层为展览厅；第三层为多功能厅。经过招投标，泗城建筑队做了主体工程，但钱不够，恰好这时陈武主席来视察，经过了解，又拨给30万，博物馆于2012年1月建成。

我从吴金玲发给的新建成的陇雅民俗博物馆大楼图片中看到，在博物馆门前，除了上面说到的牌子外，又加挂了“陇雅艰苦奋斗教育基地”“天来基层干部学校”“天来中药材培训基地”等牌子。此外，吴天来还把山堡边上落款是“中共百色市委人才工作协调小组办公室”2010年3月挂的牌子保留下来，在其左边挂的是：“凌云县泗城镇陇雅村陇堆屯生猪养殖合作社乡土人才基地”；在其右边挂的“凌云县党员干部艰苦奋斗教育培训基地”的旁边那个长12米、宽12米深3米的几百个立方容量的旧水池也保留了下来，好让后人知道前人开辟此地用水的艰难，让它也作为陇雅人“为了生存，永不放弃”的教育之地。

以史明鉴，是明智的选择。我相信，陇雅村艰苦奋斗教育基地博物馆，这颗目前深藏在大山中的明珠，将会成为光芒四射的文化珍宝。

不忘初心，吴天来支书有他心中的密码。

七、陇雅·北京

吴天来团结两委班子领导，用自己的智慧和双手，用自己辛辛苦苦挣来的血汗钱，投资到改变家乡的交通等基础设施上，尤其是陇雅村部，原来在陇雅半山上，上无村下无户，村部面积较小，不利于开展党员活动和村干日常办公，吴天来出资两万多元在陇花坳修建60平方米的村部，后来市委组织部又支持10万元，建成了一个605平方米的办公楼。

办公楼正门的右边悬挂着“中国共产党泗城镇陇雅村总支部委员会”，其右是“凌云县陇雅村农民养猪专业合作社乡土人才基地”的牌子。正门的左边依次是：凌云县泗城镇陇雅村民委员会；凌云县泗城镇陇雅村委民兵营，凌云县泗城镇陇雅村公共服务中心，凌云县泗城镇陇雅村工会工作委员会，陇雅村农事村办服务站。大门顶上还有“妇女之家”等三块牌子。旁边悬挂着陇雅村“两委”班子成员基本情况及工作分工：

姓名	职务	负责工作
吴天来	总支部书记	负责村党总支部全面工作，联系陇堆屯、拉杀屯、陇布屯、陇麻屯工作。
杨正会	副总支部书记、主任	负责村委全面工作，联系大力洞屯、陇内屯、陇必屯、寨上屯、陇碰屯工作。
李天友	副主任	负责村委办公室工作，协助村委主任做好村委工作，联系拉号屯、陇央屯、家甲屯、陇凤屯、陇酸屯工作。
李桂琼	支委委员、妇女主任	负责妇代会工作，协助村委主任做好矛盾纠纷调解、社会稳定工作。
韦启和	支委委员、团支书	负责村团支部工作，协助村委主任抓好安全生产、民政救济、卫生工作。
吴长刚	支委委员、计生专干	负责计划生育工作，协助村支书做好其他工作。

20多年来，吴天来努力争取上级党委和各级领导及相关部门的关心和支持，积极带领陇雅村及周边村群众架电线108公里，修通乡村公路223公里，修建大小水柜228座，实现了屯屯通路、通电、通自来水的目标，带领群众种桑养桑、养猪、种植药材，

不断增加群众的收入，还带领群众建设沼气池260多个。陇雅村2010年荣获“全国生态文明示范村”等荣誉称号。

陇雅村在吴天来及村两委领导和村民的共同努力下，从一个大石山区建设成一个全国生态文明示范村，得到了中央领导、自治区、百色市和县领导的高度重视和支持，先后有中央领导李长春、全国政协副主席黄孟复、中组部部长、党组书记、国家机关等领导，自治区领导曹伯纯书记、刘奇葆书记、郭声琨书记、马飚主席、沈北海常委、宣传部部长，徐爱丽常委、组织部部长；吴恒副主席、陈章良副主席、陈际瓦主席、李康副主席、陈武主席等中央、区党政和区直部门领导、中共百色市委、市人大、市政府、市政协及市委组织部等市直相关单位的领导多次到陇雅考察和指导工作。全国扶贫工作现场会、百色市扶贫工作现场会的代表等也曾到陇雅参观，给吴天来和陇雅群众很大的鼓舞和支持。吴天来对笔者说：“我一直想为群众做点事，从来没想过要得到什么。”但是吴天来在大石山中践行了一个共产党员诺言，默默耕耘做出了突出的贡献，党组织和人民群众都会给予充分肯定。因此，作为陇雅村党总支书记，他有机会参加自治区党委民主生活会。全区有几个农村基层干部参加。吴天来发言并反映本县的教育情况，区教育厅厅长高枫听了之后，问了吴天来的地址，后来落实给了电子白板教室，38000多元，又给一台手提电脑，吴天来把电脑给了学校。他1999年被授予“全国十佳中共党员贡献奖”、2001年“全国优秀共产党员”、2005年“全国劳动模范”、2006年“全国十大扶贫贡献奖”、2007年“全国道德模范提名奖”、2011年建党90周年“全国十佳最具影响的时代领跑者”等荣誉称号。2009年在国庆60周年之际，10月1日上午作为特邀人员之一，上北京天安门观礼台，坐在1号区，观看胡锦涛总书记阅兵。接着10月2日下午又应邀出席中组部建国60周年“全国高素质党支部书记座谈会”，在中组部多功能厅见到了李长春、曾庆红等中央领导。吴天来第一个发言。问到这次上北京的感想，吴天来说：“这是我一生的荣誉。”

这是一句肺腑之言，但要是没有辛勤的付出，也就不可能上到北京天安门观礼台，尤其是在新中国成立以后全国评出的38000多个劳动模范中再评出的120个当中，吴天来竟然排在第61名，这是非常难得的。

吴天来曾三次被选为中共广西区党代会的代表，两次被评为全区劳动模范，两次被评为广西优秀共产党员，十佳党支部书记等，多次被评为百色市优秀共产党员。另外的荣誉就是2008年被推选作为广西代表参加奥运会开幕式，2010年被推选出席上海世博会开幕式。

更值得我们自豪的是，吴天来荣幸地当选为党的十八大代表，到北京参加伟大的中国共产党盛会。这之后不久的2012年11月1日，他又有幸出席百色市“撤地设市10周年座谈会”并发言，吴天来说：“在村两委的组织发动和广大党员的带领下，我们胜利地完成了17公里通村公路由等外路提升为四级柏油路的改造工程，新修通14条17公里屯级公路，硬化3条3公里进屯水泥路；茅草房改造43户；新建一幢605平方米的村级公共服务中心。”作为党的十八大代表，吴天来牢记十八大报告中提出的“到2020年城乡居民人均收入比2010年翻一番的目标”。因此，在撤地设市10周年座谈会上，吴天来慷慨激昂地说：“下一步，我们将继续按照新农村建设的要求，充分发挥基层党组织和党员的作用，抓好生产，发展特色产业，搞好基础设施建设，提高农民基本素质，实现陇雅村新发展。我们已谋划好明年的工作，计划发展庭院经济150亩，新种桑园200亩，低改老桑园500亩，发展十大功劳、铁皮石斛等中草药种植1000亩，改栏改厕200户，农民实用技术培训3000人次。发展生猪生产，特别是母猪养殖业，发展规模要达到户均养殖2头以上。另外，我们还打算在陇堆屯搞生态旅游，打造农家乐品牌，千方百计增加农民收入。”

吴天来是个实干家，他说到做到。在他的身上，闪烁出艰苦奋斗、无私奉献、迎难而上、开拓进取的共产党人精神。因此，在党的群众路线教育实践活动中，由区党委组织部、宣传部、区党委党的群众路线教育实践活动领导小组办公室主办的“全国优秀共产党员吴天来先进事迹主题情景报告会”于2014年4月30日在自治区党委礼堂举行。

自治区党委书记、自治区人大常委会主任彭清华出席报告会，并于会前亲切会见了吴天来及报告团成员，号召全区广大党员干部向吴天来学习。这对吴天来和陇雅人来说是极大的鼓舞。

吴天来在报告中的后半部分说：“习总书记提出了‘中国梦’，具体到我们村，有四个‘梦’：一是‘生态梦’，山顶封山绿化，山腰种果种药材，平地搞庭院经济；二是‘交通梦’，砂石水泥路修到家家户户的家门口；三是‘安居梦’，人人住上新楼房；四是‘小康梦’，家家有存款，户户有小车。”

这次吴天来先进事迹主题情景报告会，对吴天来又是一次更大的鼓舞和动力。在最近“两学一做”活动中，吴天来又组织全村党员学习教育专题讲课，他说：“共产党员必须听党指挥，要懂得感恩，不懂得感恩是一个不合格的党员。要学习党章，学习习总书记讲话，要做一个好党员，要发扬‘为了生存，决不放弃’的精神，我们陇雅53个党员，就是53面旗帜，不管这件事情怎么艰难、怎么苦，为了陇雅村人的幸福，我们都要做下去，把自身的工作做好，发展中草药产业，力争达到人均5000元，为2020年实现小康打下基础，实现我们村的小康梦。”

吴天来这些年来又继续带领群众实现“四个梦”，实现“交通梦”。在2016年8月29日召开的中共百色市第四次党代会期间，笔者在中间休息时找吴天来核对一些情况。不到一个小时的时间，吴天来就接了好几个电话：有问他炸药在哪里买的，有问石粉用完了该怎么办的，有问他挖掘机坏了没有钱修等等。吴天来还为住地宾馆附近找不到文印店而问我，我接过他手中的材料，其中有一份是“关于陇雅村陇凤坳至伟八村岩溶坳水泥路建设的申请”这是给县长的报告，是必须打印的。文中阐述了该公路的现状，直接受益为7000多人，间接受益为20000多人……

看到吴天来发愁的样子，我从这位心中时刻装着群众的党总支部书记手中把这几份材料接了过来，送到文印店，让他在离会时带了回去，让他安心开好党代会。

为这事，我打电话找吴天来的儿媳邓凤珍：“我晚上8点27分打电话找你家婆，她说在洗澡；8点47分又打去，她说在吃晚饭。她干什么那么晚才吃饭呢？”邓凤珍说：“爸和妈这段自己去打沙，因为修水泥路要用石头加工成沙，他们自己去打沙作公路用。主干支干都修水泥路，很多项目都没有立项。因为群众三番五次来我家，上门找我爸，希望我爸去帮他们修路，爸他们着急，等不得了，为让老百姓能早点享受，所以没等到立项，没等投标，就先去做了，后来立项了才给钱的，这本来是应该先立项的，但他着急了，等不得。所以，我在家帮管这么多年的账，欠款单都是在春节前最多的。”

难怪，吴天来连外出开会，都没能好好地休息。由此足见，他心里想的是什么，是想为民众所想，急为民众所急啊。

村民吴长兴说：“现在六叔还做外乡的外村的公路，早年做完陇雅的屯屯通公路，又做屯屯通水泥路，开石山路开一公里得花15万，他这几年做扶贫工作做穷完了，开砂厂来补。山里的群众都想做路，没有钱，没有立项，做公路梦的人都来找他。上级有没有钱给，他都去做，有的路做好了七八年都没有得立项没得钱，他先垫支。”

吴天来这个扶贫路上的领头雁，将会不忘初心，一直往前走，直到实现陇雅的四个梦。也不知六娘还要为他买多少双解放鞋？

吴天来的故事还有很多。就在笔者写完此稿之前，在《右江日报》上看到我市出席广西第十一次党代会代表的公示名单上有吴天来。我想，作为党性美、心灵美、人格美的优秀共产党员、最美基层干部的党支部书记吴天来，他将会带着大山的重托、人民的期望出现在广西党代会的盛会上。2016年11月19日，广西第十一次党代会隆重召开了，当电台记者采访时，吴天来说：“作为一个基层代表，能出席这次党代会是不容易的。我要以饱满的热情和高度的责任感来开好这次大会。”正因为这样，在大会的小组讨论上，他认真聆听各位领导的发言，也做关于增强党员队伍的活力，加强基层党员的管理方面的发言，更可喜的是他被选为中共广西第十一次委员会党委的候补委员。他那额头上的三条抬头纹告诉我：吴天来在思考着如何贯彻落实这次党代会提出的营造“三个生态”，实现“两个建成”，谱写建党百年广西发展新篇章目标，在思考着用什么样的密码，去实现陇雅崭新的蓝图。

吴天来这个基层干部的精神太可贵了，贵就贵在面对困难，他能够迎难而上；面对阻力，他能够迎刃而解；贵就贵在他有一个比大山还要厚重的为人情感，有一个比老鹰嘴崖壁还要宽广的博大胸怀，有一个比电脑还要聪明灵活的机智头脑，而且都用在为村民脱贫致富的漫长道路上；他有能够拥抱大山，聚拢村民团结奋斗的一双巨手；贵就贵在他脑海里有一根上下连心，党群同心，左右连接的筋骨；心头总有用不完的为村民服务的创业密码；贵就贵在他用足用活了人生在世能够而且应该体现的最大价值。他的生活环境就是大石山区，他的工作平台就是战胜贫困，这样的基层干部，是大山之精英了。其奋斗之结果，堪称百色之奇迹，广西之奇迹乃至中国之奇迹了。

2016年12月6日

戍边爱民少校情

——记广西“八桂精神文明”十佳人物、靖西县龙邦边防派出所副营职所长、少校警官黄必山

他已经在祖国西南边陲工作了二十年，他把人生最辉煌的年华献给了祖国母亲。从当年一个普通的干警到今天的少校警官，他经历了也越过了多少次生与死的考验。他就是现任武警百色地区边防支队靖西县龙邦边防派出所副营职所长、少校警官黄必山。

由于工作上的需要，我们专门翻阅了有关他的资料，看了他的简历，立功受奖的奖状、奖品，也专门采访了他本人身穿一套标制警服，脚穿着走太多山路踏出许多褶纹的皮鞋，腰间扎了一条皮腰带，头顶闪亮的帽徽……这些都在告诉人们：他是个国门卫士，一个潇洒英俊的警官。按照江泽民同志提出的“政治合格、军事过硬、作风优良、纪律严明、保障有力”的五句话二十个字要求，他在忠实履行边防保卫职责的同时，努力做精神文明建设的模范实践者和排头兵，取得了骄人的成绩。他个人先后荣立二等功一次，嘉奖十一次，四次被评为优秀共产党员，三次被评为优秀党务工作者，两次被评为“社会治安综合治理先进个人”，1996年被评为“全国武警边防部队缉枪缉毒先进个人”，去年，被自治区评为“民族团结进步先进个人”，同时被百色地区推荐参加自治区“八桂精神文明十佳人物”的评选。他领导的单位也

曾经被武警广西边防部队评为“文明警营”“学雷锋先进单位”，最近又被推荐为地区级“文明单位”。让我们来看看他那感人的故事：

军功章之祭

黄必山是广西东兰县兰木乡仁里村人，那里是右江革命根据地的摇篮，是邓小平、韦拔群等革命前辈领导红七军点燃农民起义熊熊烈火的圣地。因此，他从小就受到良好的爱国主义思想熏陶，革命前辈那些为了民族独立和解放而展开艰苦卓绝的斗争，发动和领导农民起义的动人故事使他敬佩不已，激发了他立志当兵，保家卫国的巨大热情。1979年4月，他怀着报国之志，走上父亲还正在走的路子，步入了警营，来到中越边境庭亳山脚下的广西靖西县新兴边防派出所，当上了一名干警。

从此开始，他和父亲，同是做治安工作，一个搞家乡治安，一个搞边防保卫，千里迢迢，难得一聚。父亲把儿子送到边防，他理解儿子的心情，常写信或者电话联系，勉励儿子做好本职工作，不要辜负党和人民的期望。由于缉枪缉毒任务繁重，必山已三年没有回家。父亲很想念他，想念在边防的儿子的家，他曾经多次提出要到边防看一看，看看儿子工作的地方、生活的环境，但他的工作也太忙，始终抽不出时间。

1995年腊月，也就是黄必山工作最繁忙的时候，他父亲的高血压病复发，病情严重，晕倒了一整天，一句话也说不出。到了晚上，才退休两年多的父亲觉得自己将要离开人世了，他艰难地伸出两个手指头，亲人猜了半天，不知他说的什么。这时，黄必山的哥哥猜出来了，他对正处于昏迷当中的父亲说：“爸爸，我明白了，我们发个电报，让弟弟（黄必山是老二）马上回来。”

父亲听后点了点头。然而，远在边关的黄必山，这时正服从组织需要，调动了工作岗位，到条件更为艰苦的安宁乡派出所任职去了，他正忙着处理案件，到处调查取证，寻找线索，抓捕罪犯。那绿衣使者把电报送到原来单位，已经见不着黄必山，又转回头，等送到新单位，已耽误了两天时间，再通知到还在乡下办案的黄必山，时间就更晚了。尽管县公安局派出了专车，日夜兼程，黄必山赶到家时，家中堂屋已挂起了父亲遗像，遗像前的蜡烛正流下一滴滴的泪珠，亲人们个个用红肿的泪眼看着这位从边关风尘仆仆而来的少校。二十年人生，二十年风风雨雨，再大的困难，就是生死关头，他也没流过泪，这下子，他的眼泪倒出来了，他号啕地大哭了，下跪了……

父亲的病，儿子是知道的，但没想到这么严重，况且还有十多天，年关就来了。父亲早就打招呼：叫必山务必带妻儿回家过年。老人家刚起好新房子，一家人要团团圆圆，好好过年，这团圆的日子没来到，他就走了，带着深深的遗憾走了。

没有什么供奉，心里的话儿一时难于表白，一个少校警官，他有的是军功章。他流着泪，用手去摸自己的口袋，掏出一枚军功章，泪流满面地放在父亲的遗像前……

这样的一枚军功章，一顶军帽；几根蜡烛，一幅遗像；没有语言，只有啜泣，只有摇晃的烛光……

这就是少校警官无言的祭祀！

这就是儿子给刚刚去世的父亲的告慰！

爱心行动

在当年卫国戍边壮士筑砌的十二道门炮台山下，在靖西县直通往越南高平省府的过境公路上，有一个边陲重镇：龙邦。纵横几条街，上下几百户人家，加上驻军部队，虽然谈不上什么繁荣兴旺，然而却十分的安宁祥和。特别是入夜，那个高高挂起的上面写着“公安”的标志灯，时时都在闪亮着，似乎在告诉人们：这镇上有一支为民排忧解难的坚强队伍。人们走在街上，总是自觉或不自觉地望上一眼；望上一眼，心里就感到坦然，感到幸福自在。这是黄必山他们的“爱心行动”之一，他最担心人们有了紧急事情找不到派出所，因而用这标志灯来提示，来引路。夜深了，人睡了，这标志灯还亮着，像一只不知疲倦的眼睛，在观察着、护卫着整个镇的一切。

而黄必山他们的口袋里，总有掏不完的又薄又小的警民联系卡，管的比这标志灯还宽还细。像名片一样，上边标明黄必山他们的办公室电话，住宅电话，左上角刻着一串串麦穗、稻穗拥戴着的国徽，也就是警徽。这联系卡告诉人们：当您、他人、集体或国家利益遭到不法侵害时；当您、他人、集体或国家受灾遇难时；发现被通缉的逃犯或违法犯罪线索时，就请您找他们，告诉他们。

小小的薄薄的警民联系卡，从黄必山他们的口袋掏出，传进山弄街巷，传进千家万户，传进人们的心里，先后发出了920张。这小卡片，接通了黄必山与边民的感情线，起到了沟通工作，及时办案的作用。

去年六月的一天夜里12点左右，住在品明村的龙邦镇工商所退休干部陆信京的爱人得了急性病，腹部绞痛，呕吐不止，危及生命。亲戚打电话到工商所找陆信京，正巧陆信京到县城办事去了。这时，乡亲们想到了警民联系卡，抱着试试看的心情，找来那联系卡，拨通了黄必山家的电话。黄必山闻讯后，马上叫来司机，连夜驱车到20公里外的品明村，将病人接到镇卫生院急救，使病人得到及时治疗。这事很快在镇上传开来，都说：“没有一颗公仆心，哪来一片救人情；人民警察为人民，黄所长真是个好心人！”

其龙街的五保户劳姆天，身边没子女，年纪又大，原其龙边防派出所的官兵，坚持多年，长期义务照顾她，虽然官兵换了一茬又一茬，可照顾老人的传统从未间断。其龙所调整撤并后，黄必山又接上这个接力棒，他常带上官兵到其龙街看望老人，为她修补房子，购买化肥、种子，帮她耕种田地，送去柴火、面条、猪肉，过年过节给她送去新衣服，用如待亲生父母般的慈心给予关照，这事被当地群众传为美谈。

化峒街有个居民叫刘一贞，平时不务正业，家境贫寒又好吃懒做，经常做些小偷小摸、打架斗殴的事，街民害怕他，远离他；但黄必山却主动接近他，找他谈心，耐心地教育感化他，并先后无偿扶持他2000多元钱，购买养猪技术书籍，还动手帮他修补猪舍，给猪看病等等，帮助他发展养猪业。笔者只听说过警察抓小偷，没听说过警察帮小偷。初听让人感慨不已：这才是职业思想艺术的最高境界。通过黄必山的扶持，刘一贞改掉了恶习，通过养猪，年纯收入近万元，解决了温饱问题，脱去了贫困的帽子。

界邦村那巴屯廖成金，家庭人口多，生活困难，黄必山主动结对帮扶，先后无偿送给近千元资金，引导廖家发展种养，他鼓励廖家承包了30亩荒山，种上了杉木。去年，黄必山还帮助廖成金购买姜种，并抽空帮助廖家种下了3亩多生姜。现在，廖家还养了猪、鸭、牛等禽畜，不出两年，就会走上致富之路。

到目前为止，黄必山已帮助6户边民发家致富，实现了脱贫。

下岗的日子

在天平的砝码上，边防和艰苦是对等的概念。那么，做边防警官的，自然就意味着吃苦；作为边防卫士的妻子，毫无疑问，也同样会跟着丈夫吃苦。

黄必山的爱人叫韦红卫，原是化峒供销社的售货员。许多年，人们经常看到一个女人，骑着单车，驮着小孩，在化峒检查站到供销社这两公里多的公路上穿梭，不管寒风刺骨，不管是刮风下雨，还是火辣的日头，一天三四趟，但很少见到她和爱人一起上路，很多人都知道她是军人家属，却见不到她丈夫。

1995年7月，因工作需要，黄必山又调到安宁派出所工作，由于化峒检查站撤销，干警们都调走了。站里留下几座空房子，留下她母子俩，留下一片孤单寂寞。每当天一黑下来，母子俩就把门窗关严，免得想起附近山脚下那片坟茔，免得心惊肉跳，魂飞魄散。这样的日子，她竟过了两年多。

更使她难于理解的是：独守营房，两年寂寞之后，由于流通领域的全部放开经营，供销社为适应改革开放的需要，放开经营，部分职工下岗了，小韦也在这下岗之列。

在这下岗的日子里，妻子多次找到黄必山叫他出面帮找份工作，可黄必山除了熟悉乡干部，就是熟悉村干部，熟悉边民，熟悉各种案件的侦破，他到哪里给妻子找工作去呢？况且，他也没有这份精力和时间，给妻子，给自己去操劳，去思考。

不知多少次，妻子背着孩子，到处找人，讨饭似的哀求别人，帮找份工作。可是，一个妇道人家，很难说到别人心里去。她很绝望，她开始埋怨起丈夫来了。

她说他没关心家庭，没照顾家人，还说他没有别人家男子汉的本事！

黄必山也觉得自己工作环境、条件不具备，要给爱人找份工作，不是件容易的事情，由着她吧，什么时候来了机会再说。这样想来，他的心更宽了。他对妻子说：有我养你呢，饿不死的……弄得妻子无可奈何，自家的泪水自个儿往肚里流。

说实在的，妻子没工作了，做丈夫的怎不挂心呢？只是作为一个军人，一个警官，他不轻易表露出来就是了。他一边办案一边打听消息，托乡领导给予帮忙照顾。

作为一个派出所领导，管着全镇的社会治安，工作太忙了，贡献也不少了，怎么能让所长又增添这么一份家庭负担呢？镇领导听说后，便把这事挂在心上，经过多方努力，韦红卫终于在龙邦镇工商所找到了一份工作，结束了两年下岗待业的日子。黄必山的一块心病就这样给镇领导治好了。

但他又记挂着别人了。像所里的李指导员，家属还在德保，调不过来；还有陆副所长的妻子，也已随军多年，同样也没有工作，直到现在，她还在县城一个个体户家里打工，给别人削山楂果皮，领取少许零工钱，维持生活。类似情况，他也时时都惦记在心，但是，心有余而力不足，只好藏在心里。

挽起下跪的女孩

1997年8月11日，龙邦排干边境贸易点发生了一起凶杀案。从南宁来到边贸点做生意的两名商贩在谈生意过程中和龙邦街民杨国泰发生矛盾，就在双方舌战当中，两名商贩竟拔出刀来，把杨给捅死了。接到报案后，黄必山叫报案干警设法擒拿凶手。他放下话筒，立即和陆保祥副所长、赵锋、农锐、小刘等骑上摩托车，赶往出事地点。两个犯罪嫌疑人作案后狗急跳墙，想往越南方向逃走，被执勤的干警截住擒获。黄必山他们很快赶到，当即租了一部16位的旅游车，把两个犯罪嫌疑人押上车，带回派出所。

没等车子拐进派出所大门，愤怒的街上群众一呼啦来了200多人，蜂拥上来，高喊杀人偿命，要打死这两个犯罪嫌疑人。

黄必山看到气势汹汹的群众有的拿石头、砖块，有的拿木棍、扁担，有的拿着斧头、菜刀，把车子团团围住，黄必山一个人挡住车门，不时被外围掷过来的砖头、石块打中，车子玻璃都被哐当哐当地打破了，他急中生智，站到车门边上，向群众呼喊："大家不要打，不要打，你们打死犯罪嫌疑人，你们自己也犯罪！"群众还是不听，黄必山这时竟从人群中看到了街长，想叫街长出面解释，可谁知那街长手中也都拿着砖头，他命令街长放下砖头，街长眼泪一串串地滚下来，说道："这边人已死了，你叫我怎么办呢？"

"请你看在我的分上，叫街民不要打了，要不然，大家都坐牢去！"

黄必山的话没说完，有人砸烂了后车玻璃，有人砍伤了犯罪嫌疑人，有人冲进了派出所。面对愤怒的人群，不能生硬行事，不能把事态闹复杂化，他只能劝说、解释、教育。这一天，黄必山他们又要守住犯罪嫌疑人，又要劝说闹事的群众，直到县边防大队和公安局刑侦队前来增援，才把车上的犯罪嫌疑人带下车来，押进所里。

过了几天，街长又领着几个人来到派出所找黄所长道歉来了，他们拉着黄必山的手，感激地说："要不是你们忠于职守，我们就犯法了啊！"

"我们理解大家的心情"。黄必山爽快地说。

这死去的杨国泰，是街长的得力助手，每年节庆，街长都叫他代表街民，给派出所干警送来柴火、糯米、年粽等等。就连1997年所里开展规范化建设，资金困难，镇政府一号召赞助，杨国泰第一个捐上100元。第二次他又和两位一起做芒果生意的街民捐上1000元，像这样的街民逝去了，不说是好友街长、亲戚难受，派出所的人都难过啊。

杨国泰去世后，他的爱人和3岁的女孩失去了顶梁柱，家庭经济没有了来源，孩子母亲挺困难的。黄必山和干警常去看望她们。得知黄所长上门来了，赶忙拉着女孩子过来，给客人下跪。这时干警就走上去，把女孩子拉起来，然后送上一些零用钱。有一次，黄必山还拿出100元给孩子的母亲去医院看病，跟着又动员干警捐些款，给女孩去上学读书。他们说："大家少抽一支烟，少喝一杯酒，每人一个月捐几个钱，给那失去父亲的女孩读书去。"

婚宴门前的爆炸声

前些年，安宁乡文化站发生了一件盗窃案，黄必山经过认真排查，确定了作案嫌疑人。他开始组织抓捕。第一次去，找不到人，扑空了。过了不久，他们在犯罪嫌疑人家的砖瓦窑里抓到了他。当时犯罪嫌疑人身上带着匕首，审讯时，他说：今天你们好运，我没带瓶子（指手榴弹）。上一次你们去抓我，我躲起来了，你们没发现，要是发现我，我的瓶子就在身上，不懂是我死还是你死了。

黄必山也说：不懂是咋回事，那天给他漏过去了，我嘛，也漏过了一次死亡关。

说得那么轻松，那么平静，在这死亡面前，我们的少校警官是那样的临危不惧，那样的胸怀坦荡。

1996年中秋节，正是边民们准备吃团圆饭，围桌赏月的时刻，辖区内的品明村八角屯一女青年结婚的宴席也正在热闹地进行着。人们杯盘交错，划拳猜码，喊声阵阵，笑语欢腾，全村人可说是难得的一次热闹场面。就在人们举杯欢庆，催促用饭吃菜的时候，门外突然响起了“轰隆”一声巨响，把桌面上的碗筷、酒杯都震落了，人们不知怎么回事，东躲西藏，乱作一团。很快，黄必山他们接到报案，他迅速带上干警，赶往八角屯，连夜勘查现场，了解情况，人员找了一个又一个，问题一层层摸清。原来，这结婚的女青年曾经谈过一个男朋友，后来又吹了，今儿与她结婚的是另一个男人。再深入了解下去，情况就更明白了。经过几天艰难的调查取证，最后抓获了案犯。为侦破这个案子，他几个晚上睡不成觉，来来回回走了许多山路，其中辛苦劳碌就说不完了。

边境地区人员结构复杂，刑事案件时有发生，民事纠纷案件也不少，给黄必山他们的工作增添了难度。

前年四月的一天，陇关屯苗族边民与陇拉屯壮族边民因为土地山林权属问题，产生严重纠纷，双方群众持砂枪、木棍、利斧、柴刀等凶器对峙着，互相舌战，互不相让。接到报案，黄必山立即带领民警赶去制止，避免了一场械斗的发生，避免了一场民族矛盾的恶化。后来，黄必山又连续三次会同县调处办的同志前往调解，划好区域界线，做好思想教育工作，使这一纠纷积怨达十多年一直无法解决的矛盾得到解决。

仅1997年以来，黄必山亲自参加组织处理和调解的土地、山林权属纠纷、家庭矛盾、婚姻纠纷、宅基地争议等问题引起的各种民事案件就有40多件（次），平均每年20件，每月近两起，他们化干戈为玉帛，有效地防止了各种矛盾的激化，为增进民族团结起到了重要的桥梁、纽带作用。

境外锦旗

缉枪缉毒，涉及钱财，事关人命，是生与死的严峻考验。黄必山和干警一起，平时严格训练，擒拿格斗，技术精湛，章法严密，干净利索，不管多狡猾的人犯，只要黄必山上阵，必定三下五除二，束手就擒无疑。1994年11月4日，他们通过边境调查，获悉有一越南枪贩将于近日携枪经105号界碑方向入境交易。黄必山立即部署查缉，大家荷枪实弹，带上干粮，钻进草丛，等待“狐狸”出洞。上午9时，境外果然有一名男子挑着药材向我方向走来，当可疑人进入干警伏击圈时，黄必山看出他神色慌张，形迹可疑，当即果断下令干警上前检查，那人见势不妙，拔腿欲逃，黄必山箭步冲上，来个踹腿锁喉，将嫌疑人扳倒在地，束手就擒，当场从药材中搜出军用手枪12支，子弹40发。这一枪贩，要是让其漏网，12支枪流入社会，不知将危及多少人的生命财产安全！

1995年3月初，越南警方向我方通报了一条重要情况，内容是越方有个在逃的重大案犯叫许文军，经常出没在两国边境地区，以做贩牛生意为掩护，肆意进行贩枪贩毒活动，请我方协助抓捕。黄必山接报后，将情况报告了上级领导。根据上级的指示，黄必山多次组织有关人员，研究制定缉查方案。

借着中越边境复杂的地形，茂密的树林，案犯以做生意为掩护，肆无忌惮地进行抢劫、盗窃、贩枪贩毒活动，凭借复杂地形，复杂人群，神出鬼没，两国边民深受其害。

黄必山带领官兵，有时在酷热的太阳下潜伏，有时在瓢泼的大雨中潜藏，衣服湿了又干，干了又湿，衣背常留下许多不同图案的汗渍，晒在石头上，像中国地图，像广西区图，像靖西县图，让干警们猜测，苦中求甜，闷中有乐；想到自己是个国门卫士，什么干渴、饥饿、蚊虫咬、蚂蟥叮，大家都不在乎。但是，多次潜伏，黄必山他们都没能把许文军缉获。

经过反复调查，掌握了新的情报，黄必山又重新调整缉查方案。

6月11日凌晨，边境一带下起倾盆大雨，他们冒着雨帘，高一脚低一脚地前往107号界碑附近潜伏。应该说，这天气是最好最稳准的时机。果然，天刚亮时，目标终于在雨帘中出现。但见走在前面的那个人赶着一头牛，后面跟着提袋子的那个，从通缉像上看，很像许文军。待这两人走进伏击圈时，黄必山盯住了后面那一个。他突然站起来，大声喝令："我们是中国公安，请接受检查！"赶牛的听到喊声，老鼠似的一溜儿钻进齐人高的玉米地，走跟后的那一个见势不妙，丢下袋子，拔出手枪，边跑边向我干警开枪，子弹"嗖、嗖"地从黄必山耳边飞过。

在这关键时刻，黄必山沉着地指挥干警开枪还击，经过一阵子枪战，对方才跑出几十米远即被击毙，黄必山他们无一伤亡。

这一次伏击，他们缴获军用手枪11支，子弹48发，鸦片10500克。后经双方公安交涉，证实被黄必山他们击毙的正是越方通缉多年的在逃重大案犯许文军。

为此，越南警方和边民认真制作了一面锦旗，他们通过口岸来到安宁派出所，亲自把锦旗交给黄必山他们。锦旗上面写着两句中文：

为民除害立新功
中越友谊永常存

越南高平省河广县内团社
一九九五年六月十九日

1996年3月26日，全国武警边防部队缉枪缉毒总结暨表彰大会在昆明召开。中央电视台、人民日报社、中国新闻社、新华通讯等十多家重点新闻单位莅临采访。作为先进个人，黄必山踏上春城，接受多家新闻记者采访，并和与会的其他代表一起，受到公安部边防局局长、少将刘殿玉的亲切接见。

精神文明唱主角

为了建成一个标准的文明单位，强化基层基础工作，黄必山带领官兵抓好所里的软件硬件建设，抓好营区美化和营房维修，建好“六室一库”，完善各种账、簿、册、表等，整理各种文书及业务档案。在这期间，黄必山共加班632个小时，如果按每天八小时计算，那一段时间，他一连加班多做了两个多月的工作，他亲自制作、填写各种账、簿、图、册、表等1753份，整理各种文书及业务档案307份。在年终边防总队统一组织考核验收中，龙邦所规范化建设全面达标，当中凝聚着黄必山许多心血和汗水。

黄必山平时经常组织官兵树立“国门卫士”“文明之师”良好形象，开展“为人民服务，树边防新风”活动，开展学习济南交警、学习沙头角模范中队活动，引导大家做文明军人，树文明形象，不做“吃、拿、卡、要”等不良行为，真正做到“把驻地当故乡，视人民如父母”扎扎实实地办了许多实实在在的事，如为壮、苗族群众上门办理户口簿、居民身份证、边境通行证等，深受群众欢迎。在黄必山的组织带领下，近两年来，该所共为边民做好事200多件，出动警力476人次，车辆62台次，帮助村民耕种田地50余亩，义务植树2000多株，修路2500米，抢险救灾4次，为群众挽回经济损失6万多元，为希望工程、灾区等捐款5000余元，捐衣物80件。先后与龙邦初中、龙邦镇中心小学、其龙街小学等单位开展共建活动，黄必山带领官兵到学校进行军训，上法制课，帮助校方进行治安综合治理，为学校创造一个良好的教书育人环境。仅1996年以来，黄必山亲自到校上国防、法制、边境法规教育课52课次，受教育学生达12000余人次，还组织全所官兵为学校赠送书籍、教学用具、体育用品一批，价值2000余元。

黄必山同志用自己的模范行动，带出了一个文明、先进的边防派出所，在边关树立起了边防武警“文明之师”的良好形象，单位涌现出了“百色地区首届十大杰出青年”黄志独和两名拥政爱民先进个人，有4名官兵荣立三等功，所里荣立集体三等功。此外，在自治区成立四十周年大庆时，黄必山作为广西边防武警唯一的代表，参加了区庆活动。去年底，他又和李国秋指导员一起被评为广西边防武警1998年度优秀基层主管。这次地区文明委组织开展百色地区精神文明“十佳人物”评选活动，按照有关条件，抽调来35名各界人士代表，看了25个候选人的材料，然后投票打分，统计结果，黄必山的分最高。地区文明委按照上级要求，又筛选黄必山等两人，代表全地区360万各族人民去参加广西“八桂精神文明十佳人物”的评选。

不管是怎样的结果，入围与否，他是一个地区几百万人口中的佼佼者。人生路漫漫，少校情深深，这情就纠结在边境线上，难解难分……

（本文2001年获《人民文学》实践“三个代表”优秀报告文学奖）

边陲神探

——记百色地区精神文明“十佳人物”、排雷英雄黄岳飞

地雷，你是战争的魔鬼，你是人类永远的敌人！当战争的枪声消失以后，你却还在不断地把人类的生命送进地狱，你是多么的可恨，你是多么的可恶。地雷，我与你誓不两立！

——摘自黄岳飞日记

四百七十多万平方米的土地，它只是中国九百六十万平方公里的万分之几。然而，它原先却是世人谈虎变色的雷场，是生命的禁区。

如今，这里没有了战争的硝烟。春天，春意盎然，边民播种希冀，一道道的犁沟，都在诉说着排雷战士的艰辛；一块块飘溢着泥土芳香的地块，都镶嵌着一个个动人的故事。边民收获金秋，丰硕的金秋犹如电视机荧屏，不停地跳荡着一个个排雷勇士的名字，当特写镜头出现时，人们看到了黄岳飞三个字。那四百七十多万平方米的土地，就是黄岳飞实现他当战士时的诺言“地雷，我与你势不两立”而带领边防排雷队交给组织、交给边民的第一份满意答卷。

最佳人选

边防某团部会议室。烟雾缭绕，首长们为边境第二次大排雷挑选适合的队长人选而延长了会议时间。

三十多个边防驻军干部为执行国务院、中央军委在中越边境进行第二次大扫雷的命令递交的申请书在他们面前反复地传过多次，最后，大家的目光都集中在黄岳飞这三个字上。

黄岳飞现在是团司令部参谋，曾参与边境第一次大排雷，也曾担任排雷队队长，出色地完成了任务。这一次要让他再次任队长重蹈雷场，拍板的首长犯难了……

1993年，中越边境吹响了第一次排雷消障的号角，当时任特务连连长的黄岳飞主动请缨当排雷队长——他在心里等待参加边境排雷已经好久了。

作为特务连连长，他向首长提出了申请。但作为儿子、丈夫、父亲，他是维系着家庭的主心骨。他也不得不把这件事告诉家里。于是：

快信一封接一封。

电话一个接一个。

字里行间，倾注了多少情和爱：“……一样米养百样人，干吗非当这个排雷队长？”

信没有，电话少了。黄岳飞满以为“平安无事”了。谁知却来了“全权代表”。

李远霓虽没日没夜地赶火车，换汽车，但当她拖着疲劳的身子，风尘仆仆地赶到部队时，黄岳飞已策马上任，深入雷区，指挥排雷战斗打响了。

李远霓知道再劝丈夫不参加排雷任队长已是年三十晚借砧

板——晚了。于是，相聚的欢乐变成寒冬的一盆冰。

面对妻子的精神重压，黄岳飞除了好言安慰外，还给她讲了好几个边防军和边民受雷害的故事。其中有一个是：黄岳飞刚从新兵连下到老连队的一天中午，工兵连接到命令赶往庭毫山边民误入雷区被炸伤的地方。只见三个边民在一个斜坡雷区内，被炸得奄奄一息，其中一个血肉模糊，不知到底伤在何处。另二人中，一人一条小腿被炸断，一人一只手齐腕部被炸飞，血流满地……通过工兵开辟通道紧急救援，被困在雷场中的三人有两个幸免于死，但已是终身残疾……

常言道，女人的心是水做的。李远霓情不自禁地为那个在边境巡逻而牺牲的排长，为那些死去和受伤的边民流下同情的泪水，她的心在滴血。

于是，黄岳飞又找来教练雷，给她仔细讲地雷的结构和排除的过程。

那一天，李远霓作为“特邀代表”，观看龙邦关口附近的雷场排雷，亲眼看到了那一枚枚看似可怕的“铁疙瘩”被丈夫和其他官兵清除后变得“瘫软无力”，她渐渐意识到了作为边防军排雷勇士之妻的骄傲。

夫妻俩的双手握在一起，两股相互支持的暖流在胸中激荡：“岳飞，你是边防军人，看到边防人民生命受威胁，你又是学的这个专业，部队没有这方面的人才，你就好好干，排完雷你就必须转业了！”

听到这里，另一位曾经与李远霓打过交道的首长打开了话匣子：

那是1994年底，第一次中越边境大排雷紧张而有序地进行着。一天傍晚，一封快信递到了黄岳飞手上，他还来不及拍打从雷场上带来的尘土，还来不及洗一把因流汗过多而紧绷绷的脸庞。黄岳飞一看那信，“离婚协议书”五个字跳入眼帘，这才想起上个月妻子来电说父母生病，催他回去；前几天，妻子又来快件说她病倒了，但还支持着上班，接送孩子，照看有病的公婆。那天她一边煮饭一边切菜，切着切着头痛得厉害，只好倒到床上休息一会。三岁的孩子皓皓不得按时吃饭，不但不闹，反而自己跑到离家门不远的药店去，说妈妈头痛要拿药，店主给了他药，他回到家里，拿个小口盅去水龙头接了水，送到妈妈身边，用小手帮妈妈搓着额头：“妈妈，你吃药吧……”信中没有半个字是叫他回去的，但黄岳飞的心却痛切切的。他知道，妻子的双肩一头挑着家庭重压，一头挑的是寂寞与担心，实在难得。黄岳飞在感激妻子理解支持他的同时，也深深地藏着一份沉沉的内疚，由于排雷任务非常紧，黄岳飞只寄了500元钱回家。他没想到，妻子竟然写了“离婚协议书”和一封短信：“黄岳飞，你这个不称职的丈夫，没有良心的家伙，请在离婚协议书上签字后寄回，我们二人一刀两断，若不签字，等些天我来部队找你麻烦。”

李远霓在一个中午接到边防某团领导的电话：“我代表黄岳飞向您道歉，批准他马上回家！”谁知，她的回答是“现在我不要他回来了！我只要他在离婚协议书上签字就行了。协议若有不满意的地方，我们还可以交涉，但要我回心转意，绝对不可能。你是部队的首长，我可以把话讲得明白些，我跟黄岳飞结婚这么多年，又拉扯孩了又照顾大人，累得死去活来，这还不说，他连最起码的安慰也没有。我们结婚后，我一直支持他工作，去年他要求参加排雷，我也支持他，前不久家里接二连三的一个跟着一个病，叫他回来一下他都做不到，他像个冷血动物，我跟他还有什么意思？”首长听着电话也情不自禁地流下了同情的泪水。

团部派出的人员来到了洞庭湖边的岳阳县妇联，找到了李远霓。代表团首长慰问她和家人，并向他们讲述了黄岳飞一心扑在雷场舍生忘死救战友等事迹。

李远霓的心软了。她带上才三岁的孩子跟团部派去的人员一同来到了边防。两天后的一个傍晚，她见到一队人从山坡下走回来，等大队人马走过面前，她竟认不出哪个是自己的丈夫。征尘留在他们消瘦的脸上，黝黑遮住了他们本来的面目。当政委拉着一个咧着白牙的少校到她面前，她才依稀认出那熟悉的笑容。

泪珠像开了闸的水，冲刷着李远霓心中的怨恨，也冲走了过去的酸甜苦辣。她非要黄岳飞带她到雷场去看看，她想尽自己的能力帮助自己的丈夫。

排雷队要出发了，李远霓找到政委说："政委，我也是妇联干部，你不用做我的思想工作了，这婚——我不离了！"

会议还在进行。一位科长说：黄岳飞第一次大排雷就立了大功，国庆前夕，上级已决定提拔他当营长。

"不想当将军的士兵不是好士兵。"黄岳飞从一个工兵战士成长为干部，是多么的来之不易。因为学工程专业的，能担任到副营职就相当出色了。尽管黄岳飞主动请缨，但他毕竟35岁了，家中有老有小，万一有个三长两短，可怎么对得起支持他参加第一次排雷的家人？况且，第一次参加排雷的兄弟团都没有连续两任排雷队长的先例，和黄岳飞同时当队长的干部，早已提升。大家怎么能忍心让一个在正连职位上"原地踏步"了八年的有功之臣再次冒着生命危险当排雷队长上雷场呢？

众人各执己见，只好先休会。

再度请缨

团首长在第二次排雷队长人选上举棋未定的处境被黄岳飞知道后，他的一腔热血沸腾了！他何尝不想再上雷场去搏击？但是，上级已决定提升他为营长。是当个风风光光的营长，还是当个上不沾天下不沾地的无着落的排雷队长，尽管他没有在官大官小的界限上多想，但他的脑子里也无法不让家字占一定的空间：自己曾答应过家人第一次排雷结束后转业，但却被留下当参谋。家中父母的病痛无法照顾，妻子的超负荷重担未能分担。一时间，父母之情、夫妻之情、父子之情一齐涌上心头。

黄岳飞没有忘记，中越边境第一次排雷结束后，他在雷场战雷魔、斗死神的事迹在军内外新闻媒介传播后，黄岳飞的名字和事迹传遍大江南北，接着信件、聘书也像雪片似的飞到军营。有的朋友劝他转业，有的爆破公司高薪聘请他当技术工程师。面对亲戚朋友的善意劝导，黄岳飞耐心地解释。高薪的工作，是人们物质生活的第一需要。俗话说："有钱能使鬼推磨"，在高消费的时代，多少人为之垂涎欲滴。但岳飞都婉言谢绝了：因为我的技术是部队给的，贪图个人名利绝不是我的追求，转业的事，由上级和组织决定吧。

尽管黄岳飞已这样表态，但还有人不相信他这么耐磨，广州一家爆破公司王老板又是快信，又是电话，都反复强调：我公司规模大，资金雄厚，但正缺你这样的专业人才，只要你愿意到我的公司来，工资我按照高出你在部队的两倍发给，若你转业有困难，只要你在聘书上签了字，我先给你一万元在部队活动活动……

王老板见黄岳飞毫不动心，便立即驱车亲自到边防部队来找黄岳飞"交涉"。会谈中，王老板把薪水一再加码，在王老板用钱砌起来的台阶前，黄岳飞镇定地说："王老板，你就死了这条心吧，我是在部队接受了十几年教育的党员，走与留怎能由我自作主张呢？"王老板没办法，临别时依依不舍地说："现在你不去也好，什么时候转业了，只要你愿意去，随时到随时上班。"

一次，黄岳飞回湖南老家探亲，家乡几个朋友一齐对岳飞说：“岳飞，转业吧！你立了那么多功，这次边境排雷又做了那么大的贡献，回地方总比在部队领几百元的死工资好；何况，你家里有老有小，父母亲又常患病，嫂子一个人在家好难啊！你向上级首长说明情况，他们也总会理解的。”黄岳飞觉得朋友们说得有理。但考虑再三，觉得自己还不应该离开部队，他向朋友们解释说：“部队精通工兵这个专业的人不多，懂得排雷的人更少，边境的雷障还没有彻底清除，地雷时刻都在威胁着边民的生命财产安全，我们干工兵这一行时刻都要准备着为他们排险，我不忍心看到部队首长需要专业人才时而又找不到人的那种焦虑，更不忍心看到边民触雷后身首异处的悲惨情景！只要部队没有安排我转业，我就在部队干一辈子。”越说越激动，语气也越来越坚定，朋友们反而被他的激情所打动。

1995年4月的一天，黄岳飞收到一张一万元的汇款单，一看是小舅小李的名字，他才想起小舅前几天曾写来的快件信，想不到小舅真的这样做了。

几天前，小舅在快件信中说：岳飞哥，我为你筹借了一万元钱在部队活动转业的事，你收到钱后马上开始行动。其实，小李已不只一次催促姐夫转业了，可是黄岳飞就是没有付诸“行动”，小李还以为是黄岳飞没有钱拉关系，没有钱去活动转业的事，便准备了一万元钱寄到部队。

晚上，黄岳飞拨通了小舅家的电话：“小弟，一万元钱收到了，但我还没有准备转业。”“怎么，是不是钱不够？我再寄五千过去。”小李说。

“不是这个意思，……以前跟你说过多次了，一句话就是部队还需要我。”

“姐夫啊！你离家那么远，姐姐一个人在家好难啊，上有老下有少都要人照顾，苦了姐姐不说，你也要为大人和小孩着想呀。不说姐姐生孩子那件大事，就只说去年6月那次吧，家中老小都患病，要不是我们离得近，那是什么后果，你怎么就不想想这些呢？只说部队需要你，部队要你解决不了你家的实际问题啊！”小李在电话中边说边叹气，近乎哀求。

黄岳飞久久地握着话筒，沉默了……他能不沉默么？他的孩子出生是1991年。4月13日那天下午就该送妻子去医院待产了，可他远在边防，天又下着雨，妻子望着窗外的雨帘犯愁了：要去医院住院，下大雨没法找车，且从乡下来照看自己的母亲若去了医院，怕是走回头的路也都认不得了。这时，县妇联的同志给她把医生请到家里来，一检查，是难产。从13号下午一直到14号下午4点多孩子才算安全出生。整整24个小时，长长的1440分钟！每一分钟都将发生一种不同的疼痛，这时候，妻子是多么需要自己在她身边，给她以安慰，给她煮点热汤。可是，直到孩子出生后的第四天，她才给他打电话……孩子一出世，身边的亲人就只有母亲呀！后来，妻子没奶水喂孩子，自己又在哺乳期间亲手给孩子喂过多少次牛奶、尽了做父亲的多少责任？

一连好几天，黄岳飞不断地接到老家妻子、父母亲、岳父、小舅及亲戚打来的电话：要他转业！

是走还是留？黄岳飞正踌躇不决的时候，一边民被困雷场的消息传来，黄岳飞接受救援任务及时赶到，使出“神探”杀手锏，开辟通道，救出了被吓得脸色铁青、全身瑟瑟发抖的边民。此情此景更坚定了黄岳飞继续戍边的决心。

当晚，黄岳飞做出果断决定：我不能转业。第二天，他把小舅寄到手中的一万元钱又寄了回去。

一万元钱，就这样结束了一次周转的使命：只在内地——边防做了一次“旅游”！

黄岳飞更不能忘记：那是1995年6月的一天，一封湖南岳阳老家来的电报“父病危，速归”的字映入眼帘。他立即请假往家里赶。一回家，眼前的情景令他辛酸的泪水夺眶而出：父亲的风湿关节炎复发，母亲因连续几天忙碌被折腾得更加憔悴，三岁的儿子无人照看而在地板上摸爬，浑身脏兮兮的……

一连几天，黄岳飞忙得不可开交：走医院、请大夫、熬药、煮饭、洗衣服，没日没夜地忙着手中的活儿。他明白，这个家全是靠妻子一个人撑住的，她累垮了这个家就完了。他要在有限的假期内为妻子分点忧解点难，尽点丈夫之责。他更明白，自己能常年在边防安心工作，也是家人的鼎力支持。他守在父母的病床前精心照料。七八天过去，父母亲的病刚有点好转，黄岳飞又接到部队发来的“6月20日参加军区参谋业务比赛速归队”的电报。

“岳飞，你就不能跟部队解释一下吗？现在你不能脱身啊，何况你的假期也还没到呀！”妻子近乎哀求地说，眼里噙着泪花。在一旁的主管医生也说：“黄同志，你现在不能走啊！你爸妈都还在打针、吃药，什么业务比赛总比不上父母的命要紧啊。”蹲在地上的儿子听说父亲要归队也哭个不休：“爸爸，你不去部队了行不行？妈妈一个人在家好累好累啊！”孩子哭着，抱住黄岳飞的腿不放。

当晚，黄岳飞整夜没有合眼，白天接电报后的情景反复在眼前出现：“是啊！多少年来，我欠父母、妻儿太多了。可是部队培养了我十几年，党教育了我十几年，我又怎能顾小家而忘大家呢？”黄岳飞不断地自责。他明白自己这个时刻在家中的重要位置，但是养兵千日，用兵一时，自己职位是团作训股参谋，军区举行比赛，团里再也找不到更合适的工兵参谋了，我这个“老本行”能不参加吗？妻子一觉醒来，见黄岳飞还坐在床前唉声叹气，知道是被催他归队的事难住了，便和风细雨地说：“岳飞，你不要难过了，反正最困难的时刻我都顶住了，你就安心地归队吧。”第二天，黄岳飞和家人洒泪告别。那次参加比赛，黄岳飞得了第一名，为团里争得了荣誉，比赛一结束，他就把这个好消息打电话告诉妻子和父母。

想到这些事，黄岳飞觉得自己实在也无情，那几天，他心潮起伏，像洞庭湖的波浪，脑子里不时闪现着万花筒似的景象：一会儿是父母妻儿的忧心惶恐的神色；一会儿是首长和官兵充满信任和期待的目光；一会儿是排雷官兵因没有经验而触雷伤亡的惨状；一会儿又是边境排地雷打开边贸通道后，边贸上车水马龙，边防一带欣欣向荣的景象。经过几天反复激烈的思想斗争后，一个“老本行”的信心和一名共产党员的责任最终战胜了自我——黄岳飞决心瞒着家人又一次向团党委立军令状。

团部首长第二次研究落实排雷队长的会议又召开。团部会议室的门被推开了，室内沉静的气氛被打破了。黄岳飞仍带着他：“地雷，与你誓不两立”的诺言，再次请缨来了。于是，他这次瞒着父母亲、妻子，实现了第二次出征。

“我成功了”

炮台山阵地旁边的雷场，是个三面都是十多米高，一百多米宽的悬崖，另一边是越南国土。1991年有一个边民到这里采药误入雷区被炸成重伤，闻讯赶来营救的五个边民由于这里的地雷密集、地势险要，当中有三个当场被炸死，另两个也受重伤。被炸的边民的尸骨因此没人再敢前去抬出来，雷场上被日晒雨淋得白花花的骷髅早已被草木所覆盖，让人想起来心惊胆寒。

面对着这个染过鲜血、地形险峻的雷场，黄岳飞和几个干部反复观察，雷区三面都是悬崖，炸药无法投送到雷区，只有东面有一个斜坡有两条羊肠小道可以上去投送炸药，但又没有地方站立点火，更没有隐蔽的地方。他们反复商量，面对这险要的地势，一时还得不到切实可行的方案。因为官兵们的生命安全全都系在自己这个队长的身上。一连好几天，黄岳飞吃不香睡不着。难道我们就在这野外的帐篷里长期等下去？黄岳飞在临时住地和雷场的悬崖下来回走了几十趟，终于想出了攀登爆破的办法，而这个办法在中外排雷史上是前所未有的。但他想到团首长对自己的信任，想起了雷场上那边民的阴灵，于是他决定瞒着官兵用攀登爆破法冒险试一试。

夜幕像一张黑网，像是要把山中排雷队临时住地的烛光吞噬了似的。远远看去，那帐篷中的亮光就像一只萤火虫，时明时暗。黄岳飞看着战友们睡下了，才在那跳荡的烛光下写着什么。次日清晨，寒气逼人。黄岳飞带上事先准备好的带飞爪的攀登绳，背着装药和火具出发了，借着黎明前的曙光，他把带飞爪的攀登绳甩到树杈上，反复拉动，直到牢固了才拉着攀登绳艰难地向悬崖上面的雷区攀去。攀到雷场边缘，黄岳飞固定好装炸药的火具，拉火后把直列装往雷区轻轻一推，又小心地从攀登绳上滑到地上。那八十厘米长的导火索燃尽，这时，随着“轰隆隆”的几声爆响，沉睡中的群山被突然震撼了，震醒了。

硝烟驱散了晨雾，火药味顿时弥漫在清新的空气中。已跑到安全地带的黄岳飞一个人蹦了起来，“我成功了！我成功了！”的喊声在群山中久久回荡，很快全队官兵接二连三地向他扑来，把他紧紧围住，有的和他紧紧地抱在一起。

好一会儿，黄岳飞看到大家都流着泪抓住他不肯松开手，生怕他飞了似的，也没有一个人说话，似乎空气都凝固了。问是怎么回事，指导员张玉伟说，刚才通讯员小陈在整理黄岳飞床铺时见到枕头下压着一封遗书，上面写着“黄岳飞遗嘱”的字样，恰好这时传来了地雷爆炸声，大家的心顿时像十五个吊桶七上八下，都吓得大声呼喊着“队长！队长！”向这里跑来了。指导员说完展开信，大家都傻了眼：“亲爱的战友们，炮台山阵地的雷障能否排除，我的攀登爆破法能否成功，全在明晨一试。从理论上讲我虽有把握，但毕竟在排雷史上还没有攀登爆破法的先例，因此有闪失的可能，但我不能在死神面前屈服，我不能让党和人民对我失去希望，我不能在这次困难面前退缩，更不能做党和人民的逃兵。若问我在牺牲前还有何遗憾，那就是没能带领你们圆满完成第二次边境排雷任务……”这时，全连官兵把黄岳飞围得更紧了。尊敬、佩服、胜利等多种感情全凝聚在那一道道目光中！

接着，黄岳飞又以自己已有经验为理由，连续三次攀登作业取得成功。官兵们就用这攀登爆破法排雷。每天不知多少次负重攀登，滑下来，待地雷爆炸过后，又攀登。衣服勾破了，脸被划伤了，雷场排到一半时，战士发现了被炸的群众的衣服和骨头，心里恐惧。黄岳飞攀登到崖上，在已爆破过的地方仔细探过一遍，用木棍把那些骨头捡到蛇皮袋里，事后又亲自送到这些边民的家。谁知他们的子女也害怕，不敢收下亲人的骨骼。

时值清明，壮族边民都在扫墓，坟头上的白幡在风中摇曳——那是死者的归宿。黄岳飞看明白了以后，就和官兵买了两只鸡和几封鞭炮，按照当地的风俗在雷场附近把这些边民的骨头埋葬了。他们在坟头上不停地添土，那一铲铲堆成的新土，都是那么庄重，那么认真……

攀登爆破接连不断，黄岳飞和他的战友们一起，用了一个星期的时间，攀登悬崖一千多次，背了一千多包炸药。险峻的悬崖在黄岳飞和战友们的勇敢和无畏面前慑服了，雷场经过这上千次的巨响之后还原了本来的面目，相信那些已故边民的在天之灵一定得到了慰藉。

成功，永远属于敢于走前人没走过的路，勇于战胜千难万险的黄岳飞和排雷的官兵！

生命·界碑

随着一阵阵“轰隆隆”的爆炸声，在隐蔽地带的黄岳飞和战友们惊呆了：一枚地雷被冲击波从附近的雷场冲到了107号界碑附近。这颗受过震动的地雷，稍有触动，很有可能会爆炸。按通常情况，都采用诱爆的方法排除，可现在，地雷离界碑那么近，倘若爆破，立即会破坏国界标志，只能用人工排除。

这时，生命和界碑都需要保护！在这危险的关键时刻，官兵们把黄岳飞团团围住，争先恐后地要求去排除这颗地雷。黄岳飞望着面前一张张严肃、年轻的面孔，其中有一张印象特别深，那是个二十多岁的战士，在排雷时怕弄脏衣服猫着腰前进，被黄岳飞严肃地批评并罚他挑大粪的战士。“排雷清障是目的，安全作业是我们实施目的的手段，我们要力求排雷官兵无一人在雷场上发生伤亡事故！”边境第二次组建排雷队时，黄岳飞对战友们这么说。

这时，他命令似地推开大家：“都不要争了，我是一队之长！”说完叫大家隐蔽，自己便匍匐向地雷挪去。二排长陈剑涛和四班长杨大荣各抱住他的一条腿，陈排长说：“队长，太危险了！你有家属、孩子，他们等着你啊！还是让我先上吧！万一有情况，我这个单身汉来去无牵挂。”杨大荣正要开口，黄岳飞用力甩开他们说：“我是队长，听我的，你们都给我回去隐蔽好！”

黄岳飞这时虽已做好了思想准备，但在匍匐前进时，他感到自己的心跳得更快，汗水湿透衣服。在离地雷两米时，他担心自己一时脑子糊涂，完成不了任务，于是摸出一支烟，抽了几口，让心情平静下来。他边抽烟边仔细观察地雷，该从什么地方下手，到了近处，当看准了这种雷的结构时，职业的敏感使他觉得怎样排这枚雷心中有数了。但在这千钧一发的时刻，万一抓不住引信，击针打到火帽上，那后果就不堪设想了！他沉住气轻轻捏住引信，也捏住自己的生命，把保险销穿到保险孔，也把自己锁进保险箱，旋下引信，分解着地雷。

时间一秒一秒过去，战士们个个屏住呼吸，等着黄岳飞操作的这四十分钟，就像等了一年半载！当他们看到黄岳飞成功地排除这颗地雷从地面上站了起来时，一呼啦跑过去，把黄岳飞轻轻抛起来，“队长！队长！”地叫个不停。

大山听见了！

界碑听见了！

黄岳飞把生的希望留给战友，把死的危险留给自己，用生命保护了界碑，保卫了国家的尊严。

四龙·岳飞

黄岳飞原名叫四龙，是兄弟中的老四。他小时候是个军棋迷。一次，他输给对弈的老伯，回到家里，他就自个儿摆战场，自扮敌人又当我方，攻守进退，厮杀不停。后来，每次“对弈”过后，他满脑子充满着幻想：对弈和战争多么相近，攻难克险全操在工兵手中。棋局中，暴戾的地雷，有骁勇的工兵就能攻无不克；工兵的骁勇，还得靠排长、连长等发挥作用；战争胜负，又得靠指挥官部署战争的能力……棋下个不停，四龙便有了一种当一名真工兵去排地雷的理想。

1982年7月，四龙以3分之差高考落榜，他毅然放弃复读再考大学的机会，决心当兵。并改名为岳飞，决心像民族英雄岳飞那样精忠报国。于是，他告别了能使他成“龙”的家乡洞庭湖，来到了广西边防军营，并实践范仲淹题在岳阳楼的“先天下之忧而忧，后天下之乐而乐”的千古绝唱。分到老连队后，黄岳飞亲自参加了庭毫山雷场抢救，目睹了边民被炸的惨状。自那以后，黄岳飞脑海里便经常浮现着一次次边民被地雷所困和伤残的情形。做一个合格的工兵，成为决心降服死神的“地雷克星”的志愿便在黄岳飞的内心深处坚定下来。后来，他又听到安宁驻军一名排长带战士巡逻时葬身雷场的消息。黄岳飞的心流血了，于是写了本文开头那段日记，立下了“地雷，我与你势不两立”的誓言，决心做一个合格的工兵。不久，他考上了长沙工程兵学院。

在长沙工程兵学院就读不到半年，黄岳飞就不满足于课本上的专业知识了，常跑图书馆抄《筑城与爆破》等专业资料60万字，并按地雷、桥梁、爆破等20多个类别分类。有一次，学院的专家要找一份美军18反坦克型地雷的资料，资料员告诉他找岳飞，终于在黄岳飞的手抄本中找到了所需的资料。一次，黄岳飞探家时在火车站附近的书店见到一套《普通排雷与高科技扫雷研究》的书，他摸了摸口袋，除去买火车票，只剩下七十多元钱了，那是三天旅途的生活费啊！当他得知书店只有这么一套书时，便毫不犹豫地掏出68元买了这套书。那么，他的旅途生活就可想而知了。黄岳飞对专业知识的刻苦认真学习，被学员们誉为“工兵狂”。

雷场就是战场。战场的情况千变万化，因此，黄岳飞十分重视理论和实践的结合，并从严、从难要求自己。在一次学院组织的人工搜排地雷训练中，遇到倾盆大雨，因患脓包疮刚动过手术还未痊愈的黄岳飞要求队长组织大家坚持在雨中进行搜排，他说：“这样可以锻炼我们的意志，又能提高我们在特殊环境中对地雷的搜排技能。”这次训练后不久，学院举行的课目考核正巧又碰上大雨，他所在的学员三队个个达到优秀。后来，学院把雨中搜排当作一项训练必修课在整个学院推广。

在学习中，黄岳飞还给自己定了个原则：“学会不是标准，学精才是标准”。有一次，学院组织人工搜排训练，黄岳飞不到半小时就排除了布设在沼泽地里的10枚5种不同类型的地雷（限时为1小时），他便要求教员在“雷场”增设金属片、塑料壳等干扰物和障碍，自己再上前探排，教员说：“这难度大啊，你能行吗？”黄岳飞勇敢地点了点头。由于是第一次接触“防干扰搜排”，黄岳飞在“雷场”苦战了一个多小时也没结果，同学们都劝他不要自讨苦吃，黄岳飞说：“既然地雷还在地下，我就不信它排不出来。”

两个小时后，黄岳飞终于排除了干扰和障碍，共排出10枚地雷。后来，教员们布置习题时，对黄岳飞尽可能要布置得多些，难度尽可能大些；野外训练时，对他要求也更严、更高些。在同学们认为是近乎残酷的烈日、风雨中搜排地雷，野战生存等课目，黄岳飞都以惊人的毅力迎刃而解。教员们称赞说：“像他这么能吃苦、有干劲的学员，学院是少有的。”黄岳飞对于教员们的称赞，深有感触地说：“每当想到边民被地雷炸伤炸死的惨状，我就觉得自己有责任把技能学精练，好保护自己，传授他人，为边民排雷。”

因此，黄岳飞的理论基础扎实，毕业后回到连队，在带兵当中，他常说：“做一个‘逢山开路，遇水搭桥’的合格工兵，没理论瞎撞不行，不实际操作只在纸上谈兵更不行，我们不能因搞这一行危险就不接触实际操作。”有时，为了训练地雷探测能力，他经常叫同行把教练雷埋在石山、草坡、密林、沼泽等不同地带，坚持在烈日下、风雨中或夜间去探测，练就了一双能从探雷器反馈的声音信号识别地雷“种族”的“神眼”。同时加强心理素质训练，把教练雷当作真雷，练测算装药量、冲击波安全等的精确度，就这样练出了个“神笔工兵”。黄岳飞这样对业务理论、技能的苦苦探索和追求，使自己驰越雷场，成为有名的“神探”。

智辨诡雷

——巧破“五角阵”。

那坡县百南雷场，山高林密，地势险要。1994年4月，黄岳飞率官兵向该雷场开进。行进中，扛着炸药走在队伍最前面的黄岳飞看见距前方五六米处的一小草坪内摆放着5节枯残的竹竿。“奇怪，这里是树木不是竹林，附近也没有竹子，怎么会有竹竿？”黄岳飞立即警觉起来，并命令部队向后退下隐蔽，他一个人放下肩上的炸药，慢慢向竹竿挪近。黄岳飞仔细观察，竹竿摆放成一个不大规则的大五角星形状，每根竹竿都搁置于另两根之上。莫非这是书上曾讲到过的“五角地雷阵”？黄岳飞突然想起书上讲的“五角地雷阵”来：它的5个边由肉眼极难看见的丝线做成，两端用埋在地下的铁桩连接，五个角则是连接绊线与地表的丝线的，根据几何三角形的稳定性，绊到铁桩地雷不会爆炸，绊到丝线则破坏了稳定性，埋在五个角的地雷会一齐向四面八方散爆，其杀伤范围按丝线的长短和埋设地形大小而定，可在一瞬间使数人甚至数十人失去战斗力……

根据竹竿的摆放情形和该地形分析，黄岳飞肯定了这是一个“五角地雷阵”，竹竿代替了丝线来迷惑过往部队官兵。

黄岳飞根据三番五次的论证确认，按引爆的方法把药包投进雷区。引爆时，小草坪的周围果然出现了五处地雷同时爆炸。事后，官兵听着黄岳飞讲起“五角地雷阵”的威力仍余悸未消。听他讲到自己对这次“雷阵”的分析与识破，无不拍手欢呼：“队长真棒啊！”

——母子连环阵。

1998年5月14日，黄岳飞带排雷队在某雷区作业，战士吴成东发现一根带绊线的倒三角刺，判断是绊发雷，刚要动手去排除，职业的敏感告诉黄岳飞在这个不易隐蔽的地方可能上当中计，赶忙说：“危险！”原来黄岳飞按照这个地形推测，判断这根带线的铁棍只是个“诱饵”，那里边很可能是雷阵。他换下吴成东，自己小心地往旁边探去。不出所料，铁棍下边是用32枚地雷组成的子母连环雷阵。过后，战士们每每说起，都说：“好险呀！要不是队长慧眼识雷，必是全军覆没了。”

在某高地的通道里的地雷，看起来似乎是采用普通埋雷法，大多数人认为要采用常规排雷法去排除，战士们都争抢着去排除。这时，黄岳飞想：这个雷场的地形已发生了变化，不能再按常规方法排除。于是，他制止要前去排雷的战士，然后趴在地面上，凭着自己熟练的排雷技术，把地雷的伪装一层层剥开，用剪刀慢慢地剪去一条条绊线和导火索，经过两个多小时的紧张战斗，通道打开了。

——不见地雷不收兵。

有一次，边民向部队反映壬庄乡边境有条通道有地雷，请求部队排除。那时，刚从军校毕业不久的黄岳飞接受任务，带两名工兵前往。黄岳飞深入边民家了解情况，得知通道附近的水沟里不但今天有牛被炸伤，过去也曾有过。黄岳飞仔细探测地形，制定方案。就率两名战士在水牛被炸的地方沿着水沟通道探寻，连续三天，一无所获。第四天，也只探出几块金属碎片和塑料残物，两个战士灰心了：“排长，我们撤退吧！”黄岳飞望着两名战士被烈日烤得脱皮的脸，鼓励说：“我们不能灰心，现在探到的金属碎片等都是地雷爆炸后的残片，明天我们休息，后天继续作业，完不成任务，就不归队，你们得树立信心！”两个战士见排长说得有理，也就服从了。

当晚，黄岳飞在帐篷里彻夜难眠，他把在院校学过的理论过了一次“电影”，又把平时训练的活动联系起来，突然想起有一次，在沼泽地带探排地雷训练，教员把金属片洒在水沟里，把教练雷埋在两旁的斜坡上。黄岳飞在水沟里探测了半天都没有结果，最后他把探测范围向水沟四周围延伸，这才把地雷探了出来。这件事给了黄岳飞启示，天还未亮，他就把两名战士带到现场，说：“真正的雷障不在水沟里，它应在水沟两旁的山坡上，因此埋设的时间长，地表面发生了变化，那些埋得浅的地雷被雨水冲到水沟里。”于是他们当天就排除了17枚各式地雷，又过了两天，雷障全被清除了。

经过失误取得的成功，使黄岳飞更坚信：失败是成功之母。于是，黄岳飞在那本排雷日记的扉页上写了这么句话：“没有敢于尝试失败的勇气，我们永远不会握住成功的机会。”就是这样永不气馁的精神，造就了黄岳飞纵横雷场，驾驭地雷这个“死神”的高超技能。

——智避横祸。

排雷需要的是富有经验、理论深邃、胆大心细、智勇双全的指挥官，经过第一次边境大排雷考验的黄岳飞，正是这么一个指挥官。1998年3月，黄岳飞率排雷官兵在62号雷场作业时，他像往常一样，仔细观察雷场地形，分析着可能出现的问题。这时通过观察，他发现这个雷区坡长，且山顶藏有不稳固的石头。职业的敏感告诉他：爆破后，山顶的石头有可能被震松动滚落下来。于是他派出观察员密切注视山顶上的石头，并想好了应急措施。

果然不出他的所料，当爆破进行人工搜排时，山顶上一块巨石突然滚落，观察员立即发出警报。黄岳飞马上指挥搜排组按照预定的处理方案迅速隐蔽。大家刚隐蔽好，就听到“轰隆”一声，滚落的石头碰响了未被排除的地雷。由于事先有了准备，全队没有一个受伤，战士们打从心里佩服队长的神机妙算。

又有一次，黄岳飞率官兵在63号界碑附近的雷场用大当量爆破法进行排雷，当爆破排长下了“点火”命令，73个组合装药上的导火索同时发出“嗞嗞”响声。隐蔽在50米外的战士屏住呼吸，等待着爆破声响起，一秒、两秒、三秒……就在这节骨眼上，突然一阵大风经过爆破点向隐蔽的方向吹来，周围的树枝被吹得东摇西摆，黄岳飞大吃一惊：不好！爆破冲击波掀起的砂石泥土、残树枝会借着这场大风的力量，抛落到超过隐蔽的地带。这里将变成危险区域了！据估计，炸药还有十多秒就要爆炸了！黄岳飞果断吹响了紧急疏散的哨声，命令战士们迅速沿着垂直于风向的两侧疏散隐蔽，大家刚刚卧倒，一阵“轰隆隆”的爆响过后，雨点般的飞沙走石砸在战士们刚离开的隐蔽点上，顿时，残枝败叶和石块、泥土散落满地。官兵们有惊而无险，目睹着刚才发生的这一切，好几名战士流着热泪说：“队长，你又一次救了我们的命啊！”

雷场就是战场，情况瞬息在变，险象环生，像这样的险情，雷场上时有发生，每一次，黄岳飞都能沉着应战，镇定指挥，使之化险为夷。

“专利”获得

1997年10月，边防某部边境第二次组建排雷队时，任排雷队队长的黄岳飞，严格地要求战士们说：“排雷清障是目的，安全作业是我们实施目的的手段，我们要力求排雷官兵无一人在雷场发生伤亡事故。”

黄岳飞这么说，也这么做。在采访中，黄岳飞动情地说：“战士的家人把他们的亲人送到部队当兵，我要对他们负全部责任。”因此，为了确保官兵的生命安全，黄岳飞从平时训练抓起，要求每个排雷队员要有过硬的识雷、辨雷、排雷技术，又要有严格的安全作业制度。因此，黄岳飞除了在危险时刻把好关口，第一个排除险情外，他还不断地总结安全作业经验，在官兵中论证后推广，使安全实施作业形成制度，杜绝了随意性。一次，在百南雷场，排雷队遇到了这里山高坡陡，奇峰林立，断崖多，涧谷深，地形高低凹凸不平，爆破后爆烟不容易消散，隐蔽困难，炸点位置难确定等一系列问题，经过仔细分析，黄岳飞把各组轮番爆破作业改为固定一个组连续爆破的方法，既避免了不同人员因炸点不明误入雷区发生意外，又加快了作业速度。现在，这个排雷队已初步形成了一套趋于完善的安全作业规程。在黄岳飞的精心组织和科学安排下，两届排雷官兵在取得辉煌战果的同时，至今没有发生过任何伤亡事故，官兵们常说：“我们能安全作业，队长就是我们的保护神啊！”

两次率队参加边境大排雷，黄岳飞先后总结出“不同地型爆破八方法”“雷场侦察四要领”“爆破方法判定四要素”“爆破班组协同五步骤”“安全携带爆破器材三环节”“把好安全实施作业三关口”等十多种切实可行的爆破作业和排雷清障的经验和方法，被边境排雷部队推广应用，同时，这些“专利”的“安全经”还被有关专家抄录下来，作为攻克有关科研项目的重要依据加以保存。

尾　声

到边防采访黄岳飞，是在等了数日后他从雷场回营房办事的空儿，不足两个小时。因此也借助于《战士报》《广西日报》《解放军画报》《岳阳晚报》《解放军报》《右江日报》《湖南日报》等军内外报道，增加了对黄岳飞的了解。

采访结束前，黄岳飞说：1998年7月下旬的一天傍晚，他率领排雷官兵从雷场上归来，来队探亲的妻子拉着6岁的儿子早已等候在营区大门。

"皓皓，快喊爸爸！"妻子牵着孩子的手催促道。孩子抬头望着一身汗水一身泥水的黄岳飞，闪着迷惘的目光，就是不肯叫一声爸爸，妻子把孩子往黄岳飞面前推了推："皓皓，你不是早就想爸爸吗？怎么还不快叫？"黄岳飞也伸开双手欲把孩子抱到怀里。可是，他刚一伸手，孩子却躲到他妈妈的后面去，抱住妈妈的腿说："妈妈，爸爸是解放军，怎么会是全身脏兮兮的？"……看到这一幕，黄岳飞心里一阵酸楚，泪在心里流：和孩子在一起的时间太少了，给他的爱太少了。

黄岳飞还说：前不久，他给家里打电话，孩子一拿起话筒就问：

"喂，爸爸，你今天排了多少个雷？""爸爸，你要小心啵，排雷是很危险的……"

"爸爸，你要久不久回来看我呀！"

"为什么？"

"因为人家有爸爸送上学，我没有爸爸送上学……"

听到这里，笔者缄言了。黄岳飞把与妻儿在一起的日子高挂在雷场上，共排除各类隐蔽地雷2700多枚，13次从埋有各类诡异地雷的危险中智破险情，被人们称为“雷场神探”；黄岳飞先后率队清除雷场15个，面积达35.8万平方米，排除各种地雷1.4万多枚，开辟边境通道39条，为边民恢复耕种面积58亩，先后荣立二等功二次、三等功六次。

1998年11月16日

勇者不惧

——记广西“十佳检察干警”梁钢

世上的事常有巧合的时候。

1997年元月14日，是广西百色地区检察分院政治部主任梁钢带队到隆林各族自治县任扶贫工作队队长满一年收队的日子。恰好也是组织上通知他回百色谈话，要他到隆林县检察院任检察长的日子。这个让他难忘的日子成了他人生的第二个转折点。

一

作为一个共产党员，对组织的挑选，梁钢没有任何推卸的理由。第二天他把从隆林带回来还未解开的背包，原封不动地搬上了送他到隆林上任的车。

车子穿行在他走了一年的云贵高原余脉的大山中，凛冽寒风不时从车窗钻进来，令人情不自禁地打寒战，在路上，梁钢的思绪也像绵延的山脉起伏不停：隆林县检察院的家底，他了如指掌。迎接他的将是那412平方米集办公与住宿于一身的两层楼房。这楼房夹杂在其他部门气派的办公楼群中，外壳就像一艘在汹涌波涛中搏击抗争的破船。其内部，用百孔千疮来形容一点也不过分——天面有裂缝，地面往下陷，墙壁由于长期被雨水浸透，壁面斑驳，脱落处红砖呈粉状掉出。下大雨时，二楼办公室的桌面，摆着接雨水用的提桶、面盆和口盅。形形色色的锅碗瓢盆奏着没有调子的乐曲。

而迎接他的队伍，将是一个怎样的队伍呢？五名党组成员已有两个向县委递交了辞职报告。全院44名干警中只有6人具有大专文凭……

突然“嚓”的一声，把他从沉思中震醒。他马上意识到：车子出问题了。下车一看，果然是吉普车的曲轴断了！开车的干警说：这是院里仅有的两部吉普车之一，这车曲轴已换过好几次，另一部吉普车是反贪局专用。

送梁钢去工作的分院杨晟副检察长眼看这车子一时很难修好，提议留下两个干警修车，叫梁钢上了他的车子。

这车子半路抛锚似乎在提示他：隆林县检察院的工作，将会一波三折，困难重重。

下午，车子停在隆林县检察院那长满杂草的200平方米空地上。办公室的同志把梁检察长带到安排给他住的一楼一间房子门前，岂料30分钟过去，竟找不到拿钥匙的干警。终于等到开了门，在昏暗的光线下，跳入梁钢眼帘的是满地的碎砖等杂物。人们都默不作声。一阵感叹声打破了沉闷冷清的空间。梁钢回头一望，原来是杨副检察长。这位分院领导实在忍不住说：“走，到县招待所住去。”可梁钢没动，他和干警一起整理了房间。在这间仅有十几平方米又暗又潮湿的房间，梁钢一住就是八个多月。

梁钢到任后没多久，就遇到隆林县铝厂建设落成庆典的日子。县委要求所有单位都组织干部职工去参加会议。这天早上八点整，办公室主任组织干警集合，直到8点20分了，干警们才稀稀拉拉地来到，有的没戴领带，有的敞开着上衣，有的衬衣没有扎好，待到出发，已超过8点30分。队伍松散、拖拉的作风又一次让梁钢感到了担子的压力。这种大型活动在县城往往一年也组织不了一两次。检察机关的队伍难道就以这样的精神面貌出现在会场上？梁钢决定：立即整顿队伍，检查着装，并说："着装不整齐的以后必须由办公室组织训练，今天迟到的4个同志就不去参加开会了，在家值班。"

检察院离会议地点约3公里，靠院里仅有的两部吉普车，若来回运送干警说不定人未到齐会议就结束了。梁钢就和干警们集合跑步去参加会议。检察干警排列整齐的队伍不时被别单位的车子掀起的灰尘遮盖。群众见了都说："哎呀，检察院像点样了！"

最困难的要算上厕所了。几十号人没有一间厕所，白天到公安局去解决，晚上下班人家锁了门，就没地方去了。也不知有多少个晚上，单身汉梁钢住的房间没有厕所，只好去敲别家的门。

隆林县检察院的困难一个个地出现……

在此之前，身为上级检察院政治部领导的梁钢多次到隆林县指导工作，可回到分院后把情况向领导汇报就完了。而现在，要在这个环境中生活和工作，要去改变这里的工作状况和环境，那种感受是大不一样的。他深有感触地对笔者说："人可能在条件好的情况下工作好开展，也容易出成绩，但是，艰苦的条件对每个人都是一个挑战。一个人在艰苦落后的条件下，能不能想办法出主意去改变，去扭转落后的局面，这是对一个领导能力和素质的考验。相信办法总比困难多。"

调查是正确决策的重要前提。梁钢召集班子领导开会，与干警们促膝谈心，征求老领导老同志的意见……

在全体干警第一次会议上，梁钢和盘托出自己的心里话："我们有缘分在一起工作，我有信心和大家一起把工作做好，让党委满意、人民满意。重新树立我们隆林检察院的形象。党和人民给我们高度信任，可要是没有作为，谁也不会承认你。要通过我们的行动，做到‘院兴我荣，院衰我辱’。”梁钢的话在小小的会议室回荡，干警们热烈的掌声经久不息。

梁钢的热情融化了干警们冰冷的心。梁钢的肺腑之言使那两位领导收回了自己的辞职报告，当众撕了。

二

抓队伍，抓办案，抓基础设施建设，是梁检察长到任之后要着力抓的三件事。

一次，县公安局报来一个杀人案。当时的批捕科长是个初中毕业生。他反复地审查这个案，把法律规定审案7天的限期用完了，在讨论会上还弯来绕去地说不出个头绪来。梁钢叫他把案卷拿来，只看了一个小时，就开讨论会。检察官办案是以事实为依据，以法律为准绳的。梁钢分析了案卷中存在的两个明显问题：一是诱供；二是死因不明。梁钢引导大家仔细分析诱供的情况，并提出自己的判断：此案不能批准逮捕。事后证明梁钢对此案的判断是正确的。

这件事使梁钢感触很深：在改革开放的今天，干警原来的文化水平和经验已经不适应新形势发展的需要，必须下大力气去充实、提高、与时俱进，这样才能增强队伍的战斗力。

梁钢和班子领导在全院提出了“内强素质、外树形象”的口号。院领导采取了多种措施，在经费和时间上给予充分的保证，鼓励干警就读法律专业。全院形成了勤奋工作、刻苦学习法律知识的风气。到2000年，全院40名干警，法律大专学历已从几年前的百分之十三提高到百分之八十。

院党组还对全院中层领导进行了调整。个别暂时不适应工作的中层领导被调整了岗位。由于党组做了细致的思想工作，几位被调换岗位的同志都心情舒畅，在新岗位上尽职尽责，更增强了责任心，表现和以前大不相同，有一个还被评为全县基层组织建设先进个人，还有一个同志也被评为综合治理先进个人。干警们工作和学习的积极性被充分调动起来。

检察机关作为国家专门的法律监督机关，其履行职责最重要的体现就是办案。“检察机关不办案就是失职”，梁钢始终坚信这一点。

审查案件就像锯木板拉墨线一样，稍不注意，墨线弹歪了，木板也就锯弯了。如果对案件把握事实不准，适用法律不当，就会出现冤、假、错案。记得那年梁钢还在分院刑检科，有一起盗窃案。初步认定犯罪嫌疑人凌某某盗窃数额高达五万元。这样的数额，依照当时法律应当判处死刑。他反复分析案情，发现案件致命疑点：公安初步认定以凌某某为首的三名盗窃嫌疑人之间存在着经济合伙关系。所谓“被盗”物品桐果并非他人所有，凌某某等人也不是“秘密窃取”。简言之，是“自己偷自己的东西”，其行为并未触犯刑事法律，应由民事法律调解。最后经院检察委员会讨论，一致同意梁钢的审查意见，认为凌某某等人无罪，应作为民事案处理。梁钢一丝不苟的办案作风，让一起重大冤、假、错案得以避免。

这种严谨细致的办案作风梁钢也带到了隆林县检察院。一次在检察长接待日活动中，梁检察长和干警们刚摆上桌子，便来了一个叫李传斌的村民。好多人都认得他，大家背地里叫他“告状大王”。梁钢热情地招呼他坐下来，并认真地听他诉说。原来李从田林到隆林落户，由于勤劳致富，村中个别人眼红，就借小事上门把他打致轻伤。他到公安局报案，派出所叫他直接向法院起诉。法院受理后说这是自诉案件，要求自诉人自行取证。可村里人拒不给他作证。无证法院自然不能受理。李传斌认为自己人身合法权益没有得到法律的保护。

梁钢听后，感到此事虽小，但事关维护人民群众的合法权益和法律的尊严。他当即决定组织控申科和批捕科干警到李传斌所在村进行调查取证。

经调查，证实该案事实与本人诉说基本相符，检察院认为将李传斌打致轻伤的村民已构成伤害罪，应当依法惩处。但县公安局仍坚持认为不构成犯罪。检察院依照法律程序给公安局下发了“不立案理由说明通知”并附上了调查材料。在确凿的事实与证据面前，公安局追究了被告人的刑事责任，犯罪嫌疑人被法院判处有期徒刑三年。事后，李传斌逢人就说：“梁检察长是个‘青天大人’呀！”

忠厚质朴的李传斌不知道怎么表达自己对检察官们的谢意，他觉得说什么也要给检察长送点东西。于是，他抓了几只自家养的土鸡和两袋自家种的水果送到县检察院表示谢意。梁检察长和干警不收。李传斌不肯，放下东西就走。梁钢只好叫干警把鸡称了，按市场价算钱，把钱从邮局给李传斌寄去。

李传斌的案件，在全县的山山弄弄传开了。法律知识也随之传到了千万农民的心上，他们心中有了法律的尺度，也就学会了用法律保护自己。群众举报的积极性被极大地激发了。之后，检察机关陆续接到不少举报：者保乡派出所所长的刑讯逼供；金钟山乡扶贫干部滥用职权、玩忽职守；克长乡派出所所长徇私枉法、不依法移送刑事案件……

检察机关及时受理并查处了这些案件，在群众中引起了很大的反响。在一次公安工作会议上，县公安局领导郑重其事地说：“你们回去要认真梳一梳，构成犯罪的要及时立案，要不然等到检察院找你们，到时就来不及了。”

检察长由人民代表大会选举产生，检察院要接受人民代表的监督。因此，检察机关也高度重视人民代表的来信来访，及时反馈有关案件的处理情况。金钟山乡部分人大代表对法院判处该乡扶贫干部两年有期徒刑有异议，来信说情：“扶贫干部是为群众着想，又不是贪污。砍树开荒是给农民多收粮食，早日脱贫。”接信后，梁钢和班子成员商量，就带几个干警到金钟山乡去，向人大代表说明法律有关规定：这个干部滥用职权，砍了几百亩国有林，直接经济损失35万元，其行为已构成“玩忽职守”罪，法院判决正确。人大代表和群众听了口服心服，纷纷向梁检察长表示歉意。法律，一次又一次地向人们显示了它的尊严。在2000年县里对八个班子的考核中，检察院班子成员称职票达100%，班子获得的满意率为99.67%。县处级50多个单位领导，梁钢的满意率名列第二，在职处级领导满意率第一名。

智者不忧，勇者不惧。

梁钢曾经说：检察机关办案，说情多，阻力大，风险也大。但既然干了这一行，就要把“惧怕”两个字丢在脑后。

记得查办原天生桥农行信用社会计贪污30多万元一案，梁钢的手机不时地响：“不要查这么多了，现在能定多少就定多少，不要再往下查了。”这是某领导的声音。

而罪犯的兄长，在某要害部门担任中层领导。他多次找梁钢：“这个钱你不要查这么多。那些是我母亲和侄儿的钱！”

面对方方面面的领导、朋友、熟人，如果网开一面，也许会风平浪静，你好我好大家好。但是，法律是严肃的。梁钢脑子里就没有“交易”这个词。

于是，“检察院”三个字被人上了紧箍咒：“你们检察院不要出什么事，我专门盯住你们检察院！”梁钢告诫干警：“我们是执法人员，首先要自律，要公正执法，如果谁违反检察工作法规，就要按党纪政纪处分，该查的决不姑息！”

还记得那年检察院接到群众举报：隆林锑矿会计陆美群和会计处长吴贞雄挪用贪污公款，数额巨大。梁钢与干警们分析后认为，举报人提供的情况比较真实客观，成案的可能性较大。可是对此案的查处有关领导有不同意见。检察院手头掌握的线索也比较单薄。查不查？查，要有充分的理由和确凿的证据；不查，若使真正的罪犯漏网，就是检察机关的严重失职。检察机关经过初查，初步掌握陆和吴挪用9万元和贪污公款利息3.1万元。就从这里入手！梁钢将初查的情况立即向有关领导作了汇报。取得支持后，检察官顶住了来自方方面面的干扰和阻力，对此案进行了深挖细查，终于彻底查清了原会计陆美群贪污28万元，会计处长吴贞雄贪污40万元犯罪事实。两个蛀虫分别被判处了12年和17年有期徒刑。人民群众拍手称快。

那段时间，不论是梁检察长、四位副检察长，还是办案的干警，他们常常被威胁恐吓的手机呼机干扰。但他们没有惧怕，没有退缩。因为党和人民的眼睛盯着他们，头上的国徽鼓励着他们。

1998年，县工商银行职员徐某某携27万巨款潜逃。检察院接到这个案已经是案发的第二天。梁钢和班子成员分析案情后，决定立即兵分三路：由蒙副检察长带一个组往石南方向；陆副检察长带一组赶往上林县；梁钢带一个组赴广州。

兵贵神速。时间是破案的关键。汽车路过百色，梁钢想起来好久没回家了。他真想回家看看年迈的父母和妻子女儿，可时间不等人，案件不等人啊。梁钢和干警在百色市路边的小饭馆匆匆地吃了饭，叫爱人拿了几件衣服到小店来，又急忙赶路。次日半夜他们赶到了广州。

夜已深。此时南方这座大城市仍是霓虹灯闪烁，人们还沉浸在轻歌曼舞之中。从云贵高原的大山中走出来的检察官们多么想和大都市的人们一样，放松一天的劳累，洗个热水澡，喝口茶，听听曲子。可他们稍作休整，天未亮就赶去核查了有关情况，之后立即掉头赶回上林，与钦州、上林一组汇合。一千多公里的路程对于年轻的干警来说，不是什么大不了的问题，可是对于刚患过腰椎间盘突出症的梁钢来说实在不轻松。到了上林，分析案情时，腰和双脚越来越麻，他只好躺在床上听大家汇报，共同研究案情。办案组马不停蹄地上南宁、赴云南……前前后后驱车两千多公里，最后终于在有关部门的配合下，将潜逃十多天的犯罪嫌疑人在广州抓获。群众说："都市广州，茫茫人海，而且罪犯又隐藏到农村去，还能抓获，还是检察院的干警本事大。""在隆林检察院四年，一晃就过去了，因为要做的事情太多。"梁钢这么说。梁钢和副检察长李志华、黄际新、陆卫国、蒙红东等组织干警们办过的案子有多少，人们只要去看看检察院档案室那一摞摞的案卷就知道了。四年中隆林检察院共办理刑事批捕案件465件768人，审查起诉459件687人，受理贪污贿赂等经济案件109件，查办62件。通过办案为国家和集体挽回经济损失1021万元。

三

"请大家向我看齐！"

无论是工作、办案、生活、廉洁自律，梁钢始终坚守一条：要求干警们做到的，自己要首先做到。

隆林县是国家重点工程天生桥库区所在地。库区经常发生桂、黔两省（区）移民聚集闹事群体性事件，库区移民也常有围攻、上访等情况。检察院和其他司法部门共同维护社会秩序，保一方平安，这是职责。有关部门知道检察院办案经费不足，曾多次提出要补贴检察机关的办案经费。但梁钢和班子成员都拒绝了。他多次在会上告诫干警："移民经费是党和国家的专项补贴，这个钱来得不易。我们不能去沾这个边。谁沾了谁就是违反纪律。"起初干警们不理解，说："检察长你也太怕事了。"梁钢说："这是纪律是高压线，谁也不许碰！"

不久，隆林移民经费被挪用的情况引起了自治区的高度重视，区审计厅对此进行了专项审计。不少单位都清退了挪用的移民经费，领导也被追究了责任。干警们说："还是检察长站得高，看得远。"

县饮食服务公司一位经理挪用公款，检察院接到群众举报后查处了案件，把钱追了回来，处于困境中的单位职工感激地说："检察院为办这个案跑广东，上云南，非常辛苦，也花去了不少钱。"于是提出给几万块钱作办案补贴经费。梁钢和干警们婉言谢绝。检察院还到该单位召开了"退赃大会"。梁钢结合案件以案说法，给单位的全体员工上了一堂生动的法制宣传教育课。检察院当场把追回的10多万元退回给该单位。

几年来，类似这样的办案"补贴费"，隆林县检察院拒收了上百万。这些事使干警们受到了教育，对检察长要求的检察干警必须"常在河边站，就是不湿鞋"有了更深的体会。

对于党和人民赋予的权力，梁钢十分珍惜，没有因为权力在握，就利用职权谋取一己私利。一次，老家靖西来了三个堂弟，要求梁钢介绍工作，并流露出最好能到检察院工作。梁钢说："这个你不要找我。要进检察院，必须有大专以上文凭然后考试进来。找其他部门介绍去做工，我有这个能力，别的单位也会帮忙，但影响我日后的工作。"次日，给他们路费叫堂弟们回靖西去了。在准备动工建检察院办公楼时，一个精通建筑的堂弟又来找他，要求承包工程。梁钢说："本来你可以参加投标，但是你和我有这个关系，最好还是避嫌，就不要投这个标了。"无奈之下，这个堂弟又心灰意冷地回去了。

不符合条件的，一个也不要；工作需要的，想方设法地“挖”进检察院。几年来，经检察院党组研究，先后调入反贪局需要的会计师、能写材料的本科毕业生等确有专长且工作需要的有七名人员。

梁钢从检察院工作的实际情况和工作实践中，深深地体会到：“检察工作没有法律知识，只凭经验就容易出现冤、假、错案。”因此，他自己要求干警做到的事，他自己必须做到，尽管工作繁忙，一天像磨子一样不停地转，但他始终坚持读书学习。1999年他还报考了北京大学法学院法律专业本科。他认为，时代在前进，要求检察官必须不断进行知识更新，要与时俱进，否则就会被时代淘汰。

生活不能没有爱。用生活的多棱镜照着梁钢，他并不完美。作为检察长，梁钢心里更多地想着群众和干警，对父母和妻子女儿的照顾自然就少了。梁钢生活的砝码总是一头重一头轻，无法平衡。

那一次，梁钢的父亲高血压病发作，医生要他立即住院。在监护室观察治疗了三天，梁钢才挂了一次电话过问父亲的病情。母亲的冠心病发作，梁钢那段时间正为检察院大楼的建设经费筹措在自治区、地区之间四处奔走，忙得不可开交。那天直到半夜3点才和陆卫国副检察长一起到病房探望母亲。母亲望着儿子微布血丝的眼睛，知道自己这个工作责任心很强的儿子准是一连两三天没有好好休息了，生病的母亲心痛地叫儿子回家好好休息，岂知，天还未亮，梁钢又和陆卫国赶去南宁找基建资金去了。

梁钢欠妻子和女儿的情就更多了。

1997年7月，梁钢的女儿梁哲在百色镇一小毕业，准备上初中了，女儿想爸爸，想跟他说说学习，想跟爸爸在假期好好玩玩。

可梁钢没时间回百色，妻子只好带着女儿坐了几个小时的车到隆林探望他。当干警交给母女俩房门钥匙时，她们才知道梁钢到天生桥执行任务去了。一周过去了，检察院在家的领导曾几次打电话给梁钢叫他回来与妻子和女儿见见面，可一直没见他回来，无奈单位只好安排车子送母女俩到天生桥见梁钢一面。

车子进入天生桥高坝工区下游的公路桥，母女俩看见不远的80多米高坝上，黑压压的人挤满了坝面，她们知道，梁钢在那里执行公务。可她们的双眼望酸了，还看不到梁钢的面孔。经反复联系，才知道梁钢在工区上的位置。车子在桥头停下来，母女俩看见大约60米外的小土坡上，有一只手举着向她们挥动。她们看到梁钢那张被太阳晒得黑红黑红的脸。可此时他正奉命处理一起库区移民纠纷，四周被移民围着，根本无法走动，只能后退，不能前进。妻子看到了这一幕，她知道在这种特殊场合，被激愤的人群什么事都干得出来。妻子大声高喊："梁钢，你别过来，别过来！"之后流着泪，拉着女儿的手，回到了车里。留给梁钢的是一阵扬起的黄黄的尘土。

梁钢不是无情的人。

记得那年检察院决定投资150万元建新楼，梁钢带领干警马不停蹄地跑立项、跑规划、跑设计、跑招标。当时最大的困难是资金。他们的底子太薄，资金缺口太大。

为了筹措资金，梁钢和班子成员决定采取"两条腿走路"的办法：一方面向县委县政府汇报，找上级机关反映，在南宁、百色走马灯地转，尽可能多争取政策性拨款；另一方面要求干警以最快的速度办好案件，办准案件，为国家挽回更多的经济损失，以争取更大的支持。

隆林—百色—南宁—隆林，这条线路梁钢不知跑了多少趟。每次出差，他都是日夜兼程，隆林到百色的路不好走，220多公里的路汽车要走5个多小时。梁钢总是白天自己开车，晚上才换司机上阵。虽说梁钢开车技术不错，可人不是钢、不是铁，长期的劳累奔波，就是再过硬的身体也有软的时候。1998年春，他患腰椎间盘突出病症被家人送进了医院。

“检察长的腰病是累出来的。”干警们都这样说。

因病情较重，医院建议做手术。这种病，医学界公认手术成功率不到80%，如果手术出意外，后果不堪设想。爱人覃丽吓得手直哆嗦，不敢签字。梁钢的父亲接过儿媳手中的笔。这位离休的百色军分区老领导感到手中的笔不像他以前打的手枪那么听指挥，但他还是抑制住自己，沉住气签了字。4个小时后，梁钢被从手术台上抬下来。手术成功了。

一个月后，梁钢出院了。但医院要求必须全休两个月。可是他才休息了十多天，惦记着院里的工作，非要赶回去。百色分院曹新华副检察长代表院党委和领导们来劝他：“你先休息治疗，把病治好，工作的事以后日子还长着呢。”

父母和爱人也都不同意他回隆林。梁钢的母亲潘紫湖说，谁劝说他都不听，他说我人在这里，心在隆林。回去后我即使不上班，躺在那里，大家也好找我商量工作。由于伤未好，梁钢还不能弯腰，这样光是解大便就是个大问题。父母亲要去照顾，他不答应。老父亲患有高血压病，母亲患有冠心病，怎么忍心让辛苦了一辈子的父母跑那么远去照顾病人？父亲理解自己的长子他是个什么困难都难不倒的汉子，于是赶忙把一张椅子中间锯了个洞，给儿子带去隆林。这是一个共产党员、老军人给儿子的支持。母亲又和妻子去给梁钢买了几十条一次性内裤……

梁钢有情。只是他的情感，更多地给了他所钟爱的事业。

一次，梁钢又到检察院的扶贫点桠杈镇龙良村。县检察院为配合党的中心工作，在扶贫点与当地基层干部一起，开展了一系列加强基层组织建设，修建乡村公路、人畜饮水工程，改善村里的办学条件等工作。检察院投入了大量人力物力。在扶贫点，梁钢看到村学校在检察院的帮扶下，教室和教师宿舍已建好，但建教师伙房时，却因为欠群众几百元木料钱而迟迟不能动工，梁钢当场把身上的500元钱捐献给学校。

还有一次，干警小黄的爱人生小孩，医生检查后说可能难产要输血。梁钢听说后，当晚组织干警到医院准备献血。这晚，梁钢一直在医院等到半夜。直到小黄的爱人母女平安了，他才和干警放心地离开医院。医生问："这种事也要你检察长来吗？"梁钢说："在这节骨眼上，我不来谁来？"

四

如今的隆林检察院已今非昔比：高耸壮观的五层办公大楼，2000多平方米的办公面积，宽敞明亮的办公室被一幅幅茶色玻璃墙分隔，办公室整齐排列着档案柜、办公桌椅。办公大楼前，杂草被铲除了，垃圾被拉走了，展现在人们面前的是平展展的冬青，绿茵茵的草坪，香喷喷的玉兰。

今天的隆林检察院，新房子，新路子，新车子，更重要的是工作有了新思路……

隆林检察院从1999年起连年被上级部门评为全区"五好检察院"，地区级"精神文明建设先进单位""人民满意的政法单位"、干警队伍素质也大大提高。检察院连年被评为自治区和地区先进单位，不少干警立功受奖。人们说：梁检察长在隆林几年，改变了一个单位的面貌，提升了一个检察机关的形象。

梁钢的工作得到了组织的充分肯定，他荣获广西"十佳检察干警"、全区百名"人民满意政法干警"等许多荣誉称号。

在荣誉面前，梁钢丝毫不敢懈怠。如今，已经走上百色检察分院副检察长岗位的他知道自己的路还很长，工作还任重而道远。他将坚定不移一步一个脚印地走下去！

1999年11月

（本文辑入广西人民出版社2001年出版的《敬礼！警察官》一书）

美丽的牵挂

——记广西“十佳警嫂”陶叶廷

像针和线一样平平常常理所当然地牵挂，像轮船与码头一般共同存在难解难分，像火车一节牵着一节似的顺理成章不断向前推进。的确，如果没有了针，线将变得无所作为；如果轮船没有了码头，这船将变得无依无靠；如果列车没有了牵挂，这火车也就失去了它原本的意义和作用。牵挂，对于一个物体而论，竟有这么重要的内涵，怪不得作为高等动物的人，牵挂因而也就说不清道不明。生活上的牵挂，工作上的牵挂；父子母女之间的牵挂，夫妻亲友之间的牵挂；亲情的，爱恋的，失落的，甚至顺畅的都在无休无止不声不响地令人牵挂啊，所以有这么一首歌：……想起你的人是我，牵挂你的人是我！

在这里，我要告诉你一个美丽的牵挂。

叶廷，你在哪里

柳州市北雀路××区××栋×楼的张桂荣大妈和陶慧振大叔，两个月没有见到二女儿陶叶廷了。2000年的春节已经临近，张桂荣感到这腊月的白天比七月的白天还要长。每撕一张日历，心中就增加了一份沉重的牵挂，女儿只跟她和老伴说去朋友家玩，但一去就两个月了。她捏着撕下的日历，佛士捻珠似的，捏来又捏去，揉成团的一张张日历丢到纸物篓了，但思念女儿的情绪却一天天地加码。

“叮铃铃”，一阵电话铃震醒了张桂荣。丈夫退休后感到闲着没事干，到街上摆了个小摊，这接电话的活儿就是她了。她记不清两个月来，每个周末，多少回电话铃响，她都满怀希望地拿起话筒，但每次都不是去朋友家玩的二女儿陶叶廷的声音，也不是在浦北的大女儿陶叶开的问候，而是陶叶廷的同学，不是王远飞，就是陈婵，要么就是林坚、陆庆秋，她们都问着同样的话：叶廷回来了没有啊？

多少次门铃音乐响，张桂荣虽年纪大体质弱，但她总是像战士听到了冲锋号一样，快步去拉开门，期盼着看到女儿亲昵的笑脸。多少回门外出现一张张她熟悉的灿烂如山花般的笑脸，她仔细地在那些笑脸中寻找自己的女儿熟悉的脸庞，但她却失望了。门外站着的只有陶叶廷当年的同学们。她们蜂拥而入，七嘴八舌地围着她问：陶叶廷去哪里？快过年了，怎么还不回来？有个调皮的女友，还钻进陶叶廷的房间，生怕陶叶廷和她们玩藏猫猫呢，谁知用手往书桌上一抹，手背沾了一层灰尘，这才信以为真，再回到厅上。她们就是这样 次又 次高兴而来，失望而走。温暖、活跃了一会儿的房间一下子又变得冷清了。张桂荣凝视着她们的背影，喃喃地说：叶廷，你在哪里？

往时的周末，同学们都这样相约来邀陶叶廷去玩。陶叶廷和这几个同学，大家都在柳州有一份稳定的工作，生活无忧无虑，又都生性活泼，聚在一起，真可谓“三个女人一条街”。她们海阔天空天南地北地高谈阔论。有时，到新华书店去，浏览书架上琳琅满目的新书，有好书也买它几本，有时则去图书馆借阅。好几回，当她们正在知识海洋里畅游时，图书馆管理人员来到她们身边，她们才意识到到了下班时间，四下望去，只见图书阅览室静悄悄的，除她们，多一个人也没有。迅猛发展着的时代文明，令陶叶廷和她的女友们不满足于现有的科学文化水平，她们要去攀登一个又一个知识高峰。陶叶廷考取了大专计算机信息管理专业，一边上班，一边读书。有时，陶叶廷和好友们因都不喜欢跳舞，所以也选择一块儿去散步，在华灯通明的宽敞的大街上，在车水马龙的人群中穿行，偶尔也相拥着走进服装店，比试着时髦的时装，好让自己穿出风格，穿出个性，以不负花一样的年龄。她们还常常相邀到都乐岩、大龙潭、渔峰山等公园去爬山，当争先恐后地爬到山顶，便一阵欢呼雀跃，然后找一个安静的地方，大家围在一起，或开心地谈着人生、前途、理想，或弹吉他，唱唱歌，像一群山雀，玩得尽兴了，便飞鸟各投林，回到各自的家，享用父母早已准备好了的晚餐，接着便是读书，或看电视里的篮球、足球赛节目，当个把钟头的球迷……

可如今，人去楼空。两个月的双休日，好友们找不到陶叶廷这个她们以前班上的学习委员，似乎缺少了一根主心骨，相聚时大家都沉默寡言，要是有谁提到陶叶廷，场面就活跃了，但当说过之后，留在大家心中的仍是对陶叶廷的一份牵挂。父母找不到陶叶廷，心急如火焚，家里少了一份温暖，多了一份牵挂。有好友不管三七二十一，跑到陶叶廷工作的柳州钢铁集团公司去问，有关人员只说陶叶廷把这三年来节假日的假期全都要了，没有说要到哪里去。

整整两个月，所有熟悉和关心陶叶廷的朋友、熟人、单位同事，心里都像灌了铅一样沉，时刻都在心灵中呼唤：叶廷，你在哪里？

乃立横躺四年床

平孟，是国家二级口岸，是广西那坡县与中越边境要塞，正因为这样，一个叫冯乃立的警官的名字就和它连在一起。

平孟位于广西那坡县南部。驻地和边境线形成一个丁字形。从平孟街左边延伸的是八豪山以及离主峰几公里的炮台山，延绵的长排山作为边线伸向靖西方向。而平孟街的右边边线以规丛山及延伸20多公里的群山直至念井，这高山峻岭共同筑成了70多公里的平孟边境线的绿色屏障。其间数块界碑和这里的峰峦叠嶂共同托起伟大祖国的尊严。

绿色是生命的源泉，是人类的希望。然而绿色也因它的遮天蔽日和地形的复杂，使境内外一些不法分子有机可乘。这便是祖国漫长的边防线上一个看不见硝烟的战场。平孟派出所就是这个战场上的一个堡垒。干警们在这里担负起长期的缉枪缉毒和治安防范的重任。

边境安宁的历史，铭刻着平孟派出所和官兵们光辉的篇章：

1979年4月在保卫祖国领土完整的战斗中，被广西公安局荣记集体三等功；

1984年6月被那坡县人民政府、县人民武装部荣记集体二等功；

1986年6月被国家公安部授予“南疆卫士”的光荣称号。

当平孟所誉满边地时，所里的领导换了一任又一任，干警换了一批又一批，唯独战场和任务不变。后面来的干警，又在上级的领导下，在这个看不见的战场上屡建奇功。1991年7月，当地新闻媒体曾以大量的篇幅报道了平孟边防派出所的先进事迹。正在百色地区公安局实习的广西武警学校学员冯乃立，看到了这篇报道后，心情久久不能平静，心想：自己是百色人，百色在人们的眼中还是个非常落后贫穷的地方。“子不嫌母丑，狗不嫌家穷”，冯乃立决心回百色而且要到平孟派出所去工作，为百色老区边境的安宁而献出自己的光和热。回到学校后，他两次给学校打了报告。岂料，当时公安厅领导曾两次派员到学校物色毕业生，冯乃立被他们选中了。可是学校仍是尊重学员自己的意愿。于是，1992年7月，冯乃立被分配到了平孟派出所，成为所里的一名干警。

这时，正是祖国西南边境缉枪缉毒专项斗争进行到关键的时刻，他和战友们一起，穿行在边境崎岖的森林小路上，潜伏在大山的丛林中，不论是白天，还是黑夜，以自己的智慧和勇谋，与形形色色的境内外枪毒贩子进行殊死的搏斗。从1992年7月到1995年底的3年多时间里，他多次参加缉枪缉毒战斗，和战友们一起缉获各种军用枪支28支，子弹200多发，毒品1200多克。

此外，冯乃立还参加破获其他刑事案件46起，查处治安案件91起，调解各种纠纷13起，抓获各种违法犯罪人员300多人。冯乃立成了威震边关平孟的干警。他有自己辉煌的历史：

1994年1月，因“双缉”工作成绩突出被广西公安厅荣记集体嘉奖；

1996年1月，因1995年“双缉”工作成绩突出被广西公安厅荣记集体二等功；

1996年被公安部边防局评为全国缉枪缉毒先进单位；

1996年1月被武警广西边防总队荣记三等功一次；

1996年2月被武警广西边防总队荣记三等功一次。

他从一个跃跃欲试的学员成为一个立功受奖的干警。他的勇敢机智和才华得到了发挥，也经受了一次又一次的考验，在战斗中，他成长为一名中国共产党党员，被上级列为后备领导干部进行重点培养，初步实现了他为祖国安宁而奋斗的目标。他的“双缉”故事传出去，罪犯分子听了胆战心惊；细心的姑娘听了，敬慕之情油然而生。1995年5月的那次霓灯闪烁的警民联欢会上，一个姓张的姑娘注视着来自平孟派出所的冯乃立：只见他剑眉飞扬，炯炯有神的双眼闪亮着公安人员特有的犀利。这两道光芒似乎照亮了姑娘的心，令她再也耐不住了，她迎上去，邀他跳了一曲。冯乃立的英俊潇洒，令她表明了心曲。后来，她又为冯乃立更多的更生动的“双缉”故事所感动，决心把自己的爱情献给他。作为戍边战士，有多少女友因他们工作的地方偏僻、交通闭塞、工作危险，把精心筑起的感情桥梁掀倒，把接上的红线无声无息地扯断了；有的虽然结了婚，终因高山的阻隔，边关路遥，可想而不可即，不甘受牛郎织女般的寂寞，感情日渐淡薄而劳燕分飞。面对这些听来的或看到的边防军人的婚姻现状，冯乃立非常珍惜这份难得的爱情。流逝的日子，是他们鱼雁往来，感情笃深，爱情日渐成熟的幸福时光。

但是，当冯乃立的事业和爱情的风帆正在向着灿烂而幸福的彼岸推进的时刻，这艘事业和爱情的航船的桅杆却被意外事故无情地扯断了。

1996年1月4日，冯乃立和战友乘客车往县边防大队送头几天缉获的2支手枪，岂料客车突然失控。当人们在100多米的深壑找到这客车时，已有4名乘客当场死亡，27人受伤。抢救人员找到冯乃立时，只见他虽然重伤昏迷，但他的双手仍紧紧地抱住了那个装有2支手枪的提包和自己身上佩戴的手枪……经过医院会诊，冯乃立头部右侧撞伤，颈椎4至5节压缩性骨折并导致脊髓性裂伤，脊椎1—7内脊髓出血，左手肮骨粉碎性骨折。经过医生全力抢救，冯乃立虽然从生命的低谷中走出来，但由于颈椎骨折和脊髓严重损伤，他始终无法完全康复，变成高位截瘫，丧失了生活自理的能力。

冯乃立伤后住院的一年多时间，派出所每个月派两名干警前去照顾他。他的女友小张也和干警们一道，护理了他几百个日日夜夜。小张和战友们为他换了上千个的导尿袋；常常几个人一齐用力，好不容易才能为他翻一次身。好在他神志还清醒，当他看到所里的领导和战友，既要担负边防繁重的工作，又要乘一天的车赶到南宁来照顾自己，每两人照顾他一个月，心中的痛苦就像一把无形的刀戳进他的心，痛切切的。他想，自己还这么年轻，就失去了为祖国的安宁而工作的能力，真对不起这些昔日并肩龙腾虎跃戍边的战友。还有女友小张，每当小张为他换上新的导尿袋，他都感到脸上一阵阵发热：一个本来在工作中能叱咤风云、能为她担负一切重压的男子汉，如今反而让一个弱女子来侍候自己的饮食起居，这样的日子，就像要走到天边的人一辈子也走不到一样。自己才二十出头，他常常为自己失去工作能力而伤感；为愧对战友而内疚；为自己这一辈子不但不会给小张带来什么幸福还给她带来说不清的烦恼，更愧对她的一腔热情而自责，有时甚至感到似乎小张不在他身边他思想负担会轻一些。于是他动员小张离开他，小张的亲友看着她为护理冯乃立而辛苦了一年多且又看不到冯乃立伤痛好转的前景，一个个都动员她离开冯乃立，小张经过激烈的思想斗争，终于1997年5月30日含泪离去了。小张的离去，倒让冯乃立感到是一个自己应尽的责任，临别时，他含着热泪给她唱了一曲“祝你平安”。

精神的空虚有时比物质的匮乏更令人难受，更让人心烦意乱，冯乃立在南宁转换了几个医院进行治疗，虽有好转，但始终无法站立起来。两年后，他带着这高位截瘫的身体回到了平孟，边境依旧，唯有所里人员变动了，但所领导和干警们都常常到房里来看望他、安慰他，并为他解决一定的实际困难。他的小妹冯小芳在小张走之后，一个人承担着照顾哥哥的重担。

为此，冯乃立心头似乎有了不小的安慰。然而，从一个生龙活虎的干警一下子变成了瘫痪在床的病人，想起以前的工作和生活，想起友情与爱情，他心情变得时好时坏。那个小张和他认识以后，多次来平孟看望他，她是真心爱着他的，他们在一起结织着未来家庭的梦。可是现在，小张彻底地走了，留给他的自然是一片惆怅，他想把这份情谊封存，但做不到。他没有埋怨小张，因为一个弱小的女子，无论如何也不能冲破社会压力这张牢不可破的大网，犹豫之中，他叫她另找门路去了。他们这份属于患难之中的友情就这样终止了。可是，冯乃立毕竟是个有七情六欲的男子汉，他除了渴望能像正常人一样的工作之外，也希望像正常人一样有属于自己的天空的爱情，尤其是心灵上和精神上的抚慰。因此，当小张在他的视线之内永远消失之后，他本来因伤残而容易烦恼，这时更是烦上加烦了。更令他烦恼的还有，小妹一直一个人照顾他好几年，她原来的男朋友早就催她回去结婚，可她怎么丢得下亲哥哥不照顾而跑去寻求自己的幸福？冯乃立感到自己拖累了妹妹，耽误了她的前途而更烦躁不安，真可谓：身上百处伤，心中千般结。

于是他寻找一个解脱烦恼的办法，就是在家里安装了电话。这个电话让他有了暂时的、唯一的精神依托。有一次，他躺在床上观看贵州省电视台的点歌台节目，屏幕上出现了热线电话，他立即记在心中，后来就试着打热线电话，没想到真的就打通了，节目主持人留给他一个电话。经过几次热线电话，他手中有了好几个电话号码可打。小妹看到哥哥打电话时，向对方诉说着自己的痛苦，似乎有人为他分忧了似的，只见他高兴得判若两人。小芳有时也听到，这些接电话的有男的，也有女的，冯乃立聊到激动时声音特别大，而且爽朗的笑声充盈着这8平方米的房间，声音久久地回荡；有时也轻声细语，如丝如织，就是在一两米之外也听不到他说话的声音。这电话声音，就是冯乃立感情潮水起伏的写照。每每这种时候，小芳总是悄悄地离开哥哥的房间，让他尽情地与对方倾诉。细心的小芳发现，每当哥哥打热线电话出现上面这种情况时，就说明他找到了热线电话中的知音。而这种时候的倾诉，电话的概念似乎已在他大脑中消失，接电话的对方就如同出现他的对面，这种电话往往要说上几个小时，等他说完放下电话，便浑身轻松地仰躺在床上，脸上出现了幸福的笑容，而这笑容要过许久才会消失。这种电话上的聊天，虽是一种精神解脱，但冯乃立要耗去很多的电话费。在一年多的时间中，他也点了不少的歌，点给同学、朋友。1999年2月26日，他无意中拨通了广西电视台的“心语通道”栏目。这个节目他曾反复地收看，他为电视上的人物的生活和命运的故事感动，也为他们幸运地得到人生幸福而喝彩，这些活生生的画面撞击着他孤独的心灵，他也希望诉说自己的心语。于是他拨通了热线电话，诉说了自己的不幸灾遇和情感上的变故，以及妹妹几年来为照顾自己，就连在拖地板时几次昏倒都无法去看病的痛苦。听着他的如泣如诉，节目主持人也为他的不幸而感叹，更为他守卫边关的精神所感动，为他提出了解决问题的建议，并留下了他的通信地址：那坡县边防武警大队。

事物本来就存在着两个对立面。冯乃立安电话，打电话，有幸福快乐的时刻，但也有烦恼的时候。那一次，住百色老家的二哥打电话来说父亲患了糖尿病，他接完电话，放下耳机，一反常态地望着电话机发愣，渐渐地脸上出现了怒容，他在埋怨电话机给他带来了不好的消息，令他心烦。多少次遇到这种情况，他总想摔东西，以解解心中的烦恼，但他躺着的床上没有什么可以让他摔得出声音的东西，唯有床头小柜上的电话机，再不就是电话机下面的小便壶，可那是塑料的，绝对摔不出响声，解不了心头的烦，唯有电话机了，但一转想，摔了电话机，又怎么找人聊天？而且那是要花钱买的呀！心虽这么想，但他的手还是似乎不听大脑指挥一样，伸向了电话机，这时，“丁零零”的电话铃响了，他像触电似的缩回了手，但电话只响了两下又无声无息了，他更恼火了，抓起电话耳机高高地举起，正准备摔的时候，门口冲进来一个女子。她就是冯乃立的干妹林红妹，是本所干警周相汉的妻子，平孟街上人。小芳回百色看病去了，她是来替小芳照护冯乃立的，已有十多天了。这时林红妹一个箭步冲到床前，将冯乃立握着的耳机夺了过来，冯乃立望着林红妹，把心中的怒火都集中在耳机上，他挣脱了林红妹的手，狠狠地把耳机摔了，幸好林红妹眼明手快，在耳机未落地时及时抓住了，否则，这曾经给他带来欢乐的耳机就成为“牺牲品”了。之后，冯乃立叫林红妹把电话搬到了离床边近两米的桌子上。这电话机也随着冯乃立心情的好坏几度“搬迁”。后来小芳说，冯乃立打电话，每个月的话费都要花去600元以上，创平孟街个人单机电话费之最。

冯乃立打了广西电台的“心语通道”热线电话以后，听众当中有几位女同志为冯乃立在戍边工作中的成绩而敬佩，也为他的妹妹冯小芳辛勤护理哥哥几年如一日而感动。一位家住钦州的姑娘，在一个蝉声齐鸣的初夏的一天，给冯乃屯打来电话，说她没有到过边防，她想来看看边防，看望冯乃立。尽管冯乃立把这里的条件和自己的状况告诉她，但她为了体验边防生活，还是孑然一身千里迢迢地来到了边关平孟。边关迎接她的是险峻的群峰，破旧的房屋，冷清的街道，少许的行人。这姑娘下车后看到这一切，觉得似乎自己落到了地球的最低处最终端，连绵起伏的群山把平孟隔得太远了，她不禁倒吸了一口气：难怪冯乃立劝她不要来。到了平孟派出所，她看到冯乃立是个光着头，脸上因长期卧床不见太阳而有点像面包的表皮一样的皮肤，穿着短衣和中长裤的病人模样，她不寒而栗。她对冯乃立说："在我的想象中你应该是穿这种衣服（即警服）的。"冯小芳说："我哥是个病人，不可能穿警服了。"钦州姑娘没有再说什么，她环视了一下冯乃立的房间，然后提出告辞。

崇左县离那坡也有200多公里，冯乃立的遭遇也感动了远在崇左县乡下的两个壮族表姐妹，拉近了他们的感情距离。那表姐已结了婚，表妹也谈了男朋友，但冯乃立的事实在令她们不放心。她们想来照顾冯乃立一段时间，好让小芳到百色好好地检查自己的病。她们用大新花竹篮装了新鲜鸡蛋及营养补品带到平孟，她们和小芳一起，照顾冯乃立十多天才回崇左。十多天，这在人生的长河是非常短暂的，但却令她们难以忘怀，揪心不安，因为冯乃立确实太需要人间的真诚相助了。于是回去十多天后，这表姐妹俩又第二次来到平孟，那个表妹在表姐回去以后又独自留下和小芳照顾冯乃立，一直到她的男朋友来电话，她才离开。边关留下了她们的一片亲情，她们两次往来照看冯乃立，不说收冯乃立给的护理费，就连往返的车费也是她们自己掏的，不知不觉中，冯乃立的家便成了人间冷暖的检查站。

更令冯乃立兄妹感动的是那个德保县的李莉。本来她和冯乃立素不相识，只是冯乃立呼错了她的传呼机，她也复机，通过几次电话，冯乃立自然也把自己的情况和她诉说，之后不久，她先后两次到平孟探望冯乃立。他们说得情投意合，李莉在自己病情严重的情况下，还希望为冯乃立的痛苦分忧。这么通情达理的姑娘，遗憾的是红颜薄命，尿毒症夺去了她宝贵的生命，她永远地离去了，就在她重病之时，冯乃立感激她不顾自身病魔缠身，两次到平孟看望自己，叫小芳送800元钱给她。冯乃立知道，这800元钱还不清这人世间的真情，但为了表达自己的情意，他及时而坦然地寄上……这些姑娘，都像雨后的长虹，太阳一过就看不到了，留给冯乃立的还是一片情感的空白地。

就在他情绪十分低落、心中格外烦恼的时候，他收到了武警那坡边防大队转来的一位素不相识的女子的来信，这样的信，是他受伤之后的第一封呢。他迫不及待地打开来，认真仔细地看下去……

小冯，我的良心驱使我去看望你，你同意吗？不管你意下如何，我是要去的了，谁叫你拨打“心语通道”电话呢？如果你不打那电话，我不会在收音机里认识你，知道你。既然知道了你的难处，我的良心就会安排我的行程，不然，这人情债怎能还清，这心中疙瘩无法解开。

叩击心海的电波

在柳州市中心至柳北的1路公共汽车上，坐着一位文静的姑娘，她双眼注视着一晃而过的市区，那高楼上闪烁的彩灯，那街道两旁雪亮的路灯，共同把整个龙城沉浸在乍暖还凉的初春之夜，那时强时弱的舞曲夹杂着商家的电视声音掠过她的耳际。姑娘似在看着龙城的夜景，其实她在把刚才在夜大上的课过一次电影。不知不觉中她的身子晃了一下，原来车子已行驶了半个小时，已经到了柳州钢铁集团公司不远的公共汽车站。

回到家里，父母亲已歇息了，她轻轻走进自己的房间，把课本打开，温习刚才的功课，快11点了，她像往常一样，打开收音机，一边看书，一边听收音机，以便调节一下自己的精神。突然她被一个清晰而温厚的男声吸引住了：我是一个边防武警战士，4年前因车祸受伤，造成高位截瘫，小妹冯小芳照顾我多年，现在她病了，想去看病，但无人照顾我，我感到心烦……看书和听收音机的这位姑娘叫陶叶廷，是柳州钢铁集团公司的销售员。她听着听着，不知什么时候把书本搁在桌面上，觉得心沉沉的，她想：媒体上常说，是英雄的宣传面大，得到社会的关注多，但小冯在受伤之后的几年，竟由妹妹照顾，直到妹妹病了想去看病都不行，她觉得与英雄相比，反差太大，她越是这样想，就越难于成眠。因为她父亲也是军人，1956年参军，直到70年代才从部队转业到柳钢。也许是父亲对她的影响，陶叶廷从小就向往军营，向往橄榄绿。中专毕业那年，她刚满20岁，可是，那一年在柳钢招收的女兵年龄限在18岁。在欢送新兵的会上，当她看到穿绿色军装的姑娘雄赳赳地戴着大红花爬上接新兵的军车时，她热烈地为这些光荣入伍的妹子祝福，同时又为自己今生未能成为绿色军营的一员而遗憾，她带着遗憾走上了自己的工作岗位：柳州钢铁集团公司营销部。

这陌生的声音，虽然平静自如，娓娓道来，但他的每一句话却像一股汹涌的波涛，撞击着陶叶廷的心扉：他的遭遇和处境是多么需要人们同情和帮助，他空白的感情世界是多么需要有人为他弥补。在被冯乃立的心语撞击的同时，她萌生了一个念头：

到遥远的边关去，照顾伤残警官冯乃立！为军营贡献自己一片情意。

主意已定，她立即拿起笔给冯乃立写信。她先介绍了自己，然后把听广西人民广播电台的心语通道的事写上，并把自己的感慨写上：“不一定是英雄，才能获得鲜花和掌声，你的生活需要得到关照。”并且真诚地说：“我有一段假期，我可以去照顾你，好让你妹妹去看病……”

绿衣使者把陶叶廷的信捎走了，但却没有给她带回回音。等待是一种十分烦人的时光，总希望明天能有所收获。鱼雁往来，对于这个时代的青年已经成为过时的交往方式。他们希望手牵着手，或在舞厅享受现代生活，或漫步于公园曲廊，或骑上摩托车如飞燕穿行……他们喜欢干脆地淋漓尽致地表达自己的心迹，不去理会那等待的痛苦。而陶叶廷，却在等待了一个多月的毫无收获的“明日复明日”后，接受公司交给的营销任务，踏上了去春城昆明出差的旅途。光阴荏苒，不说几个月的明天如白驹过隙，当陶叶廷风尘仆仆地回到单位之后，来不及跟父母话短长，立即赶到收发室，但希望越大，失望也越大，自己的信袋里虽有一沓信，她一封封地看，但没有一封是冯乃立的。她感到惆怅，一时间脑子一片空白：是他收不到信么？是他的手拿不起笔来给自己回信么？还是……她顿时感到头脑乱极了，似乎眼前叠现着一位边防武警的轮廓：一会儿他着军服在边境的羊肠小道上巡逻；一会儿他着迷彩服，潜伏在边境缉枪缉毒的阵地；一会儿他着蓝白相间的病号服，躺在医院的病床上……她总是把冯乃立的伤往好转的方面去想。但是一连几个月，不会收不到自己的信，可为什么不复？她感到心中忐忑不安，于是又给冯乃立写了第二封信，并留了传呼机号码。

一周后的一个晚上，也是陶叶廷刚从夜大回到家不久，她的传呼机响了，那是一个陌生的号码。陶叶廷心中“咯噔”了一下，就按呼机上的号码拨通了电话。对方的声音竟如此耳熟！陶叶廷才想起，这声音就是自己几个月前听到的心语通道上的那声音，他们各自自报家门，冯乃立说，你的信是我伤残后收到的第一封，你为什么要给我写信？是可怜我？同情我？可我又打了热线电话，为什么几个月都没有得到你的回音，今天隔了这么久你又来信？

陶叶廷听到这里，不想直接回答，而是问冯小芳的病情，是否有民政局的同志派人来照顾他？冯乃立说：“小芳患的是中耳炎，干妹妹林红妹照顾他，小芳已去百色治病了。”

……

电波像一根看不见的红线，牵住了龙城和边关，牵住了冯乃立和陶叶廷之间的情感，他们时而如诉如泣，时而谈笑风生，话语像开了闸门的水，滔滔不绝……

当冯乃立问陶叶廷，为什么要给他写信，还要到边关看望和照顾他时，她告诉冯乃立，她有一份稳定的工作，生活得无忧无虑，但是看到别人痛苦，自己心中就难受，所以要到边关看望并照顾他一段时间。

冯乃立握着电话机的右手一阵发抖，大概是被陶叶廷的诚实所感动。但他在自己踌躇的同时冷静了下来，他把自己拨热线电话之后，曾有几个姑娘来看望过他，但都被理想中的他和现实中的他的差距和边关的恶劣环境所吓倒，打了退堂鼓的事告诉了陶叶廷，并劝她不要千里迢迢地到边关来了。谁知，陶叶廷却斩钉截铁地说：“我这个人决定要办的事，就一定要办到。”

冯乃立放下电话，看了桌上的钟，不觉刚才和陶叶廷聊了一个钟头，陶叶廷电话上的话语无处不传达着她爽快的性格，这使冯乃立深信：她一定会到边关来。

同情之心使她付诸行动

和冯乃立通过电话之后，陶叶廷心中便有了一份特殊的牵挂，很想去边关看望并照顾冯乃立这位虽未谋面，但令人同情的边防干警。

恰好，澳门回归之后没几天，父母携她一同到南宁看望大伯，陶叶廷长那么大，还是第一次到大伯家，住了几天，父母亲就要回柳州去，可大伯要留叶廷多住几天。在送父母上车时，她跟父母亲说：“我要去朋友家玩。”

父母亲回柳州的第二天，陶叶廷决定去平孟看望冯乃立。于是她到南宁的商场去给冯乃立买些礼物。但陶叶廷把南宁的商场走了一个又一个，还是买不到她想买的东西。这时已是下午三点多了，经过反复打听，她终于来到了一家商店，选购了一个康复按摩器，另外还买了些药品和营养补品，便来到南宁汽车站买了一张南宁往那坡的卧铺夜班车票，然后给冯乃立挂电话说：“我去你那里看望你，可以吗？”

这一天是2000年元月6日。

南宁往那坡的这趟夜班车是傍晚7点钟开的。上车之后不久，临铺的女客已进入了梦乡，可陶叶廷却睡不着，车窗外一片漆黑，黑得令人心慌。她多么希望，往边关路上的漆黑，也像她从柳州往昆明出差乘坐火车穿过那几百个大大小小长长短短的隧洞一样，让人忍受几分钟或十几分钟的漆黑之后，眼睛突然明亮起来：窗外的阳光多么明媚，一下子便抹去了乘客在车子过隧洞时的黑暗，及时地让乘客了却这对光明的短暂的期待！

夜行边关，对阳光的期待，那是一个漫长又寒冷的冬日的漆黑夜。陶叶廷往时常常一个人出差，也常坐夜车，她什么也不怕。但是，这路太陌生，这夜太黑，这天也特冷，她还是产生了恐惧心理，她睡不着，唯一的办法是以记忆中美丽的柳州市夜景来慰藉自己，使自己恐惧的心灵一次又一次地平静下来。一个长长的冬夜，她就这么反复地将一幅幅美丽的都市灯火画面拉到眼前这张黑色的屏幕上。车外的漆黑是会在全车人的期待中消失的。她这么想着。于是，她发现了那些不时从车子脚下很深的地方很快掠过的灯火。这才注意到，车子大概在半山腰以上的地方行驶，要不，那灯火怎么那么微弱？令人看了像倒挂着的天灯？

无意中，她被从来路上射来的雪亮的车灯光吸引了，回头往后望，只见一道道灯光把来路照成了一个明显的之字。她才吃惊地发现，刚才车子就是在漆黑中从这一个个的之字形路面上驶过的啊！不一时，灯光被像电视荧屏上出现的网一样网住了。车外沙沙作响，往车头望去，只见两根雨刮在不停地移动，但雨水仍款款而下流个不停。

不知是哪位旅客晕车呕吐，打开了车窗，顿时寒风窜进车中，令人一阵阵寒战，陶叶廷突然想起冯乃立在电话中劝她“不要跑七、八百里路来受这份罪”的话，尽量让自己的情绪稳定下来，她把大衣紧紧往身上裹，半躺着，仍冷得发抖，她只好用客车上为乘客预备的被子把膝盖盖住，继续想着自己的心事。

这次出行，她没有把实话告诉疼爱着自己的父母。因为父母为把她抚养成人，找到一份工作，还不操碎了心么？他们单薄的双肩上，再不能承受她去边关看望、照顾一位伤残警官的重压！于是，她平生第一次跟父母亲说了谎话：说自己要去朋友家玩。

客车经过了艰难的夜行，终于在次日早晨6点来到了那坡县城。

七点二十分，陶叶廷乘上了去平孟的班车。沿途，小陶看到一条路面凹凸且狭窄的公路穿过崇山峻岭，时断时续，当车子因左拐而把人们向右斜而人们还未坐稳时，车子又向右拐弯，人们又都向左边斜去，像是在跳摇摆舞。这70多公里的路，小陶一路数来，竟有180多个弯。陶叶廷因长期出差，也有了思想准备。但是当听到车上有人说以前有车子在这个陡坡出事时，她想，这大概是冯乃立出事的地方，不禁感到不寒而栗。她扪心自问：难道人生的旅途就这么颠簸不平么？愿小冯他早日康复！

上午十点多，晃荡着的车子终于到了它的终点站：平孟镇。平孟街，一条街两旁的房子依次建在两座对峙的连峰山脚。有的房子二三层，有的则一层或是瓦房，参差不齐。在陶叶廷心里，平孟与过去自己去过的地方差距太大，与柳州融安苗族村民居住的元宝山差不了多少。而平孟派出所就在右边那排房子的中间。偏僻、荒凉充塞了陶叶廷的脑子。

听说陶叶廷来到了，躺在床上的冯乃立，叫妹妹小芳把他扶着坐起来。一个剃光了头的病人穿着宽松的睡服这就是他给陶叶廷的见面礼：“你来了？”“我来了。”别看他们电话上说得那么开心，但真正到了见面，各人的嘴却都像贴了封条，脸红得像天边的朝霞。

在床上坐着的冯乃立，没有能站起来迎接陶叶廷，但他那闪烁着炽热光芒的双眼告诉陶叶廷：他虽久病卧床，但精神仍开朗、乐观。这使小陶得到一定的精神安慰，心中的忐忑不安顿时被抛到九霄云外。而冯乃立看着风尘仆仆的陶叶廷：一张幼稚的脸上，两眼神采奕奕，丝毫没有头一次见面那样的羞涩和忸怩，而是落落大方。这就是他收到第一封信以后有了美丽的牵挂的她。多像久别重逢的朋友!

陶叶廷说过要来照顾冯乃立。否则她不会对父母撒谎，更不会在那个寒冷的冬夜乘车往边防的。但到平孟的当天下午，当她听冯乃立说要小便时，姑娘家的本能，令她一阵脸红，真觉得不好意思，悄悄地走出房门，喊小芳来照顾。

男女有别，对于一个陌生的男人，要动手去照顾那只有妻子才能照顾好的事，陶叶廷真的感到十分为难，但是记起自己在给冯乃立的第一封信中说的话：“不一定是英雄才能得到鲜花和掌声，也不一定是英雄才能得到别人的关心和爱护，如果你愿意的话，我可以去照顾你，我也不怕吃苦，我也能吃苦。”想到这里，她觉得脸发烫了。夜里，和她一起睡的冯小芳，为照看冯乃立大便，已起来了两次。陶叶廷也跟着起来了。大概是晚上，别人不易觉察到她第一次护理冯乃立时的那种姑娘特有的羞涩和窘境吧。那天夜里，冯乃立大便不出，她和小芳起了又睡，睡了又起，一直等到冯乃立的双腿因天冷而发紫了，小芳只好用手指一点一点地为冯乃立挖大便。而陶叶廷，这时则用毛巾毯把冯乃立的双腿盖上。看着冯小芳熟练的动作，她心里想，这样的工作，也只有同心共肝的夫妻才能做到，别人实在无法代替，冯小芳这么辛苦照顾冯乃立好几年，实在不容易。

第三天，陶叶廷热了一锅水，要给冯乃立擦一个澡，真正地担起照顾冯乃立生活的艰难的第一步。因为天冷，桶里的热水热气腾升。她在小芳的帮助下，先帮冯乃立把他那件御寒的毛背心脱掉，然后把秋衣往上撩，扭干了毛巾给冯乃立擦澡。小芳帮冯乃立把身翻向墙边，让他侧着身，这时小陶只见一个鸭蛋大的伤疤凹下去约2—3厘米，只有一点薄薄的皮包着骨头，她不禁害怕得打个冷战，小芳见她这么难堪，说这是在南宁就医时留下的褥疮伤疤。冯小芳就这样帮助陶叶廷完成了第一次护理冯乃立的工作。

陶叶廷跟着小芳护理冯乃立一段时间，了解到他的伤会因天气变化而出现心烦无力，有时也因为大便不通畅而大发脾气。但只要心一静下来，还是那么精神矍铄。一个卧床几年的伤残病人，能如此正视生活，这是陶叶廷所没有想到的。

住在冯乃立隔壁的干警叫王艳军，是所里和冯乃立一起工作过的战友，现在只有他和黄长积等还留在所里。陶叶廷到平孟之后，王艳军仍像以往一样，常到冯乃立家坐一坐，有时请教些工作中的问题。陶叶廷跟他也渐渐地熟悉了，王艳军见陶叶廷有空时，也就跟她讲冯乃立的故事。

他说：冯乃立有一种精神，那就是对边防工作热情特别高，他没有什么八小时以外的时间，他不打篮球，也不打扑克，而是自费买了昂贵的《公安业务百科全书》来学习，研究公安业务。平时向老同志学习公安工作方法。同时还向学校老师请教书法，练习书法。我当时住在所里，晚上有时骑自行车到宿舍区，总见他在整理案件材料。我以前跟冯乃立去办案，所里规定每次办案带两枚手榴弹，冯乃立怕我们没经验容易出危险，手榴弹总是系在他身上。平孟口岸治安情况复杂，他每天都巡逻两三次。1995年除夕晚上，是全国万家灯火庆团圆的时刻，当时县公安局下了一个通缉名单，当晚是我值班，冯乃立对我说，今晚可能有人来投案自首，你不要乱走开。他交代完了就去平孟街上巡逻。在领导心目中，冯乃立是个很有前途的干警，他能干。有一次，接到群众举报的窃牛案，早上他带我和小周去追，发现牛蹄印时，天下瓢泼大雨，我们全身都被淋得像落汤鸡，他也还是带我们继续搜查，那天一连下几场阵雨，我们的衣服湿了几次，他没一句怨言。

一连几天，他带着我们风雨不改，深入到村屯发动群众，找线索，第四天就把这个案子破了。

王艳军还讲了许多个故事：1995年8月6日那次缉枪，我们埋伏好几个钟头，枪犯来了，他第一个从高处扑过去，其他同志也都上去，枪犯反抗想逃，当时的指导员还鸣了一枪。在这个节骨眼上，冯乃立第一个勇敢地扑过去……

那一次，冯乃立跟陆桂林所长、黄长积、覃四龙等去缉毒。所长分完组后要求大家不打电筒去接头地点，当时冯乃立刚到边防不久，地形还不很熟，就凭自己的感觉。因为头一天下过一场大雨，山路滑溜溜的。人伏在地上，衣服全部湿透。到第二天下午4点，冯乃立和覃四龙这一组恰好在风口的草丛中，他们一左一右地潜伏着。突然冯乃立听到从头上的树传来“吱吱”的声音，抬头一看，头顶的树枝上有一条脚拇指一样大的吹风蛇，爬一会，停一会，还伸出红红的舌信。这蛇就在他头顶不到一尺的地方。要是平时遇到蛇，他可以赶它或者走开。可是，当时是潜伏，哪怕被蛇咬，也不能轻举妄动，否则会暴露目标。冯乃立望着蛇，想起在家乡时，老人说过：凡是上山遇到蛇，只要不动它，它也不轻易咬人。当然，冯乃立只能目不转睛地盯着蛇，大约过了两分钟，蛇收了信子，向另一树枝爬去。冯乃立才松了一口气。就在这时，枪毒贩子走过来了，又是冯乃立第一个扑了上去，其他干警也都一齐冲了过去。冯乃立从罪犯腰部搜到了75克毒品。

1994年冬天的一次缉枪缉毒活动，所领导叫冯乃立带学员去选择潜伏圈。上午，他和周福汉一起潜伏，持枪贩子进入潜伏圈后，他们见时机已到，就开始行动。这次行动共缴获7支军用枪，55发子弹，1200克鸦片。后来，所领导几乎每次缉枪缉毒活动都让冯乃立布控。这对于一个刚毕业不多久的干警来说，是考验，是信任，也是鼓励。

那一次，布控后潜伏，冯乃立是带病去的。他胃不舒服，一直想吐，但硬是咬住牙关，如此反复几次后，他终于克服了自己身体上的困难，坚持潜伏。当时他和副大队长黄桂兴一组，他们见地形不利，就提出建议换地方，和覃参谋他们配合，等到枪毒贩子往他们潜伏的地方跑时，冯乃立侧身把他抓住，那人拼命反抗。“不许动！你看我是谁？”那人一看是冯乃立，眼都傻了：“我六支枪，判多少年？”

陶叶廷听得入迷了。

这些断断续续听来的故事，使陶叶廷解开了心中的谜：为什么冯乃立伤残卧床这么多年，在劝走女友以后，还能这么正视自己，坚持和伤痛作不妥协的抗争。那是他作为一个边防干警对边防的热爱，对事业的执着追求。这正是他生命的闪光点。如今，他失去了为祖国边防的安宁而工作的能力，但他没有失去对这片土地的热爱。这样的军人，难道不值得自己同情和照顾么？

有一次，冯小芳拿出冯乃立的相册给陶叶廷看，又把哥哥的那几枚勋功章给她看，她放在手上，感到沉甸甸的，她的心也沉甸甸了：似乎自己的感情已经融进了这无声的勋功章之中。自然，藏在她心灵深处的对冯乃立的同情、崇敬和佩服就此油然而生。同时，守护、照顾他的决心也在悄悄地定下。

记不清是谁说过的：相思的日子是长的，而相处的日子是短的。在不知不觉中，陶叶廷的假期已到，这时已是2000年春节的前夕，她正准备回去柳州过年。不料小芳去挑水时摔伤了右手。看着这需要人照顾的兄妹俩，陶叶廷感到脚步沉沉的，实在迈不出那个门槛，面对那两双企盼的眼睛，她只好给单位挂电话续了假。

2000年春节就这样匆匆来到了。过年是想家、回家的日子，人们不论远在天涯海角，都不辞旅途的艰辛赶回家过团圆年。而陶叶廷却因上面的原因回不了家，年就在平孟过。陶叶廷从记事的时候起，在柳州过年，年饭都是父亲亲手做的，平时就更不用说了，只要父亲在家，他会把菜切得极具刀工，把菜烧得颇具厨技，哪怕是素菜，也总会炒得青青的，令人食欲大增，肉菜更不用说了。而这个年，陶叶廷第一次远离父母，在这偏僻的地方和认识不久的冯乃立兄妹过年，她得唱主角了。

边关的年饭少不了劏鸡。来到平孟两个月了，每一次小芳劏鸡，小陶也在一旁认真地看，今天毕竟是自己要动手了，像小芳那样，她要劏大腌鸡。不料，菜刀口也同时割到了她的左食指上，鸡被杀死了，但她的食指血流不止，小芳赶紧找来了云南白药给她敷上，然后用创可贴给她贴上。于是，煮水、烫鸡、拔毛、开膛破肚等系列的工，她都是带伤操作。

春节的平孟街，下午三点钟就响起了噼里啪啦的鞭炮声，这声音时断时续，时快时慢，忽远忽近，鞭炮声告诉人们：要吃年饭了！这边关的鞭炮小陶听起来是多么的新鲜，听得她既高兴又激动，催得她一阵子忙乱，她要用自己的双手，用自己的心灵为小冯也为自己带来节日快乐。当陶叶廷把年饭做好端上桌时，坐在轮椅上的冯乃立格外激动，他说：“往时总是我和小芳默默地吃年饭。做得好饭菜吃起来不香。今天，小陶和我们一起过千禧之年，我这个残疾人的心没有残疾，我会记住并珍惜这幸福的日子，来吧，让我们为了友谊，干杯！”这时，也是中央电视台播放千禧年春节联欢晚会的时刻，也是派出所的其他干警开始在平孟街上巡逻的时刻。小陶举起手中的杯子，向冯乃立说：“当家过年头一回，没什么手艺，也许不好吃，只有一个愿望：祝你早日康复！”说得兄妹俩差点掉下泪滴。这是陶叶廷离开父母、亲人，离开城市生活给他们带来的欢乐啊！

过年之后不久，小陶于4月6日回到柳州上班。可是，在平孟照顾冯乃立的日子总是忘不掉，边关的山山水水装在了她的心中，尤其是平孟河，它流向异国他邦。每次去挑水，少不了要从河上的桥走过，特别是她不会挑水，而是两手各提25公斤的装水的塑料桶，走到桥上手酸了，总要站下休息一会。边关干警冯乃立的形象也因那朝夕相处而越来越清晰。尽管离开了平孟，但心中有一种牵挂，一种美丽的牵挂，像针儿没有了线，船儿寻找码头，列车等待挂靠那样美丽的牵挂和企盼。无论如何也关不住记忆的闸门。没几天，边关又来电话了，那是冯小芳打来的，她告诉陶叶廷，哥哥从轮椅爬上床时，不小心被轮椅的铁片割伤了原来脊尾处的褥疮。陶叶廷本来就牵挂着冯乃立，一听说他被划伤，心中更忐忑不安。恰好，单位又让她出差昆明，于是，她到商店买了几套柳州生产的棉睡衣，义无反顾地匆匆上路，又来到了冯乃立的身边。就这样，她给冯乃立说了许多安慰的话，谈了许多日后的生活，从谈话到讨论，从讨论到思考，从思考到倾诉，从倾诉到沟通，真是无话不说，两人难舍难分。因有任务在身，她和小芳一起照顾了两天，又从平孟转道昆明出差去了。虽然只来了两天时间，可她却像卸下了多年沉重的包袱，路上的心情多么地轻松、痛快。也许针儿真的找到了线，船儿找到了码头，列车终于有了挂靠，这时的陶叶廷，真的成了一只分飞燕。要出门了，冯乃立真诚地送给她一首“在那遥远的地方”，这曲调、这歌词陪伴着小陶，直到今天啊！

牵挂你的人是我

不料，离开冯乃立才几天，陶叶廷的心又沉重起来了。别看冯乃立的伤口虽小，但这地方牵动着全身，上床、坐轮椅、睡觉、翻身，都离不开用这里的力支撑。小陶在想，她的心海在不停地翻腾，思绪像放电影一样，冯乃立的言行起居一幕幕展现在她的眼前，这个伤残干警啊，太令人牵挂了。

昆明这个春城，气候四季如春，永远春意盎然，那丰富而浓郁的民族风情，令人如痴似醉。春城对陶叶廷来说，除了是她常去出差的地方外，也是她有着千丝万缕思绪的地方，是她作为一个姑娘特有的那种“剪不断理还乱”的地方。因为那里也有她的正在部队服役的男朋友。

本来，上一次出差，她可以给就在昆明部队的他打一个电话，给他一个料想不到的惊喜，然后和他相伴游览驰名中外的春城，饱览春城美丽的景色。尤其是那令人心旷神怡的滇池，那幽静的翠湖公园曲廊，那令人眼花缭乱、扑朔迷离的世博园，是情侣双双观光交情的好去处；还可以到他部队上去，看一下自己一生未了却夙愿的绿色军营，那是她和他增进友谊的美好时光。但是就因为上次到昆明之前，她已给冯乃立写过信，那一份牵挂似乎比对春城军营的牵挂更实在些，她放弃了这个机会。她这是第二次出差到春城，又有了照顾冯乃立近两个月的时间的感情，使这份牵挂更深了。

夜里，她躺在床上，一个残伤的军人和一个在职的活蹦乱跳的军人形象不断叠现在她的眼前；世俗各种各样、离奇古怪的目光都在盯着她，要是在昆明部队的他知道自己虽然走进军营，但却和一个高位截瘫的军人在一起，他会取笑她吗？也许会。但她顾不得那么多了。因为边防的冯乃立高位截瘫，经过两个月的护理、接触和了解，她觉得他十分需要她的关照，现在臀部又被划伤，给护理带来更大的困难，他更需要自己给予更多的照顾，她也觉得自己近乎已有一种敬佩他、舍不得丢下他的感觉。而昆明的他这时已被她锁进了记忆的深处。

经过激烈的思想斗争，她选择了平孟，但是工作必须放弃了。当“辞职”这两个字在脑海反复出现时，她想起含辛茹苦把她抚养成人的年迈的父母，她犹豫过、彷徨过、心痛过：那不易得来的工作全家人和自己花了多少心血，难道就如此付之东流？

陶叶廷初中毕业时，全班48人，能考上中专的仅有6人，而她是班上的学习委员。1997年中专毕业时，能进到柳钢工作的也只有2人。一个偌大的柳钢集团公司，能挤进去的人不多，而且，需要仪表人员，但集团公司仍把她改行分配在营销部。这是多少人梦寐以求的工作岗位。

上中专时，陶叶廷跟公司签订的委培合同是毕业后必须在柳钢工作8年，而自己却工作还不满3年。公司可是她这家人维系生活和家庭的唯一去处。母亲张桂荣从青年时候起就是柳钢的工人，1988年病退了；父亲陶慧振1956年当兵，1976年转业时因为母亲在柳钢，所以也就到了柳钢，一直到1998年才退下来。

柳钢，对他们这一家祖籍在玉林的柳州人来说，是多么的重要。那是父母的归宿，而这个家将以她为中心。她是全家的希望所在。想到这里，辞职这根弦虽已拉紧，但是发与不发，她还是定不下。要不要直接跟父母说呢，他们会不会同意呢，要是不同意又怎么办呢？这问题实在太重要了，人生道路这一关太难起步了。

如果自己为他辞职，今后两个人的感情不能发展，自己又如何在柳州找到一条谋生之路？如果感情有发展，那么也就他那一份工资，他伤痛要继续治疗，他家在百色的贫困山区，家中年迈的父母长期抱病，需要好多的医疗费。家中八个兄弟姐妹，有能力解决父母医疗费的只有他。带着这个难题，陶叶廷到昆明之前又一次来到平孟，也把自己打算辞职来照护冯乃立的想法跟他说了。冯乃立说："我虽然心中希望你留下来照顾我，但你要考虑好，因为我是明摆着的残疾人，你父母辛辛苦苦把你养大，供你读书，又找到了一份稳定的工作。当然辞职了，靠我这份工资，我也能养得起你，可你必须征求父母的意见。"

当笔者问陶叶廷，辞职之前，有没有考虑到要跟父母说辞职的事时，她说："也曾经考虑，但怕他们反对，估计他们会反对，反对了我会动摇自己的信心。毕竟同小冯认识不久，父母一反对，就会动摇自己的决定。"

陶叶廷没有忘记，她的姐姐陶叶开，原来是柳州市糖果厂的工人，跟一个部队上的人谈恋爱，也就是现在的姐夫。当时父母反对他们，父亲反复做思想工作，要她找一个在柳州的朋友，她就是听不进去，决定跟姐夫去浦北县农村，父亲气极了，打了姐姐一巴掌，把门反锁了，但姐姐还是逃了出去跟姐夫结婚，就这样到浦北农村去了。

姐姐虽然远走他乡，但父母的亲情依然如故。他们盼望姐和姐夫回到他们身边。姐姐共养育了三个孩子，每次生小孩，父母亲都把姐姐接到柳州家来，生活上给予无微不至的关照，直到满月以后还挽留姐姐多住一段时间。后来，父母亲决定拿出一定的资金给姐夫和姐姐到柳州做生意，但他们拒绝了。他们自己开果园种果树，自食其力。父母亲只好把这份爱心移到他们的孩子身上，每个假期都把姐姐的小孩接来住一段时间，回去时都给他们学费。孩子们一走，父母亲又在沉默中期待下个学期的假期，因为假期一到，小外孙又会给他们带来不尽的欢乐。

提到姐姐的事，陶叶廷说："当时就想过，我以后哪时不听话，也会被爸爸打的。但父亲对我从小就疼爱，从未打骂过我。"在姐姐逃婚后，二老更是把陶叶廷视为掌上明珠，并把将来养老送终的希望寄托在她身上。所以，父母知道自己去照顾残疾军人，并以辞职为代价，他们能接受得了吗？他们辛辛苦苦养了两个女儿，都不翼而飞了。他们可以渐渐地接受姐姐的婚姻现实，感到生活累一些不要紧，但更重要的是精神上的重负。要是再接受陶叶廷辞职去照顾伤残警官的现实，那不正是在伤口上撒盐，痛上加痛吗？想到这里，她伤心极了，但也只能向着柳州方向祷告，说一声：对不起了，亲爱的爸爸妈妈！女儿的心已来到祖国边关！

陶叶廷想到了冯乃立。他是个有志气有抱负的血性男子汉。本来就立志在边防工作上做出贡献。可现在的他，虽然度过了伤痛难关，但是情感上的难关，谁能与他共患难？他妹妹小芳总不可能一辈子护理哥哥而不解决自己的婚姻大事呀。想起冯乃立的事迹，想起他说过的话，想起他如今的处境，想起今后与他相处的日子，更想起自己可以为社会、为他人担当的责任，她从床上爬起来，给公司写了辞职报告。天一亮就去发传真。这个报告像是在弦上的箭，被发出去了。

陶叶廷没有等到公司的答复，也没有给在柳州的父亲挂电话，就去商场买了几件毛衣，重新踏上了昆明往百色的客车，赶回到了平孟，来到了她牵挂着的冯乃立身边，这时正是2000年5月13日。这一晚，他们两人痛快极了，痛快之极两人竟唱了一夜的民歌，特别是一曲"敖包相会"，令他两人声泪俱下。

到平孟之后，陶叶廷多方找药为冯乃立治疗那个被铁片划伤的伤口。冯乃立怕平孟的水源来自岩溶地质，怕有沉淀物，影响到小便引起结石，所以每次小便，他都要坐起来。但每次坐起来，伤口的皮一扯开，撕心地痛，冯乃立忍不住呻吟起来，他一呻吟，陶叶廷的心情就跟着紧张，常常弄得汗流浃背。她为此吃不香，睡不好。平孟的司机没有忘记，那段时间，陶叶廷几乎是在旅客没有上车之前就到车旁来找司机们帮买药给冯乃立治伤口。可是，用凡士林涂伤口，伤口容易裂开；用云南白药溥伤口，伤口就化脓……

有一次，陶叶廷正在炒菜，听到冯乃立说要大便，立即关了电源，跑到冯乃立床前，谁知他已拉稀了，臭气充盈着这不足8平方米的房间。陶叶廷赶紧打来一桶热水，要给冯乃立搞卫生，当她换去肮脏的床单后给他擦身时，发现伤口已被弄脏了。陶叶廷用湿毛巾一点一点地点净，用力稍重一点时，冯乃立便“哎哟”“哎哟”地叫着，这一声高一声低的叫喊声，像一把把针刺着陶叶廷的心。从这次以后，陶叶廷在买菜时更加注意挑选适合冯乃立口味的菜，做到精选、精洗、精炒，并时刻注意气候的变化，及早做好预防，以减轻冯乃立的痛苦。

一个多月过去，冯乃立的伤仍未见好，平孟派出所的周所长和刘教导员、干警们都和陶叶廷一样，急得团团转，最后所领导决定派干警和陶叶廷一起送冯乃立到南宁看伤口，同时也顺便做“伤残等级鉴定”。这天，气温高达31度，车子像甲虫一样，一会儿奔驰在平坦的大道上，一会儿在盘山公路上穿行，车子被晒得发烫，车里的人被车头的引擎发出的热气包围，加上窗外的热浪一阵阵扑来，就是正常人，这个时候坐在车上也会像坐在闷罐一样难受。来回六七百公里的路程，就是一个健康人也是挺难受的，靠小陶的精心照料，病人终于艰难地完成了行程。小陶白天照料，晚上照料，车内管护，车外料理，小冯打心眼里真有说不完的感激。

冯乃立的伤口虽然经过医生的反复医治，但愈合又扯开，反反复复，吊针打了不少，民间方单也用了好多，但治疗效果都不好。冯乃立因此常烦躁不安。陶叶廷为这个小伤口绞尽了脑汁，但都无法减轻冯乃立的痛苦，于是，她想起了有人以音乐治病的故事，就提出和冯乃立唱一首歌，冯乃立答应了。一曲“分飞万里隔千山，眼泪似珠，强忍欲坠……”的精神疗法使冯乃立的神气好得多了，伤口似乎也不那么痛了。他们就这样在病痛中寻找快乐，在烦恼中互为理解，增进友情。

2000年6月初，冯小芳看到陶叶廷几个月来像对待自己的亲人一样照顾哥哥，不管哥哥因伤残而动不动就发火，她都不计较，还是那么耐心细致地照顾，完全没有城市姑娘那种趾高气扬和虚伪，对小芳也亲和似姐妹。在护理中，尽管小芳也在，但不论是倒屎倒尿，还是擦澡、按摩，她都亲自做。看着这一切，小芳得到莫大的安慰。她多么希望，陶叶廷有一天能成为自己的嫂子，终生陪伴着哥哥。用她女性特有的柔情照顾、抚慰哥哥伤残的身体和创伤的心灵。那一次，她从平孟街上一个女友家回到宿舍门口，见到哥哥和陶叶廷在一起唱歌，那欢乐的情景是她照顾哥哥几年来所没有的。她自己也谈过男朋友，对此情此景是体会得到的。于是她请求哥哥让她回百色看病。小芳在照顾自己这几年中，曾多次昏倒，因无人照看自己而拖延了时间，冯乃立曾多次要她去看病。现在陶叶廷来照顾自己几个月，也比较熟悉了，就同意了妹妹的要求。

6月下旬的一天晚上，电话铃响了，陶叶廷拿起话筒，竟是父亲从千里之外的柳州给她打的电话。父亲亲切的声音:“陶静!”陶叶廷激动地轻声地呼唤着“爸爸!”“爸爸!”要是此刻在爸爸身边，她一定会跳上前一把搂住父亲的脖子。而此时，叫大声一点她还生怕吵醒了冯乃立，因为他刚才服了药好不容易睡着了。“陶静”是父亲给她起的名字，好久没有人呼唤了，她感到特别亲切。就是这一声电话铃，陶叶廷等了足足半年了。父亲给她来电话，是支持?是赞扬?是问候?这都是女儿此时的盼望。可是父亲千里之外给她的消息竟是母亲病了，已经住院。

父亲告诉她，由于医生的误诊，导致了母亲左眼失明，这一消息像晴天霹雳，炸得陶叶廷的心都快要碎了。

父亲还说:“你妈生病，她觉得自己也许活不过今年，盼着你回来看她一下!”陶叶廷哽咽着说:“我回不去，小冯的妹已不在这里，我回不去啊!”陶叶廷听到父亲挂电话的声音。她知道，父亲一定是生气了。

放下电话，陶叶廷伤心极了，要是自己在柳州，或许母亲的眼睛不会失明;要是有姐姐在也好啊。但姐姐也在几百公里以外的地方。记得父亲说过:“人老了，也像一蔸古树一样，外面是好的，而里面却是空的，什么时候被风吹倒，都不知道。”正因为如此，父母反对姐姐的婚姻，要她在柳州找朋友。就在他们成家以后，父母也不轻易放弃让他们回柳州做生意的机会，宁愿节衣缩食，为他们准备做生意用的资金，为的是让姐姐一家在柳州住，早晚有个病痛，好相互关照，老人也可以帮他们照看儿女，但姐他们没有来。

正是因为父亲已有了这么个遗憾。他们才更迫切地希望陶叶廷中专毕业后，在柳州找个朋友，成个家，好照顾他们的晚年生活。陶叶廷毕业后不久，母亲就张罗着给她找男朋友。陶叶廷却说她已有男朋友，是在昆明部队上的，是在毕业之前去桂林旅游时认识的，是桂林人。

当笔者问她："如果姓马的青年不是在部队上的，你会跟他交朋友吗？"她说："也许不会，因为在中专毕业时也有男同学找过我。"就在她实习的时候，小马来到柳州，要来找她玩。当时她在厂里实习，中午和晚上都不能回家。小马回到部队才打电话告诉她：那天他在她家门口等了整整一天，都不见陶叶廷出入家门，到了傍晚才去敲门，可他当时是穿着便服去，又对陶叶廷的母亲说自己在部队当兵，老人见他说的话和穿的衣服不一样，就不让他进家。

老人哪里知道，他们辛辛苦苦要为陶叶廷找男朋友，可当他来到他们面前时，他们又错过了一个相识的机会……陶叶廷还坐在电视机旁边发呆，恰好冯乃立醒来，问她谁打电话来。她说是父亲。冯乃立又问父亲说了什么，陶叶廷吞吞吐吐，想说出来又怕冯乃立心烦。小芳去百色了，眼下马上找人来照顾冯乃立是没办法找得到的，因为派出所的干警们近段都有各自的任务。怎么办？好久，她才回答冯乃立："爸爸只问生活习惯没有。"

陶叶廷很想立即回去照看母亲一段时间，因为父亲电话上说，母亲病重，今年不一定度得过去了，这更使她心里矛盾重重。母亲患的是风湿性心脏病，平时身体弱不禁风，现在左眼又失明。这种病是防不胜防的，万一母亲真的不行，自己将背着一个遗憾度过一生，那将是不得安宁的日日夜夜。这时，她似乎意识到自己眼里已噙着泪花，她极力把泪水往肚里咽，当她照顾冯乃立解完小便以后，再也忍不住了，泪水又涌了出来，她怕冯乃立看见，急忙转身跑到卫生间，心里的矛盾顿时把她的胸腔塞得满满的，哭声由小到大。她怕冯乃立听见，就开了水龙头，让哗啦啦的流水，掩盖住了她的哭声。想到自己辞职的事，已瞒着父母，这次母亲重病再不回去，父亲会生气的。她只管哭，那咸咸的泪水跟着流水走了，但思念父母之情是流不走的。也不知过了多少时间，她才止住了哭声，想起今天还没有买菜，这才用毛巾洗了一下脸，上街买菜去了。

因无人照顾冯乃立，陶叶廷没有能回柳州看望母亲，继续为冯乃立寻医问药，因为从南宁带回的药效果也不好，而且伤口还有脓流出。"真是屋漏偏遭连夜雨，行船偏遇顶头风"。2000年7月，是个暴雨时节。平孟派出所是依山脚而建的。冯乃立住的是一楼，为使空气流通，平时门窗都是敞开着的。一天夜里，冯乃立翻身时觉得左边臂部一阵刺痛，他以为是自己睡时间长了，局部肌肉麻木，谁知过了一会儿，他感到脖子右边又一阵刺痛，好像还有什么东西在蠕动，皮肤麻麻的，他警觉起来，用目光在窗外路灯的斜射下在枕边搜寻，发现一条十几厘米长的东西在枕边不远的地方蠕动，边防干警特有的眼力告诉他：床上蠕动的东西可能是一条蜈蚣。于是他大声喊："小陶，快来，什么东西爬到我床上来了！"陶叶廷住在隔壁那个她和小芳同住的房间，她听到喊声，立即从床上弹起，跑到冯乃立房间来开电灯。看到一条大蜈蚣正向冯乃立的枕边爬去，平时连看到飞到房间的小虫都害怕的陶叶廷，不知从哪来的胆子。竟敏捷地拿起冯乃立床头柜上的剪刀，把大蜈蚣剪成了几段，看着那断了的蜈蚣身还在各自蠕动，陶叶廷这时才一阵头皮发麻——她后怕了，但还是尽快地把这些蜈蚣碎段放入厕所，让水把它冲掉。这才赶紧给冯乃立用肥皂洗了被蜈蚣咬过的地方，然后涂上碘酒消毒，第二天一早，就用轮椅推着冯乃立去镇卫生院治疗。

冯乃立的小伤口未好，又被蜈蚣咬伤，陶叶廷更感到自己护理冯乃立的责任十分重大。为了照顾好冯乃立，她把冯小芳在医院里用的陪人床每晚安在冯乃立房间的窗口下边，离冯乃立的床不到2米，第二天一早，又把陪人床拆了放回自己原来的房间，以便随时照看冯乃立。几经周折，冯乃立被蜈蚣咬的伤口渐渐地好了。同时，经陶叶廷的多方寻访，终于找到了治疗伤口的草药，经过十多天的服用，冯乃立终于结束了被小伤口折磨的痛苦。他望着为他操劳而消瘦了的陶叶廷，心中十分感谢她给自己的体贴入微的关心和照顾。他说：你照顾我，白天不休息，晚上睡不好，人瘦多了，你真是自讨苦吃啊。一个男子汉大丈夫就这样流泪了，小陶一下子扑上去，两人抱成一团，所谓“相濡以沫，同甘共苦，心心相印”这时可以作证了。

尤其令冯乃立感动的是，2000年9月的一天下午，陶叶廷和往常一样，从三点到四点给冯乃立按摩一小时之后，扶他坐上轮椅，来不及休息一下，就在厨房里做晚餐。不知多少次，她被火灶上那块破了一角的瓷砖割破了手，她总是偷偷地用那些早已准备好的创可贴贴上，又飞快地洗洗切切，精心烹调好适合冯乃立口味的饭菜，然后在五点钟准时用晚餐。夏天，就为坐在轮椅上的冯乃立洗冷水澡，然后用轮椅推他出边关去散步。也记不清是什么时候了，陶叶廷推着轮椅拐弯时，由于用力不均匀，自己的左膝盖被扭伤了，直到现在还不好，因为她怕用药，被冯乃立知道了，会增加他的精神负担，宁愿自己受苦，也不声张。

这天下午，她正在厨房里忙活，忽然听到冯乃立在叫唤自己，立即跑出厨房，她来不及问冯乃立，随着他目光的方向望去，只见一条如筷子般粗的蛇正向冯乃立房间的门口爬去，她来不及寻找什么工具了，就一个箭步冲上去，对准小蛇的头用力一踩，蛇头被她踩扁了，她用手抓起小蛇，放入门外的垃圾桶。

这时，心有余惧的冯乃立才告诉她：原来冯乃立被陶叶廷扶上轮椅后，就一直在客厅里看书，也不知什么时候从哪儿来的这条小蛇爬到冯乃立的轮椅底下。幸好他发现得快，叫陶叶廷来处理了，否则，晚上睡觉多危险。冯乃立越来越感到，他的生活离不开陶叶廷了。要不是小陶在，这些生活琐事怎么处理呢？

真情感化有结果

经过这两件意外的事，陶叶廷躺在床上辗转反侧，尽管冯乃立当晚并未呼唤她照顾，但她感到自己的作用太大了。她想，生命，对于每个人来说，都像金子一样的宝贵，谁都想在自己有限的生命中做成一件大事，那么就得善待每一天。打从辞职来到平孟照顾冯乃立的饮食起居，她最大的希望就是帮助冯乃立康复。通过反复的了解，她深知冯乃立虽然身残，但心中涌动着的当好一个军人，做一番事业的理想没有泯灭。他希望像正常人一样有属于自己的爱情生活，更希望能有一天，能继续穿越于自己曾战斗过的边防的绿色屏障之中。而自己，不正是为帮助他实现这一希望而辞职的吗？于是，她把每一天的时间安排得非常紧凑，每当边关宁静的早晨撕走一张日历，都要让它记录着冯乃立康复路上的一项项生活内容：7点起床，按摩全身关节一小时；中午按摩脚关节后休息；下午3点按摩一小时；晚上按摩脚关节，然后休息。

这张装在陶叶廷心中的时间表，正常人不会去注意它，但它却实实在在地周而复始，它像一台无形的录像机，记录着陶叶廷的苦与乐，情与爱。

那天，笔者采访的时间恰好遇上陶叶廷给冯乃立做康复操的时间。只见她打着马步站在床角，双手用力地抓住冯乃立的右腿反复地往外拉，不一会又换左脚，一连串的康复操做完以后，只见她站到床上，在冯乃立的腿上来回走动，这是预防他肌肉由于血液循环不好而萎缩所必需的艰难动作。试想，如果在平衡木上行走，那脚板是与木头平衡的，而站在一个人的身上，身是软的，脚底并不全是平的，要从脚走到肩膀，又没有任何可以扶助，稍不注意，脚底一不平衡，就有从床上摔到地上的危险。

当她行走自如地又从冯乃立的胸前走到膝盖时，我们悬着的心才放了下来，她做完这一系列康复动作之后，我们看见她的发际间浸出了亮晶晶的汗珠。

康复锻炼是冯乃立每天重要的活动，此外还有些难于克服的困难，陶叶廷总是常常开动脑筋，以减少冯乃立的痛苦。

炎热的夏天，平孟由于地处山谷，白天难得一丝风，每每护理冯乃立大便一次，陶叶廷往往弄得汗流浃背；冬天，每当陶叶廷好不容易睡暖了被子，但只要听到冯乃立翻身，她便立即爬起来，护理冯乃立无规律的大小便，有时等一次，两次，有时一等就是个把钟头。

冯乃立为此仍痛苦不堪，陶叶廷就通过在柳州的同学帮打听，终于打听到了治疗便秘效果最好的排毒养颜胶囊。但每盒就270多元，每个月要用两盒。这是自费药品，是陶叶廷用自己积累的钱去购买的。但是，冯乃立知道是陶叶廷自费买药，一种男子汉的自责令他宁肯便秘，也不愿服用这种自费买来的药。陶叶廷只好采取偷梁换柱的办法，使这些自费药有了“发票”，冯乃立才肯服用。有一次，服了一包药，但大便不来，陶叶廷又泡了一袋药给他服，他不但不服，反而把药泼掉，还把电话机也给摔了，陶叶廷经过几个月的护理，早已摸清了冯乃立因伤残而引起的脾气暴躁，就默不作声。等待他心里平静之后的那句话："对不起，请原谅。"陶叶廷就等这句话。

陶叶廷和冯乃立就是在这样的相互帮助中度过生命的每一分钟，这是一种幸福，是一种看不见的美丽。这一份美丽，给他们带来了一个惊喜：2001年元月5日，平时需要几个人搀扶才能站立的冯乃立，那天下午只有陶叶廷一个人轻轻地搀扶，便能在床边站了起来，他简直连自己都不相信了。轻声地告诉陶叶廷放开手，他竟能独自站立了一分钟！

一分钟，对于已躺在床上6年的冯乃立来说，犹如是在生命的沼泽地上看见了绿洲。是生命的转机？是生活的希望？是陶叶廷真情的付出？冯乃立来不及去思考它，只顾情不自禁地拥住陶叶廷，激动得不知说什么才好。

冯乃立能独自站立一分钟的消息像长了翅膀似的传开了。陶叶廷走在平孟街上，似乎到处铺满金色的阳光，到处都可以看到那些向着她微笑的脸，看不见了往日平孟阴霾一样的天，听不到了那些如雷贯耳的"贪冯乃立的钱！""神经病"等讥笑声。

那段时间，平孟自来水供应不正常，要到附近的水井去打水。

忽然，一张熟悉的面孔跳入陶叶廷的眼帘，走近了，那人便和悦地问："小陶，冯乃立有你这么好的姑娘照顾，他近来好得多了吧？"陶叶廷很礼貌地回答她："他挺好，还能站起来，谢谢你的关心！"说着，陶叶廷仔细地望着她。只见她的笑脸上，那淡淡的鱼尾纹告诉陶叶廷，她大约40开外。她怎么这么面熟？陶叶廷想起来了，原来自己到平孟不久的一天，上街买菜，就是眼前这位40开外的阿姨和几个人站在街边，见自己走过去，便说："贪冯乃立的钱呗，要不，怎么从柳州跑到了平孟？"事后，陶叶廷才知道，平孟街上的人都传说冯乃立可能拿到20多万的车祸赔偿费。结果，冯乃立在车祸赔偿时才得到6万元赔偿费。其中，用在父母亲的病痛治疗去了2万，中草药医生20多人的草药费2万多，再加上给小芳少量的生活费和治疗费以及后来自己的营养费，到陶叶廷接手照顾冯乃立时冯小芳给她冯乃立的存折上只有43块钱！而陶叶廷，有自己稳定的工资收入，有舒适稳定的，要不是出于纯粹的同情心，干吗要来为高位伤残的冯乃立操心，到边关来自讨苦吃？

这位40多岁的妇女站在陶叶廷旁边，一边等水一边继续聊天，前边还有十几号人，人们双眼望穿的水龙头还是不能变戏法似的很快满足人们对水的需求。那妇女往前望了一会，就对陶叶廷说："走吧，我们等到天黑可能还不得水，我带你去另一个地方打水吧。"说完便带着陶叶廷又从平孟河上的桥回到街上，往粮所方向走去，大约几百米，到了一个地下抽水站，她们很快就打满了水。那妇人说："我那商店里有一个三轮车，你可以去要来拉水，每次拉几桶，够用几天了。"后来，陶叶廷在没有自来水供应时，便去借那妇人的三轮车，自己踩着去拉水，每次拉四五桶。一直到边境大会战结束了，平孟建有自来水厂，才结束了这一拉水的差事。

陶叶廷以女性特有的温柔、耐心和细致以及吃苦耐劳的精神，精心护理冯乃立，使他的伤痛和精神有了明显的好转，似乎变成了另一个人。派出所领导和干警都非常高兴，因为陶叶廷对冯乃立付出的真情那是人世间的真情，也是体现人民对边防武警战士的最大理解和深情厚谊。他们盼望，有一天，陶叶廷对冯乃立的真情能转化成爱情。

轮椅上的婚礼

妹妹冯小芳一直没有再到平孟来，陶叶廷想回柳州看望母亲的日子一直拖着。但是，就在这独自照护冯乃立的近一年时间，与冯乃立从陌生到认识，接触和照顾，她看清他性格开朗、乐观的原因：那就是一个边防武警战士对边关的爱，这爱如同农民爱土地，姑娘爱后生那么执着。

理解，便是知己的首要条件。陶叶廷在照料当中，多次受到冯乃立因伤痛而引起的脾气烦躁，甚至对她出言不逊，但陶叶廷把自己为他做的每件事都认为是力所能及的事，真心地理解他，同时喜欢他的坦率和自身的那种来自农村的善良本质，也就是在这照顾冯乃立的日子中，陶叶廷感到和冯乃立在一起，不应该说叫再见了，而是应该组成千千万万个家庭中的一个。于是2001年春节前，也就是在边关结婚鞭炮接连不断的日子里，陶叶廷郑重其事地提出了要与冯乃立结婚，要和他共同走完人生的旅程。

冯乃立没有忘记：2000年4月，当陶叶廷回到柳州上班时，就已经有了辞职的打算，当小芳打电话给她说冯乃立臀部被划伤时，她辞职的决定已定，因为在平孟近两个月，她已明显地感到，冯乃立这位伤残警官值得她敬佩，也需要她的帮助。当又从柳州来到平孟，她把自己辞职的打算说了，冯乃立说："你能留下来，我当然高兴了，因为小芳照顾我好多年，我也觉得对不起她，如果你考虑好了，就办。"所以出差到昆明时她发传真辞职是在深思熟虑之后了。

辞职就意味着陶叶廷要决心照顾冯乃立一辈子。正如她对笔者说的："我知道，辞掉了这份工作，再找一份就很难，如果以后小冯的工资不能应付生活开支的时候，宁愿开个小店或种菜、养鸡，出去做工作是不可能了。”

一个大城市长大的姑娘，能勇敢地向困难挑战，能深思熟虑地对待生活，说明她有同情心，并决定跟冯乃立同甘苦共患难了。对于陶叶廷来到边关，世人的目光盯着她，边关的种种压力迫着她，而她却在这巨大的社会重压之下，不但拿出自己的1万多块钱为冯乃立买康复器、衣物或药品，还辞去了职务这张时代生活的王牌，去照顾高位截伤的冯乃立。这在这个物欲横流、人情淡薄、感情发霉的今天，实难为世人所理解。

当笔者谈到这个问题时，陶叶廷说：“我不是为了上电视、报纸，我做这个决定时，我根本没有想过要上电视、报纸。我也不是什么神经病，我从认识冯乃立到同情冯乃立，到不可分割的感情，想起情爱无价，想起理解奉献，我和冯乃立是一个不可分割的整体，只希望平淡地在一起生活。我可以不顾一切，他们说什么，我也不在乎。”

正因为这样，陶叶廷选择了冯乃立。

陶叶廷还说：“对于我来说，金钱和物质不很重要，但愿两个人能在一起，过得火热。对于冯乃立，初来时看看他，是通过热线电话认识，只作为一般朋友，但经过一段时间接触，觉得他值得自己的敬佩，两人之间从陌生到认识，感到他很需要我的帮助，所以才产生辞职的念头。我的选择不知对不对，但我认为，我这样做，我的人生是有意义的，没有白走一趟啊。所以我对两个人的婚姻是否有金钱和物质作基础并不很重要，觉得两人在一起，休戚与共，同甘共苦，不能大难临头各自分飞。如果面对残疾，没一个关照，那么危险的工作谁去做呢？如果大家都避开危险，安宁祥和又从何来呢？生活因你而美丽，我没走错，我会同小冯一起，走到生活的顶点，这才是我人生的价值。”

正因为如此，陶叶廷才做出了与冯乃立结婚的决定。

冯乃立这一年来得到陶叶廷像亲人一样的精心护理，精神上得到了极大的安慰，更坚定了与伤残抗争的勇气和信心，精神一天比一天开朗，身体也有了逐步的好转，尤其是在陶叶廷的搀扶后独自站立一分钟的奇迹出现，他非常感激陶叶廷，也从心里喜欢她的天真活泼、她的热情、她的吃苦耐劳，希望她终生陪伴在自己的身边，去克服生活中那些明摆着的和预想不到的困难。但想到自己一切都不能自理，有愧于自己配不上她，她是个好人，应有好人相伴，但又希望她与自己终生在一起成为现实，有一天共同走进那婚礼的殿堂。陶叶廷的执着令他深深地感动，令他难却这缕情愫。

2001年春节前，陶叶廷决定和冯乃立结婚。这是人生的第二个转折，是终身大事，它和辞职有着相同的内涵，她得回柳州去过年，看望久病的母亲。并且跟父母亲说自己要结婚的事。1月21日，她终于回到了家。

陶叶廷忍了半年的眼泪，终于在父母面前像喷出闸门的水一样不可阻挡。她在泪眼中看母亲，只见她显得那样的虚弱，她静静地坐在床沿上，看上去左眼似乎还正常，但当陶叶廷用左手挡住母亲的右眼时，她连指数也无法看见了，陶叶廷抽泣着，一再请求母亲原谅自己。

本来，父母亲对她辞职离家去照顾冯乃立的事都表示不能理解了，更何况现在还要跟他结婚？姐姐陶叶开，每次从浦北打电话到平孟找她，总是叫别人帮打，如果是陶叶廷的声音，她就接过话筒和叶廷说话，要是小冯的声音她就放下话筒；父亲也只是在6月下旬打过一次电话，叫她回来看母亲，后来就再也没有打了，有时陶叶廷打回家，他们又都不在家。这次回家，该怎么向父母亲说自己要结婚的事？她感到自己有生以来从未这么难过。

回家两天后，父母亲的情绪较以前有所好转，小陶这才把自己决定和冯乃立结婚的事告诉她们。儿女的婚姻大事，不是孤立的，而是和他们这做父母的有着千丝万缕的关系，听了女儿的诉说，父母亲顿时对视起来，不一会，四行老泪汩汩而下，这一夜二老和陶叶廷谈到大半夜。父亲担心地说："小冯能不能康复不能预料，跟他结婚会受很多苦，如果你不和小冯结婚，现在辞职一年多了，没有工作做，我们找钱给你在柳州做生意。"

陶叶廷理解父母的心情，自从她辞职以后，来自各方面的压力，确实使父亲喘不过气来。就连要好的女友的父亲也说："要是我有这样的女儿，我早把她休了。丢人呀！"这些压力，父亲顶得住，但要与冯乃立结婚，父亲确实难以接受。

父母肺腑之言说了几大箩，而陶叶廷没有接受的意思，夜更深了，天气更冷了，父母亲让陶叶廷先去睡。当陶叶廷一觉醒来，看见父母亲房里的灯还亮着，隐隐约约听到母亲的声音："现在女儿这样选择……"显然，父母一夜没睡，是母亲在劝着父亲，那声音时细时粗，时轻时重，母亲本来平时说话就不高声，这时夜深人静，才能隐隐约约听到。良久，不见父亲回答。父亲知道，陶叶廷从小到大，办事都是说一不二的，这一次她的选择也是经过了一年多与冯乃立相处的日子，他也相信，陶叶廷的选择是对的。自己也当过兵，将心比心，这位边防警官也需要有一个温馨的家，只是为她今后到边关去可能遇到困难而担心。

第二天午餐时，父亲语重心长地说："同一个残疾人生活在一起，坚持一年、两年、三年还可以，但坚持一辈子就很苦很累，你要考虑清楚，这也是对冯乃立负责，免得将来后悔，抛下别人不管，自己难受别人也难受。"

“姜还是老的辣”，陶叶廷觉得父亲这一番话说得千真万确，体现了作为父亲的真知灼见。但是，陶叶廷的决心已下，她利用住家过年的短短几天时间，反复同父亲说自己的心里话，同时也把冯乃立在边防工作的情况和他决心经过锻炼、治疗康复的信心告诉父母，尽可能地抚平他们为女儿而牵挂伤痕累累的心。

羽毛丰满的鸟儿总要离窝，长大了的女儿总要离开父母，1月29日，也就是正月初六，陶叶廷要启程去平孟了。头一天晚上，父亲拿出他早几天写好的一幅字要送给冯乃立。父亲爱好书法，每天坚持写上半小时，作为一种养身之道。看见父亲的墨宝，陶叶廷似看见父亲晨练的身影，多少个早晨，父亲坚持数年如一日，没想到，父亲数日来的攒思终落于笔端：“人只有献身社会，才能找出那短暂而有风险之生命的意义。”这是他要送给未见过面的冯乃立的，鼓励他坚定信心战胜伤残。陶叶廷从父亲手中接过这幅字，感到它是十分的沉重，因为对于一个残疾军人来说，没有什么比理解和支持更宝贵了。陶叶廷哽咽着对父母亲说：“爸爸，妈妈，作为女儿，远离父母，真是不忠不孝，可女儿的心已交给了边关，交给了冯乃立，再苦再累也不后悔，女儿一定做一个好妻子，女儿有机会，一定常来家，看望你们，实在想念，也有电话嘛，请你们放心啦。”

夜已经很深了，陶叶廷耐不住内心的激动，打通了边关的电话，把父亲送字幅的事告诉了冯乃立。没有什么比得到老人的支持更重要的了。

第二天早上6点钟，龙城还沉睡在迷蒙的晨雾中，陶叶廷提着行包走下了楼梯，母亲要送她到车站去，陶叶廷转回身，见父亲仍站在自家的楼口，他是想说什么的，可好久却说不出，小陶就说：“爸，你要保重好身体，我会给你来电话。”父亲点头答应，转身进屋去了，她和母亲一起去乘公共汽车。

在候车室里，母亲轻声地说：“你准备结婚了，父母亲不能像以前一样照顾你，你照顾好小冯，你也要保重自己。”陶叶廷上了车，抽泣地说：“妈，我不能照顾你和爸爸，姐姐也不在家，你们要保重啊！”只见母亲不等陶叶廷乘坐的车子开动，用手帕挡住眼睛，转过身去，大概是老人家不愿以泪水为女儿送行，怕女儿牵挂吧。陶叶廷在车上看见母亲边走边抹眼泪。车子开了，母亲大概听到汽车发动的声音，但她没有回头，只是双肩抽搐着……

陶叶廷带着父母亲的无限牵挂，又一次来到了平孟。她每当看见父亲写给冯乃立的那幅字，就仿佛父亲在身边，似乎什么困难都吓不倒她，她护理冯乃立更细心、更用心。

“小陶，今天是情人节，我该送你什么呢？”陶叶廷笑而不答。

的确，小陶她把自己的爱撒在这照顾冯乃立的日日夜夜里，给伤残卧床几年的冯乃立带来莫大的精神安慰，自学了按摩技术，使冯乃立能奇迹站立了一分钟，她难道不是一朵正盛开着的玫瑰，一朵心灵之花吗？她的美丽将永远属于边关。她应该得到更多的回报。

更难得的是，陶叶廷的自我负重精神，她把减轻对方的精神负担作为自己的护理职责。

去年初的一天，陶叶廷推着冯乃立外出散步回来，车子拐弯时不小心，左腿膝盖被扭伤了，直到笔者采访时还未好，问她为什么不去看医生、不敷药。她说：“不敢涂药，怕小冯知道了心烦，对他康复不利。”于是，陶叶廷默默地承受和克服生活中的种种困难，减轻了冯乃立的不少精神压力。

就在这相互的关心和理解中，陶叶廷把自己对爱情的追求，定位于为自己所爱的人减少一份痛苦，增加一份欢乐，正因为这样，她才要挑起一个家的全部生活，并视为幸福，要终生相守，去度过属于他们自己的寸寸光阴。

为此，平孟街上人常常看见陶叶廷形单影只地在市场匆匆忙忙地采购，并且很快地消失。那是她在缩短离开冯乃立的时间，怕他又有什么事需要她照顾。

夏日的傍晚，人们常常看见陶叶廷用轮椅推着冯乃立，向边关散步去。记得陶叶廷说过这么一个故事："我小时候上小学到中学，都走过一条小路，每次放学回家，都看见一位老公公推着轮椅上的老婆婆在散步，老婆婆的脸上挂着幸福的笑容。我想，我以后哪一天不小心病了，要是也有个丈夫推着散步多好。"十多年过去了，陶叶廷每每推着冯乃立出门散步，就自然地想起孩提时看到的这个挥之不去、萦绕心头的画面，似乎是在验证似的。每当想到这儿，她推着的轮椅也似乎变得轻了。

陶叶廷推着的轮椅，终于推进了一个神圣的地方——那坡县平孟镇人民政府民政局。这是2001年3月2日，在所领导和干警的关心支持下，陶叶廷和冯乃立共同浇灌的爱之树终于成长了。部队领导审批了他们的结婚申请，遗憾的是，陶叶廷回柳州第九居民委员会办理未婚登记手续时，父母亲到玉林老家喝酒去了。她只好到同学王远飞家住了几天，父母还是没有回来。她又带着对冯乃立的无限牵挂来到了平孟……

当工作人员叫冯乃立和陶叶廷在结婚登记证上签字时，他们的心都在颤抖，手中拿着要用来签字的笔也在颤抖。陶叶廷这三个字，是在世俗的压力下挥就的，在这人生庄严的转折点上，越过了第二个里程碑，它将结束与冯乃立的朋友关系，使自己从一个姑娘变成一位"警嫂"，陶叶廷觉得肩上的担子更沉。结婚了，还要对冯乃立投入自己的全部情感，让他能自己站得起来。而此时的冯乃立，他握着笔的手抖得厉害，似乎笔在这张结婚证上晃了好久，仍扣不到纸上。

新婚洞房，也就是冯乃立原来的宿舍，陶叶廷忙碌着买回了大大小小的“喜”字，警嫂们来帮忙了，她们送来鲜花，向冯乃立和陶叶廷表示祝贺，他们帮助着布置新房。

随着社会的不断向前发展，人们的思维方式也在不断变化，物质的拥有成为人们的最大要求。在一些传统道德逐步被遗弃的今天，金钱成为婚姻天平上重要的砝码，于是，婚礼，像一张张显赫的标签，又如同一张张无形的广告，在标榜着自身的物质实力，在炫耀着自身的富有，但它却无法度量新人感情的深度，无法预测家庭维系的永恒年华。

冯乃立和陶叶廷的婚礼，就在2001年3月2日举行：

广西武警边防百色地区支队的领导、武警那坡县大队的领导、平孟派出所的领导和干警们来了，支队的领导为他们主婚。

没有父母亲友操办，但有战友的祝福；

没有豪华的洞房，但拥有生活中无处不在的真情；

没有艳丽的婚妆，但他们拥有自然朴实的永恒的亮丽；

是轮椅把他们推向了婚礼的殿堂。

幸福的涟漪荡漾在他们没有修饰过的年轻的脸上；

感情的潮水深藏在他们清澈透亮无瑕的明眸中。

在官兵们的频频祝福中，冯乃立紧紧地握住陶叶廷的纤细的手，激动不已，良久，才将心中那千言万语汇成一句话：小陶，谢谢你对我的爱，今生今世我不忘怀……

生活不能没有牵挂

陶叶廷，这个新时代的女性。没有把自己真正的爱情放在金钱和物质之上，却有悖于父母的千般疼爱，毅然辞去了父母和自己经过艰苦的努力而挣来的工作，放弃了都市优越的生活条件，来到这个在中国版图上名不见经传的偏僻边关平孟，悉心照顾身体伤残的边防军人，用诚挚的爱心托起冯乃立对生活新的希望，增强战胜伤残的决心，从一个文静的姑娘成为一名勇担家庭重担的“警嫂”，引起了人们无限的牵挂。

中央电视台由敬一丹主持的“东方时空”《百姓故事》栏目，以《生命因你而美丽》分4集连续对陶叶廷的事迹进行专题报道；

广西电视台“焦点报道”栏目以《姑娘的心，边关的情》进行报道；

广西电视台国际部“纪录人生”栏目以《特别的爱献给特别的他》进行报道；

《人民公安报》《广西日报》《广西政法报》等多家新闻媒体进行了报道。

我们的时代，是信息时代。区内外的观众看了报道之后，无不为陶叶廷的真情所打动。

广西民政厅、广西区妇联以及百色地区、那坡县民政部门和妇联领导专程到平孟看望陶叶廷和冯乃立。

先后有广西和北京、江西、江苏、浙江、四川、湖北等地的人民群众自动打电话或写信向冯乃立和陶叶廷表示慰问和敬佩。

湖南省武冈市中学生唐珍兰来信说：“看了你们的事迹报道，我深受感动，我从小就很崇敬军人，他们的精神是常人不具备的，也是不为一些人理解的。冯哥哥承受精神、肉体的煎熬，陶大姐为真爱舍弃工作的精神是常人所不易做到的，我被你们的事迹陶醉、感动，受到鼓舞、感染。”

江苏省句容市小学教师夏俊峰来信说：“从《东方时空》了解到你们的情况，为小冯的不幸感到同情，为你们的幸福感到欣慰，为小陶的行动喝彩。……身体受伤了，行动受禁锢了，可得到了世间至真至纯的爱情，在如今物欲横流的社会，这是多么难得呀！”

有多家医疗机构和专家表示要为冯乃立提供无偿治疗，为他的康复出力。

广西南宁市江岭医院院长陆汉庭给冯乃立来信说：“我同情、理解你的不幸，敬佩你的爱人陶叶廷的奉献精神，我愿为你医治伤残，欢迎你到我们单位治疗。”

内蒙古自治区金川保储啤酒高科技股份有限公司总经理赵焕然来信说：“你和小陶的事迹深深地教育了我公司的员工，我们对你们很敬佩。”这个公司还通过火车托运无偿发来10箱具有保护胃黏膜、改善脑血管功能的保健品。

陶叶廷的事迹激励了武警部队的广大官兵，一个学习陶叶廷的活动正在广西边防武警总队掀起。

今年三八节，广西区公安厅、广西区妇联评陶叶廷为广西“十佳警嫂”；

今年三八节，区妇联百色地区办事处评陶叶廷为百色地区“巾帼建功先进个人”；

今年三月上旬，中共广西区党委宣传部派员到平孟看望并了解陶叶廷的情况，向区党委汇报，将要行文号召广大人民群众向陶叶廷同志学习；

广西边防武警总队给冯乃立和陶叶廷送来了一台电脑，鼓励他们互相学习，争取为社会做力所能及的贡献。

也许有人会问：他们的将来，她的未来是什么？

很实在，就是伤残军人也许会奇迹般地好起来，重新走上自己的工作岗位；或者……概括一句话就是：美丽的期盼，真诚的牵挂。要知道如果人生没有企盼，生命也许走到了尽头；生活如果没有了牵挂，为人必定失去了意义！不管伤残的如何恢复，作为一个平常的女人，陶叶廷已经做出了不平凡的举动。她将有人生那没完没了的美丽的牵挂，父母牵挂她，军人牵挂她，朋友牵挂她，社会牵挂她，良好牵挂她。牵挂像一环扣一环的金项链，牵着一个小家庭，一个口岸，一个民族乃至一个国家，走向灿烂的明天，走向光辉的未来！

这样的美丽的牵挂，你不喜欢吗？！

2002年6月18日

（此文刊登于《右江日报》2002年8月18日文艺副刊“澄碧湖”栏目报告文学专版）

情系尼日尔

——记中国第十二批援外医疗队队员、广西百色市人民医院副主任医生罗忠叁

来自葛洲坝的电话

人类从蛮荒的山野，一步步地走来，用蹒跚的脚步，书写着各自不同的历史文化，并把它推向了信息日益发展的文明时代。到了2002年，手机成为人们生活的必需品。

广西百色市人民医院内科医生罗忠叁的手机号码为家人和病人所熟悉，但是罗忠叁在上班时总是关机的。因为医生的工作，需要他专心细致，“肃静”是医院内常见的警示牌，它告诫人们：这里是救死扶伤延长生命和迎接生命的神圣庄严的地方。医生不可能在科室内接听电话而打扰聚精会神的工作情绪，中断正在听诊病情的连贯思维。因此，罗忠叁给自己定了一个自有手机以来就坚持的原则：下班到家洗手之后的第一件事情才是打开手机。

自律是人们应自觉遵循的生活准则。

2007年10月16日下午，罗忠叁下班回到家，洗过手并洗了脸，打开手机一看，只见手机屏幕上显示着十多个相同号码的未接来电。细查看手机，显示的区号均为“湖北宜昌”。罗忠叁知道宜昌位于长江三峡之西，是古代军事要地，是屈原、王昭君的故里，

是古代战场的遗址，是中原的一片沃土，那里美丽而富饶。尽管罗忠叁对这片美丽神奇的土地有过向往，也了解国家重要工程三峡工程正在如火如荼地建设中。然而，当他把大脑中储存的医疗界学术会的朋友过了一遍电影之后，始终没有找到在宜昌的朋友为何人。正在纳闷之际，手机又响了：“您是罗忠叁医生吗？”

“是呀，您是哪位？”

“我是葛洲坝医院的，我们这里来了两个从非洲援外回来患疟疾的病人，一连两天高烧不退。我们从《中华热带医学》杂志读到您的论文，请您无论如何马上赶来帮助我们抢救这两个病人！……”罗忠叁手中的手机在发烫，对方的声音越来越急速，这声音在罗忠叁的沉思中渐渐消失……

“马上”二字意味着什么，平常人对它的理解绝不可能像医生反应那么快，而作为有丰富临床经验的尤其是曾参加过中国援外医疗队的罗忠叁，此时比平常人更是心知肚明：那就是救命如救火的命令！

这电波传递着病人危机的信号！

这电波似乎在传来病人微弱的呼吸声！

这电波，一时搅乱了罗忠叁走出病房后怀着平静的心海回到家庭幸福港湾的情绪！

这电波，也带来了病人那两道求救的目光！

这一道道求生的目光，令罗忠叁在非洲尼日尔马拉迪省立医院援外医疗的日子，几乎每天都在这样众多不同的眼睛发出的相同的渴求目光中度过。就是这些渴求的目光，激励他努力地超负荷地工作，同时又在工作之余进行研究，努力使渴求的目光变成感激的、柔和的目光。正是这些目光伴随他在尼日尔的1200个援外的紧张日子，促成了他医疗研究的辉煌成就：

《青蒿素治疗恶性疟疾的应用现状》(综述)(《中国医药文摘》)

《艾滋病70例》（《中华传染病》杂志）

《Quinimax治疗非洲黑人恶性疟疾的临床研究》（《中国热带医学》）

《136例成人镰状细胞贫血疼痛危象分析》(《中华急诊医学》)

《蒿甲醚治疗非洲黑人恶性疟疾的疗效》(《中华传染病》杂志)

罗忠叁万万没有想到，这些医学论文只是作为援外医疗工作的科研成果，竟也成为国内的急救之用，而急用之地不是在祖国960万平方公里的边远之地，而是中原大地上这个处于长江三峡美丽的自然风光之地、水利枢纽的人文景观之中的作为长江三峡总体工程一部分的葛洲坝！

对于葛洲坝医院的求援电话，罗忠叁再也坐不住了。就在这90平方米的房间里，他不安地来回踱步，而这些看来寻常的脚步，无时不充满着他如踏火子般的紧张。医生的菩萨之心，令他似乎是病人就躺在他身边而不能抢救一般的难过！但是他所供职的医院——广西百色市人民医院，正在进行人事制度改革，他走不开呀。况且从百色到宜昌，千余公里的路程，即便能赶到，发烧的病人又怎么再挨过这两天时间呀！时间和及时治疗，是病人最宝贵的生命延长线！

医生的神圣职责，就是救死扶伤！

于是，罗忠叁回拨了葛洲坝的电话：“我的家乡离广西首府南宁有200多公里，我们百色还没有飞机场，要是乘火车再转到宜昌葛洲坝，病人就会失去了最好的治疗时间！”接着，罗忠叁将自己在非洲治疗疟疾病的方法、药物用法用量及药物生产厂家详细地告诉对方：“如果还不清楚，请参照我在论文中写的治疗方法用药吧！千万不要错过时机，有事来电话！”

俗话说“水火无情”，洪水来了堵不及，大火烧着了风作祟，无法扑灭。而抢救人命的时间是和抗洪及救火一般的急速！这时的时间是无情的！不管你抢救有效与无效，它都会一分一秒地迅速溜走！挂完葛洲坝医院的电话后，罗忠叁才感到有些疲倦地坐到沙发上……

百色当年的秋天特别冷，但罗忠叁却似乎感到心中有一盆火在燃烧！如果说是在沙漠走路，那就只管不停地走，就始终会到达目的地——沙漠变成了绿洲！而等待却是可望而不可即一样遥遥无期！

妻子李蔓玲已为他热了三次晚饭，但是罗忠叁却没有食欲，而是手中紧握着手机，这一夜他就这么坐在沙发上，就仿佛是守候在那两位正在发高烧而奄奄一息的病人榻前，和那葛洲坝医院的医生在会诊着、忙碌着……他不停地打电话询问病人的情况，用药的效果……他在等待那两个远方的病人用药后高烧退后的苏醒！这种等待决不像男女青年约会时相互等待那样，虽然烦躁但是心情却是愉悦的！罗忠叁的等待充满着忧虑：医生用药准确吗？病人的高烧退了吗？

等待新生命的降临，等待病者生命的延长，是医者之仁心。

这种等待，罗忠叁在那遥远的非洲尼日尔的中国援外医疗队工作的这1200个日日夜夜，几乎每一天都是在白天那强烈的无丝毫云彩的太阳光下等待，在酷热夏夜蚊虫的轮番攻击的等待中度过的。

他曾等待过尼日尔共和国赫赫有名的宗教界领袖马拉迪省酋长、尼日尔妇女儿童部长（总统夫人）、马拉迪省省长、马拉迪省秘书长、马拉迪市长、海关关长、警察局长等等在高烧迷糊中醒来，等待更多的在马拉迪医院留医的疟疾病人的醒来！而如今，他昼夜等待的是祖国中原地区的疟疾病人！一天，两天过去了，这一两天，罗忠叁感到它像一年两年那么漫长！然而，等待的两种结局都可能出现。

罗忠叁在等待着，在思忖着！一阵悦耳的手机铃声之后，他听到的是病人获救的好消息，他似乎是自己听错了似的，惊呆了，渐渐地他那张紧张的脸放松了，泛起了激动的红光！手机轻轻合上的那一刹那，对方的那一串鞭炮似的“谢谢您！”之声仍在耳际回荡！

那些无水的下午

水是人类生命之源，2010年春节前后中国西南遭受百年一遇的干旱，河流水量变少，小河小溪断流，石山上珍稀树木干枯，大地就连石头似乎也要着火，一张张干渴的脸，一双双等待滋润的双眼在渴盼着水！那一天，好几百人从早上六点钟一直等候在扶贫点乐业县甘田镇大坪村村部门前，整整等了一天！一直等到我们把600多桶水送到，才每人扛着60斤的水桶赶回家。这个令人落泪的难忘的场面，让我想起了罗忠叁医生在援外的尼日尔马拉迪省医院那些无水的下午！

2003年是人类遭受非典这种突如其来恶报疾病的年头，是中国人民团结一心，抗击非典取得胜利的不寻常之年，也就是因为非典，援外的中国第十二批医疗队直到8月5日才能启程。

罗忠叁是这批医疗队的成员。这位壮族形象特征十分明显，个头不很高，但却敦实的医生，和他的36位队友，从香港飞到法国巴黎转机。

巴黎是人们向往的文化圣地。由于没有签证，在巴黎候机时就只能在机场内转转，翻阅候机厅内的相关资料。过了8小时，他们登上了巴黎到尼日尔的航班。

浮云时而像雪白的浪花，时而又像奔涌着的座座山峰，在机翼下翻滚，罗忠叁此时的心情，也如云层在浮动，他在单位和家人的支持下，终于实现了参加援外医疗队赴尼日尔的愿望。而此时他的心海也在奔腾着：他那个在上小学六年级的儿子正准备上初中了，尽管孩子从小得到从事音乐工作的外公的熏陶，好学而文静，但是作为男孩子，13到16岁正是思想教育和思想转变的关键时刻，而妻子的护士工作，正如人们所说的：护士是排球场上的二传手，是配合进攻扣球和救网底球的关键，工作这么繁忙。她虽然在他接到通知之后，多次表示自己能带好孩子，可是妻子毕竟是温柔有余、刚韧不足的性格，孩子能听她的吗？让他更牵挂的是她还在攻读在职大学本科……她为他担心的是非洲经常发生的动乱，那里的工作环境他能适应吗？一连串大大小小的问号在脑海中不断地消失，又不断地出现。他无心观赏舷舱下异国他乡的变幻莫测的云层，此时，他多么想打开随身带来的手提电脑，那上面保存有他们在南宁吴圩国际机场上妻子和儿子为他们送行时拍的全家福。

当他欲打开电脑时，传来了空姐甜润的声音：“各位乘客请注意！现在飞机受气流的影响，机身出现颠簸，请大家系好安全带并请关上小桌板”。这时罗忠叁才意识到自己是坐在飞机上的。他只好把对妻儿的思念深深地藏在心中，去度过从法国巴黎到尼日尔尼亚美的六个小时的痛苦时段。他们终于来到了位于西非的尼日尔共和国首都尼亚美。

“在家千日好，出门一日难。”与家人离别的痛苦，异国工作环境的陌生，在等待着每一个援外人员。

尼日尔位于非洲西部，土地辽阔，全国总面积128.7万平方公里，901万人口（2003年），境内地势平坦，可谓一马平川，很少看到山峰，更无大片茂密的森林，距马拉迪约一千公里就是世界著名的撒哈拉沙漠。

自从中国和尼日尔建立外交关系以后，就于1974年商定了由中国广西派出援尼医疗队。罗忠叁这批医疗队是第十二批，共有三个分队，一个队安排在尼亚美首都医院，另一个安排在津德尔国家医院，罗忠叁所在的分队则安排在马拉迪省医院。

罗忠叁一行的车子，就在平坦的沙地柏油路上穿行，灿烂的阳光和风是他们前行的陪伴者，而那些相隔一定距离才能看到的或大或小、或高或矮的各种树木，像一支稀稀拉拉的队伍，三三两两地扎根在那一望无际的白色细沙土壤中，用点点滴滴的绿意，在风中摇曳着迎送他们。当太阳仍和晌午时一样光亮，但却渐渐地西沉时，车子走完了600多公里的里程，他们就在一天的疲倦中来到了马拉迪市。

马拉迪是尼日尔东南部的一个省，与尼日利亚相邻。省政府所在地即马拉迪市。全市人口约20万。这里年平均气温近30度，每天从早到晚只有强烈的太阳光，人们很少能看到飘动的云彩。罗忠叁他们17个人分别住在5个不同的院子里，他们住地用的空调全是窗式空调，开尽了空调的最高一档，室内的温度还是30度。

马拉迪市内没有河流，也没有太多的树林，中国地质公司在这里帮他们打水井，往往要打到20至30米深才能找到水源，因此，作为人类生命之源、生存的重要条件的水，在马拉迪市显得尤为珍贵，这里的市场上既有商品出售，也有专门卖水的铺面。

马拉迪的城市建筑有砖墙结构的平顶房、泥墙房，还有众多的类似蒙古包那样的低矮茅草房。马拉迪建有省立医院即省住院中心，同时还有一所妇产医院，其余都是私人医院或诊所。省立医院的房子建筑与全市的建筑风格相似，都是平顶房，但是房子的通风、空气流通相对较好。可是医院医务人员少，设备非常简陋。尤其是全市缺水，医院有时不能正常供水，这就给医生的工作带来麻烦，使他们的自我预防条件很差。在国内看病，医生们只要是有皮肤接触，就在给病人诊断之后立即洗手，然后再给另一个病人看病，而在马拉迪，罗忠叁他们就没有办法按照这个卫生要求了，因为没有水洗手，而且那些病人排长队等待的目光，令他不能等到有水洗手然后再给病人看病了，为的是早一分钟解除这些非洲朋友的痛苦，于是，他口不停地问，手不停地检查，而屁股从不离开椅子，这种超负荷的工作，他一天消耗的水分得不到补充，每年12月到次年元月当地气温早晚偏凉，气候更加干燥，此时他的皮肤干裂了，手背常常裂开一道道小小的裂口，有时还浸出鲜红的血，过了两三天，这些裂口上的血渐渐地结疤变成了黑点，这时新的裂口又出现了，手背上的血点和结痂了的血点红黑相交，密密麻麻地布在手背上，此时风一吹，就会感到撕心的痛。

手背裂开出血时会揪心的痛，这还是小事情，只要咬紧牙关，专心细致地工作就能克服了。但是，最难克服的困难是，在无水供应的情况下给艾滋病患者看病。因为这里是省立医院，又有从中国来的援外医生，因此，常有不少的艾滋病患者前来就诊。这种病在国内好多人是谈虎色变的，因为它是通过血液、分泌物等途径传染的，有伤口或皮肤有损害的人一旦遇到艾滋病病毒，就有可能会被传染上，这种病毒在人体内潜伏，伺机发作。罗忠叁接诊的病人中有部分是艾滋病患者，要是遇到医院无水供应，他也毫不回避地克服自身的困难，甚至是冒着自身的生命危险给病人耐心地看病。

2005年1月7日的下午，医院又无水供应了，他一连看了几个病人，恰好这时有一个住院病人病愈出院，特意到门诊来要和他握手道别，他微笑地和病人说话，当他看到对方伸出手来准备和他握手时，他有意识地后退了两步，并赶忙把自己的手往背后藏着，他担心自己手上的裂口会被染上艾滋病病毒，一旦握手就有可能被传染，但对方亦跟着向他走来，怎么办？急忙中他想起了当地的习俗：即以触摸手臂的方式替代握手，于是他转身伸出右手臂让对方触摸，对方触摸着罗忠叁的手臂，两眼闪烁着真诚的目光，用法语说着感谢的话，罗忠叁亦用法语叮嘱他出院后要注意服药，好好休息。病人满意地微笑着离开了。

望着这位病人远去的背影，罗忠叁感慨万分，一个民族习俗的运用，可能减少感染疾病的一次机会。因此，他下决心要更好地掌握并熟练地运用法语和病人交流，更多地了解民族风情，才能更好地为他们服务。他目送着病人走出门诊大门，这才把双手放到了桌面上，又给另一个病人看病。

多少个无水的下午，罗忠叁都是那么耐心热情的服务，在这3年中，不知有多少个病人触摸过他的手臂并热泪盈眶而去……

这时，罗忠叁放在衣服口袋里的手机反复地响着。但他一是因无水洗手，没有办法接听，二是自己也曾经承诺过：上班时间不接电话。而且今天也不是周末，也不是他和妻子约定通话的时间，因为她总是要等到周末才与儿子一起给他打电话。

那么这个电话是谁打的呢？莫非是他一到马拉迪就一直治疗的马拉迪酋长突然发病，叫他亲人打来？或是马拉迪省长、部长打来的？或是患了急病的那些他常去为他们做保健治疗的病人？或是被那些猖狂的蚊子叮咬而疟疾发作的病人？或是……

罗忠叁纳闷着，因为他是这所医院五个内科医生中唯一的中国医生，那一次，RODA病房的一位病人就直接点名要中国医生为他会诊，有时也有些病人专找他为他们做B超检查。

罗忠叁没有很多的时间去想那个电话了，继续为病人看病。这种无水洗手的时刻，给他的健康增加了不安全的系数，但是为了非洲的人民，他就这么执着，义无反顾地工作着，还在工作中通过同病人交流来学习法语，以提高自己的法语水平。

罗忠叁下班回到住地，赶紧洗手洗脸，赶忙打开手机，那是一个他陌生的电话号码！当翻开信息页时，他双眼都睁大了：这是中国援外地质公司打来的，说有一个名叫童仁东的疟疾患者，在送往马拉迪医院的途中请他治疗。中国援外地质公司住地距马拉迪有200公里之遥啊！那儿离津德尔医院更近，他为什么要舍近求远？罗忠叁一想到那位素不相识的中国地质公司队员在高烧迷糊中的状况，他一天的疲劳早就抛到九霄云外去了，他又踏过那一段沙路，快步向医院走去。

那一段沙路

尼日尔北部属热带沙漠气候，南部属热带草原气候，全年分旱雨两季，平均气温都在摄氏30度。雨季的时间是从每年的6月到9月，旱季从10月份一直到第二年的5月。而马拉迪市的气候比起全尼日尔，又有它不同之处，它的年平均气温高达40度，其中以2月到5月份为最热的月份。在雨季时每一周也下两三场雨，但那些雨都像我们广西百色的“赶羊雨”，也就是阵雨，每场雨来临之前，似乎也有一片乌云铺天盖地奔涌而来，可只下半个小时就烟消云散了，很少有哪场雨下到一个小时，让人们很难体味到雨水带来的愉悦。哪怕是行路时被淋着了雨，但未等走到家衣服又都自然地被热浪吹干了。

马拉迪市地势平坦，但都是沙地，因此全市的楼房很少。大多数都是建在沙地上的平房。富人都住在用砖头或泥舂成围墙的占地数亩的大院里的那一两座平顶房，院里也有穷人住的低矮茅草房，也有车，甚至有牛羊群到处跑，构成富人穷人和平相处，人类与动物共存的和谐环境。

罗忠叁他们17人的医疗队，在马拉迪省医院工作，虽然条件艰苦，但医疗队每天都派车到医院接送他们上下班。哪怕从医院到住地这段路只需要走12分钟，但都是风雨不改地把他们送回住地。柏油路和院子之间还有一段100米的沙路，因为雨水少，沙路的沙也是松的，车可以开过去，但人走在这沙路中，那些沙子非得往你鞋子里钻，沉甸甸的，就像灌了铅一样重！一步一步向前走时，两脚就像战士拉练时绑着沙袋一样沉！罗忠叁就是在这艰难的跋涉中走到柏油路边，才找个地方坐下来，将灌进鞋子的沙子倒出来，有时，也是在住处院子门口重复着这样的动作。渐渐地，他倒鞋中沙子的地方，隆起一座小沙堆！

如此艰难的行走，罗忠叁为什么要自讨苦吃，每天比别的医生多接受马拉迪太阳光的“亲吻”呢？直接坐医疗队接送的车子，不就可以回到援外医生们临时憩息的“港湾”了吗？正常的工作和休息，是身体健康的重要前提，而罗忠叁，把对马拉迪人民的爱，通过这段沙路去筑成友谊的桥梁。

自从到了马拉迪，罗忠叁就是尼日尔共和国马拉迪老寿星，誉满全国的宗教领袖、全国最有威望的马拉迪省酋长Bouzou Dan Zambadi的保健医生。这位老酋长已到93岁的高龄，但本国和邻国的尼日利亚，同族源豪萨族人，对他崇拜和敬仰依旧。他是尼日尔伊斯兰教界一颗可以说是与日月同辉的星辰。就是尼日尔总统，每一次到马拉迪省都一定到他的官邸登门拜访，足见他在尼日尔人民心目中的位置极为重要。即使他年事已高，身患顽症，双下肢瘫痪，几乎“足不出户”，但拜访的人仍然络绎不绝，常常是门前“车水马龙”。就是尼日尔的邻国尼日利亚国的豪萨人对他也崇拜如初。那么，这位老酋长老寿星的健康，便是人们关注的重点。

罗忠叁到马拉迪省医院以后，老队员带他第一次去拜访老酋长，只见他身上除了双下肢瘫痪之外，还因常年卧床，臀部和踝关节多处出现褥疮，有的地方竟有鸡蛋那么大，看后不能不令人想起“百孔千疮”这个词语。更令人恶心的是那些褥疮暗紫色地镶嵌在老酋长黑黑的皮肤上，像黑色衣服上的一口口补丁。于是罗忠叁既当医生又当护士，用药水轻轻地给他清洗这些褥疮，那动作就轻得像在捏着绣花针一般，因为那褥疮已没有了皮肤，稍有不慎，病人就会痛得哭爹喊娘。在治疗中，罗忠叁还会小心翼翼地帮老酋长翻身，局部按摩。经过这么一年的精心医护，老酋长的褥疮竟然愈合了。但他患有慢性支气管炎，每遇到天气变化或沙尘暴天气时都会急性发作，而每次发病都离不开医疗队给他精心的照料和有效的治疗。

对于树龄长而渐渐枯枝的老树，也许增加护理，保证足够的水分和肥料，有可能使枯枝又逢春，但对于长期患病卧床的老人，保健的重点是对原发疾病的治疗。这份工作并不轻松，负责马拉迪老酋长的医疗保健的工作，这可不是罗忠叁的专职工作，他要在完成自己繁重的医疗任务之后，利用自己宝贵的休息时间到老酋长的住处去巡视，在诊查中发现问题，及时处理。当老酋长患病时，罗忠叁总是守候在他的身边，给他打针输液，静静地观察病情的变化，随时改变用药的分量，直到老酋长病愈。

老人家正是风烛残年，随时都会出现这样那样的病，因此，罗忠叁也不知道是多少个风雨交加的白天，也不知道是多少个漆黑的夜晚，更不知道是多少正常的休息时间，只要说是老酋长生病了，他都会在很短的时间里艰难地走过那段沙路及时赶到老酋长的院子里，为他巡视，及时处理他的病痛，并采用不同的医疗方式，直到老酋长病愈。

罗忠叁就是这样用自己一颗真诚的心，用高超的医术，使老酋长这棵老树起死回生，一次又一次地和阎罗擦肩而过，闯过了“鬼门关”。

尤其是2004年2月的一天，老酋长的家人打来三个电话，说老酋长患了疾病。罗忠叁背起平时就准备着的药箱，拿起手电筒，门一开，一股寒气迫来，令他倒抽了一口气！走在那段沙路上，微弱的电筒光时隐时亮，令人不寒而栗，自然而然地想起儿时见过的“鬼火”，这时，他的鞋子已灌满了沙子，来接他的老酋长亲属这时也下了车，一道明亮的手电筒光朝他射过来……

这一夜，老酋长患的是严重的肺部感染，寒战、高烧、咳嗽，呼吸就像一根游丝，几乎听不到了。罗忠叁仔细听诊以后，感到94岁高龄的老酋长严重感染，随时都有生命危险！因为这种感染很有可能是因为多脏器衰竭而导致的严重后果。罗忠叁仔细地给老酋长量体温，测血压，并详细地进行体格检查，准确地判断他的病情，同时，制定周全的治疗方案，还亲手给老酋长打针输液，守候在他的身旁。在中国，真正的孝子莫过于此！而罗忠叁，用他的精湛的医术，用他的一片爱心，从那段沙路上走出去又走回来，连续五天。对于老酋长来说，这五天，是老寿星生命的延长线，也是罗忠叁从沙路上铺过去的中非人民友谊更牢固的桥梁！老酋长又一次得救了！那一年中国的春节，罗忠叁他们第一次收到老酋长给他们的贺年礼物——羊！

作为老酋长的保健医生，罗忠叁不能不时刻绷紧超时工作这根弦。

此外，罗忠叁还要主管整个医疗队的药房，负责对医疗队每年15万元援助药品的采购计划及药物分配的工作，哪个科需要用什么药，哪个病床需要什么药，都得通过他进行调剂，无形中增加了他的工作量，占用他不少休息时间，但他从来没有任何怨言。与此同时，他还要负责马拉迪的地方官员和社会名流的保健工作。而内科范围的病种以及各系统的病他也都要治疗，诸如：呼吸、消化、心血管、神经、血液、泌尿、内分泌等以及当地常见的各种传染病，如寄生虫病中的痢疾、蛔虫、血吸虫、肝病等。

像这样种类繁多的疾病，在国内设施很好的医院，都要配备有十多位专门的医生来负责。而在马拉迪省医院，留医部的内科，有60张病床，只有两三个医生。罗忠叁每天都要负责30个内科留医病人的查房和开医疗处方，尤其是周一这一天。因为上一周双休日病人入院多，出院少，众多住院病人没有床住只好睡在地上。也有些病人事先看过医生值班牌，知道中国医生上班的时间才来住院的。

罗忠叁看到这些睡在地上的病人痛苦的表情、渴求的目光，一种责任感，一种同情之情油然而生。因为那些睡在地上的病人，他们时刻被蚊子和苍蝇轮番“轰炸”和“袭击”，只好蒙着头睡，直到医生叫到自己名字，才掀开盖布走到医生面前。因此，往往在医疗队接送医生的车子的喇叭响声钻进病房时，罗忠叁前面还有十多个病人在等待他看病。车子上的医生有时认为他没听到喇叭声，就直奔到科室找他，只见他手中的听诊器仍放病人的胸口上轻轻移动，就像地质科学家在探索地球心脏的秘密那样细心，之后也没有水洗手，又“稳坐钓鱼台”，认真地询问着病情，丝毫没有下班的意思，只好走到他旁边，轻轻地耳语。他这时似乎才注意到了来者，于是给他们一个你们先回去的眼神。当他看完了当时最后一个病人，走出病房时，已是中午1点多钟，其他医生早已下班了，他这才步行回到食堂，工作人员给他把饭煨在锅里。吃过饭，他还得走5分钟，才能回到院子门前的那一百米沙路。在援外工作3年多里，罗忠叁中午拖班到1点钟才顶着烈日从医院步行回食堂是司空见惯的事。

罗忠叁每一次走过这段沙路，都和援外医疗队员一样，必须带两样东西：一样是遮雨挡太阳的雨伞，因为室外的温度高达40度。人要是在太阳光下走上三四分钟，皮肤就被晒得和非洲朋友的皮肤一样了。另一样就是开水瓶，罗忠叁从来未忘记过。可是，这两样东西只不过是他带上的“装饰品”或是“信物”。因为雨伞是他出国前爱人李蔓玲亲自为他在超市里挑的紫外线防晒伞。同事们不知是谁还传说他的雨伞上绣有一个小小的绣球！

绣球是古代壮族妇女在歌圩场上送给意中人的信物，难道罗忠叁怕同事们知道那伞上的秘密而不用它来遮风挡雨或是遮挡那些突然被风携着飞来的沙尘吗？他从来不撑雨伞！难道罗忠叁真的害怕大家看到那把伞上绣着的绣球吗？要是大家看到了绣球，那么他的伞不就成为宣传“中国绣球之乡”广西靖西县绣球的广告了吗？那有什么不好，还能为家乡省下一笔“广告费”呢！而这个漂洋过海的宣传，对绣球这个当今作为友谊的传统信物又有什么不好呢？

当笔者问罗忠叁其中的奥妙时，他说：“我每每看到那些一起在尼日尔支援的国际人士、医疗队或其他组织的人员，他们有的来自美国、法国、日本、古巴、尼日利亚等，他们都从来不带雨伞，更不用说撑伞了！于是我就想：难道别国医生能做到的，我们中国医生就不能做到吗？”这么说来，罗忠叁那把伞除了渗有他的汗味之外，从来就不“亲吻”尼日尔的阳光。而那个开水瓶，罗忠叁也没有哪一天没有带上。而且每次都把它和雨伞一起挂在诊室墙边上的一个固定的地方。罗忠叁只要一抬头，就可以看到开水瓶套上那个图案中特别显眼的毛笔，那是他爱人为了让他时刻想着他们的儿子罗李思而设计的。因为儿子在学习书法，是老师的得意门生，小小年纪，就学到了力透纸背的功夫。这两样东西就成了诊室的装饰品。

下班时，罗忠叁又把它们带回自己住的院子。待洗净了手，才把瓶子拿到院子门前的那段沙路边上一口一口地喝，不断地滋润着干渴了一天快要冒烟的喉咙和干裂了的嘴唇。但罗忠叁往往没有把水喝光，总是留它几口洒在沙子路上，他多么希望这一滴滴的冷开水，能将这段沙路压实，好让他们的鞋子少灌些沙，好让他黑夜路过时能节省一点时间，去延长那些尼日尔朋友的生命！

白天走过这段沙路，有太阳光给他引路，而晚上当他急步走过这段沙路去抢救病人时，总是一脚深一脚浅地向黑暗走去，因为接他的车子就停在这百米之外的柏油路上！闪亮着的高灯也不时给他一丝光亮。记不清了，多少个漆黑的夜，罗忠叁走在这百米的沙路上，让黑夜成了白天，让病人死里回生！

罗忠叁就是在这段沙路上不停地走，一天走两次，那就是两百米，一年365天，就走73000米，三年就是219公里！也就是说，罗忠叁三年内比别的医生多走了219公里的路！要是这219公里用每座桥2000米来计算，那就是上百座桥了！是什么力量支撑着罗忠叁？

鲁迅先生说过："其实地上本没有路，走的人多了，也便成了路。"而援外医疗这条路原先也是没有的。1974年，非洲有8个国家和我国建立了外交关系，西非的尼日尔就是其中之一。这座中尼友谊的桥梁，它是通过援外人员的倾情相助搭建并不断牢固起来的。

当笔者问到刚去时的感受时，罗忠叁起初似乎有点犹豫，但经过反复谈及这个问题，因为笔者与其岳父母曾是同事，家常一拉，他也就毫不掩饰地和盘托出："我当初到马拉迪，看到那里只有一个尽是茅棚的大市场，所出售的大多为别国的物产。当地人只种辣椒，用来打粉，青菜很少。他们只在沙地上种玉米、小米、花生和高粱等，而且没有耕种技术，只把沙地挖了个坑就种下种子，然后在地边挖沟积水以保持水分，作物生长了之后也不再栽培护理。这种耕作方法，让我想起人类进化史上的'刀耕火种'，也想到生活在这片土地上的人民，他们的生活状况。他们市场上的产品大约有百分之八十来自中国。市里有超市，但规模很小，大多数是小商小贩卖红薯、玉米等东西。一瓶矿泉水要卖到400西非法郎，相当于我国人民币的6元；大米每公斤卖600西非法郎，相当于我国人民币9元。大米都是来自越南、美国、泰国和中国，而面粉多数来自欧洲。市场上也有牛、羊、鸡、鸭、鸽子、兔子肉等。尼日尔百分之九十八的人信仰伊斯兰教，他们不养猪也不吃猪肉。市场上不卖猪肉。

生活的质量，是决定人的身体健康的重要原因。因此，生活的贫困也就导致了各种疾病的发生。马拉迪省立医院，住院部可容162个病床，我去的第一年，全院160人只有一个医院院长、一个医务总监、一个总务、6个医生，其余全是护士医技人员，医院里没有药房，只开处方，到外面药店去买。因为我们的援助药品只是很少的一部分。而手术和医疗设备都是国际援助和中国供应的一部分。到了后来，随着国际外援医生的到来，全院共有26位医生，担负全省绝大部分医疗工作。其中来自尼日利亚的有3位，来自古巴的有2位，加上我们才有15位……”

作为救死扶伤战线上的一名战士，在这个特殊的环境中，在这里的人民需要的时刻，尤其是看到病人睡在地上时，罗忠叁心想：他们是多么需要我们的援助啊。于是他悄悄地下定了为他们服务的决心。觉得苦、累、脏都是正常的，感到自己的付出是应该的，这种援外医疗的工作是神圣的。

正因为这样，罗忠叁比别的医疗队员每一年要多走219公里的路，而在这长长的一年，在这短短的沙路上，罗忠叁撒给马拉迪人民多少的爱？笔者想用这一组数据来回答：罗忠叁在非洲援外的三年多，在那几平方米的病房里收治病人达7572例次，治愈率为92.3%；在门诊接诊达9749例；急诊56例次，其中抢救各类疾病人264例次；抢救成功率达97.5%；行腰穿、胸穿、心包穿刺

56次：为尼日尔马拉迪省主要官员省长、省秘书长、市长（包括总统夫人）、宗教界领袖等上门诊治、送医送药176人次，为中国驻尼日尔大使馆工作人员体检66人次……

那一百米的沙路，永远摄下罗忠叁白天走过时的匆忙，也摄下他黑夜走过时的坚定！沙路，是罗忠叁援外医疗的一张永恒的底片！

国旗在心中飘扬

罗忠叁和援外的医疗队员们，有那么三年多没有沐浴在祖国的阳光下，更没有机会参加升国旗的活动，哪怕是从电视屏幕上看到鲜红的五星红旗在天安门广场的升旗台上冉冉升起的英姿也没有。但是他们思念国旗，思念着伟大的祖国！仿佛国旗永远在自己的头上飘扬，祖国永远是他们依靠着的一座伟岸的靠山！

按照国际惯例，任何国家都不能违反国旗法，在别的国家的领土上随意地悬挂国旗或升国旗，否则将会被该国指责为有占领他国的意图。而在尼日尔这个国际援助颇多的国家，联合国儿童基金会、世界粮农组织、法国无国界医生等，在马拉迪设有常驻机构，援助国和国际组织有法国、美国、德国、日本及欧盟世界银行等。在尼日尔与中国建交之前就有长期援助尼日尔的外国人士，如卢森堡就有一个70多岁的老太太在尼日尔工作了30年，她把基金全部带到尼日尔帮助那里的穷人，有时还抱一抱那些受助的孩子。同时也有亚洲天后孙燕姿跟随世界展望会，探访非洲尼日尔的贫困人民，参与当地的粮食发放计划，到接受营养喂食的小孩家中访视，走访干旱的地区。那次非洲之行，孙燕姿带去了维他命、手电筒等物品。

我国与尼日尔共和国于1974年7月20日建立外交关系，我国在农业、经济贸易、文化、教育、卫生、军事交往等方面都签有合作协议。其中我国自1976年起共派出了八批医疗队员。两国恢复外交后，1996年12月恢复向尼日尔派遣医疗队，罗忠叁他们这一批医疗队为第十二批。

罗忠叁说：“我们住在古巴医疗队院子附近，每天路过他们院子门口，都能看到他们的国旗在院子里迎风飘扬，我们内心也在想：‘如果我们也有一面国旗该多么自豪呀！’想到这里，我心中就似乎有一面五星红旗在飘动，在支撑着我，指引着我，给我以无穷的力量！激励我更努力地向着更高超的医术和良好的职业道德去奋斗，为掌握一专多能和精益求精的医术而做出不懈的努力。”

国旗，那是伟大祖国的象征，她的无声召唤，永远给援外人员无穷的力量。

尼日尔的官方语言是法语，但日常使用的人不多。各部族都有自己的语言，豪萨语是全国大部分地区通用的语言。语言是人们交流感情的重要途径。而罗忠叁他们这17人只有1个翻译，一个厨师。他们15个医务人员在出国前也参加过法语学习。罗忠叁在广西卫生厅举办的培训班学过4个月的法语，但是到了尼日尔，他也还是听不懂病人说什么。倒是马拉迪的人民过去接触中国人多（有中地公司工程队等等），他们能听得懂我们中国式的法语。法语变化多，每个动词都要变位，懂得一个单词就可以读下去，而学习语言，最重要的是要在语言环境中学。罗忠叁在刚到马拉迪医院时，听他们的语言有些困难，过了两三个月，他就能和他们直接交流了。再过半年，除了翻译之外，他是法语学得最好的一个了。

我把罗忠叁如何学好法语，更好地在一个陌生的语言和社会环境中工作和生活，为什么能在那么短短两三个月时间内，就能流利地和病人进行交流，作为采访的重要线索之一。

罗忠叁说："我在工作中遇到了语言的障碍，感到必须在这方面下功夫，于是，我一是借书来阅读，以自学为主，以提高阅读能力，二是每天七点钟左右跟着电视播音员学，有一定的提高。此外，还经常冒着烈日到学校去向阿巴那学。阿巴那是马拉迪省立的马拉迪技术中学的老师。这是一所公立的职业技术学校，学生们在校读书和吃住都不用花钱，并且每人每月还获得2000西非法郎的补助金。学校开设有语言、英语、铸造（车间都有机床）、电焊、木工等专业。学校范围很宽。我们医疗队常去那里打篮球，去的次数多了，就认识阿巴那老师，他说他曾经到过中国留学，会说中国话。这之后，我就利用双休日不上班的晚上去拜访他，另外也还用每周两个不用上班的下午去学，每次一个多小时。

阿巴那大约40多岁，他到过西安交通大学学过路桥建设工程，原先我们有个老队员常去那个学校打球，回来说认识这么一个人，后来就熟悉了。他的中国话说得好，但回国十多年了没再去过西安。他一见我就讲汉语，我学法语遇到不懂的地方多数是去问他。平时，我都是一个人走20分钟的路到他的办公室去，我也曾去过他家一次。因为我们之间除了学习上的师生关系之外，还成了好朋友。他说他家的电视机是在中国买的（当时价值400元左右），遥控器坏了，那年（2005年5月）我回国探亲，就给他买了送到他办公室。往时，我走路到他办公室，学习后他总是开车送我回住所。这一次，只见他开了车没有送我回住所，而是神秘而小声地说带我去他家。一见他父母等一家人，他就高兴地把我介绍给他们，并说我给他从中国买来了最好的礼物。接着就用遥控器试电视机，看到电视荧屏上清晰的图像，全家人发出舒心的笑声。

我当时认识一个尼日尔驻中国大使馆的退休的财务人员，他叫Abdou Liman，我们是在看病时认识的，我一般不上班时就去他家拜访，他会说一些很简单的中国话，我去他家时他都用一些简单的中国话和我聊，但为了掌握更多的法语，我则用法语跟他交谈。他大约60多岁。我和他主要是拉家常。有时他也给我介绍做饭菜的烹调技术。他的妻子尼嫚女士有时也在家，她就用普通话和我交流。他们有五个孩子，现在只有两个女儿在身边，另一个大女儿在尼日尔外交部工作，一家人都非常好客。我从他们那里也学到一些难懂的法语。他们也把我当作朋友，有时，刚好碰上他们做玉米粉糕，他们也请我尝一尝，我也就不客气地用番茄酱拌着吃了，另有一番风味……通过和他们的交流，提高自己的口语表达能力。渐渐地，我的法语水平有很大的提高，可以说，除了翻译之外，我算是法语学得比较好的了。渐渐地我讲法语当地人能听得懂了，他们讲法语我也能懂，工作起来方便多了。”

掌握B超技术

壮语有句谚语：“得哽赖端，否得做赖栏”（汉意是：能吃多家的饭，不能做多家的工）也就是说，医生学好用好自己的本专业就足够用一辈子了。像罗忠叁医生，治好内科的病人，完成医疗队给的任务和对马拉迪有关官员的保健工作就已是非常优秀的医生了。但是，罗忠叁心中那一面飘动着的国旗，总是给他以无穷无尽的力量！令他不能停止自己对一专多能的孜孜追求。在繁忙的工作之余，只要是哪一天病人少一些时，他在完成了诊治之后，常去B超室学习B超技术。大约两个月，他就在原有的基础上更熟悉了B超机的操作技术。待到哪一天病人少一些，他就去协助他们做B超。有时有人来找，只要有空闲他都乐意去为病人做B超。说实话，同一台机械，掌握的技术的水平不一样，那么诊断的效果也就不一样。时间一长了，人们对罗忠叁的B超技术越来越青睐。

在马拉迪省立医院工作的内科主任，他家里有诊所，应该说，他家的诊所也就是马拉迪有点名气的诊所之一，而且设备也不差，设有B超科、化验科、放射科等，就凭他当内科主任这个职务，慕名而来就医的人不会少。只是多数病人都知道中国医生的医术，加上中国医疗队还带有从国内带去的一些免费药品，就都喜欢到马拉迪医院就诊。而内科主任是想利用中国医生的声誉，为他的诊所招揽更多的病人。于是，他多次邀请罗忠叁去他诊所给病人做B超，他的诊所收费比马拉迪医院高1000法郎。可想而知，在那里的工作会有相当高的待遇。金钱，这个虽是身外之物，但却是生活的所必需的，人嘛，有钱越多，生活就会过得更好。

然而，罗忠叁在金钱的诱惑面前，没有动心，因为他要为心中那面国旗增辉！他时刻牢记祖国的嘱托，牢记援外医疗队员严格的组织纪律："一是要严格遵守国家的《保密法》；二是要保证自身的安全，不单独行动，出行必须二人同行；三是不能到私人诊所做事；四是严格遵守劳动纪律；五是尊重当地的民族习惯和宗教信仰。"在内科主任邀请的时候，他掷地有声地说："这个B超我不能做！"

团结协作

常言道："一花独放不是春，百花齐放春满园"。罗忠叁在马拉迪省立医院的工作，内科系统就有3个病区，但只有6个医生，分别来自中国、古巴、尼日利亚、尼日尔等国。在为尼日尔人民解除带来的痛苦的各种疾病中，罗忠叁充分发挥自己的技术优势，和大家一起攻克难关，救死扶伤，尽到了自己为祖国为人民增光的责任。在内科的治疗中，他还要做心包穿刺，这做心包穿刺可谓同攀登祖国的巅峰一样的艰难。

心包积液多因为患结核或肿瘤所致，必须通过穿刺把这些液体抽出来，减轻症状，在设备简陋的条件下，这是一项难度和风险都很大的技术。罗忠叁说：“在国内做心包穿刺术是较为常见的一种穿刺术，但为了安全，常备有心电监护仪，一边看着心电监护仪一边操作，但是马拉迪医院没有这个设备，如不慎就可能会穿入心脏，因此只能靠自己的感觉，操作前反复看照片，并亲自做B超，选择角度，了解积液的量，应从哪里穿刺，确保穿刺成功。”

听罗忠叁这段话，笔者感到心胸阵阵作闷，头皮在发麻，握着笔的手在出汗，便问罗忠叁：“只有一张胸片和一枚普通的针头，竟能成功地完成无数次心包穿刺术，解决医疗中操作的难题，对这些穿刺的成功，你有什么感想？”只见他微笑着轻松地说：“做完穿刺，觉得很平常，但自己总觉得有成就感。因为它体现了中国医生高超的医术。”

是的，这种高难度的操作，罗忠叁不仅给他管的病人做，还乐意帮其他医生管的病人做，充分体现中国医务人员的团结协作精神，罗忠叁这种迎难而上的工作作风，得到了当地医生和人民群众的称赞和爱戴。

在流逝的岁月里，罗忠叁和中国医疗队员们用自己的辛勤付出，为祖国的国旗增辉，他们始终把祖国的利益放在第一位，宁愿牺牲自己的休息时间，也从未耽误病人的病情，也不辜负病人的信赖，这当中有高官，也有平民百姓，尤其是马拉迪省省长、省秘书长、市长、海关关长和警察局长等高官们，不论是大病还是小病，都喜欢上门找中国医生为他们治疗。

2004年3月的一天深夜3点多钟，酣睡中的罗忠叁突然被一阵急促的敲门声惊醒，黑暗中传来了马拉迪省长卫兵的呼喊求救声。罗忠叁开了门，问明了原来是省长突发急病，寒战高烧，剧烈头痛。罗忠叁凭着自己的经验判断省长可能患上疟疾。于是他赶紧准备好从国内带去的抗疟疾药，抗生素和液体，赶到省长住所给他诊断并亲自给他打吊针。做完这一切，已是下半夜5时。这时，昨夜的晚饭早就消化掉了，渐渐地饥饿向他袭来，双眼也因此而感到更疲倦，但是，罗忠叁熬住了。而这时更难熬的是那些无处不叮咬着的蚊子。天渐渐亮了，当省长从高烧中慢慢醒来睁开双眼，看着罗忠叁此时无法掩饰的疲倦的样子时，他用还烫人的手抓住了罗忠叁的手，艰难地说："中国医生，你救了我的命！"这一夜之后，罗忠叁又利用5天的业余时间上门继续为省长治疗，一直到他痊愈。感恩之心，令省长对中国医生的高超技术和认真负责的工作态度赞不绝口。此后，每当他家有人病了，他都亲自登门请罗忠叁去为他们诊治。

2006年6月的一天，尼日尔共和国的一位妇女儿童部长（尼日尔总统夫人）到马拉迪省视察工作，这是位于尼日尔南部的马拉迪省的一项重大的工作。省长等官员除了做好视察的相关工作外，对部长的饮食起居等接待工作也从不马虎，令部长非常满意。可是，客观事物有时也不一定以人们的意志为转移。部长就在视察的第二天晚上发起高烧，接着是呕吐、腹痛并不停地腹泻。

听了接待人员的汇报，省长赶紧到部长住处探望，不看则罢，看了之后省长被吓得两腿筛糠，急得像热锅上的蚂蚁。忽然见他拍了一下后脑，拉着秘书长就开车到中国医疗队的住处。罗忠叁医生又一次被半夜敲门声惊醒，问清情况就开了门，背上平时就准备着的急诊药箱，上了省长的车子，往部长住地而去。

夜，黑得伸手不见五指，只有车灯的光令人感到不寒而栗。罗忠叁在车上听省长说了部长的一些情况后，对部长的病情已胸有成竹，到了住地，他的诊断和他在路上对病情的分析是一致的。

于是他大胆地用他临床治疗疟疾的医治方法给部长治疗。经过几天的精心医治，部长很快康复了。她握着罗忠叁的手，仔细地注视着罗忠叁这位来自东半球的黄皮肤的脸，激动地说："感谢你，中国医生！"

"中国医生"，一个响亮而值得自豪的名字，它成为联结尼日尔人民友谊的桥梁！

罗忠叁和中国医疗队员们精湛的医术，热情周到的服务，在尼日尔人民中广为流传。因此，在尼日尔援外的工程人员，一旦有病也总是会舍近求远来找罗忠叁他们治疗。

中国地质总公司海外部打井队，他们所在的工地离津德尔市只有50公里。但是云南籍的员工患了疟疾，他要求他们队把他送到200多公里以外的马拉迪省来找罗忠叁看病治疗。打井队患疟疾的还有天津、山东等地去的队员。他们也是跑了200多公里来找罗忠叁治疗，其中有一个天津人叫田奎，发着高烧的他经过200多公里的汽车颠簸，到了马拉迪已经奄奄一息了，罗忠叁见到这位神志似乎已不大清醒的中国同胞，眼泪水情不自禁地盈满眼眶。他以最快的速度为他诊断并及时地为他打针输液，他用的治疗药物也都是从中国内地带去的抗生素类和抗疟疾的药。罗忠叁不但在医治上下功夫，同时也用休息时间守候在他的病床前，像亲兄弟一样安慰他，使他很快康复了。出院时，田奎两眼含着泪花，拉着罗忠叁的手动情地说："兄弟，是你救了我的命！等我们回国时，我一定要请你到天津吃狗不理包子！"

此外，还有云南、山东和天津的其他中国援外人员，始终没有忘记中国医疗队，更没有忘记罗忠叁。在2007年，有一个人从云南打电话来找罗忠叁，原来是回国探亲的云南籍中国援外地质公司的童仁东。他说他现在到马里去了，是罗忠叁给他弄去的！弄得罗忠叁一头雾水，自己不是援外派出机构人员，怎么能派遣童仁东去马里呢？他们就这样拉了30分钟的家常，末了，童仁东说："罗医生，如果没有你在尼日尔，我死定了！怎么还能到马里去呢？"罗忠叁这才记起那次抢救疟疾患者童仁东的情景。

在尼日尔的治疗往事如烟，许多病人尤其是尼日尔的病人，随着他们握着罗忠叁的手或是碰着他的手臂告别时，那一张张黑色笑脸上的白牙一消失，病人的面孔就会随之模糊了，而对于中国援外疟疾患者的音容笑貌，他们离别时的那股亲情，那令人难以忘怀的话语，却怎么也挥之不去，被深深地铭刻在记忆的底片上。

祖国的利益高于一切，是中国医疗队工作的宗旨，也是他们工作的力量源泉。罗忠叁他们没有忘记，临出国登机之前，广西卫生厅高枫厅长和卫生厅国外合作处长勉励他们到国外要努力工作，为国争光的情景。使医疗队员们在离别亲人的痛苦中振作起来，暗自下决心，决不辜负祖国和人民的期望，并做好克服新的工作环境可能带来的工作和生活中种种不便的心理准备。因为尼日尔比它邻国尼日利亚要穷一些，尼日利亚是非洲相对富裕的国家，他们石油多。中国医疗队因非典延误了出国的时间，但这并不影响大家的情绪。他们到了尼日尔机场，我国驻尼日尔大使馆的领导已到机场来接机，使大家又感到了祖国怀抱的温暖，在大使馆，每天都自然而然地注目高高飘扬在大使馆大楼顶上的五星红旗，身上顿时充满了无穷的力量，更下决心为尼日尔人民而努力工作。

为伟大的祖国争光，他们用实际行动，实践着自己的诺言。罗忠叁说："在我们这批中国医疗队在尼日尔3年多工作期间，国家卫生部领导、广西人民政府副秘书长、广西卫生厅高枫厅长都先后到尼日尔看望并慰问我们，还带很多国内的食品给我们，使我们感到党和国家及卫生厅领导对我们的关心，更坚定了克服困难努力做好工作的决心。卫生厅领导到尼日尔马拉迪省慰问我们时，还亲自深入到医院的病房视察。当看到我们就在这么恶劣的环境中工作时，都大为感慨，亲切地叮嘱我们一定要做好自我预防工作。我们听了心里热乎乎的。

常言道：‘每逢佳节倍思亲’，每年的中秋节和春节这两个重大传统节日，广西区卫生厅领导和医院的领导都到我家里慰问，还发慰问信到尼日尔给我们。让我们放心，安心地工作，同时也让我们分享到祖国和人民及家庭的快乐！”

三年三个月时间，是人生长河中难忘的岁月，是罗忠叁和中国医疗队员们为尼日尔人民的健康而忘我工作的日日夜夜，他们虽然和祖国相隔着千山万水，可心中那面鲜艳的国旗却永远地飘扬着！

那方热土那方人

罗忠叁和中国医疗队员们经18个小时的飞行，于2003年8月7日来到他们即将履行国家卫生医疗援外工作的尼日尔。在中国驻尼日尔大使馆，队员们对尼日尔有了初步的了解：尼日尔共和国（法语Republique du Niger），是西非内陆国家之一，因尼日尔河而得名，首都尼亚美。尼日尔东临乍得，南接贝宁和尼日利亚，西部与布基纳法索和马里毗邻，北面是利比亚，边境线长5500公里，面积126.76平方公里，尼日尔也是世界上最不发达的国家之一。

尼日尔北部属热带沙漠气候，南部属热带草原气候，全年分旱雨两季。年平均气温为30摄氏度，6月到9月为雨季，10月至来年5月为旱季，因此全国水资源比较贫乏，作为尼日尔母亲河的尼日尔河在全国的流境长大约只有550公里。尼日尔的全国医院、诊所共有719所，其中国家级有3所，省级5所，其余均为私人诊所。面对着即将到来的工作和生活环境，大家都下决心去克服。

从小就生活在山青水秀气候宜人而至今还有一些住着杆栏式建筑的广西壮乡的罗忠叁，和每一个到达陌生地的人一样，都想尽快地了解尼日尔的风土人情，人们的饮食起居习惯，使自己能尽快地适应环境而更好地工作。

罗忠叁走在马拉迪的街道，街面是古老的商业性建筑，材料多用生砖来砌，街道上少种树木。但是城里除街道之外，也建有许多茅房，每个院子占地面积5—8亩不等。富人家的院子比较大，院里同时也有住茅房的穷人，他们在院子里帮主家做工来维持生活。不论是富人或穷人，院子里都种很多树，常见的有苦楝树，每年的雨季前就把树枝砍掉，以防风灾。这些院子的树木之间，掩映着富人的建筑，他们多用砖瓦作材料，房前空地上放有他们的车子，他们在院内的空地上种有花生、玉米等作物，院内也还养有羊、鸡等。而穷人有些也有自己的院子，但房子多盖茅草等。现代建筑则屈指可数，如海关关长的家，就是豪华型的住宅。

这种贫富对比鲜明的现实，令罗忠叁感慨万分，他说："看了这一切，感到这里简直是不宜人居之地，真不可思议。但我们只有面对现实，我们当时的心态是：他们需要我们，看到了这种情况更坚定了为他们服务的决心。觉得苦和累也是正常的，觉得这样援助他们也是应该的。"

罗忠叁在尼日尔马拉迪医院工作，又同时做尼日尔马拉迪老酋长的保健治疗工作。作为酋长，他是当地的著名人物，他的官邸应该是富丽堂皇的，在人预料之中。当罗忠叁到达马拉迪之后的第一天，他就由老队员陪同去探望酋长，想了解他需要什么治疗，顺便告知他的家人和亲戚，有病时可以随时到医疗队驻地去找他们去看病。

酋长住的地方离医疗队驻地约15分钟车程的距离，令罗忠叁感到意外的是：酋长家的院子是和平民百姓的院子连在一起的，这个地方用中国的习惯用语就是：不毛之地！酋长家的院子很宽，大约占地7—8亩。院子里他家住的是干打垒的房子，但屋里是豪华的会客厅。房子不远的地方是茅屋，这房子只有顶上盖着茅草，而四周是没有围墙的，任凭风吹。酋长的大院子里还住有多户穷人，他们耕作在酋长的大院里。整个院子都长满苦楝树，罗忠叁他们去时，正是苦楝树花开的时节，满树的碎花不时飘落在他们的头上，让人沐浴在一种淡淡清香的气氛中。这种苦楝树更能勾起罗忠叁他们的思乡之情，因为苦楝树开花时正是清明节，是壮乡人们为祖先祭墓的时节。

后来，罗忠叁每周都到酋长家为他治疗，才知道住在贫民村中的酋长也非是一般人家，他家有大约6—7人的侍卫队，都穿着特制的衣服，但是他们并不持枪，只拿着一些涂了颜色的木枪。酋长大部分时间住在干打垒房子里，到每周六和周日，都会有很多人来拜访他，一般人到访安排在外面会客厅，而总统或者政府官员到访都安排在家里的豪华会客厅，酋长坐在高的地方，座椅如中国的龙座，大家席地跪拜祈祷。

罗忠叁对酋长的保健治疗，可以说是无微不至，可他对老酋长的了解并不多，他只听别人说老酋长曾参加过法国的远征军，但是罗忠叁问老酋长的侄儿，他却说老酋长是商人。从老酋长和尼日尔人的身上，体现了人与人之间的相互尊重。酋长平时话语不多，但有官员来拜访，他也都在家中请他们吃饭，而不是去马拉迪最好的美国餐厅。官员们在酋长家各人各捧一碗饭吃，没有像在中国那样摆一桌桌的菜肴。尼日尔多产南瓜，他们多数人生吃，肉是熟煮后以酱拌来吃。有时也有烤鸡羊等。要是到饭店去请客，官员们也都是各人自己吃自己付钱。

酋长对待他们的官员如此的严格，但对中国医疗队，他却出手大方，让罗忠叁他们至今不能忘怀。医疗队员们整天地忙于工作，对自己祖国的重大节日往往没有在意，直到酋长叫下属送羊来时，他们才想到春节到来，忙着给家人去信去电。三年多的三个春节，酋长就送了他们三只羊，还有马拉迪的商人也送来两只，是开斋节送的。尼日尔的羊很硕大，乍一看，你还不一定看得出它就是羊呢！这些羊，全队人吃两天还吃不完呢！

有时，酋长家的人到邻国的尼日利亚办事，酋长就叫他们给医疗队买回像枕头那么大的面包，是塑料包装的，切片后用奶酪就着吃。有时还在市场上买来木瓜送给大家吃。吃着这些东西，不知是谁说了一句："我们又回到了童年时代！"说得大家都笑起来，有的甚至把在嘴里的面包喷了出来！可不是吗？罗忠叁和几个出生在中国农村的医生，谁没有那些坐在家门口等候上街回来的父母亲带回好吃的东西的经历？而今，在远离祖国的异国他乡，尊敬的马拉迪酋长不正是也把他们当作自己的儿女一般看待吗？大家正沉浸在一片美好的回忆中，不知谁又嚷开了："来来来，马拉迪木瓜，又甜又香！"正吃着木瓜，炊事员又拎出一个非常精致的竹篮，叫大家猜一猜篮子里装着什么。一个队员赶忙掀开：里面是一篮新鲜的鸡蛋，又是酋长叫人送来的！大家一片哗然，高兴得像过年穿新衣服的孩子那样雀跃着。

罗忠叁他们也难忘对老酋长的保健和治疗，他们像亲人一样守候在他的病榻前，直到他康复。人非草木，这一切对于宗教领袖的老酋长，他是将中国医生给他带来的好处封存在记忆的深处，才会以当地最高的礼物即送羊来感谢中国医生的。人与人之间的关系和友谊，就是那么惟妙惟肖，往往就是滴水见阳光。

尼日尔全国人口1140万（2006年），人口多集中在城市，

88%的居民信奉伊斯兰教，11.7%信奉原始宗教，其余的信奉基督教。在马拉迪，大约有98%的居民信仰伊斯兰教。全市大街小巷都建有清真寺。每天早上大约4点多钟，街上的高音喇叭就响了，这一响声，有如中国古代的铜鼓声：人们一听到鼓声就汇集到寨老头人家中。而在马拉迪，这高音喇叭一响，不论是正准备上手术台做手术的医生，还是开着车的司机，都会立即停止工作而做礼拜，每天都要做五次：早上4点多，中午2点，下午4点，晚上7点，晚上8点。周而复始，从未间断。

罗忠叁起初感到很好奇，他觉得没有见过哪个国家的人民对宗教信仰的程度那么深。后来仔细一想，有两件事使他想到可能与宗教信仰有关。罗忠叁说："我们医疗队刚到马拉迪市时，有几个人想看一看那里的市场物产，顺便买些日用品和青菜，可马拉迪由于缺水，人们种菜不多，市场只有辣椒和西红柿，他们大多是打粉来拌酱饭吃。市场上也有羊肉、牛肉等出售。谁知我们同行中的一位女医生看到牛肉上面有许多苍蝇，黑乎乎的一大片，看着就感到恶心，一转身就走出市场，几个男医生怕她人生地不熟走丢了，赶忙跟着走出市场，回到住地才想起忘记拿回那个装菜的小桶。后来几个男医生又走去市场，结果那个小桶仍然放在市场上，没有人拿走，我想这件事可能和宗教信仰有关。后来，我们看到，也许因为贫穷，街上的乞丐多数是小孩子，我们有时见到了老弱病残和小孩子，也都施舍一些西非法郎。100元法郎等于我国人民币1.5元，而西非法郎是西非14个国家通用的货币。"

另一件令罗忠叁感慨的事是，马拉迪由于天气干旱，如果要打井必须要到30米左右才能抽到水。因此，在街上也就有富人卖水的铺面。他们也常常给穷人送水。富人和穷人同住的院子里，每到枯水期，富人也会给穷人送水，充分体现了人与人之间的相互关爱。马拉迪市上除了很少有小偷之外，他在那里三年多，从未见过因打架而到医院就诊的伤员。说明这里的治安很好。

罗忠叁还说："有一次，休息日，我和两位同事开车去50公里以外的马拉迪风景区马大红花湖买鱼，车子行驶在一条宽约40—50米的季节性河流上，谁知车子开到河中间被沙子淹没了车轮，我们正在为推车发愁的时候，突然有十几个村民过来，有的手中拿着树木，有的扛着铁铲来帮忙，他们'嗨'的一声，就把车子的前轮抬了起来，车子就可以开过去了。我们下了车子，用豪萨语感谢他们，这十几个青年非常高兴，因为语言相通，一下子我们之间就无话不说了，他们淳朴的笑脸，我至今还记忆犹新。当时我主动给他们一些钱，可他们都不要，相互招呼着就走了。过后我想，尼日尔人民的这种乐于助人的行为也许和宗教信仰有关。"

世俗都认为，金钱是万能的，可是在尼日尔人们的眼里，人际间的友好和相互的支持，比金钱更可贵。

中国医疗队分别住在5个大院里，罗忠叁他们住的这个院子大约有5亩地，也都种有苦楝树。主人住西南面，一家有五口人。他们也不种地，院内长有草，空地也多。院子正面的左边是连着的两间大平顶房，罗忠叁和另两个队员住外面那一间，尼日利亚的医生住靠里面的一间，他们是主管传染科的。两国的医生都和住户关系很融洽。罗忠叁他们上班的时间是上午8—12点，下午是4—6点，也就是6小时制。后来因为天气太热，全国统一改为上午8点到中午1点30分，2点又上班到4点。

罗忠叁说："我们住的院子里有好多空地，我们征得主人同意，挖地并把从国内带去的菜种拿去种。那里的土质很好，我们也护理得好，早上上班前淋一次水，待到下午回来，太阳光早就把菜地的水分挥发得地表都发白了，我们就在下午4点下班之后又淋一次水。结果我们种的菜长得绿油油的，豆角长有半米长；丝瓜也长到40厘米，冬瓜更是喜人，最大的重有50多斤。马拉迪的居民听了院子主人的传说，纷纷跑来看。但是马拉迪有个风俗，那里的人都很有礼貌，因为每家都有自己的院子，院子都有门，主人不同意他们不敢进门。既然是我们院子的主人同意，大家就都涌到我们的菜地参观，这个摸冬瓜，那个用手来量豆角，说从来没有见过长得这么好的瓜菜。还问我怎么种，有什么好技术。我说，没有什么奥妙，种菜要勤淋水和经常施肥。这得感谢住在这院子里的孩子和他们的朋友，给我们拉了肥料。说到这里，来参观的人们才知道，种菜还要施肥。因为在马拉迪，土地比较肥，人们就只挖一个坑，放上玉米或菜种，开一条排水沟就等待着收获，而且那里的人们是不吃青菜的，要是吃，也只吃包心芥蓝，他们有的生吃，有的拌上番茄酱。因此，对于种菜，他们是外行的。对那些给我们拉肥料的孩子，我们也给他们一些西非法郎。我们自己种的菜，多半是供给食堂，大家同享，一小部分在周末时自己'加菜'，享受自己的劳动果实。"

马拉迪的民居大院，不论它的占地面积大或小，也不论它是富人的豪宅还是穷人的茅房，它都是豪萨等民族世世代代生存繁衍的重要场所，是人们喜怒哀愁的心灵港湾。可以说它是人生的一部民俗画廊。每一年的开斋节，就是信奉伊斯兰教民族的重大节日，它有如中国人过春节一样重要。

关于开斋节，我国西北地区信伊斯兰教信仰的民族也都过这个节。罗忠叁说："每年的10月到11月的第一天开始，只要能看到初月的那一天则为开斋节的开始，斋期为一个月，吃饭的时间定在凌晨4—5点，太阳一升起来就不能吃饭也不能喝水，到了下午6点半才可以喝水，等到祈祷结束也就是到晚上八点才得吃饭。这个规矩谁也不能打破，斋期结束的这一天居民都集中到大广场去做祈祷，回家去就可以吃饭，这叫开斋。斋期是七岁以上的孩子不能吃，只有七岁以下的孩子、病人和孕妇可以吃。有钱的人家吃得好，而贫困的人家也得设法过节。那段时间市场上鸡、羊、牛肉等卖得很贵。开斋节延续时间是一个月，也就是等到下个月初晚上能见到初升的月亮那晚才结束。”

罗忠叁还说：“开斋节又叫古尔那节，我国的宁夏回族自治区也有这个节。尼日尔因为干旱，森林少，柴火非常贵，只四根柴火就卖100法郎，相当于人民币的1.5元。一罐煤气只有27公斤，要卖9500法郎，相当于142.5元人民币。煤气和电都是随时可以买到，只是平民用不起。开斋节最重要的活动就是宰羊烤全羊，晚上还围着烤羊的地方跳舞唱歌。我每年都去参加他们的活动，还带照相机去拍了好多照片。他们宰羊之后就烧一堆堆火，把几只羊挂在火旁边烧烤。但是当天烤熟的羊肉是不吃的，只炒羊的内脏来吃。第二天先把烤羊肉分别送给亲戚然后才吃。有一天晚上我去省政府找人，大门有卫兵站岗，这时他家刚好送一碗炒熟的羊内脏来给他，他请我尝，我捡了两片来吃，味道很好。我刚想再次感谢他，但卫兵走到门的那边去了。这时我才想起他们国家的卫兵是走动的，而不是站在一个固定的地方。当人们烤羊时，我们去参加，从他们的火堆旁边走过时，他们就把我们当作尊贵的客人，就割已烤熟的羊肉的一块切成几片给我们品尝。让我们感到自己也沉浸在欢乐的节日气氛中。

在尼日尔，我们在那里和豪萨族居民过宰羊节。同时也过我们祖国的春节和中秋节。每年中秋节，厨师都为我们做很多好吃的菜，当然还是按我国的传统：无鸡不成宴，鸡肉、鸭肉都是少不了的。还有大家非常喜欢吃的酸甜猪脚，还有当地的烤羊。我们医疗队每三个月去首都买一次肉，猪脚是去首都尼亚美买的，一次买两头猪给人宰好冻着，要回马拉迪时才拉回。我们吃的米有时也买泰国米，过年时还买阿拉伯人专门吃的米，像我国的小米一样，金黄油亮。每年春节，马拉迪酋长都叫人给我们送羊。厨师就按当地的做法，把宰好的羊剖开把小米放到羊肚里后封好一起烤，羊肉熟了，小米也就熟了。白天吃这美味的烤羊肉和小米饭，晚上才过春节，看完祖国春晚电视节目后，才自己动手做水圆吃。”

三年多的时间，对于一个国度，一个民族，对于罗忠叁来说是了如指掌了，他比别的队员多了一个优越条件，就是跟酋长、病人等学会并熟悉地运用尼日尔通行的法语，而语言是人们交流的重要方式，加上他又有摄影的爱好，能运用摄影这个瞬间艺术记录异国他邦的节日文化风情，让非洲人民的欢乐定格在他人生的底片上。同样，对于那些与欢乐相反即悲哀的情况，作为那方土地上的文化思想，虽然没有通过照相机留下来，但却也深深地封存在记忆的长河中。

尼日尔人与人之间相互尊重，多以朋友的身份相处，国内现行一夫多妻制，他们的民风很淳朴。在医院里，要是有老人留医，晚辈人来探望，一进门就先跪在老人的病床前，然后才站起来和老人说些安慰的话。在马拉迪医院，每个病人只花700法郎挂一次号就可以看一个月的病，没有一分钱的病人也可以来看病，不过得等到内科有医生上班时才来。他们通过医院的医生排班牌知道罗忠叁上班的时间，这时才来找他看病。因为有些中国援助的药品是可以开给一些贫穷的病人的。

罗忠叁精心保健治疗的马拉迪酋长，在中国医疗队回国之前不久病重了，他的家人开车来请罗忠叁他们，对于酋长的病，他们三年如一日。有时是下午6点多就去，晚上12点多才回到住处；有时吃过晚饭才去也常常是半夜一两点才回；有时因要观察酋长的病情，肚子饿了，刚好有二人同去时，就轮流回住地吃饭。这一次酋长是发高烧迷迷糊糊的。罗忠叁说："我们去时已是八点多，十一点多用完药，等到打完吊针，我和手术室护士处理完之后，下半夜才离开。我们离开之前酋长高烧已经退了，酋长还跟我们说话，他比较重义气，反复地感谢我们。可是天刚刚亮，他家人就来告诉我们，老酋长'升天'了。酋长辞世的消息是通过高音喇叭、收音机传向四面八方的。顿时消息传遍了马拉迪，传遍了全国。因为很多尼日尔人都喜欢随身带小收音机，消息很快传开。

我们医疗队应酋长的家属邀请，全队前往参加悼念活动。尼日尔国家总统来悼念酋长时发表讲话，高度赞扬中国医疗队对尼日尔人民做出的贡献。我们医疗队队员目睹了葬礼的整个过程：墓地选在酋长的院子里，是靠近他的两个妻子的墓地附近。这个风俗也似乎与中国的二次葬的夫妻合葬相似。土坑挖好之后垫上树枝，然后把用布裹着的酋长尸体放下去，用土掩埋。这个坑是摆在两个妻子已和平地一样的坟墓中间。这个地方蚂蚁很多，又很大个，没几天，隆起的坟墓就和他两个妻子的坟墓一样平了。酋长辞世第四十天，亲戚们去拜祭他一次，以后就不再祭拜了，因为伊斯兰教的意识是死者已升天了。酋长是在我们回国之前逝世的，我们被他家属邀请参加他的丧礼，才有机会了解尼日尔的丧俗。酋长的亲属对我们多年来的保健治疗非常感激，我们离开马拉迪回国时，他们也到我们的住处一再表示谢意。"

在一个地方工作和生活了三年多，罗忠叁除了热情地为当地人民服务之外，他和同队的17个队员和同在马拉迪医院工作的如尼日利亚的古巴的外科、内科、儿科、妇科医生，也都团结合作，相互支持。罗忠叁在广西右江民族医学院临床专业读本科时，也认真地学过并掌握药理学知识，所以对自己所负责的援助药品的采购计划，能运用自如。有一年春节，在那里放假的一周时间里，他用自己出国时带去的手提电脑，几乎天天在住地的房子里做药物采购计划。平时也协助医疗队做统计表工作等。还帮同志们用电脑打印他们的文章，还常用休息时间教队员背字根和指法。2005年4月，罗忠叁回家探亲，曾和他在尼日尔共事七八个月结下了深深的友谊的已回国的老队员，开三辆小车到南宁吴圩国际机场去接他。到完成任务回国，也有好几个医生开着几部车去机场迎接。

战友情，是人间最为宝贵的情谊，但对于共同在国外工作而结下的友情也不亚于战友之情，那是白衣战士的情谊。而罗忠叁在尼日尔，除了这些同时并肩作战的战友外，还和他的服务对象，尼日尔尤其是马拉迪的病人，结下了异国朋友的情谊，而这些情谊自然是医生与病人之间的情结。尤其是那些大家庭经济比较宽裕的病人，他们更加珍惜与为他们挽回生命而奔波的罗忠叁医生的情谊。

罗忠叁说："和我共事的其他国家的五个内科医生，我们的语言不如他们流利，但我们的医疗技术比他们好。有钱的人家病了都请我去会诊，因此，我也就常去富人家治病。他们病好了，有的也请我去他们家玩也吃过他们的炸酱面，有时他们做烤鸡，就拿刀叉把那些烤熟了的割一点点给我品尝。往来多了，也就变成了朋友。他们送给我一张羊皮制的非洲地图，一张尼日尔地图，还有一张像手帕一样大的皮革加工的长颈鹿。"

多次采访都是在我小小的办公室里进行，说到这里，我发现曾在遥远的非洲尼日尔工作长达三年三个月之久的罗忠叁，圆形的脸上泛着红光，似乎还沉浸在那段艰辛及不堪回首却又令他难忘的记忆中。我想，这些小小的礼品，一定会成为他终生珍爱，如他的爱妻李蔓玲当初送的壮族定情物——绣球一样，成为他对尼日尔尤其是马拉迪的那方热土，那方人的思念，也一定成为他在医疗技术上不断攀登，在科研方面取得更大的成就的一种无形的动力！

那封写不完的信

说到写信，现代的年轻人也许会嗤之一笑，都什么时代了，还忘不了那遥远年代的信：什么求爱信、爱情信、友情信、贺年信啦，如此种种。信的内容千差万别，信的格式各种各样，书写的手迹更是纷丽多彩。谁不想让别人一看信封，就能识别出写信人的性格？尽管如此，信中总是把“情”作为红线来倾诉自己的情感。有的直抒胸臆，有的情意绵绵，有的淋漓尽致；有的充满诗情画意！可以说，信是人们心灵的门窗，更是人类情感的港湾！哪怕到了现代电脑邮件也少不了这个成分，只是它传播的方式改变罢了。

2005年的一天，罗忠叁突然收到了妻子李蔓玲通过邮局寄来的信，一看邮资：100元人民币！他和往常一样，总是喜欢用剪刀把信封口剪开，慢慢地将信纸取出来，可是没有半张信纸，只有一张宣纸包着什么。仔细展开，是他儿子罗李思那力透纸背的书法作品，整幅布局均匀、刚劲有力的楷书跳荡着唐代诗人李白的诗：“床前明月光，疑是地上霜，举头望明月，低头思故乡。”再一抖，有一张八开的白纸掉在地上，他拾起来一看，竟是一张获奖证书的复印件，上面写着：“罗李思同学：你参加第十六届《双龙杯》全国少年书画大赛荣获金杯奖，特发此证，以资鼓励。”

罗忠叁高兴得拿着书法作品和奖状的手有点发抖，是惊喜？是担忧？他又反复地看着那个信封：是妻子李蔓玲的手迹！三年来，罗忠叁给她和孩子写了多少信，他已记不清了，只记得每封信的邮资是折合人民币8元钱左右，钱倒不是很大的问题，但是邮局只有在周二和周五才来收信，然后每周只有两个航班到巴黎再转到中国，才到广西百色市，再等上21天到一个月，才能收到妻子的来信。那些等信的日子他是不安宁的，因为出国前他和妻子最担心的事：儿子罗李思正在上小学六年级，也正是孩子思想转型的阶段，罗忠叁不在家，男孩子一般只害怕父亲而不怕母亲的。孩子个性较强，有一次妻子来信说儿子上初中了，但他爱打篮球，学习不如小学时那么好了。老师批评了孩子，她急得哭了。看着这样的家书，罗忠叁更是时刻牵肠挂肚，多少个夜晚，他总是悄悄地打开手提电脑，看看那张出国前，在广西南宁吴圩国际机场上和妻子、儿子的全家福。那是母子俩到机场为罗忠叁送行时照的。他凝视着照片，觉得不能再用这种写信的老方式和家人联系了，罗忠叁说："我用电脑写信，然后拷到U盘带到网吧发送，每发一次20元钱。这种方式方便多了，我就经常写信，写了很多，有时每个月发两封信。有时一写信就是两封，母子各一封。给儿子的信，就表扬他篮球打得好，要经常锻炼；而对于他有时整天玩，学习不太好，不把学习放在心上等存在的问题提出来，提醒他在学习上再加把劲。"

中秋节，是我国重要的传统节日，也是人们阖家团圆的日子。刚到马拉迪第二年的中秋节，罗忠叁真的特别想回家。原来卫生部规定援外医疗队时间为两年。他们这批已是超期"服役"了，回国还是没有消息。罗忠叁又打开电脑看他们一家的全家福。不一会，妻子李蔓玲打来电话，真是"心有灵犀一点通"。这次电话，妻子说完了儿子说，之后岳父李上琨说了，岳母邓雪飞也都说了。亲人的声音，一声声嘱咐，一阵阵叮咛，孩子那变粗了的嗓音，让罗忠叁过了一个愉快的中秋之夜。

采访时李蔓玲说："我国的中秋之夜，在尼日尔是中午的1点钟左右，因为时差7个小时，我们在父母亲家吃中秋夜饭，接着母亲摆上了中秋月饼、板栗、果品等，还给我的儿子做了一个柚子花，也就是把许多点燃的香插到柚子上，用一根长长的竹竿支撑着，让孩子撑着游玩。在往时，我的孩子总是喜欢撑着点满香的柚子满院子地跑，可今年他不撑柚子了，望着明晃晃的月亮，闷闷不乐地坐着，也不肯吃月饼或者板栗等。我知道他在想他爸爸了，就拿出手机给丈夫打电话。接着我父亲、母亲都跟他们这个在异国他乡的女婿说着希望他安心工作的话……夜深了，赏月的人们也都陆续地回家了。我带着儿子回到了家。我这一段最担心忠叁了，那边的怪病很多，什么艾滋病，疟疾病都有。此外还听说非洲很乱，抓人去当人质等等。所以这个中秋节特别想念他，待儿子睡了以后，我回到自己的房间关上门，就又给他打电话。他说：‘我们正在吃饭，还有很多中国朋友在这里一起吃饭，很热闹呢！’我又把那些担心的话说了，他说：‘我都来这么久了，还没有见过因为打架而进医院来的人，你放心啦！’我知道，他怕我为他担忧，是不会跟我说在尼日尔艰难生活的话的。末了，他说：‘今天是中秋节，厨师为我们做很多菜，鸡肉、鸭肉什么都有，但是没有月饼。你们母子俩帮我吃就得了。’他的话说得我心里酸溜溜的。放下电话之后，我又悄悄哭了一场……

2005年4月份，忠叁回来探亲，我就不想让他回去了，因为孩子要中考了，这之前，我常对孩子说：‘你不好好学习，考不上百色高中怎么办？’孩子日常生活有我妈关照，但是孩子的教育全靠我自己，好在孩子还是越长大越会自觉学习了。只是那几年我们医院的护士要随时参加各种考试，加上我在忠叁出国那年考取右江民族医学院成人教育学院护士本科班，更难的是科研和职称的申报。我工作忙，下班回到家就很疲倦，回到家就不想动了，我想，等他回来，我就什么都不用牵肠挂肚了。我很想好好休息几天。可忠叁却说：‘我们自己的事是小事，国家的事是大事，还是以国家为重。虽然我做不得什么惊天动地的大事，但是这个纪律总得要遵守。’他虽然不紧不慢，不愠不怒地说着这几句话，但我也掂出了它的分量：他不是不想念我们，只是他也是没有办法，他必须完成祖国交给他的任务。五一长假未过完，他5月4日就回尼日尔去了……”

此后，罗忠叁每周末打一次电话，关于打电话，罗忠叁说：“我每周打一次电话，我的工资收入每月100美元（当时相当于800元人民币）。一张电话卡30元只能打15分钟，一个月最低的电话费是400元，最多的月份电话费就和伙食费开支得差不多了。因为我的孩子比较调皮，我去尼日尔时他读小学六年级，回来时他已将初中毕业，准备中考了。我打电话也得等时间，等孩子放学了才打，这样母子俩都可以和我说话，这是我们一家最高兴的时刻了，因此，打电话花多少钱都不在乎了，因为电话就是维系我和家人感情的唯一纽带。”

罗忠叁和李蔓玲的情感世界是不能为别人所全部了解的。他们事先也不可能预见由于工作上的关系，时间老人要让他们分别三年三个月之久！更没有想到要让儿子的名字“罗李思”来承负这个长期相思的重担，让罗和李天各一方。这一方，不是像古代的神话所叙述的一般“横走十七天，竖走十三天”就能走得到的。这非洲和国内的国际相思，有时是通过电波来完成，但有时也是用辛酸的泪水来抒写的。

2003年，罗忠叁出国的条件是：具有中级职称以上的医生，有上级选派到医院的指标，家里同意，由广西区卫生厅选择，选定并进行综合考核。罗忠叁当年是副高职称，2005年他要申报正高职称。他把论文和材料填报好了发回来给妻子帮他呈送。

李蔓玲说：“找单位盖了公章，就又送到广西卫生厅。有时刚好碰到管公章的同志出差了，只好又再跑一次南宁，丢下孩子在家我又不放心。人累不要紧，但为孩子担忧是最费心力的。好不容易盖了公章并把材料送上去了，我觉得似乎一身轻松了，但一到了夜里，待小孩睡着了。我才在自己的房间哭出声来，好像不哭，心理负担就很重似的，哭了就感到轻松多了。”

是啊，哭本来就是人的天性！这时的李蔓玲只有用哭来解脱心中的痛苦。

后来，同事们发现李蔓玲带着孩子，老公不在家，竟然从不迟到，在临床工作那么忙，还能写出护理论文十多篇，李蔓玲说：“我在120急救中心工作，工作任务繁重，但从不因为家里的困难向单位提出任何要求。这几年多次被评为本院优秀护士、优秀共产党员、先进工作者、年终考核为优秀等级等荣誉。2005年百色电视台采访我并录制的节目在5·12日护士节晚播出。我把这个事告诉忠叁，他也鼓励我，并要我协助他搞科研工作。真是往事不堪回首，因为太忙太累了，后来，我也学会了放松自己，不再去想那些可望而不可即的事情，经常听音乐，上网多数是在儿子去上学之后，主要阅读资料和听音乐。儿子说：‘妈啊，我见你是最敬业的了。’”

能得到儿子的称赞，作为母亲，李蔓玲觉得这是最幸福的了。在“人逢喜事精神爽”的时刻，李蔓玲也逐步地把自己心中对丈夫的思念寄托在音乐作品上，找了一些反映双方思念的歌曲，如《相思》中的那些歌词：“念着你的冷/你的热/你的……”，还有一首歌词是“丈夫，你在外打拼辛苦了……”歌名叫《丈夫，你辛苦了》等好多的流行歌曲，只要是她喜欢的又能代表自己心情的歌曲她都拷到了U盘，又买了MP3一起邮寄给罗忠叁，有一句歌词是：“月亮代表我的心……”李蔓玲觉得办完这件事，心中有了个依托，心情舒畅多了，就静下心来，准备大学本科的毕业论文，也不再像以前那样，每到周末就和儿子心急如火燎般地等候丈夫的来电。儿子罗李思每当考得好的成绩，或期末评得三好学生，书法作品获奖时，总是催促妈妈给爸爸打电话，说：“爸爸，你好吗？儿子给你报喜了，你放心吧，我有进步了……”当听到罗忠叁的祝贺和鼓励，他放了电话，就对妈妈说：“妈，爸爸住的地方太远了，否则我就去看爸爸！”

在这三年三个月当中，罗忠叁确实也有那么20多天不思念妻儿。那是他个人的“隐私”。非洲这种特殊的地理环境和气候，是地方病流行和传染的温床，最难预防的是疟疾。它的传染途径主要是通过蚊虫叮咬。罗忠叁他们在住地备有蚊香和杀虫剂等预防蚊虫的叮咬，但是上班时就不可避免地被蚊虫叮咬，尽管他们上班是穿长袖或者穿厚一点的衣服，但当他们专心地为病人诊断病情时，蚊虫就毫不客气地从他们的背上将毒嘴从衣服叮进皮肤把人咬了。罗忠叁和医疗队对那些无处不在叮人的蚊虫，是没办法了，因此，中国医疗队17人就有70%的队员曾患过疟疾。

作为内科医生的罗忠叁，他工作的内科就有60张病床，但是只有三个医生，罗忠叁一个人就得管30个病床，尤其是星期一，因为双休日不办理出院，进院病人不少，没有足够的床位，所以病人就只好睡在地上等到星期一了。这么繁重的工作，罗忠叁哪还有什么空闲来注意蚊虫什么时候来“作案”呢？就在不知不觉中，他染上了疟疾。作为医生，治病人是容易的，但怎么治自身的疟疾病，对于罗忠叁来说，是一种临床自我治疗的尝试。连续两天的高烧，但罗忠叁的脑海里仍留有妻子和儿子的清晰印象。可是他不能把自己病倒这一现实告诉他们。否则她会在临床护士的工作岗位上时时神不守舍而耽误了工作，也经受不住丈夫患疟疾的严重现实，她会……罗忠叁不敢往下想了，决心在治疗期间不给家里打电话。

当笔者问到这段日子的感受时，罗忠叁似乎很平静，也许是他自己患疟疾的事压根儿就没有告诉过妻儿。他说："在援外工作三年多的时间里，我曾患两次疟疾，但从不告诉家里，以免让家人担心。每次患病都是连续十几个小时高烧不退，全身疼痛难忍，简直痛到骨头里，想起床都很困难。每次疟疾病发作我都坚持服用国产青蒿素药，亲自体验治疟疾的全过程。我亲自体验到了国产青蒿素治疗疟疾的确切效果。经过这两次磨难，经受了考验，冒了两次险。真是：'不入虎穴，焉得虎子！'

我到马拉迪后，清点药库时，发现库存有好多国产菁蒿素，为了解国产青蒿素对非洲黑人的治疗效果，我便开始设计方案将国产青蒿素用在当地疟疾病人身上，同时用Quinimax（盐酸间苯二酚奎宁）对比观察治疗效果，在3年多的时间里，系统地观察312例患者，科研项目《国产青蒿素治疗非洲黑人恶性疟疾临床研究》终于顺利完成，这证明国产青蒿素对疟疾疗效很好。在卫生厅高枫厅长的大力支持和卫生厅国外合处宫处长等同志的帮助下，科研项目终于顺利成功申报。我的科研项目《国产青蒿素治疗非洲黑人恶性疟疾临床研究》后来获得'百色市科技进步奖二等奖'，同时获'广西医药卫生适宜技术推广奖三等奖''百色市科研创新二等奖'。当初国产青蒿素在尼日尔市场占有率很低，大多为国外品牌，我用国产青蒿素治疗疟疾病取得明显的效果和科研的成果，为后来我国的国产青蒿素进入非洲市场起到一定的推动作用。2006年末我国各种品牌国产青蒿素在尼日尔市场开始增多。"

罗忠叁娓娓道来，似乎表面平静得像无风的湖面，可是作家的眼光告诉我：也许在这治疗和体验的过程中，他还有许多更危险的情况没有告诉我，像这样的日子，罗忠叁还能给妻子写信么？这就形成了他在尼日尔没有给妻子写信或打电话的空白！

三年又三个月的每一天，就这样在罗忠叁他们17人的援外医疗队的服务中溜走了，对于尼日尔人民，它们是那么短暂，而这个时段却在他们心中树起了一座座中国医生高大形象的高峰，筑成对中国医疗人员信赖的信誉长城。正因为如此，那封没有写完的长信还在延长，这座中国与尼日尔人民的友谊桥梁也在延长，马拉迪医院的院长，马拉迪医院的医务总监就分别给尼日尔共和国卫生部、中国驻尼日尔大使馆、广西壮族自治区卫生厅写信，字里行间跳荡着他们的千言万语，涌动着他们丰富的感情，令人看后满眼含着泪花……“继续留罗忠叁医生在马拉迪工作或回家休假两年后再次回马拉迪工作。”这封写不完的信，是马拉迪是尼日尔人民对罗忠叁在援外医疗工作的充分肯定，是对他在技术上精益求精的点赞。

一个人能有那么一种精神得到人们的信仰和赞誉，应该是最幸福的。但这种幸福却又建筑在家人的痛苦之上，令人想起来不禁流泪！三年，作为人生长河中的一瞬间，罗忠叁将它在异国他乡写下了浓墨重彩的一笔，是他人生闪光的时刻，那是他用像对待自己最亲的亲人那样的情怀，倾注自己的心血写就的！它将永远铭刻在中国—尼日尔友谊大桥的桥墩上！

他婉言谢绝尼日尔人民的挽留，告别了他们工作和生活的马拉迪医院和所有相识的尼日尔朋友，踏上了回国的航班。这一次回国，国家允许他们在沿途的法国等国家进行考察学习，让他们这些心仪法国巴黎这座文艺复兴的城市已久的援外医生，增加了美好记忆。

过去的成绩，只不过是人生道路上成为情系尼日尔的一个里程碑。而奋斗拼搏，对于有过援外历史的罗忠叁来说，他不会就此而止步。在回到原来的工作单位以后，他更是延续他的医学研究工作。而尽力支持他的爱妻李蔓玲，在120急救中心这个工作量大的岗位，在出诊任务和教育孩子的重压之下，不但出色地完成工作任务，2005年在连续八年被评为先进工作者的基础上被评为全市优秀护士，百色电视台采访并在5月12日护士节上播放，年终又被评为优秀共产党员，被考核为优秀等级。她在繁忙的工作之余写的论文有20多篇，其中有《急性中毒救治中应用临床急救护理路径的探讨》等在全国重点刊物《国际护学》杂志上刊发。

李蔓玲硕果累累的成绩，也包含在非洲援外的丈夫罗忠叁的精神支持！这种你中有我，我中有你，只有他们更能体现其中的酸甜苦辣！

另一个支撑着他们并凝聚着他们一家精神力量的是当时才上小学六年级，在母亲为他的成长而倾情付出之后，考上了百色市重点高中——百色高中，母亲热泪盈眶地拥着他祝福的儿子罗李思，而今已在武汉科技大学就读！让父亲罗忠叁和母亲李蔓玲放下了悬挂在心中即为他的成长而担忧的心！

为工作和生活，曾使他们一家有过长期牵肠挂肚的思念。如今，罗忠叁还会为了那封写不完的信而再次出国援外吗？我想作为一名中国农工民主党党员、广西百色人民医院门诊部主任、主任医生的他，将会时刻听从中华人民共和国的召唤，为了中华人民共和国国徽增辉而再度起航！

2016年12月定稿

光明使者

——记百色地区精神文明“十佳人物”、那坡县水电局局长、县电业公司经理蒙耀

采访没能如期进行。被采访者：那坡县水电局局长、县电业经理蒙耀，已到田林县参加该县农村电气化验收会议，过两天才能回来。水电局秘书对我们说。

转身来到县电业公司——这个蒙耀在那里当了九年经理的地方。在大门上，“恪守职业道德，树立行业新风”的横标下，只见“军（警）民共建单位、文明单位、文化共建单位”等镜屏悬于门灯的下面。大门二柱还有一副对联，右柱刻“民拥军意重如山”，左柱刻“军爱民情深似海”。

助理把我带到“那坡县农村初级电气化陈列室”。这是一个约有几百平方米宽敞的展厅。进门第一眼，就看见右壁上写着“那坡县电气化主要目标”：农村电气化以一九九三年为基准，从一九九六年开始实施，于一九九九年达标，主要目标是：

全县100%的乡（镇）、村公所驻地要通电，通电率要达95%以上。用电保证率达85%以上。

全县人均年用电量达200Kwh以上。

全县有20%的家庭使用电饮时间达7个月以上。

综合网损率为11%以下。

发电完好率达95%以上。

全县年售电量达5866万Kwh。

转过头来，即见左边墙上挂着25张锦旗，相对的墙上也挂满各种奖状，细细一数，共107面。这些奖状、锦旗，虽颁奖的单位，级别各异，但都像英雄胸前的勋功章一样，向人们展示着这个单位光辉的历程。在锦旗和奖屏的中间，部分已制作完成的展版整齐地排列着，图上那纵横交错的红、蓝线，就如人体的经络一样分布在全县十多个乡镇。那些展版一块块令人眼花缭乱：电气化建设机构设置图、电力统配电网络图、河流梯级开发地理图、电力系统主结线图、各发配电站的负荷等等。可以说这是一个电的“磁场”。从这个“磁场”上，我们可以领略到那坡县委、县政府领导电气化建设的宏略，同时也可看见那坡县广大水利电力干部职工为实现电气化艰难曲折而又奋勇前进的足迹，也可以看到为实现这个目标而奋力拼搏、现已任电业公司9年经理的蒙耀的良苦之心。

在这里，笔者工作了三天，才见到蒙耀局长，不足两个小时的采访中，大约有十来人次打断了蒙耀的叙说。鉴于此，本文的大部分材料只赖于冯寿丰老主席、罗启金副主任、王明权站长以及财会人员耿世桃等采访的收获。

“高级乞丐”

说到北京去当乞丐，乡里人认为是天方夜谭。北京是全国政治、经济、文化的中心。要说去北京，不是难事，跟着旅游团坐上飞机，北京就在飞机的舷窗下。可蒙耀和黄国良书记等去北京，他们笑说是去做“乞丐”。为了那坡县1993年元月动工、1996年2月10日完工的110万伏变电站的资金，他们就是当“乞丐”也得去！

那天到了北京，找到的每个旅馆，住费都在280元以上。这在我们老少边山穷地区，是一个一般干部的月薪呀！他们背着一袋电站资料，想先找个自己承受得起的地方落脚，然后再找熟人。就这样，他们像刘姥姥进大观园一样，一路走一路看，肩上的资料越背越沉，背上的汗水越冒越多，也不知走了多远。当华灯初上时，他们终于找到了一家每晚30元钱一个床位的旅店。望着华灯，想起边陲家乡入夜像倒扣的黑锅一样，他们心里很不是滋味，责任像一座大山压在他们的肩上。他们觉得心跳加速了：什么时候，能让那边的厂房日夜轰鸣，能让那村村寨寨镶上夜明珠，拉近家乡和现代文明的距离呢？

向上级讲一讲，那因战事的交通需要，把县里已备足，摆在路边的建上盖电站用的全部的石头沙子都推到河里，事后于1984年重新备料上马的艰难，说一说发展电业，需要建110万伏电网。因为全县仅有四座小水电站，发电量远远不能满足全县工农业用电的需要，虽然通过技改，但年均发电量仅约3100万千瓦小时，造成全县枯水季节严重缺电的现象，影响全县工农业和乡镇企业的发展。110万伏线路是大西南电网并网运行，寻找电源补充，县委、县府领导在听了蒙耀局长反复汇报后，才决定下来的。自治区电业公司也很支持，可就是资金严重缺口……

一次次进京，一回回汇报，一个个企盼，汗水没有白流，终于感动了上级，他们争取到了500万元边境经费。最终于一九九五年初，靖西至那坡110KV输电线路工程上马。一九九六年二月，工程全部竣工，线路长76公里，总投资2100万元，随着并网完成，结束了那坡县自发自供的小电网历史，缓解了全县枯水季节电力不足的问题，也了却了蒙耀的一个心愿。

时间又迁转到了一九九六年，德保、田林、田东等县被国务院批准为全国第三批农村初级电气化建设县份，大张旗鼓地进行农村初级电气化建设。经验和作为领导者的洞察力，使蒙耀又一次认识到：这又是一大机遇。于是，他又和县领导四处游说，拿着设计方案，拿着可行性报告，到自治区人民政府、区水利电力厅汇报，只要有一丝希望，就绝不放过，双休日、假日也没有了，十天半月地跑在路上，只有随车司机才能体验这种漂泊不定的生活。人一圈一圈地瘦了，终于使“上帝”又一次感动了，一九九六年下半年，那坡县被国务院、自治区批准为全国第三批农村初级电气化建设替补县。一九九七年初又被批准成为正式建设县份。

一个问题解决了，新的问题又来了，项目批准以后，意味着一系列工程就要上马，就要投入资金，以确保工程的顺利进行。因为前一项110KV输电线路工程资金不到位，尚有400多万的资金缺口，公司已把多年收益和多年资金积累垫支到工程上，不可能再有很多的资金投入，怎么办？在困难面前得迎难而上。蒙耀意识到：关键是得到县委、县府的支持。要把该项工作做好，一定要有政府作为坚强的后盾，只有把企业行为转换为政府行为才有可能完成这项工程。就这样，县电气化建设指挥部成立了，县委书记担任指挥长，蒙耀也担任了副指挥长。还没有完全喘过气来，又要马不停蹄地跑了。多少个日日夜夜，多少个团圆佳节，日思而食不甜，夜想而难于入眠。一天又一天地长期外出，区水电厅、区计委、区扶贫开发区、区农办、区农发行等有关部门的门槛不知进出多少遍，困难与希望同在，多少领导被感动了，那坡县办电精神感动了一个又一个“上帝”。当初，当他独自向有关领导汇报情况时，他们首先想到的是：那坡县在短短的一年多内，不可能达到这种建设程度吧？可是每位领导来到那坡现场检查工作时，看到的和所听到的是一个样，无不为之折服，只有一句话“那坡后来居上！”是呀！别的县用四五年时间进行的项目，那坡只用了两年就达到这样的水平，确是非同一般。蒙耀经理呢？他如是说：“我是一个高级乞丐！”就是这样的“乞丐”，大年三十晚还在路上跑，正因为有了这样的“乞丐”，一笔笔资金才能相继到位，一个个工程才能顺利竣工验收。

说到当“乞丐”，罗启金说，蒙经理脾气好，不易发火，有时找人，人在也说不在，他有耐性，等到见到人，说上话为此。当“乞丐”，还得不怕累。成天的跑车，不累是假的，可是有一次，到区计委找钱，当时天气酷热，恰好当天停电。要是我们，无所谓爬楼，但蒙经理他血压偏高，身边常带着降压灵，我这个司机得时时提醒他吃药，那天，他竟爬上了十二楼！他就这么个倔劲，否则“乞丐”也当不成。

当“乞丐”，不但累还得耐得苦才行。采访中蒙耀说：“我从来不用公家的钱和厂家出钱去享乐。我出差常住区电力招待所，那里地板潮湿，安全也不很好，我几个司机都和我一起住。有个熟人叫李福高，在报社工作，见到我住那里，就说：‘蒙经理，别的领导来都有很多要求，你什么要求也没有。奇怪了，你当经理还住在这地方，换个好点的吧？’我说：‘有个地方住就行了，为单位节约点钱。’”

长期当“乞丐”，蒙耀说：“累和苦都不怕，最怕是撞车。现在，我一看见车，心就跳得厉害，我们不碰，人家也碰我们，现在想来，还后怕呢！一九九七年那一次是在德保县境内，车拐弯，被迎面而来的一辆车撞上，幸好路右边平坦，若是在山边，那就不可想象了。对方赔偿损失一万多元，留下我们几条命。一九九八年，去南宁回到龙临镇境内也被撞了一次，车子被国税局的车撞到路边，挡风玻璃碎了，门凹下去，当时碎玻璃飞到身上，头和脖子都尽是碎玻璃，大家都惊慌得说不出话来。也许我们命长，也许是办大众的事，也许是马克思把我们拦住。有时候，自己的车也撞人家。去年我去武鸣开会，转道南宁找资金，开到田阳境内时，我们的车因前面的车不开后灯而撞了人家。现在，有时还常从撞车的噩梦中醒来，浑身汗淋淋的。”

躺在三角石上的技术员

采访笔录之一：王明权站长说：“我是1977年在上盖电站认识蒙经理的。他当时刚从广西大学毕业不久，是电站技术员。这个电站地处越南边界，1977年已在老虎跳一带备了一公里多长的片石，是砌5.86公里的渠道用的，后来电站因战事停止了，为了让军车过路，只好把片石推到河里，打完仗后又再备料石。一个电站就这么误了几年时间才建设，这损失没法说了。蒙经理当时是技术员，想到尽快建好电站，工作起来就不分白天黑夜了。有一种使不完的劲。

那时我高中毕业，测量中需要砍掉障碍拉线的草丛。我怕苦，砍了几分钟就累了，不干了，怕热躲到草丛休息。蒙经理就挥刀猛砍，他砍到我躲着休息的草丛，也没注意我会在这里，木棍打中我的头，伤了皮出了血，几个人找了砂仁来止血。现在见到，他还常常提起。当时我跟他早出晚归，回到工棚饭菜都冷了，他也照样吃。安装厂房压力管时，我们三班倒，他抓技术，没有回工棚，有时他累了就躺在三角石上睡着了，一醒又弹身而起看施工，连石头和河沙都要我们过磅，怕浇的标号不够，硬度不够，影响质量。1995年我才从上盖电站调回来，几年相处，蒙经理还是那种工作起来天不怕地不怕、认认真真的劲头。

上盖电站因地形复杂下沉。今年洪水时，渠道上方塌方，渠底基础也被冲走。抢修时，他在工地上每次都有一周到十多天才回单位一次。半年左右，他一边为电气化配套工程找资金，一边亲自抓抢险，抢险工地有处理不了的技术他就亲自下去，了解现场，定出抢险方案，够累的了。现在这座十二层调度大楼，蒙经理原来抓水工技术，现在有人顶了，但他还亲自去看，主要还是跑资金，有时他刚回到家，一个电话来，第二天又马上赶去南宁。我有时一个月也没见过他。”

“失踪”的病人

采访笔录之二：罗启金说：“一九九八年六月五日，那坡县遇到三十年一遇的洪水，二公里长的渠道有几处塌方，其中有50米渠底土被冲，渠道悬空挂着。当时蒙经理刚从南宁出差回来，就赶到上盖电站，行李一扔，就和工程技术人员研究抢险方案，接着投入紧张的抢险施工，工人身上有多少泥，经理身上也有多少泥，他铲泥、扛石头，整天和大家一起泡在水里。因水里有毒，加上天天泡水，脚就起一串串的水泡，大家左劝右劝，他才回县医院治疗。第二天，我们去医院看他，医生说他未吊完针就溜了。我们打电话到抢险工地，回话说他已回到工地了。原来是他放心不下抢险工地呀！抢险4个多月，蒙经理除出差外，都在工地。相比之下，有的人没病装病，小病装大病，想方设法找到证明休息去，蒙经理不是那号人，进了医院，针没吊完，就溜回工地了。”

蒙耀局长后来也说：“这次洪水，那坡县上盖、百部、惠部等几个电站都塌方了。电业损失了450万元。6月24日晚，百部电站厂房进水一米多深，站长和几个人堵水堵到夜半三点。我们接报后，我先下去，陈副经理等找抽水机送去，可遍地都是水，只好绕道到靖西县南坡乡，然后拆下抽水机一节一节抬去。如果厂房保不住，被冲去一台机就损失一百多万元。抢险工程在腊月底完成了。腊月三十日上午，我们从上盖电站赶到百南，和从县城来的同志一起去慰问在这次洪灾中给我们最大支持的驻军十一连。下午六点多，才回到家，用餐像吃棉花一样，太累了。吃完饭又赶到调度室，因为刚修好机，只能先开一台机。我看到电灯亮了，但却觉得眼前一片模糊——原来是被自己内疚但又激动的泪水挡住了。”

蒙耀和县水电局，县电业公司的伙计们，就是这样精诚办电，用心血和汗水来拨亮每一颗夜明珠。正因为这样，在全县的农村初级电气化建设中，电业公司勇当电力行业先锋，甘为电气化建设铺基石，共免收安装费、测量设计费、管理费、施工津贴费、生产准备费、验收费等7种费用。按每公里免收3000元计算，电业公司将为电气化建设农村110KV线路支付200万元左右。为了减轻农民从外地购买电杆的费用，公司还与湖南一厂家协议联营办了电杆厂，每根电杆出厂价比在外地购买减少了40—50元。县指挥部和电业公司已为农民减轻实际负担50%左右。这是蒙耀和电业公司干部职工最难能可贵之处。那坡县农村初级电气化建设已在一九九八年十月三十日通过达标验收。

那一张出勤表

听说蒙耀已回到那坡，笔者次日起个大早，冒雨赶到电业公司，谁知，他又陪同自治区水电厅的领导到几个变电站去了。心中不免感到失望，只好在值班室里与冯老主席补充昨日没采访到的材料。

雨仍下个不停，雨帘中许多人接踵而来。他们跑到值班室领了上岗证，这时还未到七点半，冯老记下他们领证的时间，再清点，桌面只剩几张证了。冯老说：“这几个职工出外勤，昨天在工地上没回来。”

笔者转身一看，背后墙上挂着一块两米宽一米多高的牌子：那坡县电业公司本部上岗人员挂牌出勤表。表的右边是内勤，从领导到各股、室，一一分栏；左边是外勤，内容包含迟到、早退、缺勤、出差、下乡、请假等等。上边也都还挂有好些张上岗证。

乍看起来，这出勤牌子简单而枯燥地挂在那里，可它却挺管用，是凝聚人心，激励先进，鞭策后进的“战表”。当往右边墙上看时，又发现墙上有座石英钟，边上写着“电力安全生产奖”，下边落款是百色地区水电局。

一个边陲电力企业，能在管理上、安全生产上出效益，为地方经济建设发挥自己的作用，它成功的奥秘何在？笔者从同冯老的采访中找到了答案：该公司本部有三股三室，下属有十二个供电公司、四个电站、九个变电站，都分布在全县的十二个乡镇，点多线长。蒙耀和他的一班人坚持执行“三为”优质服务，以质量服务为宗旨，坚持人民电业为人民，来作为企业经营管理方针。抓政治学习，抓思想教育，抓法律的学习，在“一五”和“二五”普法中，该公司都被评为先进单位。1996年又是县“三德”教育的试点，这一活动的开展，杜绝了过去在职工中常见的“上班与同事吵，回家两口子闹”的不良风气，推动了公司各股、室、站、工区人人持证上岗制度的形成。使每个干部职工敬业爱岗，生产安全有了保障，安全监察得到了充实，层层承担责任，分片包干，签订责任状。同时，为加大宣传力度，他们投入约10万元资金用于订制通告，安全标语牌，贴挂于县城及十二个乡（镇）的公共场所。每年夏、秋二季都组织人员在全县范围内进行安全大检查。制度的严密，保证了生产的安全，公司实现自1990年以来八年无设备、人身伤亡事故。1996、1997两年被自治区评为“优秀电网管理单位”，安全促进了公司的各项生产。1997年度，全年发电3001万度，供电量3595万度，比上半年同期增长6.45%。回收电费478万元，比上年增收16.4%。上缴税金77.2万元。比上年增收32.5万元，利润102万元。线损率从上一年的12.3%下降到11.04%。

作为一个企业的主要领导，蒙耀首先加强企业党组织建设，切实抓好党建工作，使大家团结一条心，在党支部的领导下，开展工作。1997年，公司党支部被中共百色地委评为先进企业党支部。蒙耀说："企业干部辛苦，当一个企业领导不容易。"这话不假，采访中，好几个干部职工都说，蒙耀严于律己，宽以待人，在思想教育方面如此，在经济管理方面亦如此。因此，蒙耀经理多年来一直把实行集体领导和班子的团结放在第一位，充分发挥班子集体的智慧。在生产经营中，每当遇到重大问题，都要集体讨论决定，从不个人说了算。在财务管理上尤其突出，蒙耀要求配备的财务人员必须思想素质高，业务精通，要对财务管理精管善算。对所应开支的公款开支，一律经过主管领导签字，财务才准予报销，对数额大的开支，都经过集体讨论通过，做到班子领导人人心中有数。难怪财会人员说："经理管着一个大家庭呢。"这话不假，电业公司和电站都要实行"统一领导、统一规划、统一管理、统一核算、自负盈亏"，蒙经理能不加强民主理财吗？该开支的就得开支，不该开支的要严格控制。

管理和人的因素对企业来说犹如一双翅膀，因此，蒙耀和班子成员对职工的工作、生活、家庭、福利等，始终常挂在心中。1998年，因上盖电站严重塌方，公司欠收250万元，抢险花250万元，用户欠款400多万元，而公司又欠南宁供电局300万元电费。在公司出现困难时，蒙耀和一班人与职工同甘共苦，关心职工生活。那一次，一位姓黄的职工病故了，留下女儿黄玲和病瘫的妻子，黄玲上学经费不足，蒙耀除了按有关规定给予关照外，还经常个人资助30—50元。同时还发动职工资助黄玲每个学期的学费，亲自到较近的学校要求把黄玲转学来就读，以便照顾瘫痪的母亲。去年黄玲母亲病故后，蒙耀亲自安排布置处理其后事。黄玲在蒙耀和干部职工的帮助下，安心学习，进步比较大。看到这一切，职工们心里感到欣慰：他们有一个知冷知热的经理，有一个善于体察民情的领导，这也是企业之福。

于是，为迎接县农村初级电气化而做最后的努力，大家毫无怨言，依旧风里来雨里去，不断壮大企业，拓宽业务，建设边疆，个个苦干。

两个黄瓜一顿饭

输送光明是人类进步的标志。而播种光明的使者，在这闪光的事业中，能够很好地探索电业企业未来的模式是什么样的人恐怕不多。在社会主义市场经济条件下，电是一种独特的商品，目前电业职工逐年增多，增加了福利的支出。同时，从发展的前景来看，未来电这一商品也不是独家生意，现在好些个体户也投资办水电站，这就使电业将在未来的一天出现竞争。采访中，蒙耀道出了这段心迹，让我们似乎看到了未来电力企业的模式，即主业次业并举共同发展的格局。

蒙耀这种开拓的思想经过班子集体讨论，形成共识，于是第三产业出现了：酒楼、冷饮、打砂、供水等等。坚持利益共享，风险同担的股份投资。1998年，酒楼纯收入达到6万元。与此同时，在县委、县府号召全县机关干部参与农业综合开发工作中，蒙耀选择了种植八角、玉桂这个项目。经过职工的反复讨论，又组织投资170万元，在有关部门的支持下，先后在百合乡、德隆乡两地征用荒山坡地3600亩，种下玉桂2100亩，八角600亩。

开发初期，蒙耀带领休班职工200多人，向荒山进军。沉睡的荒坡被炼山的烈火烧醒了，肥沃的坡土被开垦的汗水浇松。职工没有忘记，蒙耀那顶在草丛中晃动的草帽，和他身后那一片片被砍倒的荆棘。一连十多天，蒙耀都和大家走过那摇摇晃晃的吊桥，爬山越岭向荒山上走去……

耕耘绿意，播种希冀的辛勤汗水，已使先期种下的八角长得两米多高了。那年的六月，充沛的雨水滋润着大地，八角、玉桂一天比一天高，但杂草也不甘落后，挤满了八角树根。眼看来打工的云南兄弟忙不过来，蒙耀又挤休班时间带领大家去除草。在山上，早上露水湿透衣裤，下午太阳烤得大地像个蒸笼，人在八角树下做工，就像坐在一个闷罐中一样难受。有时一阵闷热过后，又是瓢泼大雨，云南来的群众见蒙耀浑身是汗水、泥水，和职工一起砍草，护理八角，都亲切地称他“老表经理”。

有一天，吃中午饭的时候，大家突然发现经理不见了。有的说，他吃过了吧？有的说他根本就没下山！待吃完饭后又上山时，职工们看见八角树下有人在砍草，仔细一看，是他们的经理！大家劝他回屯上吃饭顺便休息，他却说：已跟群众要了两个黄瓜吃了，现在还不饿。并笑着说自己身体胖，热量多，不饿。后来，职工们才知道，原来经理嫌路滑上下山不方便，且留在山上可多做些工，才故意“漏”下的。在蒙耀带领下，大家苦干了近二十天，完成了600多亩八角的除草护理。由于电站工程进入关键时刻，他们只好请云南的老表帮工了。

蒙耀和职工们在为本县农村初级电气化实现而奔波的同时，他决策筹办的农业综合开发的八角、玉桂场也在孕育着企业的另一个希冀，相信有那么一天，闪光的电业和前途无限的绿色银行将同时为企业增添财力，那坡这个电力企业将耸立于祖国的西南边陲。

桥小情深

扶贫攻坚是党委政府的重要工作。作为企业单位，搞好生产就不错了。但是蒙耀绝对服从党的中心工作的需要，把扶贫攻坚的水、路、电等中心工作列入公司的议事日程，并先后派2名干部到结对扶贫的惠布村蹲点。他自己也经常带队深入村屯，及时解决各种困难。

去年八月，蒙耀带三十多名科级以上的干部到定业乡惠布屯扶贫点看望扶贫联系户，走了4个小时了，前边有一段路下边五、六米宽的悬崖，路面才五十厘米，他们往时去过几次，都是晴天，还勉强走过去。这次上山后不久就下雨了，走到这地方已累得上气不接下气，怎么办？蒙耀叫大家先休息一下，稳定情绪再走。这是一段下坡路，这一行30多人，扯着路上边的灌木，一步一步地往下走去，胆小一些的女同志事后说，走这段只有五十厘米宽的崖上路，她们的心就像悬到了头顶一样。雨水和冷汗把他们浇成了落汤鸡。到了村上，各人顾不上歇一歇，就分头到各联系户访贫问苦。这次帮扶帮困活动，有的给结队户的子女交了学费，有的帮他们制定脱贫的计划，蒙耀给负责联系的三户村民联系户200元作生活费，老人热泪盈眶，又叩头又抹泪，在场的人也深受感动。当了解到村完小球场简陋地板稀泥成堆时，蒙耀和公司其他领导决定捐5吨水泥建球场用。现已竣工使用。去年初，县教育部门决定拨款给该村下六屯教学点建设一栋教学楼，后来因为资金不及时到位，建校进度缓慢，学校没法按时开学，学生一时闲散在家。蒙耀知道后，决定从离村部不远的惠布电站腾出两间房作为教室。解决了学校的困难，家长很快就把孩子送到学校。此外，蒙耀还向县开发办打报告，要求拨款给下六屯群众建一个水池，现在水池已完工，22户250人，150头牲畜的饮用水的困难得到了解决。

那一次，到百合乡那背村，也就是公司的另一个扶贫村，刚到村边，蒙耀就看见出工的群众走在村边那座摇摇摆摆的木板桥上，走近一看，这木板桥没有任何栏杆，踏板也有的是空格。同行有胆小一点的，都胆战心惊，手脚发抖，爬着过去。可群众还要挑着担子到对面河去种地。要是出意外怎么办？蒙耀的心难于平静了，他组织公司领导研究决定投资，为那背村架一座石拱桥，由群众自备石头、木料和投工，公司出面贷款18万元。这石拱桥去年底已竣工，桥长50多米，宽约3米，可通小农用车，使两岸群众结束了走摇摆木板桥的历史，解决了群众行路难的大事。接着，那背屯群众还看不上电视的事又被蒙耀了解到了。他又召集大家研究，出资2万多元，购买一套地面卫星接收设备，解决了群众看电视难的问题。

临行喝你一碗酒

蒙局长重视精神文明建设，也重视军民共建活动，重视文化共建的开展，重视提高大家的文化生活水准。

去年，在他的组织牵头下，县里水电系统全体离退休干部兴高采烈地欢聚在一起，到云南昆明去参观旅游，许多老同志难得如此的开心，都说蒙局长领导有方，企业充满希望，我们老干部的“夕阳”变成“朝霞”升起来了。县离退休老干部组成一个“夕阳艺术团”，经常到乡下或外县去演出，但缺少资金，多数找到蒙局长，请求帮助。蒙局长无偿为他们提供交通工具，派车接送，平时还提供本单位舞厅给他们排练。电业公司成了老干部的活动靠山，蒙局长也成了老干部的贴心人。

根据企业实际情况，蒙局长努力实施《全民健身计划纲要》，单位文体活动搞得有声有色。一九九五年十月，经过蒙局长的争取，百色地区水电系统第三届水电杯体育运动会在那坡举行，这是那坡县有史以来最盛大的体育盛会，各路体育健儿汇集小县城，那隆重精彩的一幕幕竞技表演，如今还刻印在县城数万居民的脑海中。就这样，那坡县电业公司被国家体委授予“全国群众体育活动先进单位”。

蒙耀及班子成员把坚持节日义务作为一个制度定下来。每年的学雷锋纪念日、三八妇女节、五四青年节、国庆节、教师节等重大节日和纪念日，都组织青年、妇女、工会等人员组成义务维修小组，由经理和副经理分别带队深入机关、学校、驻军、街道、厂矿等进行电器、线路等维修活动，深受干部群众欢迎，这个制度已坚持了好几年。

那个业余“星光艺术团”，是蒙局长与文化部门，与驻军部队开展共建活动而成立的。每年八一建军节，他都随着艺术团，深入共建的驻军部队营地去慰问官兵。前年他到坡荷乡上劳山雷达站慰问官兵，得知部队球场还没有安装灯光，不利于上山子弟兵夜晚开展活动，于是他又找公司领导商量，无偿为该雷达站建造一个价值3000多元的灯光球场。还有不少部队营地，在拉线安装，用电设备，电器维修等都得到蒙局长他们的大力支持。边防部队在工作上、生活上得到蒙局长许多帮助，结下了深厚的感情。有的要转业了，复员了，想起要离开边防了，离开像蒙局长这样的热心人，心中不免多了一份思念。有的部队领导临走时，来找蒙局长，找电业公司职工，见见面也好，说上几句话也好，有的还请蒙局长他们到部队去，喝几盅，唱唱歌，表表情。

《临行喝妈一碗酒》那首革命样板戏唱曲，唱腔调子还是原版，词儿却被改了，唱得蒙局长心酸，唱得男子汉落泪。细想起来，隔行如隔山，不同民族，不同身份年龄，要是平时来往不多，感情不深，能这样主动跑来告别吗？县城那么多单位，那么多部门领导，非要找蒙局长他们吗？这就是真情！这就是友谊，这就是工作效果！

1998年8月

后　记

当报告文学集《强强之歌》与读者见面时，书中所写的不同时段的人物，有的已从岗位上退下来，有的仍在平凡的工作岗位上为实现自己的初心而继续躬身。而我，也是在退休之后，才能将这些在不同时期写的人物文稿结集，不禁感慨岁月不饶人！

时代在前进，人们为实现伟大的中国梦而努力奋进，新的时代涌现出更多的典型，他们是新时期引以为自豪的时代标杆。也许人们会认为我所写的人物已是一个历史的产物。但是，对接触过的人和事，是我对当时生活的体验、观察和发现之所获，因此那些当时活生生的先进人物的形象，时刻在我的脑海中出现，那些脍炙人口的故事始终凝聚于我的笔端，使我心中时刻深深地牵挂着他们。对于被采访人物的关注和牵挂，是系在我心中难解的情结！于是把这些文章汇集起来。这就是我出版本集子的宗旨。

尤其是从姑娘变成妈妈的陶叶廷。那一年，市妇联请他们到百色参加三八妇女节活动。次日，我去看望他们，谁知小陶上街为冯乃立买衣服，在房间里的冯乃立听到我的叫声，但他无法起来开门。等到小陶回来，他们又要上车准备回那坡平孟。当我看到冯乃立躺在面包车中间的一刹那，我热泪脱眶而出，为未能与他们交流而遗憾！过了几年，他们一家搬到百色时，武警百色市边防支队领导曾邀请过我，可我出差，过后才邀请刘海同志一起看望他们。这时他们的孩子已经五岁！也见到了陶叶廷那身体单薄但却精神矍铄的母亲张桂荣。2016年5月，我在电视上看到了他们一家，他们获得了“全国最美家庭”荣誉称号。

这本集子的出版，在采访中，得到杨军主席的大力支持，后又拨冗为我的集子写序；得到中共百色市委统战部、广西强强碳素股份有限公司、驻军边防五团、百色地区检察院、武警边防靖西县龙邦派出所、武警边防那坡县平孟派出所、那坡县水电局等单位的支持；在部分文稿的修改和勘校中分别得到赵虎和小白石及韦咏梅的帮助；在文稿的审定中，得到中共百色地委宣传部、百色地区精神文明办、中共百色市委组织部、中共凌云县委组织等部门的支持；文稿缮打时得到广西强强碳素股份有限公司办公室、韦映杉、罗李思、凌玲等同志的帮忙；得到成都时代出版社以及李佳玲编辑的热情支持。对所有关心支持这本书出版的单位和有关同志，谨表示由衷的深深的谢意！

由于作者水平有限，书中难免存在不足之处，恳请读者予以斧正！

黄碧功

2016年12月9日